霧の彼方 須賀敦子

Eisuke Wakamatsu
若松英輔

集英社

霧の彼方　須賀敦子＊目次

本書では、須賀敦子が執筆した作品の引用については、『須賀敦子全集』（河出文庫）を使用し、聖書の引用については、『聖書』（フランシスコ会聖書研究所訳注、サンパウロ）を使用した。

引用にあたっては、旧字・旧仮名遣いを、一部新字・現代仮名遣いに改め、明らかな誤字は訂正した。

引用文中の訳者註は〔　〕、筆者註は［　］で表した。

霧の彼方　須賀敦子

第一章　書かれなかった言葉

この作者とは深い交わりになる、作品を読む前からそう感じることが稀にだがある。奇妙に思われるかもしれないが、どの職業や職種にもある特有の直感のようなもので、後に本を手にしても失望させられたことはない。書物はもちろん、どこかで言葉にふれるわけでもなく、その作者の名前にただよう雰囲気を感じているのである。須賀敦子の場合がそうだった。

二〇〇七年に新人賞を受賞して、書く場を与えられるようになり、最初に書いたのが須賀敦子論だった。自分から主題を選んだのではない。雑誌の編集長の提案だった。初めて文章が活字になったのは学生時代だが、新人賞に選ばれたのはそのおよそ十五年後、書きたいと思って過ごすには短い期間ではなかった。書かせてもらえるなら何でも試みてみたいと思い、その場で承諾した。

今から考えるとよく引き受けたと思う。須賀敦子の名前は、追悼する雑誌の特集号（『文藝別冊追悼特集　須賀敦子』河出書房新社）で見たことがあるだけで、雑誌は買ったが中身はまったく読まずにいた。もちろん、彼女自身の著書は持っていない。そんな状況で須賀敦子論を百枚で書く、と約束したのである。

批評が生まれるとき、対象の著作を読むこととそれについて書くことは、呼吸のように行われなくてはならない。できれば深く吸って、深く吐くのがよい。森に入ればおのずと呼吸は深くなる。

須賀敦子という文学の森に入ることができるか否かが、作品を決定する。

当時、ちょうど彼女の全集の文庫化が始まったころで、書店に行くと平積みになっていたので本はすぐに見つかった。美しい写真の装丁に魅かれたのも印象に残っている。最初に読んだのは全集の第一巻に収められていた『コルシア書店の仲間たち』である。この巻は、作家としてのデビュー作『ミラノ　霧の風景』から始まるのだが、それを飛ばして読んだ。

このことも彼女との交わりの深度をめぐる決定的な出来事だった、と今となっては思う。この作品こそ彼女の代表作であり、また、近代日本文学、ことに小説における新たな地平を拓くものだったからだ。

本のページをめくってみるとそこは、なじみ深い、懐かしいとすら言いたくなる香りでいっぱいだった。あのときの感触は今でもはっきりと覚えている。ミラノを舞台にしたこの作品を読んでそう感じたのは、私がその土地に縁があったからではない。イタリアに行ったことはあったが、ミラノは訪れたことがなかった。近しいと感じたのは文体というよりは律動、思想というよりは霊性においてだった。ああ、この人はカトリックだ、そう思った。

ただ、ここでの「カトリック」という言葉には少しだけ説明が必要かもしれない。それは、キリスト教の一派でもあるが同時に一つの世界観でもある。

宗派に属するには洗礼を受けなくてはならないが、ある世界観との関係を結ぶには精神の、あるいは須賀の表現を借りれば「たましい」の共振があれば足りる。須賀は、この両面において「カトリック」だった。

En Chemin, vers quel éveil という書で「われわれカトリックは、と言うとき私たちは『普遍《カトリック》』の埒外にある」（筆者訳）と語ったのはフランスの哲学者ガブリエル・マルセル（一八八九～一九

七三）である。須賀が考えるカトリックはマルセルが語る「カトリック」と著しく響き合う。彼女はマルセルを読んでいる。倫理学者で、親友野崎苑子の夫となる三雲夏生《なつみ》（一九二三～一九八七）からその存在を教えられたのだった。むしろ、三雲を通じてマルセルや同時代の思想家の言葉にふれなければ、彼女のヨーロッパ体験はまったく異なるものになっていたかもしれない。マルセルは、のちに須賀が大きな影響を受けるフランスのキリスト教思想家エマニュエル・ムーニエ（一九〇五～一九五〇）やフランソワ・モーリアック（一八八五～一九七〇）、ジョルジュ・ベルナノス（一八八八～一九四八）と同時代の哲学者で、その思潮の中枢にいた人物でもある。

ミラノでの生活が落ち着きを見せ始めた頃、彼女は『どんぐりのたわごと』という石版刷りの小冊子を作成、日本にむけて発行する。その第二号に収められたマリ＝ドミニク・シュニュの「技術の神学にむかって」と題する一文の翻訳には、シュニュがＰ・Ｊ・トマの著作から引いた次のような一節があり、マルセルの言葉との著しい共振を感じさせる。

「教会には異邦人が欠けている。というのは、キリストのからだが成長しきるためには、あらゆるものを教会に同化せしめねばならぬからである。人類の多様な類型は、新しい聖性の横顔が可能だと語っている。教会の普遍性《カトリシテ》ということは、この、すべてをキリストのうちに同化させるという能力にほかならない。たえず新しい形式のもとに、キリストのただひとつの神性が、世にしめされんがために」（『須賀敦子全集　第7巻』）

ここではすでに発言者が誰であるかは第一の問題ではない。書いたのはトマだが、トマに勝るとも劣らない実感がなければシュニュはこの一節で自らの文章を終えることはなかった。また、同質の実感がなければ、須賀が、この一文を訳し、遠く日本の人々に送ることもなかっただろう。

事実、須賀は同時代のカトリック教会の本流にいたのではない。むしろ、辺境にいた。このことも日本で彼女が長く読まれ続ける遠因になっているのかもしれない。悲嘆の日々を生き、どこかで耳にしたイエスやキリスト者の言葉に光を覚え、関心を持ちながらも教会の門を叩けない、そんな人に須賀の言葉は静かに寄り添う。『どんぐりのたわごと』の第一号には次のような一節がある。


「ことばで祈れなくとも、頭で祈れなくとも、生きることによって祈れる」とヴォアイヨーム師は云っておられます。「愛したいとねがって生きることそれ自体がりっぱな祈りなのだ」と。「生活環境が許さぬ場合、黙想その他のいわゆる信心生活ができぬからと云って、主と共に生きることが決定的にさまたげられるものではない」と。「私たちは、主とひとつになること、主をうけいれることによって、主がわれわれのうちにきて祈ってくださるということを、あまりにも信用しなさすぎるのではないだろうか」と。(「あとがき——シャルル・ド・フーコーの霊性について」『須賀敦子全集　第7巻』)

苦難を生きるとき、人は神を呪詛《じゅそ》することすらあるだろう。自分のもっとも愛する者のいのちを、不条理のうちに奪われたときなど、祈らねばならないと分かっていてもそれができない。隣人を愛そうと思ってもまず、自分を守ろうとすることから自由になれない。だがそれでよい、というのである。

祈りは、人から神にささげられるだけではない。むしろ、神が人のうちに生き、私たちのために祈っていることを発見すること、それが須賀敦子の感じていた信仰の営みだった。祈りとは、自らの想いを神に届けようとするのではなく、内なる神の声を聞くことであると彼女は感じていた。

　一九六〇年代はカトリック教会における激変の時節だった。この期間を須賀はミラノで過ごすことになる。彼女がコルシア書店の人々と出会い、仲間として受け入れられたのは六〇年一月三日。彼女が、書店の中心的存在だったジュゼッペ・リッカ——愛称はペッピーノ——と婚約するのは同年の秋、結婚式を挙げたのは翌年の十一月十五日、夫が亡くなるのは六七年六月三日、彼女がミラノを離れ、日本に帰国したのは七一年八月の末のことだった。

　本書では個別に言及することをしないが、須賀の生涯の出来事を詳細に知ることができているのは、全集に収められた松山巖による「年譜」のためである。ここにはおそらく本人すら覚えていないことまで細かに記されている。この年譜は同時に、これまで書かれたうち、もっとも優れた須賀敦子論でもある。

　多くの革命がそうであるように、カトリック教会でも出来事は辺境から起こった。それはまず、一九五八年に周囲の予想に反してアンジェロ・ジュゼッペ・ロンカッリ（一八八一〜一九六三）が教皇に選出されたことから始まった。ヨハネ二十三世の誕生である。就任してほどなく、彼は改革に着手した。キリスト教から世界を見るのではなく、世界におけるキリスト教の役割を見極め、実践できる土壌を作ろうとした。

　それまでのカトリック教会は、規模においても世界最大であることもあって、自らの正統性を主張するあまり、他の宗教を激しく批判することも辞さなかった。ヨハネ二十三世は、まったく異なる道を行った。イエスの言葉を教会の内側だけでなく、外へも届けようとした。教会は、その外側にいてイエスの言葉を必要とする者との架け橋にならなくてはならない、と考えた。第二バチカン公会議に象徴される他の宗教との対話へと大きく舵《かじ》を切ったのである。この潮流の渦中、それも渦の中心に近いところで活動していたのがコルシア書店の仲間たちだった。当時の書店の光景を須賀はこう記している。

夕方六時をすぎるころから、一日の仕事を終えた人たちが、つぎつぎに書店にやってきた。作家、詩人、新聞記者、弁護士、大学や高校の教師、聖職者。そのなかには、カトリックの司祭も、フランコの圧政をのがれてミラノに亡命していたカタローニャの修道僧も、ワルド派のプロテスタント牧師も、ユダヤ教のラビもいた。そして、若者の群れがあった。(中略)共産党員がキリスト教民主党のコチコチをこっぴどくやっつける。だれかが仲裁にはいる。書店のせまい入口の通路が、人をかきわけるようにしないと奥に行けないほど、混みあう日もあった。
(「銀の夜」『コルシア書店の仲間たち』)

コルシア書店、正確にはコルシア・デイ・セルヴィ書店は、たしかに書籍を売る本屋であるが、出版機能ももつ、古い言葉だが書店というよりも「書肆《しょし》」だった。同時にそれは精神の公園のような場所だった。

公園に集うのに資格も条件も必要ない。そこは、行く場所を失った者たちが寄り添う場所でもあった。さまざまな信仰、さまざまな信条を生きる者たちが集まった。職業も多様で、当面の仕事がない者もいた。「かきわけるようにしないと奥に行けないほど」混雑したとはいえ、多くても四、五十人の集まりだったように思われる。二〇一五年の夏に私はミラノへ行き、書店の中をゆっくり時間をかけて見てきた。

名前こそサン・カルロ書店と変わっているが、場所はもちろん変わらず、選書はおそらく須賀が働いていたころに戻っている。戻っている、とは、この書店は須賀がミラノを後にしたあと人手に渡り、大きく様変わりしたからである。しかし、いつからか、かつての思想を強く継承する姿勢を前面に打ち出すようになった。店舗のもっとも目立つ場所には創設者のひとりダヴィデ神父の著作ばかりか詩の朗読のCDまで売られていた。

コルシア書店を切り盛りしていた者のなかには、キリスト教文学や神学、あるいは哲学に深く関心を寄せる者もいた。須賀敦子も夫ペッピーノもその一人である。ダヴィデ神父は、カトリックの聖職者であり、社会運動家、そして広く知られた詩人でもあった。知性を豊かに働かせた人は少なくない。しかし、語ることで事を終わりにするような人はいなかった。私たちになじみの深い表現を用いるなら「知行合一《ちこうごういつ》」がコルシア書店の理念だった。

コルシア・デイ・セルヴィ書店を創立したとき、ダヴィデは「愛のミサ」というヴォランティアのグループをつくった。殊勝な顔をして、ミサで祈るだけが能じゃないという、ダヴィデ一流の少々手荒な趣旨が、このいっぷう変った名の由来だったが、いろいろな原因で生活が成りたたない人たちの相談にのる、このヴォランティアの集まりを、ダヴィデは、書店の仕事の一部に組みいれた。ヴォランティアの人たちが、書店の仲間と相談しながら仕事をすすめることができるように、との配慮からだった。この活動を通じて、そうでもなければたがいに接することのすくない、書店のインテリ仲間とヴォランティアのブルジョワおばさんが、力をあわせていっしょに働くことができた。(「不運」『コルシア書店の仲間たち』)

コルシア書店の人々は声高に神の名を叫ぶ人々の近くにいたのではない。むしろ、苦しみのなかにありながらも、神に助けを乞うのをためらうような者たちに寄り添った。力なき者、社会で居場所を失った者、祈ることを忘れた者たちが書店に集まってきた。

「神は知恵のある者を恥じ入らせるために、この世で愚かとみなされているものを選び出し、また、神は強いものを恥じ入らせるために、この世で弱いとみなされているものを選び出」したとパウロは『新約聖書』の「コリントの人々への第一の手紙」（フランシスコ会聖書研究所訳注）に書いているが、これはそのままコルシア書店の実践理念だったのである。

須賀敦子の作品は信仰世界を外側から書いたものではない。内から、外へ、どこまでも広く開かれようとして書かれたものだった。「せまいキリスト教の殻にとじこもらないで、人間のことばを話す『場』をつくろうというのが、コルシア・デイ・セルヴィ書店をはじめた人たちの理念だった」と『コルシア書店の仲間たち』（「銀の夜」）で須賀は自分たちに宿った志をめぐって書いている。

彼女は、同時代の教会の在り方には必ずしも賛同することはなかったが、熾烈なといってよい信仰を抱き続けた。キリスト教が分からなければ彼女の文学が分からない、そんなことはけっしてない。だからこそ、この本が出版されるころには没後二十二年となるにもかかわらず、読者がなお、衰えることのない熱情をもって読み続けるといった事象も起こりうるのだろう。

しかし、彼女の信仰をその作品と関係ないかのように考えれば、大きな何かを見失うことになる。私たちは同様のことを、遠藤周作の文学において考えたりはしないだろう。須賀は遠藤のように宗教を語らなかったという人もいるが、それは表層の理解に過ぎない。須賀敦子が宗教を語る言葉はときに、同時代のどのキリスト教作家よりも苛烈だった。須賀と遠藤の関係、より精確には二人のあいだにあるものをめぐっては、後章で改めて語ることになるだろう。それは近代日本におけるキリスト教、ことにカトリック文学の分水嶺《ぶんすいれい》を目撃する営みになる。須賀が信頼を寄せた三雲は、遠藤と共にフランスに留学し、生涯変わらぬ友情を育んだ間柄でもあった。そもそも無関係ではあるまい。

須賀敦子が洗礼を受けたのは、一九四七年四月、十八歳のときである。洗礼を受けてほどなく、須賀は聖心女子大学に進んだ。二〇一六年に『須賀敦子の手紙　1975－1997年　友人への55通』（つるとはな）と題する彼女の書簡集が刊行された。

そこに収められた彼女の妹北村良子のインタビューで、須賀の在学中、聖心女子大学の学長だったマザー・ブリットに対する変わらない敬意が、生き生きと語られているが、私の郷里の家にある祭壇にもマザーの写真がある。私の母が須賀と同じ大学を卒業しているのである。もちろん、私は須賀や母のようにマザーを知らない。しかし、幼い頃から聖なる者の代名詞のようにマザーの名前を耳にして育った。

この大学には寄宿舎があり、そこでの生活は修道院を思わせる規律と霊性に貫かれたものだった。修道者となる道も須賀の前に開かれていた。彼女の友人でその道を歩き始めた者もいる。だが、カトリックでは聖職者になるか否かは自分で決めるのではなく、神によって召し出される、と考える。召命がなければ聖職者にはなれない。聖職者が、市井《しせい》の仕事よりも高貴な仕事だというのではない。しかし、「召し出し」の思想の背景には、人が望むことと、その人が果たさなくてはならない役割は必ずしも同じではない、ということへの深い洞察がある。

キリスト教徒らしく生きるということは、人よりもたくさん祈りの時間をもつことにあるのでもなく、行いを澄まして徳たかい人になることにあるのでもなく、人生のあらゆる瞬間を観想に生きる——愛のまなざし、すなわち神のまなざしをもって生きるということなのです。そしてキリスト教とは、なによりもまず、われわれひとりひとりをとじこめている、かたいつめたいからからときはなって、われわれに愛の視線をあたえてくれるものなのではないでしょうか。

(「あとがき——シャルル・ド・フーコーの霊性について」)

もし修道者になっていたら彼女は、書くことにささげた熱情をすべて広義の、祈りをも含めた実践にささげただろう。別な言い方をすれば、彼女にとって「書く」という営みは最初から単に、創作や自己表現といったたぐいのものではなかった。

全集を手にしてみると、彼女が比較的早い時期に書き手になっていたことに気が付く。翻訳者としての出発だった。『聖心《みこころ》の使徒』という祈禱の使徒会が編纂していた雑誌に同時代のキリスト教思想家の訳文を寄稿している。

『聖心の使徒』の発行元である「祈禱の使徒会」は、修道会ではなく、在俗の信徒の共同体で、聖職者による宣教と異なり、祈りの場を設けることで、イエスの言葉を広く人々に届けようとした試みの集まりである。

「祈禱の使徒会」の始まりは一八四四年、イエズス会の内部で起こり、世界的な広がりを見せた。須賀はこの運動にある深度でかかわっている。『聖心の使徒』への寄稿はヨーロッパに渡っても、夫の死後も続けられた。

全集に収められている『荒野《あれの》の師父らのことば』もこの時期の仕事である。この本に収められたのは、「荒野の師父たち、すなわち、のちにキリスト教文化史上、重要な役割を果たすことになった、修道生活のさきがけをなした人々で、東洋における禁欲的修行の伝統をキリスト教的にひきわたす役目をになう人々」の言行録である（「まえがき」『須賀敦子全集　第8巻』）。東洋的霊性とキリスト教の間に高次の交点を見出すこと、それが生涯を貫く彼女の仕事になった。

この訳書の原本の現代語訳版の編者であり、若き須賀敦子に大きな影響を与えたのがトマス・マートン（一九一五～一九六八）だった。『須賀敦子全集』にマートンの翻訳は収められていない。

マートンのほかに、全集の年譜からも漏れているが、ジャック・マリタン（一八八二～一九七三）、ライサ・マリタン夫妻の『典礼と観想』（エンデルレ書店）も彼女は訳している。ジャック・マリタンは、二十世紀フランスを代表する思想家であり、先にふれたムーニエもマリタンから大きな影響を受けている。

また、近代日本のカトリック思想に甚大な痕跡を残している岩下壮一神父や、その弟子で遠藤周作の師でもある哲学者吉満義彦との関係も深い。ことに吉満にとってマリタンは岩下とは別な意味での師であり、フランス留学中、彼の指導を受け、その家に隣接した場所で暮らした。須賀敦子は遠藤とは異なるところで、こうした先人の血脈を継いでいる。そこに彼女がいかに深い熱情をささげたかは、『どんぐりのたわごと』の発行を十五号まで続けながら、『聖心の使徒』への寄稿を続け、複数の訳書を出版していることが明示している。だが、近代日本における須賀敦子の文学的に留まらない、思想的役割は未だほとんど論じられていない。

この時期の須賀にとって翻訳は、自ら文章を執筆するに等しい意味をもっていた。のちの章で改めてふれるが、マートンは二十世紀にもっとも影響力をもち、第二バチカン公会議を神学的、思想的に準備した人物でもあった。また、鈴木大拙（一八七〇～一九六六）と深く交わり、今日のようにダライ・ラマという存在が世界に知られるきっかけも作った。急死する年、マートンがインドのダラムサラにダライ・ラマ十四世を訪ねたのである。須賀敦子は、日本で最初期――おそらくもっとも早い――の本格的なマートンの訳者となった。

マートンはアメリカを基点にして活動した。先に見た『須賀敦子の手紙』に収められている書簡で須賀は「Sumaが言ったように、私はアメリカが合っているのかも知れない」と述べている。Sumaと彼女が呼ぶのは友人である大橋須磨子、ジョエル・コーンと結婚してスマ・コーンとなったのでアルファベットで記されているのだった。須賀は、こう言葉を続けた。

アメリカは、私にとってほんとうにながいあいだ、抽象でしかなかったことに、びっくりしています。おそらくはもっとも近くにあった「西洋」だったのに、私はそれが近すぎたから、ヨーロッパを見つづけてきたのかもしれない、とこの頃になって考えています。（一九八三年九月十五日付）

当然ながら、カトリック教会をめぐる霊性の改革はヨーロッパでのみ起こっていたのではない。コルシア書店での活動と軌を一にしながらも異なる姿で、信徒による活動が大きなうねりとなっていた。マートンと並んで、この時代のアメリカ・カトリック界を象徴する人物にドロシー・デイ（一八九七～一九八〇）がいる。*The Long Loneliness*（HarperSanFrancisco）と題する自伝で彼女は祈りをめぐって、須賀の心の中を覗かせるような言葉を書いている。

毎日祈り始めている自分に驚いた。ひざまずいて祈ることはできない。でも、歩きながらならできる。ひざまずくと本当に神を信じているのか、誰に祈っているのかとの思いが湧いてくる。（中略）しかし、村に向かって歩いているとき、ふたたび祈っている自分に気が付く。ポケッ

トでロザリオを握りしめながら。（筆者訳）

この一節と先にみた「『ことばで祈れなくとも、頭で祈れなくとも、生きることによって祈れる』とヴォアイヨーム師は云っておられます」との須賀の言葉を重ね合わせるとき、祈りをめぐって、私たちが見過ごしがちなものが、まざまざと浮かび上がってくる。祈りのうちに生きるのではなく、生きることを祈りにしなくてはならない、というのである。

アメリカ・カトリックの霊性と須賀敦子の間に横たわっている問題は、すでに社会的組織としての宗教の在り方が、これまでのままでは立ち行かなくなっている今日においてはいっそう重要な、そして文化と国家の差異をこえた「普遍的」な問題となっている。

名状しがたい経路を通って、私は須賀のもとに導かれたが、彼女自身も幾度となく、そうした邂《かい》逅《こう》のなかで人生をつむいできた人物だった。そういう事象が稀にあったのではない。むしろ、彼女は不思議な、と言いたくなるような出来事のなかで日常を過ごしていた。

不思議という言葉も改めて考えてみると、今日、認識されているのとは少し語感が異なるように感じられる。ここでの「不」は、単なる否定ではなく、次元をこえるという意味がある。不思議とは人間の「思議」すなわち思惑と考えの彼方にある物を指す。一九九七年、晩年に書かれた「ファッツィーニのアトリエ」（『時のかけらたち』）と題するエッセイは、そうした須賀の本性が如実に語られている作品だが、そこで彼女は、芸術体験が宗教的体験と共振する光景を描き出している。

詩にしても、音楽にしても、ゆっくりと熟した時間のなかで、真正の出会い、といった瞬間はいつか訪れるのであって、それに到るまでは、どんな知識をそろえてみてもだめなのである。無駄というのでもないのだけれど、目も、あたまもが、空まわり、うわすべりの状態にとどまったまま、そのつめたさのまま、つめたいことにどこかで悲しみながら、作品に接している。神秘主義者たちがいう、たましいの暗やみの時間に似ているかもしれない。

知識だけでは出会いの準備は整わない。そこには時の流れのなかで人間が待つという営みをささげなくてはならない。しかし、ふれ得ない、そう心が感じるとき、「たましい」は静謐《せいひつ》の内に実在を感受している。分からない、真にそう感じることが、邂逅と呼ぶべき人生の事件の兆《きざ》しとなる。実在から遠ざかっているからこそ感じる空間の冷気のなかで待つこと、それをキリスト教の神秘家たちは「たましいの暗やみの時間」と呼んだというのである。

ここで須賀が「神秘主義者たち」と呼んだ者の典型の人物である十字架のヨハネはそれを「霊魂の暗夜 la Noche Oscura del Alma」と呼んだ。この一語は、須賀敦子の文学、ことに最晩年の『ユルスナールの靴』を読み解く、重要な鍵となる。この生前に出た最後の著作でそれを、須賀は「霊魂の闇」と書いている（「皇帝のあとを追って」）。

霊魂の闇は、まず、人に恐怖を覚えさせ、戦慄《せんりつ》を呼び覚ますが、そこで私たちが感じるべきは怖れではなく、畏怖《いふ》なのかもしれない。闇は、内なる光へと私たちを導こうとしているのかもしれないのである。先に見た一節の後に須賀は次のような、光の経験を書き記すのだった。

出会いは、音もなく、ふいにおとずれる。それまで本質を秘めていた垂幕がはらりと落ちて、対象と自分をつなげる根源のつながり、まるで地下トンネルで結ばれたふだんは見えない網の目のようなつながりが、そのとき、地上にかたちをあらわし、対象と自分が、あたらしい、いきいきとした関係で結ばれていることに気づくのだ。目をあけてもあけても紗のヴェールを通しての理解だったものが、肉眼で見えるようになる。(「ファッツィーニのアトリエ」)

この一節は、イタリア・初期ルネサンスを代表する画家ピエロ・デラ・フランチェスカ(一四一六頃〜一四九二)の絵をめぐって書かれたものだが、ここで彼女が感じていたのは芸術の秘義にかかわることだけではないだろう。目に見えないが、はっきりとその存在を感じる、もっとも身近な対象が彼女にはほかにもあったからである。

「いまは霧の向うの世界に行ってしまった友人たちに、この本を捧げる」と須賀は作家としての最初の著作となった『ミラノ　霧の風景』の「あとがき」に書いているように、「霧」は、須賀の作品を読むときもっとも重要な言葉の一つである。「霧の向うの世界」は見えないが、確かに存在する場所だった。それだけでなく言葉は、その世界に届く、と彼女は感じている。そうでなければ、ここで「捧げる」と書かれていることも常套句《じょうとうく》の繰り返しに過ぎなくなる。

彼女にとって書くとは、亡き夫に送る手紙だった。厚く、たゆたう霧は彼女にとって、悲しみの日々に訪れる慰めの合図だった。霧は死者の姿を映さない。しかし、その向こうで「生きている」ことを告げ知らせている。霧は、無言のうちに生者に死者の姿は見えなくても、死者たちには生者が見えている、と伝えていた。

『ミラノ　霧の風景』における「霧」はそのまま、伴侶を失った彼女の悲しみの光景であると同時に、生者が死者を感じるのは悲しみにおいてほかないことを知る彼女の境涯を象徴する一語になっている。

「朝、目がさめて、戸外の車の音がなんとなく、くぐもって聞こえると、あ、霧かな、と思う」と述べたあと、霧を感じようとする自らの姿をこう記している。

夕方、窓から外を眺めていると、ふいに霧が立ちこめてくることがあった。あっという間に、窓から五メートルと離れていないプラタナスの並木の、まず最初に梢が見えなくなり、ついには太い幹までが、濃い霧の中に消えてしまう。街灯の明りの下を、霧が生き物のように走るのを見たこともあった。そんな日には、何度も窓のところに走って行って、霧の濃さを透かして見るのだった。(「遠い霧の匂い」)

霧がまるで生物のように動く。それは彼女には亡き者たちの訪れのように感じられる。そうでなければ「何度も窓のところに走って行って、霧の濃さを透かして見る」こともないだろう。霧が濃くなればなるほど、逝《い》きし者たちの国は近くなる。姿は目に見えないが、その存在を「たましい」は、はっきりと感じ取る、というのだろう。

詩人ウンベルト・サバ(一八八三〜一九五七)は霧を謳《うた》う詩人だった。須賀もサバを好んだが、何よりも夫が愛した詩人だった。須賀は『コルシア書店の仲間たち』の冒頭、エピグラフとして次の「ミラノ」と題する詩を引用している。訳は須賀自身である。

石と霧のあいだで、ぼくは
休日を愉しむ。大聖堂の
広場に憩う。星の

かわりに
夜ごと、ことばに灯がともる

人生ほど、
生きる疲れを癒してくれるものは、ない。

この詩を胸に彼女は、幾度、ミラノの大聖堂の広場に腰を下ろしただろう。コルシア書店は、大聖堂の脇、徒歩数分のところにある。

「石」は生者の世界、「霧」は、死者たちの国への扉のように感じられる。このとき大聖堂の前に広がる広場で佇む詩人には、行き交う人々の言葉が、灯火のように感じられている。だが、それは生者たちによって発せられた言葉とは違うだろう。死者の言葉は聞こえない。しかし、それは夜の星たちのように明滅し、何かを伝えようとしている。声にならない言葉が、詩人の癒しがたい傷を癒してくれる。サバにとって生活を少し離れ、「人生」を感じるとは、死者と共にあることを確かめることだった。それはもちろん、須賀敦子の実感でもあった。

日常の時間の奥に潜む「人生」の時空には、生者と死者の心が通い合う場所がある。霧の彼方へ、須賀敦子が言葉をつむぎ続けた理由も別なところにあったのではない。先に見た『ミラノ　霧の風景』の「あとがき」で彼女は、サバの「灰」と題する作品も引いている。

死んでしまったものの、失われた痛みの、
ひそやかなふれあいの、言葉にならぬ

ため息の、
灰。

亡き者と、痛みにおいて、密やかに交わる。胸を貫くような痛みを感じるとき、人は目に見えない死者の存在を感じるというのである。言葉にならない、ひとたび、そう感じるところに生まれるもの、それが須賀敦子にとっての文学だった。死者の姿は見えず、声も聞こえない。しかし、目に見えないことと存在しないこととは違う。むしろ、不可視であることが確かに、また、朽ちることのない姿で実在する証《あか》しである、と須賀は感じていた。

不可視な実在を感じる、それは残された文章を読むことをめぐっても言えるだろう。書かれていないことは存在しなかったことではない。むしろ、書かれていることは書き得ないことによって支えられている。最後の著作となった『ユルスナールの靴』の「皇帝のあとを追って」にはユルスナール『ハドリアヌス帝の回想』覚え書から次の一節が引用されている。

「ここに書いたことはすべて、書かなかったことによって歪曲されているのを、忘れてはいけない。この覚え書は、欠落の周辺を掘り起しているにすぎないのだから。あの困難の日々、わたしがなにをしていたか、あのころ考えたこと、仕事、身をこがす不安、よろこびについて、あるいは外部の出来事から受けた深い影響、現実という試金石にかけられたじぶんにふりかかる終わることない試練などについても、わたしはまったく触れていない。たとえば病気について、またそれと必然的に繋がる、人には話さない経験についても、その間ずっと絶えなかった愛の存在と追求についても、わたしは沈黙をまもっている」(須賀敦子訳)

これはそのまま須賀敦子の遺言であると思ってよい。しかし、それでもなおユルスナール論を書こうとする彼女は——あるいはユルスナールもまた——読む者の心の準備が整えば、書かれていないことも行間から浮かび上がってくるのが文学の公理であることも熟知していたのである。

第二章　不得意な英語と仏教

須賀敦子は、一九二九（昭和四）年一月に兵庫県武庫郡精道《むこせいどう》村、現在の芦屋市翠ケ丘《みどりがおか》に生まれた。実家は須賀商会という名の商家で、この会社は今、東京の上野に本社を構え、須賀工業として存続している。

彼女が生まれたころも商いは堅調で、それを切り盛りしていたのは彼女の父豊治郎であるより、祖母信だった。彼女は敦子をじつに深く愛した。二人は祖母と孫という間柄だけでなく、のちに信仰をめぐっても関係を深めていくようになる。

祖母は真言宗の篤信家で、お盆に仏壇の前で行われる「おつとめ」は、ある時期まで一家の大切な年中行事の一つだった。ある時期まで、というのは、祖母以外の家族が、年齢を重ねるにしたがって参加するのを面倒がるようになっていったからである。とはいえ幼年時代の敦子にもたらした影響は甚大だった。「本のそとの『物語』」（『遠い朝の本たち』）と題するエッセイで須賀はそのときの様子をこう描き出している。

まず、祖母が仏壇の正面にすわった。そのすこしうしろに、父がすわって、祖母をうちわであおいでいた。父が手を抜くと、祖母がちょっと首を横に向ける。すると、父はまた、力をいれてあおいだ。

祖母は敦子が生まれたとき四十三歳だった。信は商才もあったが統率力に優れていて、長男である豊治郎を外向きでは立てながらも須賀商会は、この祖母を中心に回っていた。ここにもそうした家族内の秩序のありようがまざまざと見てとれる。先の一節には次のような言葉が続く。「『おつとめ』は般若心経ではじまり、和讃で終った。般若心経とか、観音経とかは、食前のクスリみたいなもので、これを歌わないと、あとのお愉しみだった御詠歌や和讃はやらせてもらえない」。

経典をいくら聞いても何が語られているかよく分からない。だが和讃は違った。和讃とは、もと もと文字通り日本語での讃歌のことなのだが、それは次第に人々を教化するための仏教説話の様相を帯びてくる。そこに平易な言葉で語られた心躍る物語があった。そして何よりも彼女が和讃を好んだのは、「おつとめ」のときにいくつもあるなかから好きな和讃を選ぶことができたからだった。文字を覚えたのは田河水泡が描いた漫画『のらくろ』を懸命に読んだからだったが、「『物語』への興味をさそわれるようになったのは、あの、お盆に仏間でうたわれた和讃だったのではないか」と述べている。

彼女が愛した和讃は「苅萱道心和讃《かるかやどうしん》」というもので、石童丸の物語として知られている。高野山の金剛峯寺《こんごうぶじ》には今も、この物語に由来する「苅萱堂」という場所がある。

苅萱道心は、俗世にあるとき男女の関係をめぐって無常を痛感する出来事があり、出家し、女人禁制の高野山で修行している。そこに息子である石童丸が父を探して訪ねてくる。出家とは、単に俗世を離れることではなく、俗人としてはその存在を消すことでもあるから、苅萱は息子に自分が父であることを打ち明けることはできない。石童丸は一たび山を下る。しかし、家に戻ってみると母が亡くなっている。天涯孤独になった石童丸はふたたび高野山にもどって苅萱に弟子入りする。二人は長きにわたって師弟のつながりを深めていくが、苅萱は亡くなるまで父であることを告げなかった、という物語である。

しかし、先のエッセイを書くとき須賀が、こうした物語の詳細を覚えていたわけではなかった。「それが、どのように語られていたかの憶えはないのに、イシドーマル、という音声は、いまも、とりかえしのつかない悲劇の印象とともに私の記憶のなかに重く沈んでいる」と書いている。須賀は幼い頃からすでに言葉とは異なる、もう一つのコトバと深く交わっていたことがわかる。

父豊治郎の書棚にあった本をめぐっていくつもエッセイを書いているように、それらが少女時代の彼女に与えた影響は無視できない。信頼する者が選んだ本を手にしながら、彼女もまた読書の世界に導かれていったのは事実である。だが、和讃を通じて彼女が経験したのはそれに先んじて、いっそう深いところで起こっている。

あまり多くの文字を読めないときから須賀は、大人たちが語る和讃を聞いてきた。「自分と和讃についての最初の記憶は、仏壇のまえで、叔父や叔母たちが、今日はどの和讃にしようと相談している場面だ。そのときの畳の色の記憶から、どうも、暗い芦屋の家の仏間ではなくて、六歳のときに引越した、夙川の家の座敷だったように思える」と須賀はいう。大人たちがどの和讃にするか真剣に相談しているその様子は、今日でいうなら、いっしょに見るテレビの番組でもめるようなものかもしれないとも記されている。

すると叔母のひとりが「これはあかん」と「すっとんきょうな声」をあげ、こう続けた。「これはあかん。また、アツコさんが泣きやる」。さらに「あかん、アツコさんが泣いたら、ひつこい」とも言ったという。絶対に泣かないからと頼み込んで「苅萱」に決まったが、案の定、「おいおい泣い」た。石童丸のように家族と離れ、孤独のなかで生きてきたわけでもなく、むしろ、家族、縁者にかわいがられた自分が、「いったいなににつまされてあんなに泣いたのだろう」と須賀はいう。「物語」は、個人の記憶とは別なところに訴える。それは簡単に時代を超え、人の心の奥深くに眠っている何かを呼び覚ます。「物語」は私たちに自分とはどういう人間であるかだけでなく、人間とはどのような存在であるかを教えるのだろう。和讃との出会いは、文字通りの意味で「物語」そのものとの出会いだったといってよい。また、それが仏教の世界を通じて彼女にもたらされたことにも注目してよいだろう。

多くの人が文字を読めるようになった現代では見過ごされがちなことだが、読書と「物語」は必ずしも同質の経験ではない。読書は文字を読めない人には無縁だが、「物語」は文字を読めない人にも開かれている。むしろ、そうした人々のために生まれてきたのが和讃だった。

読書経験においては何が書いてあったのかを覚えておくのが大切なのかもしれないが、「物語」は違う。言葉の奥にあるものを実感できていれば話の筋は二義的なものになる。いくらあらすじをよく覚えていても「物語」を経験したことにはならない。むしろ、話の展開を忘れてしまったとしても、感情がそれを忘れなければその人は、その「物語」と深く結びついているといえる。

読書はしばしば私たちの知性を刺激するにとどまるが、真に「物語」と呼ぶべきものの働きは異なっている。須賀敦子の作品も、私たちの知性を刺激するものではないだろう。それは静かに私たちを感情の世界に導いてくれるように思われる。

ここでの「感情」は、英語の emotion の訳語ではない。もちろん、激昂した情感を示す表現でもない。昔、「情」は「こころ」と読み、「感く」と書いて「うごく」と読んだ。本論における「感情」は、こうした二度繰り返すことのない情《こころ》の感《うご》くさまを示す言葉として用いる。

このエッセイが発表されたのは一九九二年三月だったからもう、彼女は還暦を過ぎている。亡くなったのは九八年だから、人生の晩節といってよい時期に作家が自らの物語の原点をこうして改めて語り出していることも見過ごしてはならない。莉萱道心の「物語」もまた、知性や理性にだけでなく、感性に、さらには感情に直接うったえかけるものとして愛されてきた。その「物語」が現代まで生きていたことは、先に自らの心の光景を語った須賀の言葉にもはっきり見ることができる。

彼女がカトリックの洗礼を受けたいと言ったとき、周囲はなかなか賛成しない。しかし、そうしたなかで、「仏さんも神さんもおんなじでっしゃろ。どうせ神さんはひとつやから」と賛意を表明したのが祖母だった（松山巖「年譜」『須賀敦子全集　第8巻』）。何気ない一言でもあるが、「神さんはひとつやから」という言葉は、祖母の信仰世界のありようを深みから照らし出している。

ここで述べられているのは多神的世界観でも、狭義の一神的世界観でもない。一なるものは、無数の姿をして人間の前に顕《あら》われるという東洋のさまざまな宗教を貫く、ほとんど普遍的といってよい超越的存在論の表現なのである。

日本は多神的で、西洋は一神的であるというのは俗説に過ぎない。ことに祖母が信仰した真言宗にはその色彩が濃厚に残っている。真言宗を開いた空海は一なるものを大日如来と呼んだ。曼荼羅でも複数の菩薩が描かれているが、それらはすべて大日如来が自らの存在を自己展開したものであると真言宗では考えられている。人間の眼には多くの菩薩と映るものも、仏の世界では一なるものの異なる姿に過ぎない。

ここで詳論することはしないが、空海は留学僧として唐に渡ったとき、景教と名を変えたキリスト教の異端ネストリウス派と、ある深度で接触をもった可能性がある。空海が開いた真言密教にキリスト教の影響が流れ込んでいることを指摘する学者は、井筒俊彦、中村元、桑原隲藏《じつぞう》をはじめ、哲学、宗教学、東洋学の分野でも複数存在する。

さらにカトリック夙川《しゅくがわ》教会を開いた修道会であるパリ外国宣教会（パリ・ミッション会）の日本における重要人物のひとりエメ・ヴィリヨン［ビリヨンとも記される］神父（一八四三～一九三二）は、高野山の僧とも交わりを深め、高野山で行った講演でも空海とキリスト教との関係に言及している。狩谷平司の『ビリヨン神父の生涯』（稲畑香料店）では、この時代にすでにカトリックと真言宗の間で真摯な対話が試みられている様子が描きだされている。須賀がキリスト者となっていく道が彼女の生涯とは別なところでも開かれていたことも歴史的な事実として注目してよい。


文学者としての須賀の力量を考えるとき、翻訳者としての仕事は、小説やエッセイとは異なる、もう一つの創作として論じなくてはならない。鍵となる訳語を一つ決めるだけでも高度な読みの力と批評精神を要する。

英語、フランス語、イタリア語はもちろん、ダンテを読む古典イタリア語も、キリスト教神学を読むためのラテン語も理解できていたように思われる。しかし、須賀はもともと語学に堪能なわけではない。幼いとき彼女は語学が苦手だったようで、英語で苦心したと年譜には記されている。しかし、このときに経験した壁がのちに語学的才能を開花させることになる。

小学校三年生のとき、小林《おばやし》聖心の小学部から東京の聖心女子学院に編入したとき壁となったのは英語だった。学校で小学生から英語を勉強するのは、現代でもまだ広く行われているわけではないが、当時の聖心学院は欧米のカトリック文化がそのまま持ち込まれたような校風だった。

この小さな挫折が、彼女と外国語の関係が深まっていく契機になる。須賀はすぐに聖心で英語を教えていた教師に個人教授を受けている。須賀の場合、人生の壁にぶつかるときはそれを越えて新しい地平へと飛び出していく合図であるが、それはすでにこのときから始まっている。

英語に本当に開眼したのは高等女学部のころで、学校の先輩に小説は原書で読むのがよいと言われたのがきっかけだった。その成果は大学の卒業論文にはっきりと表われる。須賀が提出したのはアメリカの作家ウィラ・キャザー（一八七三〜一九四七）の長編小説*Death Comes for the Archbishop*（『大司教に死来る』）の翻訳だった。ウィラ・キャザーは戦前のアメリカを代表する女性作家のひとりで、須賀が訳した小説は、宣教のためアメリカのニューメキシコに渡ってきたフランス人の司祭であり、大司教でもあったジャン・バプティスト・ラミーとジョゼフ・マシュブフをモデルとして、その地でさまざまな困難を乗り越えながら宣教していく姿を描き出したものだった。大学を出て、須賀が文筆活動として最初に試みたのも英語で書かれたキリスト教思想の翻訳だった。また、一九五六年には光塩女子学院で小学生と中学生に英語を教える仕事にも就いている。

一九五九年、二度目の渡欧の際に須賀は八月中旬から十月下旬までロンドンで暮らした。この時期に彼女が日本にいる両親に送った手紙が多く残っていて、全集で読むことができる。イタリアに本格的に居を構えるのは翌年からのことだった。その準備期間となった時期に彼女は『歎異抄』を英訳している。それもじつに短期間のうちにそれを成し遂げている。

二度目の渡欧と書いたが、最初は一九五三年七月から五五年七月までのフランスを中心とした二年にわたる長い旅だった。しかし、ロンドンでの日々は少し様子が違う。どこに定住するかははっきりと決めてはいないものの、短期間で日本に帰国するつもりはなかった。先のことを思案しながらひとまずローマを拠点にしていた須賀をロンドンに招いたのはコルシア書店の創設者のひとりダヴィデ・マリア・トゥロルド神父である。ロンドンでの生活が彼女をミラノへと導くことになるのだが、今はそれにはふれない。

海外にただ滞在するのではなく、たとえ短い期間であっても腰を落ち着けて暮らしてみると、自らの精神の源流とは何かを考え始める。不思議なことだが、こうしたことは流れゆく旅では起こりにくく、異郷において生活しなくてはならないとなった途端、心の奥底から湧き出る衝動でもある。一九五九年九月十七日付の母への書簡で彼女は古典を読まなくてはならないと思ったといい、こう書き送っている。「いつもおねがひばかりで恐縮ですが、この次の便の時に、枕の草子と徒然草、歎異抄、訳註つきのをお送りいたゞけませんでせうか。日本の古典を結局勉強しないとどうにもならない気がします」(『須賀敦子全集　第8巻』、以下、書簡の引用は同様)。文学に関心がある彼女が改めて『枕草子』と『徒然草』を読み直そうとする気持ちは分かる。しかし『歎異抄』となるとそこには主体的な選びがある。さらに十二月十八日付の手紙では、『歎異抄』の英訳を終えたと書いているのである。

歎異抄の英訳が大体一応終り、近日中にビアンキ神父様のところにもって行こうと思っていたところ、そしてトゥロルドさんが伊訳してくださることになり、ビアンキ神父様の註解と一しょに三人合同で出版することになっています。

今日とは郵便の事情が違う。私が一九八〇年代中ごろにアメリカに留学していたときでも、日本に手紙を送るのに十日から二週間を要した。そのときからおよそ二十年前であることを加味して、ロンドンと日本を三週間かけて手紙や荷物が往復するとする。九月の中ごろに送った手紙が日本に到着するのは十月の初旬、彼女の手元に『歎異抄』が送られてきたのは早くても十月の終わりになる。そう考えると須賀は『歎異抄』の翻訳をひと月半ほどで終えたことになる。翻訳は、形を変えた熟読であるからその影響は、有形無形の姿で彼女に流れ込んでいると考えてよい。

先の手紙を須賀は、ロンドンからローマにもどったあとに送っている。ここで名前の挙がっているビアンキ神父は日本にも暮らしたことがあり、須賀は日本でこの神父からイタリア語を習っていた時期がある。その人物とローマで再会したのだった。『歎異抄』を読まねばならないと感じたのは、ビアンキ神父からの促しがあったためかもしれない。須賀の書簡は、この神父が註解を書くほど親鸞の思想に通暁《つうぎょう》していることを暗示している。

もう一つ、この年に送られた書簡で注目してよいのは彼女がある熱意をもって鈴木大拙を読んでいる事実である。ロンドンを離れ、イタリアへ戻った彼女はジェノアの教会で講演をした。そのときの様子を両親にこう書き送っている。


もうジェノアに来て三日目です。明後日はもうローマ帰りです。昨夜の話は大変おもしろく済みました。禅やら音樂やら、そんな質問も出て、この夏鈴木大拙の本などをかじっておいたのが少しは役にも立ちました。（十一月十日付）

当時、大拙の本は英語をはじめとしてさまざまな言語に翻訳されていたから須賀が読んだのも日本語だったとは限らない。大拙は禅仏教を世界に広めたとされているが、それだけではない。むしろ、彼は禅と浄土教を、あるいは仏教とキリスト教を架橋することに情熱を注いだ。須賀が大拙に言及している文章はもう一つあり、一九六〇年から一九六二年に翻訳した『荒野の師父らのことば』の「まえがき」にも次のような一節がある。「［この原典を編集した］マートン師のこの分野における研究が、鈴木大拙師との交友を介してすすめられたことも、日本の読者にお知らせしておきたい」。こうした言葉からも須賀が大拙を主体的に読んだ経験があることは、おそらく間違いない。

先に「おつとめ」にふれた文章で須賀は、自分と和讃についての記憶は夙川の家から始まると書いていた。大阪から阪急電車に乗って神戸の方に進むと夙川という駅にたどり着く。夙川はもともと川の名前で、その周辺の地域がそう呼ばれるようになった。現在の表記でいうと兵庫県西宮市に当たる。駅のほど近くには一九三二年に建設されたカトリック夙川教会が今もある。この場所は近代日本のカトリック文学において、きわめて重要な意味を持つ。

須賀の一家がこの土地に越してきたのは一九三五年、この年の春から須賀はカトリック系の小林聖心女子学院の小学部に通う。須賀には年子の妹良子がいて彼女は、夙川教会の敷地内にある幼稚園に通っている。須賀商会の東京支店の設立に合わせて東京に移り住む一九三七年五月まで、一家は夙川で暮らしていた。

そのときすでに母親と共にこの場所に暮らしていたのが、幼い遠藤周作だった。彼が夙川から仁川に転居するのは一九三九年、遠藤は先に夙川に住み、須賀よりも長くいた。彼女の家族がこの場所に居を構えている間、同じ街で暮らしていたことになる。もちろん、この頃の二人はそのことを知らない。

つながりはさらにあって、遠藤の母郁は、音楽教師として小林聖心女子学院に勤務していた。この母、ならびに遠藤が洗礼を受けたのは一九三五年、須賀は四七年、十八歳になる年のことだった。

一八六五年に長崎の大浦天主堂で潜伏キリシタンの人々が、教会にいた神父に自分たちの信仰を告げたことが近代日本におけるカトリックの出発点であるとされる。潜伏キリシタンと会ったベルナール・プティジャン神父も夙川教会に第三代主任司祭として着任したメルシエ神父と同じパリ外国宣教会に属していた。静岡県の御殿場にあるハンセン病者の療養施設、神山《こうやま》復生病院の原型となる場所を立ち上げたジェルマン・レジェ・テストゥィード神父も同じ修道会である。

これらの事実が示しているようにパリ外国宣教会は日本の宣教において古く、かつ時代を画するさまざまな行いをし、そこには熾烈なといってよい霊性を抱く人々が集っていた。遠藤と須賀はそれぞれの信仰が芽生えた時期に、こうしたパリ外国宣教会によるフランス・カトリシズムの霊性によって育まれた。

須賀の青春時代は、日本が太平洋戦争に突入していく時期に重なる。開戦のとき彼女は十二歳、終戦は十六歳のときだった。一九四三年、十四歳の須賀は、空襲がはじまるということで東京から夙川の実家に戻っている。学校も東京の聖心女子学院からふたたび小林聖心女子学院に戻った。このとき彼女は旧友と再会する。その人物が「しげちゃん」あるいは「ようちゃん」として作品に登場する高木重子である。

二人は同級生で字義通りの意味での親友だった。須賀には何人か心を許した友がいたが「しげちゃん」は別格だった。二人は互いにとって、もう一人のあり得た自分だったように思われる。

高木重子は、カルメル会の修道女である。女子修道会の数は神様も分からないという冗談めいた言葉もあるほどさまざまな共同体があるが、カルメル会はそのなかでも厳格な規律に従って生活することで知られる、伝統的な修道会のひとつである。

修道女になった者の生涯は活字になることは少なく、その生涯に関する記述に出会うのも簡単ではない。以下に記すことの多くは、私の古くからの親友でもある神父に頼んで生前の高木を直接知る人々から聞いたことにもとづいている。

一九五二年に、聖心女子大学を須賀から一年遅れて二期生として卒業、同年に東京のカルメル会の修道院に入る。一九六二年に北海道の月形に修道院を開くことになり、副院長として赴任、のちに修練長になった。月形の環境はあまりに過酷だった。高木はこの地で亡くなるのだが、彼女の没後、修道院は北海道の伊達に移り、イエズスの聖テレジア修道院と名称も改めている。彼女は膠原病のため八六年の十二月に五十七歳で亡くなっている。

彼女のことを須賀は、『ユルスナールの靴』（一九二九年」）で「ようちゃん」と書き、「しげちゃんの昇天」（『遠い朝の本たち』）では名前の通り「しげちゃん」と呼んでいる。本論では「しげちゃん」の呼称を用いて記述する。「しげちゃんの昇天」で彼女は函館に戻ることになっているが、それはおそらく修道女の身元を明かすまいとする須賀の配慮だろうと思われる。また、「一九二九年」では最初から北海道に行くことになっているがこれも同様の配慮が背景にある創作なのだろう。二人は高木の最晩年に再会しているのだが、この作品では、その面会もなかったことになっている。同作で須賀が、彼女の話を聞いていると「あたま、というのか、精神が丈夫になるような気がした」とも書いているように、二ヶ月あとに生まれたのに「しげちゃん」は精神においては姉のような存在だった。

二人が初めて知り合ったのは小林聖心女子学院の小学部の時代である。だが、当時はさほど親しくはならなかった。本当に心を開いて交友するようになったのは、須賀が夙川に戻ってからだった。

戦争の激化が夙川にかえった理由だったが、その波はこの場所にも届いていた。翌年には学校での授業は止み、校舎も飛行機部品を作る工場になり、彼女らも航空機の部品を作った。

共同作業には集団行動も随伴する。午後三時の休み時間には全員でラジオ体操をしなくてはならなかった。しかし、須賀はどうしてもそれになじむことができない。どうにか逃げ出したいと思い、校舎にある工具室に隠れて、父親の書棚にあった本を読むことを思いついた。

しばらくしてシスターに見つかり、この秘密の場所での読書は終わるのだが、このとき彼女は本格的に読書の喜びを知ったのではないかと思う。本を読むことが楽しいのは以前からも知っていたが、「好きだった国語や英語の時間のないことに、がまんできなかった。わけても文字の世界と切りはなされてしまったことが、むしょうに淋しかった」(「しげちゃんの昇天」)と述べているように、戦争によって文字から強制的に離された彼女は言葉に飢えている自分を発見したのである。

二人を結びつけたのも本だった。「どちらも本が好きだとわかってから、私たちは急速にしたしくなった」(「一九二九年」)と書いている。

ある日、「しげちゃん」は須賀に、今、カトリックの洗礼を受ける準備をしていると告げる。須賀があっけにとられ、こんな時代だから洗礼を受けるのかと聞くと、「しげちゃん」は、時代とは関係がない、大切なのは自分がどう生きたいかで、「いろんな本を読んでいるうちに、やっぱり洗礼を受けようと思ったのよ」と語った。

洗礼の話を打ち明けてからほどなく、「しげちゃん」が須賀に「この本、カトリックの人は読んではいけないことになってるらしいんだけど」と断ってジッドの『狭き門』を差し出した。当時のカトリックの人々によってジッドを読んではならないと言われていたのはこの小説が恋愛を描き出しているからではなく、作家の同性愛に絡む問題もあった。

今は小説の中身はさほど問題ではない。むしろ二人が若いころから自立した、あるいは自由な精神を宿していたこととその周辺の空気の方がよほど重要なのである。「しげちゃん」がカトリックを勉強していたK先生も自由な人だったようで、彼女が、『狭き門』を読んでもよいかと尋ねても、本当に古典と呼ぶにふさわしいものであるなら「教会がなんといおうと、読んだほうが勝ちに決まってる」と答えたという。

東京の聖心女子学院が専門学校から正式な女子大学になることになり、須賀はふたたびこの学校にもどってきた。「しげちゃん」は結核のために一年休学していたが一学年遅れて入学、二人は同じ寄宿舎で暮らすようになり、親交を深めた。二人は英文学を専攻、「しげちゃん」は「国文クラブ」に属していた。

学生時代の「しげちゃん」は堀辰雄を愛し、小説も書いたという。須賀も英語で小説のようなものを書いていたが「しげちゃん」の作品はより本格的だった。彼女は須賀にどうして日本語で小説を書かないのかともいったという。須賀のなかに内なる修道女がいたように、高木のなかにも内なる小説家がいたのである。のちにもふれることになるが、この時期須賀が愛読したのが宮澤賢治の詩だった。

大学を卒業するころ、須賀は進路に迷っていた。彼女と同年に卒業した三十五名のうち十四名は修道女になった。そんなとき「しげちゃん」は須賀のもとを訪れる。何もかもいやになったと窮状を訴える須賀に「しげちゃん」は、真剣な表情で「でも、だいじょうぶよ。私はあなたを信頼してる。ちょっと、ふらふらしてて心配だけど、いずれはきっとうまくいくよ、なにもかも」(「しげちゃんの昇天」)と声をかける。親友のこうした一言は、文字通りの意味で言葉の護符になる。その後、さまざまな場面で幾度となく、この言葉を想い出した、と須賀は書いている。「しげちゃん」は須賀を励ましたあと、ぽつりと自分の将来にふれ、こう語った。

「世のなかで、だれか祈ることにかまける人間がいてもいいんじゃないかと思って」

カルメル会に入ると外部の人との面会にも制限がある。その後二人は何度か会ったと思われるが、けっして多くなかっただろう。大学を卒業してから須賀が、「しげちゃん」からの手紙を受け取った最初は、須賀が夫を喪《うしな》ったときのことだった。誰からももらったことのない長い手紙だったと彼女は書いている。

最後に会ったのは「しげちゃん」が亡くなるひと月前だった。彼女が膠原病の治療のために東京に来ていて、同じ修道会に滞在しているときに面会した。「修道女たちと客をへだてる広い格子窓のむこう側にいる彼女の、白い布にきっちりとふちどられた頬は、熱のせいなのか、まぶしいほど桃色にかがやいていた」と須賀は書いている。

話は自ずと学生時代のことになった。「ほんとうにあのころはなにひとつわかってなかった」と須賀があきれたようにいうと「しげちゃん」は、目に涙を浮かべながらこう続けた。

ほんとうよねえ、人生って、ただごとじゃないのよねえ、それなのに、私たちは、あんなに大いばりで、生きてた。

ひと月ほど滞在して「しげちゃん」は月形に戻った。ずいぶんよくなったと人から伝え聞いていた矢先、「しげちゃん」の姉から亡くなったとの連絡が入る。翌日の手仕事の準備も整えて休んだのだが、夜半に急に体調が悪化、朝までもたなかった。「あなたがいちばん、あの子のことを思ってくださったような気がして」と姉は涙まじりの声で語った。

没後に編まれた『須賀敦子全集』には、家族に送った書簡や日記の一部も収められているのだが、そこに記されている語り口と、作家として発表された言葉との大きな差異に驚かされる。私は生前の須賀に会ったことはなく、話す映像をわずかに見たことがあるだけだが、その凛とした姿からは日記や書簡から見えてくる彼女の様子はうかがえない。

生前の須賀と親しくした人の何人かと会い、話を聞いた。取材というほどのことではなく、同じ愛読者として雑談したに過ぎない。しかし、そうした会話のなかでもまったく異なる須賀敦子が見えてきて、じつに興味深かった。須賀の心にはいくつもの部屋があり、いくつもの扉があり、彼女は出会った人に応じて、招き入れる部屋を慎重に選んでいたのだろう。そして、彼女の心のうちには誰も足を踏み入れたことのない「秘密の小部屋」があった。その隠された部屋をめぐって彼女はこう書いている。

シエナの聖女の周囲には、これとおなじ種類の質問をもった人々がつめかけていた。そこには家庭の主婦がいた。町の弁護士がいた。染物屋のおかみさんがいた。カタリナはこの人々にむかって云った。霊魂の中に秘密の小部屋をつくりなさい。小部屋の準備がととのったなら、そこに入って、おはじめなさい。自己の探求を、ひいては、神の探求を。（「シエナの聖女　聖カタリナ伝」『須賀敦子全集　第8巻』）

互いに自己の孤独を深めることがそのまま友情の深化となる者同士を親友と呼ぶのかもしれない。神の前でどこまでも孤独を生きること、須賀は俗世で、「しげちゃん」は修道院で、それぞれの境涯を生きた。須賀と「しげちゃん」はともに、ひとり、この霊魂の中にある「秘密の小部屋」にいるとき、しばしば互いのことを思い、互いの存在に深い感謝をささげたのではなかったか。人は、面会することがなくても交わりを深めることができる。むしろ、会うことがないからこそ、深化する関係がある。二人はそうした場所で出会い、その宿命を生き抜いたのである。

第三章　人生の羅針盤

すぐ本に読まれる。幼い頃、母にそう叱られることがしばしばあった、と須賀敦子は書いている。本を買い与えられてもすぐに読んでしまう。母親は、読み飛ばしているのではないか、もっとよく読まなくてはだめだという。絶対にそんなことはない全部ちゃんと読んでいる、そう答えると母は、美味しい食べ物をじっくりと味わうように読まなくてはだめだという。

おまえはすぐ本に読まれる。母はよくそういって私を叱った。また、本に読まれてる。はやく勉強しなさい。本は読むものでしょう。おまえみたいに、年がら年中、本に読まれてばかりいて、どうするの。そんなふうに、このことばは使われた。(「父ゆずり」『遠い朝の本たち』)

当然ながら、「本に読まれる」という言葉は消極的な響きを持つ表現として彼女に記憶された。もしこうした読書の才能が、努力の末に獲得された能力であったら少女は本を嫌いになっていたかもしれない。しかし、そうならなかった。「年がら年中」と記されているように、彼女は食べることを止められないように何といわれても本を手放すことはなかった。蚕が桑の葉を食べるように本を読み、言葉の世界へと勇ましく踏み出していく。

それはむしろ、生来の能力だった。あとになって分かったことだが、と断って須賀は、すぐ本に「読まれ」てしまうと娘に小言をいった母親自身が、自分の親からそういわれて育ったと書き添えている。

少女時代の読書の様子は、「ベッドの中のベストセラー」(『遠い朝の本たち』)というエッセイにありありと描かれている。妹とふたり、同じ部屋で本を読む。父からそれぞれもらった『日本童話宝玉集』『グリム童話集』を姉妹は交換して読んだ。須賀は、自分の気に入ったところがあると声に出して読み上げる。だが妹はそれが、自分で発見する喜びを奪われるようで嫌でたまらない。

この頃に彼女は、『新子供十字軍』という本を読む。作者名は記されておらず、カトリックの出版社から出ていたとだけ述べられているが、それは、アンリ・ボルドーが書き、森雅子が訳し、カトリック中央出版部から出版されたものだと思われる。

イタリアの山村に暮らす羊飼いの子供たちが、ある出来事が契機となって神様のお告げを受けたように思い、ローマへの巡礼の旅に出る物語で、子供たちは旅中さまざまな人に助けられてローマにたどり着く、そんな話だった。この本をめぐって須賀はこう書いている。

私の中には、旅に出たいと、遠くの土地にあこがれつづけている漂泊ずきの私と、ずっと家にいて本を読んでれば満足という自分とが、せめぎあって同居しているらしいのだが、私が「巡礼」ということばに目覚めたのは、たしかにあの『新子供十字軍』だったように思う。大学を出てからフランスやイタリアに留学したのも、あの本の記憶がどこかで作用していたのではなかったか。

かつて読んだ一冊の童話が自分をヨーロッパへと導いた、というだけではない。彼女がヨーロッパへ赴いた根本動機が「巡礼」と呼ぶべきものだったことの方がよほど重要だろう。巡礼は、時と行為と思いを神にささげる営みにほかならない。

「大聖堂まで」（『ヴェネツィアの宿』）にはシャルトル大聖堂に向けて第一次世界大戦で亡くなった思想家シャルル・ペギー（一八七三～一九一四）を記念した巡礼に参加する光景が描かれているが、ここで須賀が語ろうとしているのは、のべ十余年にわたるヨーロッパでの生活そのものが長い巡礼の旅だったということだろう。

本章冒頭に引いた須賀のエッセイは「父ゆずり」という題名だった。母は速読を戒めたが、父親は彼女に読書の愉しみを教えた。「私の本好きは、たぶん、父ゆずりだった」と須賀は書いている。

生家が実業家の家系で、その家業の実際の切り盛りを祖母がしていたことは先に見た。本来であれば、会社を牽引しなくてはならなかったのは須賀の父親だったが、彼はそうした仕事には不向きだった。そんな様子を須賀は「祖父の家業をむりやりに継がされた父の仕事ぶりを、祖母はいつももの足りなく思っていて、それを彼の文学好きのせいにしていたふしがある」と同エッセイで書いている。祖母が不満な様子を見せれば見せるほど父親は読書の世界に没頭していった。

家長であるべき人間が、その実力を認めてもらえない。そればかりか味方であるはずの実母によってもっとも厳しく評価される。居場所がなくなるのは当然だった。父親は家にいるときはたいてい不機嫌な顔をしていた。後年彼は家を離れ、愛人とともに暮らすようになる。

このことは須賀にも大きな影響を与えずにはおかなかった。しかし今はこれ以上ふれない。須賀が、父の出奔《しゅっぽん》をめぐって書くのは『ヴェネツィアの宿』においてである。このことはのちに、この作品が生まれてきた経緯と共に論じることになるだろう。

父親は、娘が成長しても本を与え続けた。だが、すすめたのは娘によいと思うものというよりも彼自身が心を強く動かされたものだった。父親は家庭内にも共感する相手が欲しかったのかもしれない。

幼いときには童話を、少し年を重ねてからは、日本画家小村雪岱《せったい》の挿絵の入った『平家物語』や島崎藤村の『幼きものに』などをもらったが、何よりも父親が強く読むのをすすめたのは森鷗外訳の『即興詩人』だった。ローマにいる娘に送った最初の荷物に入っていたのもこの本だった。

だが、このことで『即興詩人』が彼女にとって意中の作品になったかどうかは分からない。あまりに強く他者に推された本は、それがために手に取られないことも少なくない。「父の鷗外」（『遠い朝の本たち』）というエッセイでも彼女はこの作品にふれているが、その筆致からは愛読するといった状態にはならなかったように映る。

しかし、父親が熱く語った鷗外の存在は、特別な光を伴って彼女の人生である場所を占めるようになっていく。須賀に重要だったのは、父がすすめた本の内容よりも、わが身に宿っている大切な何かを賭すように日本文学を語る父自身の存在だった。

「父の忠告は、日本文学の分野ではとくに師といえる人をもつことがなかった私にとって、ほとんど金科玉条だった」と須賀は振り返る。ミラノで暮らしているとき須賀は、日本文学をイタリア語に翻訳する仕事に従事していた。また、イタリアから帰った彼女は上智大学で近、現代の日本文学を英語で講じる仕事に就く。こうしたときも、彼女の念頭を去ることがなかったのは、かつて父親と交わした日本文学をめぐる対話だったのだろう。

少女時代の須賀は、文学ばかりを読んでいたわけではない。これまであまり論じられてこなかったことのように思われるが、若き須賀敦子は『死にいたる病』の著者セーレン・キェルケゴール

（一八一三〜一八五五）の思想に親しんでいた。
現代ではジャン＝ポール・サルトルが提唱した実存主義哲学の始祖のように語られるキェルケゴールだが、この人物の立っていた場所は神無き世界に独り立つことを説く現代の実存主義とは正反対の場所だった。キリスト教が「神」と呼ぶ、人間を超えたものの存在なくしては、人はもちろん、この世界すら存在し得ないとキェルケゴールは考えた。
『死にいたる病』は今日もなお、読まれ続ける哲学界の古典だが、著者自身は哲学の本としてだけ読まれるのを遺憾としていた。この本は、真実のキリスト教に人々を導くことがなければ世に問うた意味はないと彼自身が書いている。須賀がキェルケゴールの存在を知ったのは、前章でふれた親友高木重子を通じてだった。「赤い表紙の小さな本」（『遠い朝の本たち』）と題するエッセイで私たちは、次のような記述に出会う。

昭和十九年の十月だから、彼女も私も十五歳で、ふたりとも、いつ爆弾で死ぬかわからないと、ごく日常的に、でも真剣に考えていた。それでいて、私は専門学校の英文科に進んで、将来は英語を使う職業について独立した生き方をしたいと考えていたし、しいべはキリスト教をもとめていた。当時の私は、自分も周囲もごまかそうとして、ふだんはふざけてばかりいたのだけれど、しいべといっしょのときだけは、真剣に人生や戦争や宗教の話をした。キエルケゴールに熱中していた彼女と話しはじめるとお互いに止まらなくなって、学校工場の帰り道に電車に乗りおくれ、家で帰りを待っていた母たちが心配したりした。

「しいべ」は高木の愛称である。二人は、時を忘れてキェルケゴールの言葉をめぐって語り合う。

こうしたとき、どちらかが強く打たれた本をもう一方が読まないということは起こりづらい。それは相手が投げかける言葉を受け取らないことになる。当時すでに『キェルケゴール選集』（改造社）は刊行されていた。二人が原著を手にした可能性は十分にある。

また、一九四〇年にはカトリック思想界を牽引した哲学者吉満義彦の「キエルケゴールの立場」を含む『詩と愛と実存』が公刊されている。吉満はヨーロッパ思想を血肉化して語り得る稀有な哲学者だった。また、彼は時代の状況をつかみとり、何を論じるかを決する秀逸な能力をもっていた。リルケやドストエフスキーを論じた文章も今日なお、古びることがない。二人が吉満の文章を読んだかどうかは分からない。しかし彼女らが学んだ環境は、こうしたカトリック哲学の最前線にある者の書いた論述の影響が、教師らを通じて流れ込む場所でもあったことは覚えておいてよい。

とはいえ、十五歳の少女がキェルケゴールを読むのは稀有であることには変わりがない。この孤高の思索者の何が、彼女たちの心をつかんだのか。主著である『死にいたる病』の序文でキェルケゴールは、自らの信仰のあり方をめぐって次のように書いている。

> キリスト教的な英雄的精神《ヒロイズム》とは、事実これはおそらくごく稀にしか見られないものではあろうが、あえてまったく自己自身になろうとすること、ひとりの単独な人間、神の前にただひとりで立つ人間に、この巨大な努力をなしこの巨大な責任を負いながらただひとりで立つ、この特定の単独な人間にあえてなろうとすることである。（桝田啓三郎訳、ちくま学芸文庫）

神の前に独り立ち、自己自身に託されている可能性を極限まで開花させること、けっして自分以外の人間になろうとしないこと、それがキリスト者の道だとキェルケゴールは信じた。超越者の前に独り立つ者として生きる、こうしたありようはこれまで「単独者」と訳されることもあった。教会に連なる組織人ではなく、単独者であることによってのみ、人は超越者との関係を深めることができる。そればかりか、個であること、孤独であることを見極めるという道を通じてのみ人は、真の意味で他者に開かれた存在になるとキェルケゴールはいう。

「死にいたる病」とキェルケゴールが呼ぶのは絶望である。だがそれは、失意のどん底にあるような心情を指すのではない。「絶望」とは、真の望みが絶たれた状態、すなわち人間が超越者とのつながりを見失った状態にほかならない。別な言い方をすれば、人間は人間の力によって必要なことはすべて行い得ると考えている状態にほかならない。

人間は、人間を直接愛することはできない。そこには「神」という媒介者を必要とする。だからこそキェルケゴールは、もっとも深き絶望とは自分が絶望していることを知らない状態であることを強調する。それは人間が自らが無力であることを知らない状態であるともいえるだろう。

さらに彼は、もし、超越者が存在しなければ人は、絶望を感じることもないと述べている。光がなければそれを見失うことはできない。さらに光を見失った者は熾烈な態度で光源を探し始める。だから絶望のとき人は、「神」にもっとも近づくともいえる。絶望は朽ちることなき希望の経験でもある。だからこそキェルケゴールは、死ののち神の前に立ったとき人は、この世で絶望を経験したかどうかと問われるという。神の前において、これまで全身で神を求めたことがあるか、と尋ねられると告げるのである。

『死にいたる病』は、それを読み始めた者には難解な思想書のように思われるが、著者本人には別の実感があった。自分は「詩人」としてこの本を書いたとキェルケゴールはいう。

そこでわたしはふたたび昨年の夏に、つまりわたしがかつて生きたもっとも強烈で豊かなときにわたしのいた地点に達した。すなわち、わたしはわたしが宗教的なものの詩人と呼ぶほかないものであることがわかったのだ、

この一節は、『死にいたる病』を書き上げたあとの日記にある。また彼は「詩人」であるというのは、「わたしがわたし自身を理想と混同していないということの表現」でもあるという。「宗教的なものの詩人と呼ぶほかない」と記されているように、彼にとって詩人とは、現代人が考えるような内心の思いの表現者ではなく、『旧約聖書』の預言者たちがそうであったような彼方からやってくる言葉を受け取る者の呼び名だった。

別なところで彼は、自分こそがこの本のもっとも誠実な読者でなくてはならないとも語っている。この本を書きながらキェルケゴールは、自分の意識の働きだけではない、それと随伴して働く何か大きな力を感じていた。彼にとって『死にいたる病』を書くとは、自らもその全貌を知らない言葉の塊《かたまり》を大いなるものから預かることだった。

社会に出て働こうとする年代になるとキェルケゴールは、教会で人々に向かって説教をする牧師になる道を歩きながら俗世に留まり、部屋でひとり言葉をつむぐ著述家になるという道を選んだ。大学教授になる道を進みながらも、結局は学界から離れたところで生きる在野の思索者となった。さらに彼は、教会に近いところにいながらも、その正当なる批判者となり、どこまでも単独の信仰者であろうとした。こうした姿もどこか、須賀敦子と重なり合う。

生きる意味の探求に貪欲だった二人の少女たちは、キェルケゴールの難解な哲学の記述よりも先に、燃える詩人の魂に魅せられたのではなかったか。そしてその炎は、それぞれの場所で「単独

者」であろうとした二人の生涯を通じて、各々の違った場所で燃え続けたように思われる。彼女たちがキェルケゴールに出会ったのは「いつ爆弾で死ぬかわからないと、ごく日常的に、でも真剣に考えていた」時期だったことも、私たちは見過ごしてはならないのだろう。それは、これが自分の読む最後の本になるかもしれないという熱情をもって少女たちがキェルケゴールを手にしたことを意味している。

戦争が終わって三年ほどあと須賀は、新しく大学として出発した聖心女子大学の一期生になる。同級生には後に国連の難民高等弁務官などを務めた緒方（旧姓中村）貞子などがいた。

この頃、須賀は、宮澤賢治の詩に魅せられていた。よいと感じていた程度ではない。「私は熱にうかされるように賢治の詩にとりつかれ」ていたと須賀は書いている。

この一節は、高木との出会いを描いた「しげちゃんの昇天」（『遠い朝の本たち』）にある。学生時代に高木が小説を書いていて、須賀にも小説を書くようにすすめていたのは先に見た。その小説は生きることの悲哀を描き出した作品だったようで、それを読んだ須賀はある日、「どうしてこんな哀しいこと書くの」と尋ねる。すると高木は堀辰雄が好きだからと答える。それを聞いた須賀は「でも、賢治の詩のリズムはこたえられない」という。すると高木は「私はシチュエーションのほうが、興味があるから、詩はわからない」そう語ったというのである。高木が堀を愛したのはその文学が哀調を帯びているからだけではなく、容易に癒えない病を背負った者による共振もあったことは想像に難くない。「シチュエーション」とはそうしたことを指す言葉でもあるのだろう。

いっぽう須賀は、賢治の童話よりも詩を愛し、「シチュエーション」よりも言葉の律動に強く動かされたというのである。何気ない言葉のようにも映るが、須賀敦子の詩学と呼ぶべきものを考えたとき、見過ごすことのできない重要な証言になる。須賀は、文字を通じてだけ詩を味わっているのではない。その言葉の持つ響きを胸で引き受けている。むしろ、どんなに華麗な言葉で紡がれていても心の琴線にふれることのない言葉には自分はけっして動かされないというのである。須賀は賢治のどの詩を愛したのかにはふれていない。たとえば「原体剣舞連《はらたいけんばいれん》」と題する賢治の詩にある次の一節には須賀がいう「リズム」も、おそらくキェルケゴールに感じていただろういのちが燃えるさまも、ともに表現されている。

夜風《よかぜ》とどろきひのきはみだれ
月は射《い》そそぐ銀の矢並《やなみ》
打つも果《は》てるも火花のいのち
太刀の軋《きし》りの消えぬひま
　dah-dah-dah-dah-dah-sko-dah-dah
太刀は稲妻萱穂《いなづまかやほ》のさやぎ
獅子《しし》の星座《せいざ》に散る火の雨の
消えてあとない天《あま》のがはら
打つも果てるもひとつのいのち
　dah-dah-dah-dah-dah-sko-dah-dah（『新編　宮沢賢治詩集』新潮文庫）

小説ではなく詩に魅せられたこと、それは後年の彼女の文学に決定的な意味を持つものとなった。『ミラノ　霧の風景』を出版する前に彼女が雑誌に連載していたのは現代イタリア詩人論であり、古典イタリア文学をはじめ、彼女が強い情熱をもって論じたのが詩人たちだったこともそれを傍証している。イタリア詩人論は没後に『イタリアの詩人たち』として出版された。生前、多くの人にその作品の存在が知られることはなかったが、彼女は詩人論をひっさげた批評家として日本文学の舞台に登場する可能性もあったのである。

彼女が——より精確には彼女の亡き夫が——もっとも愛したトリエステの詩人にウンベルト・サバがいる。須賀が訳したサバの「妻」と題する詩には、こんな一節が記されている。

この世でいっしょにどこかへ行ってしまいたいのは、
この悲しみだけ、この言葉のない悲しみのほかなにもないのを、
どうすれば、ぼくの天使がわかってくれるか。ぼくの痛みは
ぼくだけのもので、ぼくのたましいだけのものだと。
妻にだって、いとしい娘にだって、これだけは譲れない。
愛するものたちにも、公平には頒けられない。(「『トリエステとひとりの女』より」『ウンベルト・サバ詩集』)

ここに「小岩井農場」と題する賢治の詩を重ねてみる。その「悲しみ」は深く共振している。

もうけつしてさびしくはない
なんべんさびしくないと云つたとこで
またさびしくなるのはきまつてゐる
けれどもここはこれでいいのだ

すべてさびしさと悲傷とを焚《た》いて
ひとは透明な軌道《きだう》をすすむ（『新編　宮沢賢治詩集』）

もし須賀が、最晩年にマルグリット・ユルスナール（一九〇三〜一九八七）をめぐって一冊の本を書いたように賢治との出会いを語る作品を残すことがあったらと想像してみる。私たちはこの正統なる異端者と呼ぶべき詩人と対話しながら、自身のなかに眠っていた信仰の問題をユルスナールのときとは別な実感をもって語り出す言葉を目撃していただろう。いたずらな空想ではない。ユルスナールの言葉に喚起されながら、彼女がはっきりと感じ始めていたのはヨーロッパの霊性への憧《しょう》憬《けい》と共に拭いがたく存在する違和の感覚だった。

「『狭き門』をひらく鍵が、精神性、ということばではないかと思いついたのは、数えきれないほどの時が経ってからだった。あるとき、私はミラノの大聖堂がしんそこからじぶんを納得させなかった理由について、考えていた」、「ミラノの大聖堂のゴシックが、どうしても腑におちなかった」と「一九二九年」（『ユルスナールの靴』）で彼女は書いている。

彼女にとってミラノは、人生のもっとも苛烈な季節を過ごした忘れがたい特別な場所だが、そこが彼女の精神の故郷になることはなかった。夫と出会い、稀有な存在の仲間と交わった場所だったがそこも、いずれは去らなくてはならない旅の停泊地だった。年を経るごとに彼女はヨーロッパの文化と内なる霊性との齟齬を感じるようになる。そこに彼女が日本語で、自らの生涯をめぐる文章を書き始めなくてはならない必然もあったように思われる。ミラノの大聖堂に感じた違和の理由は、パリのノートルダム寺院を想起したときに氷解する。「ミラノの大聖堂は、外側だけだからだ」と思ったと述べ、彼女はこう続けた。

パリやシャルトルの大聖堂のようには、内部の緊張感が外のかたちを支えていない。パリでもシャルトルでも、恐竜の骨格のようにいかめしい飛迫壁が、幾重にも波のように重なって、あの内面の空間を守っているではないか。はじめてミラノの大聖堂をおとずれたときの、暗い落胆を、私は想いおこした。あんなに華やかで、あんなに太陽にきらめいていた大聖堂なのに、内部に一歩はいると、これは違う、となにかがささやいた。なにかが、そこにはなかった。内側は見なかったことにしよう、私はそう決めて外に出たのだった。

記憶のなかのカテドラルを追うようにして、精神性、ということばが胸に浮かんだ。精神と肉体というときの、精神だ。パリのノートルダムも、シャルトルも、精神性に支えられているのではないか。生涯のある時期に私がフランスを棄ててイタリアをえらんだ理由のひとつは、たしかにフランスの精神性をどこかうるさく感じていたからだった。

ミラノの大聖堂に比べてみると、フランス・カトリシズムを象徴する二つの聖堂を流れているのはよほど真摯な探求の末に見出された何ものかであることがはっきりと分かる。ここで彼女がフランスの教会に霊性の故郷を感じることができれば問題はなかった。そこに空疎を見ることはないのだが、過剰な語りを感じてしまう。

「聖堂」は須賀敦子の文学を読み解こうとするとき、もっとも重要な鍵語《かぎご》のひとつになる。「大聖堂まで」（『ヴェネツィアの宿』）で須賀は、サン＝テグジュペリの名前を挙げながら、聖堂《カテドラル》と信仰者との関係をめぐって語りはじめる。

そのころ読んだ、サン＝テグジュペリの文章が私を揺りうごかした。「自分がカテドラルを建てる人間にならなければ、意味がない。できあがったカテドラルのなかに、ぬくぬくと自分の席を得ようとする人間になってはだめだ」シャルトルへの道で、私は自分のカテドラルのことを考え、そして東京にいるふたりの友人はどうしているだろうと想った。

誰かが作った聖堂の椅子にちゃっかりと座って自分の願いごとを神に向かって語りかけるような人間になってはならない。むしろ、その席は苦しむ未知の者のために空けておかなくてはならない。内なる聖堂を建てよ。そこに神の臨席を仰げとサン＝テグジュペリはいう。

日本ではあまりに『星の王子さま』が知られていてほとんど彼の代名詞のようになっているが須賀敦子にとってのサン＝テグジュペリは少し違った。「銀の夜」（『コルシア書店の仲間たち』）にもこの作家の名前はひっそりと登場している。

私があれほど彼「ダヴィデ」の詩に傾倒していたのは、ひとつには、それ以前につかまっていた、ペギイからベルナノスという、いわゆる行動的キリスト教文学からサンテグジュペリに到る流れのなかで、彼の作品を「英雄」にからめて理想化していたこと、そして、私自身があまりにも詩を知らなかったからだと思う。

この作家は童話作家であるよりも実践的なキリスト教作家として記憶され、それは彼女の精神界の「英雄」ですらあったというのである。

広い意味では同時代人でもあった作家の存在を知ったのは、大学で『星の王子さま』が原典講読のテキストとして用いられたのがきっかけだった。
出会いはこの本だけでは終わらなかった。彼女は『戦う操縦士』や『人間の土地』を読み強く打たれる。「きみは人生に意義をもとめているが、人生の意義とは自分自身になることだ」というサン＝テグジュペリの言葉は彼女の心をつかんで離さない（「星と地球のあいだで」『遠い朝の本たち』須賀敦子訳）。この作家の言葉によって須賀は幾度も人生の「羅針盤」を修正していったという。
先に見た「大聖堂まで」で聖堂をめぐって引用されていたサン＝テグジュペリの言葉は『戦う操縦士』にあるのだが、それは忠実な翻訳ではなく、彼女の胸に刻まれたいわば「私のサン＝テグジュペリ」だった。「星と地球のあいだで」というエッセイでは、同じ一節が堀口大學の訳文で引かれつつ、この作家との邂逅の意味と重みがよりはっきりと語られている。

「建築成った伽藍内の堂守や貸椅子係の職に就こうと考えるような人間は、すでにその瞬間から敗北者であると。それに反して、何人にあれ、その胸中に建造すべき伽藍を抱いている者は、すでに勝利者なのである。勝利は愛情の結実だ。……知能は愛情に奉仕する場合にだけ役立つのである」

自分が、いまも大聖堂を建てつづけているか、それとも中にちゃっかり座りこんでいるか、いや、もっとひどいかも知れない。座ることに気をとられるあまり、席が空かないかときょろきょろしているのではないか。パリ、シャルトル、ランスとはじめはゴシックの、それからはロマネスクの大聖堂をたずね歩いた留学生のころ、寄贈者の名を彫った小さな真鍮の札のついた聖堂のなかの椅子を見るたびに、また、自分がこうと思って歩きはじめた道が、ふいに壁につきあたって先が見えなくなるたびに私はサンテグジュペリを思い出し、これを羅針盤のようにして、自分がいま立っている地点を確かめた。

聖堂は人間が祈る場所であるだけではない。そこはまず、神が座す場所である。人が生きるのは、自分が望んだことを実現するためではなく、超越者の働きの場になることだというのだろう。そのために人は人生のある時期ばかりか、全生涯をささげなくてはならないこともある。

内なる聖堂を建てるとは、「自分自身になること」と同義である。真の自己になろうとするとき人は自分と他者を比べるのを止める。その人にしか実現できないことに注力しなくてはならない。内なる聖堂を建てるとはそうした孤独な、しかし固有な意味をもつ神聖なる務めにほかならない。

聖堂は、神のすまいであり、本当の自分に目覚める場所である。それと同時に他者と集うところでもある。「人間は絆の塊りだ。人間には絆ばかりが重要なのだ」という『戦う操縦士』にある一節も須賀は引いている。人は内なるわれに出会うことによって他者に開かれていく。キェルケゴールにも宿ったこの交わりの秘義を須賀はサン＝テグジュペリを通じても確かめることになる。

若き須賀敦子に影響を与えた文学者を考えるとき、リルケの存在を看過することはできない。「ジッドについては、話し合ったり、作品を読みくらべたりしたのに、ようちゃんと私は、リルケについて意見をかわさないまま、別れてしまった」と、生前最後の著作となった『ユルスナールの靴』の「一九二九年」と題するエッセイで須賀は書いている。彼女にとってユルスナールという作家は、造られた神を拒む敬虔《けいけん》なる求道者としてリルケの後継者でもあった。求道者とは比喩ではない。人は特定の宗教を信仰せずとも道を求めることはできる。本文中で幾度か「求道者」の文字に出会うように『ユルスナールの靴』は須賀が出会った求道者たちの伝記でもあった。

詩人にとって詩を書くとは、死者と天使から言葉を預かることだとリルケは考えていた。リルケはこの世界の彼方にある、もう一つの世界への扉を開くところに文学の秘義があると信じた。親友が亡くなった今、彼女と言葉を交わさなくてはならないのはジッドに象徴される異端者の意味からだけではなく、リルケによって体現された、死者や天使といった不可視な隣人たちとどう向き合うかという問題なのではないかというのである。須賀はいつも死者の存在を近くに感じていた。それは一九六七年に夫を喪ってから、より鮮明に感じられるようになってくる。一九七一年七月十二日の日記には次のような一節がある。

あれからいろいろなことが、全くいろいろなことがあって、聖母さま、今ここに立っています。ペッピーノに会って、ペッピーノが死んで、おばあちゃんが死んで、パパが死にました。パパは苦しんで死にました。私は一人で生きています。（『須賀敦子全集　第7巻』）

ここにある言葉を彼女は聖母マリアに向けて書いている。マリアはこの世で神の子イエスの母という特別な役割を担ったが、彼女は神ではない。私たちと同じ人間である。ここでマリアは当然、死者である。だが、死ののちも「生きている」、生ける死者である。

生者の誰一人読むことがなかったとしても彼女の中には書かなくてはならない言葉があった。須賀はその内なる促しにどこまでも誠実にあろうとすることに大きな時間と労力をささげたのではなかったか。彼女にとって書くとは、まず、亡き者たちへの手紙だった。

私は、しらずしらずのうちに読むことを覚えた。最近になって、私が翻訳や文章を発表するようになり、父を知っていた人たちは、口をそろえて、お父さんが生きておられたら、どんなに喜ばれたろう、という。しかし、父におしえられたのは、文章を書いて、人にどういわれるかではなくて、文章というものは、きちんと書くべきものだから、そのように勉強しなければいけないということだったように、私には思える。そして、文学好きの長女を、自分の思いどおりに育てようとした父と、どうしても自分の手で、自分なりの道を切りひらきたかった私との、どちらもが逃れられなかったあの灼けるような確執に、私たちはつらい思いをした。いま、私は、本を読むということについて、父にながい手紙を書いてみたい。そして、なによりも、父からの返事が、ほしい。（「父ゆずり」）

この一節は、須賀の作品がどこから生まれ、紡がれた言葉がどこへ向かおうとしているのかを、ありありと示している。「なによりも、父からの返事が、ほしい」との言葉は比喩ではない。死者からの返信は目に見える文字ではやって来ない。耳には聞こえない、声ならぬ「声」としてやって来ることを彼女は知っている。

第四章　二人の聖女

人生の節々で書物が、彼女が来るのをじっと待っている。一冊の書物が人の生き方を根本から変える。本というよりも、そこに秘められている言葉といった方がよいのかもしれない。須賀敦子の一生を考えると、そんな思いに包まれる。

言葉といってもそれは、言語の姿に収まっているとは限らない。それは体現され、伝えられることもある。須賀敦子がシエナのカタリナから受け継いだのは、そうした幾重にも折り重なる意味での「言葉」だった。

大学に入ったばかりの講義で――「たぶん西洋史の授業だったのだろう」(「シエナの坂道」『遠い朝の本たち』)と彼女は書いている――月に一度ブックレポートを提出するようにいわれる。戦争が終わり、担当したのはアメリカから赴任してきた講師で、授業は英語で行われた。はじめての日にタイプライター用の紙二枚に、びっしりと書かれたブックリストが配られる。そのなかから最初に選んだのが、デンマークの詩人で作家のヨハンネス・ヨルゲンセンが書いた評伝『シエナの聖女カテリーナ』の英訳本だった。「カテリーナ」と須賀は書いているが、カタリナと記されることが多いので、ここではその表記を用いる。このとき須賀がカタリナをどの程度知っていたかは分からない。しかし、この一冊は確かに彼女の人生を変えた。

る。

「五百ページもあったろうか」と後年、彼女は記憶をたどるように書いている。おそらく彼女が読んだのと同じ版の本が手元にある。日本でいう菊判で、索引までふくめると四百五十ページほどあ

「のめりこんだ」と述べているように、彼女はこの英訳本を二週間で読み終える。以後、この中世の聖女は、生涯を通じて須賀の、不可視な同伴者となった。

一三四七年、イタリアのシエナでカタリナは、染物屋の二十三番目の子どもとして生まれた。「シエナの聖カタリナ」とは、シエナ生まれの聖女となったカタリナを意味する。

この子どもは幼い頃から少し変わったところがあった。のちに分かるのだが、六歳のときすでに、キリストが聖人たちに囲まれている幻影を見ていたのである。ここでいう幻影《ヴィジョン》はそれが空想の産物であることを意味しない。ここでは霊的世界の現実を指す。「彼にとって幻像は最も切実な経験だった。彼はこの世界に活きる時のみ生命の充実がある事を信じて疑わなかった。深い此意味の世界に浸っていた彼は、彼の背後にいつも神がいる事を信じていた」と、柳宗悦が、詩人であり画家でもあったウィリアム・ブレイクの境涯をめぐって書いている（「ヰリアム・ブレーク」『柳宗悦全集著作篇第四巻』筑摩書房）。ここで「彼」と記されているのを「彼女」に変えれば、そのままカタリナの日常を描き出すことになる。少女は生まれながらの神秘家だった。

「神秘家」という言葉も聞きなれない人がいるかもしれない。それは神秘的現象を好んで語る神秘主義者ではない。ここでの「神秘」は、「神」によって開示された容易に語り得ないものを指す。少し古い言葉だが、道徳を説きそれを尊ぶ人を道徳家と呼んだが、神秘家にも同質の語感を見出してよい。

十五歳になり彼女がある決断をするまで、その存在を知る者は限られていた。当時、その年齢に

なると女性は、嫁ぎ先を決めるのが通例だった。親は結婚をすすめる。娘はどこにもいかない、と答える。そればかりか神に嫁ぐのだといって部屋に閉じこもった。

周囲がいくら説得しても無駄で、ある日、彼女を指導していた司祭はこう語った。「それなら、まず、あなたの波うつ黄金《きん》の髪をおきりなさい」、「あなたが、神にささげられたものであることを、皆にしらせるために」。その言葉通り彼女は、それまで長く伸ばしていた髪の毛を切ってしまう。「髪をきった娘。中世のイタリアにおいて、それは、二十世紀後半のわれわれの想像もつかぬくらい、極端な存在であったに違いない。それは、みにくいもの、忌むべきものでさえあった」と須賀は書いている。

この一節がある「シエナの聖女　聖カタリナ伝」は、一九五七年にカトリック系の雑誌『聖心の使徒』の四月号に発表された。この一文が、書き手として彼女が、自分の名前で発表した初めての作品となった。最初の主題だからこそ、彼女はカタリナを選んだのだろう。

髪を切ったが修道院には入らない。カタリナが選んだのは「マンテラーテ」と呼ばれていたドミニコ会に連なる在俗修道会だった。マンテラーテに属する者は、聖職者の立場を取らない。俗世界にありながら聖性の探究を志す。選んだというのは精確ではない、と彼女はいうかもしれない。ある日、カタリナは三人の聖人が彼女を囲み、マンテラーテの制服を手渡そうとする夢を見る。夢が告げたことに彼女は従ったのである。

「シエナの聖女」は長い作品ではない。文庫版の全集で二十ページほどの短編である。だがこの作品には、須賀敦子の文学の秘密をかいま見ることのできる要素がいくつもある。最初の作品には、のちに開花するものが種子として潜んでいる、といった事例はしばしば見るが須賀も例外ではない。ただ、彼女の場合、この作品がその位置にあることが見過ごされてきた。

一九五六年から須賀は、『聖心の使徒』に欧米で活躍するカトリック思想家の著述の翻訳を寄稿している。翻訳と須賀の文学の関係はすでに見た。それは彼女の批評眼を強く鍛える道程でもあった。翻訳を一年ほど続けたあと「シエナの聖女」が書かれた。

はじめは、エッセイのつもりだったのかもしれない。だが、浮かび上がってきたのは伝記小説だった。それは書き手の肉声がなまなましくとどろいている、従来のかたちとは異なる小説でもあった。『ミラノ　霧の風景』によって広く読まれることになる彼女の文学の原型が、すでにこの作品に表われているのは注目してよい。

作中でもふれられているが、「シエナの聖女」はヨルゲンセンの評伝によるところが大きい。彼女の読みの力は随所に光っている。エッセイと小説と批評が渾然一体となった作品世界、その萌芽はこの作品にはっきりと見ることができる。「シエナの聖女」は次の一節から始まる。

「教会は、時代おくれで、自分自身も、その子供を救うこともできぬかにみえる、とおっしゃるのなら、私は、いいえ、とおこたえしましょう。それは、外見上そうみえるだけなのです。内がわをよくごらんなさい」

炎の聖女、シエナのカタリナのこの言葉を、一九五七年に生きる、われわれのひとりひとりがよく味ってみるべきではないだろうか。「内がわをよくごらんなさい」

「教会」は、須賀のなかでいつも重層的な意味を帯びていた。キリスト亡き後、使徒たちによって築きあげられた歴史の教会、個々のキリスト者が不可避的に交わらなくてはならない時代の教会、そして、神と天使、あるいは死者までも包含した永遠の教会である。「教会」という一語を用いるとき、須賀のなかではこの三つの姿が分かちがたく結びつきあい、存在している。

人々は、よく、教会の堕落について論ずる。しかし、これは誤りではないだろうか。それは、ルッターが、カルヴィンが、そして、かれらにつづく数しれぬ新教徒たちが考えたように、教会の堕落ではない。教会は、あくまでも美しく潔白で、その尊厳は、数人の人々の罪によって失われるということは、あり得ない。

ここで言及されている「教会」はもちろん、永遠の教会である。この一節は須賀のプロテスタント観を明示している点でも興味深い。ルターに始まる新教徒による革命は時代の教会への異議申し立てであり、永遠の教会への反逆ではなかったというのである。須賀にとっても、もっとも重要だったのは永遠の教会である。それは目に見えず、手にふれることもできない。さらにいえば、それを人間の手で打ち壊すことはできない「教会」である。ただ、人はそれを見失うことがある。

人が永遠の教会の門に至るには、歴史の教会、そして時代の教会の扉をくぐらなければならない。須賀にとってカタリナは、この三つの教会における秩序を回復し、そこへ通じる道を切り拓いた人物だった。当時、権力争いなどの理由で分裂しかかっていた教会を、彼女は一なるものとしてつなぎとめようとした。あるときカタリナは、時の教皇グレゴリオ十一世に教会の在り方をめぐって苛烈な書簡を送る。そのなかで彼女は「聖い父よ、あなたは、あるいは、聖い教会の財産を保全し、回復する良心上の義務があるとおっしゃるかもしれません」と述べたあと、こう続けた。

しかし、もっと親愛すべきものを保全する方がよいように思います。教会の宝、それは霊魂の代償として与えられたキリストのおん血であります。このおん血は、地上的財産のために支払われたのではなく、人類の救いのために支払われたのであります。(『手紙』岳野慶作訳、中央出版社)

市井のひとりの、少し前まではその存在すら知られていなかった女性が、時代の教会の頂《いただき》に立つ教皇に、永遠の教会のありようを説いているのである。立場の差異をはるかに超えたところから、このように語りおろされる手紙を彼女は、二代にわたる教皇に、あるいは枢機卿にも、自らの指導司祭にも送っている。手紙を書いただけではない。ときに直接面会し、何をするべきかを彼女は教会を司る者たちに告げた。「父よ」と教皇にむけて呼びかけ「わたしが長々と申し上げたことを、お赦しください」と謝罪したあと「ご存じのように、言葉は心からあふれ出るものであります」と続けるのだった。

先に、語りおろされる、と述べたが、このような手紙をカタリナは、自らの手で書いたのではない。彼女が話すとき、誰かが書記の役割を担うのである。彼女は自分の思いを教皇に届けたのではなかった。どこからか訪れる言葉が自分を貫いていくことを彼女はよく分かっていた。話すときも同じだった。言葉はたしかに自らの口から出る。しかし自分は言葉の通路に過ぎないというのである。

「炎の聖女」と須賀はカタリナを呼ぶ。炎という言葉は単に、須賀がカタリナの生涯に感じとったイマージュではない。カタリナ自身がしばしば「火」という言葉を用いて、神の愛を語った。グレゴリオ十一世に宛てた別な手紙では、彼女は霊魂の火をめぐってこう語っている。

> 自愛心の火をわたしたちから消しましょう。火によって火を消した人々にならいましょう。かれらは、その心のなかに、そしてその霊魂のなかに、名状することのできない熱烈な仁愛の火を抱き、霊魂に飢え、これを味わい、食べていたのです。ああ、心地よく、栄光にかがやく火よ、その力はいかにも偉大で、すべてのみだらな快楽とわたしたちの自愛心とを、かまどが水滴を消し去るように、すみやかに消し去るのです。

「自愛心」は利己心と理解してもよいのかもしれない。キリスト教において火は、何かを滅ぼすものではない。それは浄化と変容の象徴である。神から送られる火は、人間のなかで渦巻く欲望の炎を消し去る。「十字架の狂気にとらわれたもの」（「シエナの聖女」）と須賀はカタリナの姿を描くこともある。聖なる狂気につかまれた者には「あたりまえ、という言葉ほど、無意味なもの」はない、とも須賀はいう。

確かにカタリナの生涯は前例のない事象で埋め尽くされている。教皇に進言した修道女は彼女の前にもいた。しかし、カタリナのように教皇に会いつつ、同じ街に暮らす主婦たちとも交わりを深めた人物は稀有である。彼女は権力者に語るのと同じように、ひとりひとりの民衆にむかって「霊魂の小部屋」で自己と神を探求するように語りかけた。

カタリナの晩年、ペストが流行した。彼女は自分の家族もこの病で喪うのだが、ひるむことなく、何かに守られているかのように病人たちを看護し、死者を葬った。しかし、病の流行が収まったとき、彼女の肉体はすでにその苛烈な仕事に耐えられないほどに疲れ果てていた。一三八〇年、三十三歳で生涯を閉じる。カタリナが、俗世に留まりながら聖なるものを探求しようとしたのは、そこにこそ苦しむ人がいるからでもあるが、むしろ聖性は俗世にこそ顕現しなくてはならない、という信念にも似た思いがあったからだった。須賀はカタリナの回心にふれ、この聖女に投げかけられた問いは、現代の多くの人にもまた、降り注いでいるというのである。

> すべてのキリスト者は、修道生活に召されてはいない。それどころか、修道生活に召されているのは、われわれのうちの、ほんの少数者にしかすぎないのだ。しかし、すべてのキリスト者は、完徳に召されている。しかも、われわれ、ひとりひとりすべては、違った名で、すなわち、独立した一人の人として召されているのだ。だから、「自分がだれであるか」という問題は、すべてのキリスト者が、個々に、神において一生を通じて、解決しなければならない問題だ。ある一つの修道団体への参加でさえ、これに対する答としては、不充分である。それは、結婚生活をえらぶか、修道生活をえらぶかといった問題さえをも超越して続く。

赤裸々といってよいほど痛ましく、自らの心情を語っている。若き須賀敦子の文章にはこうした高き意味における告白の言葉が少なくない。このとき彼女は自らが選んだ道が、ある必然であるのを感じながらも不安のなかにいる。

人は、どのような場所で生きるのかを問われる以前に、「自分がだれであるか」という問いを見極めなくてはならない。同じ人間が存在しない以上、自分は誰であるのかという人生の問いへの返答も、個々別々なものになる。むしろ、そうならざるを得ない。誰かに似た人生への応答はいつも何かが足りない。

カトリックには「倣《なら》う」という霊性の伝統がある。それは手本となる生涯をそのままなぞるということではない。それはイエスの生涯から問いかけられることに、個々の人間が、それぞれのかたちで応えることを指す。

『新約聖書』についで読まれた宗教書とされる、トマス・ア・ケンピスと呼ばれる人物によって書かれた『キリストに倣いて *De imitatione Christi*』と題する書物がある。この本をめぐって須賀が残した発言は確認できていないが、彼女が一度も手にしなかったとは考えられない。私の幼年時代でもこの本は深くカトリックの信仰生活に食い込んでいた。若き須賀の時代であればなおさらである。

この本には「倣う」とは何かを象徴するような言葉がある。著者は、誰が語っているのかではなく、何が語られているのかを問わなくてはならない、というのである。ここで「誰が」というとき、その背後には人間が想起されている。しかし、「何が」と語られるところの奥には「神」という主語が隠れている。「神」は個々の人間にむかって、それぞれの胸に響くように「何か」を語りかける。人生のなかで幾度か、その呼びかけが強く、抗いがたい形で現われる。それを人々は「召命」と呼んだ。

今日、召命ということばは、あまりにも、その浅い意味でのみ解釈されていはしないだろうか。「召命」というとき、第一、われわれは、なによりもまず修道生活への召出しという、この言葉の本来もっている意味の、ほんの小さな一部分を指すのに慣れてしまっているのではないだろうか。

われわれ、キリスト者は、すべてひとりのこらず召されている。だから、あの、カタリナの祈りは、すべてのキリスト者の祈りとならなければならない。主よ、「私はだれなのでしょう。私の名をおおしえください」。自分の名を知らぬものは、呼ばれても気がつかない、ということを、もう一度、たちどまって考えてみようではないか。(「シエナの聖女」)

人は誰も、その人になるという使命の前に召し出されている。世界が一枚の絵だとしたら、その創造主である神は、個々の生涯によって生み出された固有の色によって、その空白が埋められるのを望んでいる。人は皆、個別な「私」の色と共に人生の絵筆を手にしなくてはならないというのである。

ある時期までカトリック教会は、信徒に聖書を読むのを積極的には勧めなかった。その一方で、促していたのは祈りである。この傾向は、須賀の作品にも見ることができる。彼女はさまざまな場面で祈りや観想の意味を語った。しかし、それに比べると聖書の解釈をめぐって語った場面は少ない。彼女が聖書に親しんでいないというのではない。彼女の神学をめぐる研鑽《けんさん》は、近代日本の文学者のなかでは群を抜いている。しかし彼女は、聖書からの問いを字義的に解釈するのではなく、作品を書くことで主体的に深化させる道を選んだ。

「観想」とは、英語でいう contemplation の訳語で、観想的生活というときは、生活のなかに祈りを位置づけるという生き方ではなく、祈りのなかに生活の場所を設けるということになる。「観想」をめぐっては、「シエナの聖女」が書かれたのと同時期に須賀が同じ雑誌に複数回にわたって寄稿したトマス・マートンの翻訳でも述べられている。マートンにとって「観想」は信仰の中心にあるものだった。

そこで与えられたものを力に彼は日常を生きた。「観想」とは、人が超越と静謐のうちに向き合うことでもあるが、人が、超越から生きる力を注ぎこまれることでもある。それはカタリナが人々に促した生活でもあった。須賀のマートンの翻訳は、「存在するものはすべて聖である」と題する一文からはじまり十五回にわたって続けられた。その第十二回が「観想について」となっている。

「観想」を軸にしたマートンと須賀の関係をめぐってはのちの章で改めてふれてみたい。

一九九六年に書かれた「古いハスのタネ」(『須賀敦子全集　第3巻』)と題する、人生の晩節に書かれた断片のような、あるいは読み方によっては散文詩のようにも見えてくる作品がある。そこで彼女は祈りをめぐってこう記している。

信仰が個人的であり、宗教は共同体的であるといいきって、私たちはほんとうになにも失わないのか。

素朴な一節だが、こうした言葉にもカタリナから受け継いだ霊性の影響を感じることができる。在野にありながら教会の霊的な改革に与《くみ》すること、それが彼女の感じた使命だった。今日では信徒から始まる教会の改革も珍しくない。のちに須賀が連なるコルシア書店の運動はその先駆的、かつ象徴的なものだった。それを六百年ほど前にカタリナは試みていたのである。彼女は時代的には中世の人間だが、背負った宿命においては近代人だった。

若き日、あれほど強くカタリナに魅せられたのに、シエナという場所には格別の関心を抱くことはなかった。当時、飛行機で旅することも難しくシエナといっても遠く離れた彼方の場所で、そこへ旅することなど夢にも思わなかったせいもあるのかもしれない、と後年須賀は書いている。

須賀がはじめてシエナを訪れたのは一九五四年の夏、パリ大学に留学しているときだった。二度目はその十七年後。しかし、本格的に彼女とシエナの関係が深まるのは日本に帰国してからだった。夫を喪うという衝撃から少しずつ立ち直ってゆく日々のなかで、彼女は改めてシエナを訪れたいと思う。この地を訪れるたびに、須賀は内なるカタリナとの対話を深めていった。しかし、幾度もそである。

の地を踏みながら、まだ、訪れていない場所があった。カタリナの生家跡に建っている小さな聖堂である。

最初の旅でも立ち寄りたいと思ったのだが、あいにくその日は街で祭りが行われていて、あまりの混雑で彼女たちは自由に身動きが取れない。仲間との旅だったので、待ち合わせ時間に間に合わないという理由で行くのを諦めた。その後、幾度もシエナを訪れ、大聖堂をはじめ、この町の愛すべきさまざまな場所に足を運んだが生家跡にだけは行かなかった。

日本に居を構えるようになり、一九八二年、上智大学外国語学部の助教授に就任したころから須賀は、しばしばイタリアへ行っている。「ある年の八月」、と須賀は書いている。古くからの男性の友人とシエナを訪れた。二人は最初、行動を共にしない。三十分後に会う、と待ち合わせ場所を決め、二人はそれぞれの目的地へ行った。個別行動を促したのは彼女の方だった。そのときの心境を彼女はこう記している。

はじめてペルージャからこの町に来たとき見つけそこなった、聖女カテリーナの生家をたずねたかったのだ。神だけにみちびかれて生きたいとねがった、カテリーナの生家を。いまそこは、たえず巡礼たちがおとずれる、小さな聖堂になっているはずだった。そこに行くには、どうしてもひとりでありたかった。行って、またたくまに過ぎて行った自分のいのちの時間を、カテリーナのきらめく生涯に合わせ考えてみたかった。（「シエナの坂道」『遠い朝の本たち』）

この一節は、カタリナが須賀のなかで生涯を通じてどれほど強い存在感と影響力をもっていたのかをありありと伝えている。「きらめく生涯」と須賀がいうのは、背負いきれないほどの試練のなかで自らを神に捧げ尽くした者の姿を指すのだろう。このときすでに、彼女がはじめてカタリナの評伝を読んでから四十年ほどの歳月が過ぎていた。その意味を彼女はカタリナの生涯に重ね合わせながら見極めようとしている。

小聖堂は険しい坂道の下にある、そう彼女は記憶していた。案内表示に従って行った場所は違った。聖堂にはたどり着いたが、あるはずの坂道が見つからない。そのことに須賀は驚きを隠せない。もちろん、目的は聖女の生家跡の訪問だった。だが、同時に彼女はかつて降りることのできなかった坂道も、もう一度この足で踏みしめたいと願っている。「驟雨のような祈りの声が聞こえてくるカテリーナの小聖堂にはついに入らないで、私は太陽の照りつけるだらだら坂に戻った」と須賀は書く。ここで坂道を降りるという行為は、霊性的世界の深みへ向かうことの隠喩にもなっている。

長年探し求めていた場所にいざ立ってみると、カタリナから本当に受け継ごうとしたものが、改めて自覚されてくる。小聖堂の前に立ちながらそのなかには入ろうとしない。入れば自分はカタリナを鏡にしながら自分を眺めることになる、というのだろう。

「なにも考えることはなかった。泣いたり笑ったり、歩いたり、船に乗ったり、昼寝をしたりした四十年という時間は、それなりに満ち足りたものだった」と須賀は先の一節のあとに記している。

なにも考えることはなかった、と記されているところは、比較するべきものは何もなかった、とした方が、彼女の心情に近いのかもしれない。カタリナと自分の生涯を字義通りの意味で比べるのではないにせよ、自己と誰かを比べようとするところには真実は顕わにならない、そう彼女は感じている。シエナの聖女から須賀が受け継いだもの、それは、独立と憐憫《れんびん》という霊性の態度だった。また、他者とは考えにおいて一致するのではなく、生きることそれ自体において共鳴するという人生の態度だったのである。

「シエナの聖女」を寄稿したのと同じ雑誌に須賀は、「ゆりのごとく花ひらけ　ベルナデッタ・スビルウ」(『須賀敦子全集　第8巻』)と題する一文を寄せている。ベルナデッタ・スビルー(一八四四〜一八七九)の名前を知らなくても、フランスにある聖地ルルドの名は聞いたことがあるかもしれない。ベルナデッタは、度重なるマリアの出現に導かれ、この聖地を見出した人物だった。

カトリックには複数の巡礼地がある。イエスが亡くなったエルサレム、ローマ教皇庁のあるバチカン、イエスの弟子だった聖ヤコブの遺骸を収める大聖堂があるサンティアゴ・デ・コンポステーラ、マリアの出現によって告げられたファティマ、そしてルルドなどがよく知られている。

今日もなおルルドが多くの人を呼ぶのは、その泉から湧き出る水による病気治癒の奇蹟のためである。現代のような科学的な世界観からしてみれば、容易に受け入れることのできない信仰がカトリックの世界には生きている。ルルドに見られる奇蹟は、その典型的なものの一つだといってよい。

ルルドとは何かを調べ始めるとすぐに一冊の本にぶつかる。アレクシー・カレル(一八七三〜一九四四)が書き、彼の没後に刊行された『ルルドへの旅』と題する作品である。カレルは医者である。それもノーベル生理学・医学賞を受賞した、世界的に知られた医学者だった。彼はルルドでの経験を、論文ではなく小説で描き出したのである。

医師である彼は、この地を訪れる以前は奇蹟を信じていない。訪れる前、知人に「ひたすら客観的でありたい」と述べ、こんな言葉を残していた。

きみに断言するが、傷がひとつでもふさがって、治るのを実際にこの目で見ることがあれば、熱烈な信者になるか、気がおかしくなるかのどちらかだ。ただ、そういうことはありえないだ

ろう（田隅恒生訳、中公文庫）

確かにカレルは、「熱烈な信者」にも「気がおかしく」なることもなかった。しかし、この旅で彼は実際に目の前で治癒するはずのない病者が癒えるのを目撃する。そしてついには「ルルドの治癒というものは、現存するどんな療法とも比較にならないほど優れている。苦痛を和らげ、病人を治す方法はすべてよいものだ、効果がありさえすれば。物をいうのは結果だ。ぼくも非凡な出来ごと、それも重要で実際的にも意味のある事件に出くわしたのだ」と語るようになるのだった。

こうした奇蹟を信仰しなければカトリック信徒になれない、というのではないが、奇蹟の存在は多くの信徒のなかの不文律となっているのも事実である。ことに須賀が洗礼を受けた時代はいっそうその傾向は強い。

この作品で彼女は、病気治癒にはほとんどふれていない。具体的に奇蹟にふれないのは、関心が薄いからではない。教会内でルルドと奇蹟は、ほぼ同義といってよいほどの結びつきがあるからである。

日本の教会にはいくつも、ベルナデッタがマリアの幻影を見た場所を模した祈りの空間がある。その歴史は十九世紀末にまでさかのぼる。信徒たちはあえて「ルルド」と呼び、特別な情愛と共にその場に臨み、祈る。ただ、奇蹟が起こるところには熱狂が生まれやすい。須賀はいつも、熱狂からは離れたところにいた。熱狂はカタリナがいう「霊魂の小部屋」に赴くのを忘れさせる。

ルルドを発見した未来の聖女は、カタリナとはまるで性格も活動のありようも異なっていた。カタリナを貫くのが炎の霊性であるなら、ベルナデッタが体現するのは、水の、あるいは泉の霊性だといってよい。すでに見たように、カタリナの言葉は、燃えあがる炎のように広がり、時代を大きく動かした。ある時期の教会はカタリナの言葉によって牽引されたといっても過言ではない。しかし、ベルナデッタは違った。彼女は社会的な活動においてはほとんど無力だった。

一八四四年、ベルナデッタはルルドの貧しい家庭に生まれ、住む家もなく、郊外の古くなった牢獄のあとで生活していた。「公教要理も、まんぞくにおぼえられない子。ぜんそくもちで、青いかおをした、ひよわい子」と須賀はその姿を描き出す（「ゆりのごとく花ひらけ」）。彼女はじつに平凡な女性だった。

真に聖母の目撃者であることは、湧き出た水の働きが証明した。しかし、彼女はマリアの顕現を語るのを好まず、修道院で祈りの生活に入ることを望んだ。俗世では彼女のうちに秘められた働きは見えづらいが、修道院という霊的な空間ならその不可視な内なる輝きもはっきりと感じられるのかもしれないと周囲は考えていた。

しかし、彼女の様子が変わることはなかった。彼女は奇蹟を起こすようなこともなく、いつまでも凡庸な様子に変化はなかった。あるとき、修道院の現場責任者である修練長が、「聖母にえらばれたものとして、ベルナデッタは、あまりにもまずしすぎます」そうつぶやくこともあった、と須賀は書いている。

これほどまでに「貧しい」者に聖母マリアは、世界を揺るがすほどの役割を託した。貧しい者であるがゆえに、と書く方がよいのかもしれない。ベルナデッタの姿を思うと、パウロが『新約聖書』の「コリントの人々への第一の手紙」で語った、次の一節が思い浮かぶ。「兄弟たち、あなた方が召された当時のことを考えてみてください」（フランシスコ会聖書研究所訳注）と呼びかけたあと、こう語られた。

人間的な見方をすれば知恵ある者は多くなく、力のある者も、身分の高い者も、多くはありません。しかし、神は知恵のある者を恥じ入らせるために、この世で愚かとみなされているものを選び出し、また、神は強いものを恥じ入らせるために、この世で弱いとみなされているものを選び出されました。

ここで「恥じ入らせる」とは、神がいなければ、自らは無力であることの認識を強いることにほかならない。「人間的な見方をすれば」ベルナデッタよりも秀でた者は無数にいた。しかし、彼女ほど聖母の近くに接した者はいなかった。須賀が感じていた聖人とは、人の目に偉大なことを成し遂げた人間であるよりも、神に深く信頼される者の呼び名だった。そうした人間はしばしば「弱いとみなされているもの」の姿をして顕われる。

ミラノに居を構えるようになる直前の時期から須賀は、『どんぐりのたわごと』と題する手作りの小冊子を自ら編集、日本の親しい人々に送り始める。その創刊号の「あとがき」で彼女は読者にむかって、聖人になるのを諦めなければならないのか、と呼びかけた。

忙しい私達の毎日の実情としては、その、日に何度のおいのりも、一週に何回かのミサも、青年会の仕事も、なかなか思うように出来ないのが大部分ではないでしょうか。それではもう私たちは、聖人になるのをあきらめねばならないのでしょうか。

この一節が書かれたとき、須賀は三十一歳、夫となるペッピーノと出会い、これからミラノに居を移してコルシア書店で働きはじめようとするころだった。彼女は聖人になろうとしたのか。そうなのである。ただ、それが没後、教会によって「聖人」であると認定される者の呼び名であるとしたら答えは変わってくる。

彼女にとって「聖人」とは、時代の教会によって認められる者の呼称にとどまらない存在だった。それはむしろ、万人に平等に分け与えられている霊の目覚めを意味した。キリスト者とは、不可能であるとは知りながら、キリストに倣い、聖人たろうとする者の呼び名である。そうした思いはこの時期に書かれた彼女の作品からほとばしりでている。人は誰も聖人たり得る霊魂の種子を携えて生まれてくる。目に見えない霊の花を咲かせること、それは万人に平等に与えられている聖なる使命なのではないかというのである。

第五章　母の洗礼

一九五一年に聖心女子大学を卒業すると須賀は、翌五二年に慶應義塾大学の大学院社会学研究科へと進む。社会学に興味があったのではない。大学院に入って、考える時間を稼げればよかった。授業が始まると次第に哲学への関心を深めていく。「大聖堂まで」（『ヴェネツィアの宿』）で当時の心境を彼女はこう語っている。

家族のつよい反対をおして大学に行き、大学院にまで進んだので、だれに対してかはっきりわからない負目を感じることがよくあった。ぐずぐずいってないではやく嫁に行け、それがいやなら修道院にはいればいい、と先輩に言われても、そんなんじゃないという気がした。自分で道をつくっていくのでなかったら、なんにもならない。

裕福な家庭に育った須賀だが、大学への進学は歓迎されていなかった。学問を身につけるよりも早く結婚相手を見つけて欲しいと感じていたのは両親だったろうし、修道院に入ればよいと言ったのは大学の同級生たちだったのだろう。事実、彼女の周囲にはそうした道を選ぶ人も少なくなかった。

聖職者となって、使徒の後継者たろうとする道ではなく、いかに在俗のまま使徒の道に連なることができるのか、それがシエナの聖カタリナを知った須賀の選んだことではあった。しかし、それをどう実現できるのか、彼女にはまだ、その道行きが分からない。彼女は迷いの日々を送っていた。

今日ではほとんど聞かなくなってしまったが、「平信徒」という言葉があった。平社員というのと同じニュアンスで、ちょうど企業内では役付きの社員が偉いとされるように、教会のなかでも聖職に就く者に平信徒は従わなくてはならないという習慣が、この言葉を生んだ。

しかし当然ながら、聖職者と信徒の間には役割の差はあっても霊性の上下はない。そもそも霊性においては、本源的にそうした権力構造は成り立ち得ない。のちに須賀は先述の『聖心の使徒』という雑誌に「教会と平信徒と」と題する一文を書き、自らの実感を隠すところなく語った。

（司祭や修道者が、「聖なる」人びとで、平信徒は「俗人」という、悲しい、しかも、そそっかしい誤解を、もう卒業してもよいころと思う。洗礼と堅信によって、キリスト教徒は、キリストの生命に、全的にあずかり、ひいては、キリストの司祭職にも参加することになる。かれらは、聖なる民なのであり、教会の中で、司祭にくらべて、ひくい存在ではあり得ない）（『須賀敦子全集　第8巻』）

今日でも鮮烈に映るのだから、発表時に読んだ人は少なからず驚いたに違いない。それほどに聖職者と平信徒の間には暗黙の、だが明白な地位の差があった。そうした現状を踏まえつつ須賀は、永遠の視座から見れば信徒もまた、その場において司祭とは別なかたちで「司祭職」に参加することになる、というのである。

この一文が書かれたのは一九六八年で、須賀はすでにコルシア書店にいて、前年には夫ペッピーノが亡くなっている。語調の強さと確信の度合いの高さの背後には、十年ほどにわたるイタリアでの経験がある。しかし、同質の思いは彼女がヨーロッパに渡る以前からあったことも、本章冒頭に引いた一節からはっきりとうかがえる。「教会と平信徒と」の終わり近くで須賀は、キリスト者として生きるという問いをめぐって自身の思いを端的に「言葉」と「愛」の二語に収斂《しゅうれん》させ、次のように述べている。

キリスト教徒の召命を生きるということはすなわち、神の御言葉を、すなわち、愛を、どのような逆境にあっても、もちろん、どんな楽しい時にでも、本気で信じているものとして生きることなのである。それは、だから、日常のあらゆる瞬間を、心をこめて生きることにほかならない。

信仰をめぐるこうした率直な文章を須賀は、これ以降は書かなくなってしまう。ゆっくりとではあったが、作家としての道を歩き始めたからだ。きっかけはノーベル賞の授賞式に参加するために渡欧していた川端康成とローマで面会したことだった。夫が逝き、途方に暮れているときに彼女は、この作家から小説を書くことを強く促される。

おそらく須賀が大学院へと進学した年の暮れだと思われる。彼女の年譜からも確かな年月は分からないのだが、母親万寿が地元の夙川教会で洗礼を受けている。

「洗礼をうけたら、悩みがなくなるなんて、私にはとても信じられない」と母親は日ごろから語っていた（「旅のむこう」『ヴェネツィアの宿』）。戦争が終わって須賀が本格的に進学すると住まいは東京になり、夙川の家に帰る日はおのずと限られるようになってきた。またこの頃、父母の夫婦関係もこじれてきていて、母は病気で床に臥しがちになった。そんなとき、伝道婦が彼女のもとを訪れる。

「おじょうさんが、カトリックになられたのだから、奥様も、と言って、教会の伝道婦さんが、母のところに現れるようになった」と須賀は書いている。

伝道婦といっても読者には、あまりなじみがないかもしれない。風呂敷いっぱいに聖書や祈禱書はもちろん、聖人伝やロザリオやキリスト像などを背負って各家庭を訪れ、これらを売りつつ、宣教する。そうした人々がかつてはいた。

たとえば、私が大学生になるころまで郷里にある実家を伝道婦が定期的に訪れていた。母は彼女が来るとさまざまなものを買うから、来たことはすぐに分かる。書店では買えないような信仰をめぐる書物や聖人像が家に置かれるのである。母は家族のために祈ってほしいと頼み、幾らかのお布施のようなものを手渡すこともあった。

神学を司祭から学ぶのが正式の門だとすると、伝道婦との会話は目には見えない、もうひとつの入口だった。司祭に聞けないような日常的な、あるいは卑俗な質問も伝道婦にはなら気兼ねなくできる。

あるとき、須賀の母親のもとを訪れた伝道婦が、天使の存在を信じなければ洗礼を受けることはできないという。すると母親は「それでは仕方ありませんねえ」と悪びれずに言った。須賀は後日、伝道婦から聞いたと断りながら、母はさらに「わたしはそんな不思議なものをとても信じられませんから、どうぞお帰りください」と言い添えたという。伝道婦もほかの人に言われたら腹も立つのかもしれないが、このときは違った。あまりに率直な言葉に受け応えすることができず、その日はそのまま帰るほかなかった、というのである。

そう言いながらも彼女は、しばらくして洗礼を受けた。しかし、この母親はこのままで収まるような人物ではなかった。日曜にはミサに参加するために教会へ行く。その後娘たちに「ねえ、おまえたち、ほんとうに神さまのことを信じてるの」とぽつりと言うのだった。当然、娘たちは驚く。また、あるときは「なにも信じないよりはましだって、そう思って、わたしは洗礼をうけることにしたんだから」と語り、また「終点にだれもいないより、神さまがいたほうがいいような気もするわ」とも言った。

こうした母親の姿を見て須賀は、「そう言われてみると、結局はそういうことかと胸にひびくものがあって、やわらかな母の信仰がうらやましかった」と書いている。信じようとする心にしか疑いは生まれない。疑念は信仰の否定ではなくむしろ、信仰の道程を歩いている証しにほかならないというのだろう。

洗礼をめぐる出来事があってしばらくした日、須賀が母親といっしょに風呂に入っていたときのことだった。「ヨーロッパに行きたい、フランスで文学の勉強をしたい」彼女は心境を打ち明ける。母親は耳にしたくないことを聞いたという素振りをしつつ、「パパに聞いてごらんなさい」と言い残して浴室から出て行った。

大学で彼女が学んだのは英文学だったのにフランスへの留学を切望したのには理由があった。当時、フランスから帰国したばかりの哲学者との出会いがその引き金になった。その哲学者とは三雲夏生である。

第二次世界大戦で日本が敗れたため、日本人がヨーロッパに渡航するのには制限があった。それが解禁された一九五〇年、六人の若者がフランスに留学する。カトリックの篤志家たちが出資し、基金を作り、遠藤周作、三雲夏生とその弟でのちに核物理学者になる三雲昂《たかし》の三人が選ばれる。そこにのちにフランスで叙階し、カトリック司祭になる井上洋治もいた。
「めぐりあい――畏友『彼』」と題するエッセイで遠藤はこのときのことにふれている。「ひょんなことから仏蘭西《フランス》留学が決まり、現在、慶應の文学部長である三雲夏生君やその他、二人の日本人学生とマルセイエーズ号という仏蘭西船で横浜を出帆した」と書いたあと、次のように言葉を続けている。

　留学といえば聞こえはいいが、昭和二十五年の日本はまだ戦争犯罪国である。世界のどの国とも国交は恢復《かいふく》しておらず、大使館も領事館も行く先々の国にはない。私たちのビザも一年がかりでもらい、パスポートには進駐軍の認定判が押してあった。そして私たちが乗りこんだのはマルセイエーズ号の四等――船底の暗い部屋だった。（中略）
　一カ月の船旅は戦犯国民五人の日本青年たちにとっては決して楽しいものではなかった。日本が侵攻したフィリピンやシンガポールでは憎悪と怒りの眼が我々を待っていた。マニラでは生命の安全さえ保証できぬと船長に言われ、六月のすさまじい暑さのなか、私たちは船底に三日間、かくれていた。（『井上洋治著作選集6』日本キリスト教団出版局）

　四等はいわゆる客室ではない。本来であれば荷物を入れる「アントルポン」と呼ばれる「船尾の甲板の下の船艙《せんそう》」に、粗末なベッドが二百ほど並べられているだけだった。当然ながら揺れも激しい。毛布も食器も自分で持ち込まなくてはならなかった。だが、こうした厳しい環境での旅は、自然に交わりを深める。遠藤の文章では五人となっているが六人が正しい。彼らは「文字通り寝食を共にし、大いに語り、時には口論し、また上陸地点ではいっしょに行動した」と三雲昂が『四等船客の文化論』（ABC出版）に書いている。題名の通り、このときの様子はこの本に詳しい。

ことに遠藤、井上、三雲夏生はこの渡仏留学を機に親友になった。三人の関係は生涯を通じて変わることはなかった。

こうした状況に鑑みると、遠藤と須賀はカトリックという信仰の立場だけでなく、人的関係においてもじつに近いところにいたことが分かる。須賀が遠藤に会いたいと思えば三雲は労を惜しまなかっただろう。須賀が遠藤の主宰する勉強会に参加したことはあったが、それ以上の接点は生まれなかった。

二人が亡くなり、二十年ほどの時間が経過しつつある。時のちからを借りながら、すこし遠巻きに二人の生涯を見ていると、近代日本のカトリック精神史においてじつに相補的な役割をはたしていたことが分かる。のちの章で見るが、フランス留学においてそれぞれがつかみとってきたものを見るとき、その異同は明らかに感じられるだろう。

慶應義塾大学にはカトリック栄誦会《えいしょうかい》という、カトリックに近しい人々が集い、研究会や講演会などの催しを行う組織があった。当時、この組織の責任者を務めていたのが哲学者松本正夫（一九一〇～一九九八）だった。

彼は、学者としては、スコラ哲学を専門にしつつ、独創的な存在論の思索を深めた人物だった。それと共に、カトリック教会は永遠と神だけでなく時代と人間に深く交わらなければならない、と訴えた思想家でもあった。この人物との出会いによって須賀は、ある方向に大きく人生の舵を切ることになる。ある方向とは「あたらしい神学 Nouvelle Théologie」あるいは「カトリック左派」と呼ばれる潮流にほかならない。

今をどう生きるのかは松本にとって、もっとも重要な問題だった。彼は永遠を軽視しているのではない。永遠の扉は今にあると訴えている。時代の問題と対峙することで人は超越者とのつながりを取り戻すことができると考えていた。そうした提言は須賀が彼に出会う以前、『世紀への展望』（岩波書店）において示されていた。

ここに収められた「マルキシズムとの対決」と題する一文で松本は、マルクス主義をかつてのキリスト教史上の異端になぞらえている。それらは単に正統なるものに抗するためだけに出現したのではなく、正統なるもののなかにすでにありながら、十分に顕現し得ていないものが姿を変えて顕われた事象にほかならない。異端は期せずして「一種の摂理的ともいうべき使命を果」たすこともある、という。

時代的なものは常に誤謬である。しかし同時に摂理的でもある。永遠な啓示的真理を委託されたカトリック教会は、この誤謬に対して一歩も譲歩しない。教会は時代的なものに対して常に文句をつけているようであるが、正にそのことによってかえって人類の進歩に貢献し、人類の破滅を回避しえているとの明確な意識を有する。それは時代的なものに含まれた一切の真理の断片を人々がその一つをも失うことなく、永遠のカトリシズムの中に斉合的に再発見するのを待っているのである。時代はしばしば異端の発生をもって拓かれるが、カトリシズムの勝利をもって完結し、この時、時代的なものは永遠的なものによって換置せられる。

「教会」と松本がいうとき、そこには多層的な意味が込められている。それはバチカン市国にあるローマ教皇庁を頂点とする同時代の社会的な組織であるよりも、「永遠のカトリシズム（普遍）」を体現する生命体であることに注意されなくてはならない。そうでなければ、彼が異端の出現を「摂理的」とまでいう対話的態度が見過ごされるだろう。

「斉合的」とは、容易に一致しないものが高次な姿に変じていくことを指す。正統が異端を撃つべきである、と松本は感じていない。正統は異端の突きつける問いと真摯に向き合わなくてはならないと考えている。

時代的なものは永遠なるものに変容されなくてはならないという責務と課題を、もっとも烈しく託されているのは、時代的な意味での「教会」である。そうした自覚が、先の一節を裏打ちしている。

この著作のあとも松本は、さまざまなところで時事的な問題に言及している。戦争、公害、原子力問題、水爆実験など眼前の出来事を永遠の視座によってとらえ直そうとした。こうした発言はのちに『神学と哲学の時代』（中央出版社）と題する著作にまとめられ、そこに須賀が松本と交わりを深めていた当時に発表された「今日の世界を支えるもの」と題する一文がある。そこで松本は、現代を生きる人間の根源的な使命にふれ、自身の思いを実践家として率直に、かつ哲学者としては省察的に語っている。

「人間は質料的なるがゆえに実体変化する歴史的な世界に属するとともに、その歴史的時代性に呑みこまれてはしまわない自覚的自主性的な何ものかでもある」という。肉体をもった過ぎ行く時間を生きなければならない歴史的存在であると同時に、けっして過ぎ去ることのない永遠という座標軸を内に有し、それによって大いなるものとつながっている、というのである。彼は、こう続けた。

「世界の論理」と「世界の秩序」とを歴史的時代的に設定し、旧世界を新世界に転換する大きな使命があると同時に、これを世界の質料的性格に即しただけでなく、自己の人格的次元を媒介として実現してゆかねばならない義務がある。

ここでの「人格」は、特定の性格や精神性を示す言葉ではない。それは、何ものかから万人に付与されている、人を人たらしめている働きを指す。質料は、いつか朽ちる。しかし、人格は永遠と人間をつなぎあわせる。

人格を目覚めさせ、永遠を生きるとは今を、自らの時代を主体的に生き抜くことと同義である、というのが松本の哲学者としての、また信仰者としての態度だった。こうした霊性はそのまま須賀に流れ込んでいる。彼女がコルシア書店で働く以前に書かれた「現代を愛するということ」（『須賀敦子全集　第8巻』）と題する文章には次のような一節がある。

われわれにとって、この時代こそは、最上の時代である筈です。この時代こそ、それに生き、それを犠牲《いけにえ》としてささげるために、われらにあたえられた時代だからです。あらゆる世代は、それぞれの時代を愛すべきです。これこそは、絶えることのない善意をもって、神がわれわれに与えたもうた時だからです。そして、すべてが恩寵なら、あらゆる時代は、恩寵の時なのです。

「犠牲」という言葉の意味がつかみ取りにくいかもしれない。この言葉は、人が超越者にささげ得る真摯な、そして手にはふれ得ない供物と考えてよい。時代をとり巻く問題も、一種の超越者からの呼びかけであり、人がそれに応じるのを待っているというのである。

こうした言葉を書き記しながら彼女の念頭にシエナの聖カタリナの姿が思い浮かんでいたように思えてならない。さらに、この聖人の生涯を記した「シエナの聖女」のあと『聖心の使徒』に発表された「諸民族間の兄弟的愛」（『須賀敦子全集　第8巻』）と題する一文で須賀は、時代を生きる使命という問題を深化させようとする。宮澤賢治の「農民芸術概論綱要」にある一節を引きながら、キリスト者にとっての幸福をめぐって彼女はこう述べている。

「世界ぜんたいが幸福にならないうちは、個人の幸福はあり得ない」という、宮沢賢治のことばこそは、キリストの神秘体たる世界を信じる私たちの、いくら黙想しても足りぬ事実なのである。

現代にキリストをよみがえらせる言葉は、キリスト者から発せられるとは限らない、と須賀は考えている。彼女が賢治を愛読したのは学生時代だった。そうした視座がコルシア書店の一員となる以前から彼女のなかで強く芽生え、そういう実感が生き続けているのは注目しておいてよい。

第二バチカン公会議でカトリックが対話を訴えるようになり、それから十分な時間が経過した今日、こうした発言を見つけるのは難しくない。しかし、須賀が生きた時代は違った。私たちが見過ごしてはならないのは、彼女がその一部となって働いたカトリック左派の運動が、現代のような対話が可能な状況を、文字通りわが身を賭して築き上げた事実だろう。

栄誦会とは別に松本の自宅で勉強会が開かれていて、須賀はそこに参加するようになる。そこで須賀は三雲を知り、そしてのちに須賀の親友となり、三雲の妻となる野崎苑子と出会う。一九五三年、三雲夏生はフランスから帰国する。このとき彼が持ち帰ったのが、のちに「あたらしい神学」

と呼ばれる思想潮流だった。

一九五〇年代の前半は、戦時中、対ナチスの抵抗運動でうまれた、より普遍的な教会をもとめる声がさかんで、なかでも作家のフランソワ・モリアックらのカトリック知識人グループや、ドミニコ会の学者司祭たちが先頭にたって推進していた「あたらしい神学」の運動が、世界各地の若いカトリック教徒の共感を呼んでいた。とくに一九五四年は、こういった精神を身をもって生きようとしたフランスの労働司祭たちがローマ教皇庁にきびしい弾圧を受けたり、カトリック界の知的指導者の中心人物が何人かとつぜん左遷されたりで、大学のなかまで騒然としていた。（「大聖堂まで」『ヴェネツィアの宿』）

この一節は、須賀がパリ大学で学んでいたときのことをめぐって記されている。「ドミニコ会の学者司祭たち」とはイヴ・コンガールやマリ＝ドミニク・シュニュを指す。コンガールはのちに第二バチカン公会議の実現に影響力をもち、シュニュはフランス労働司祭運動において指導的な役割を担った。

須賀の言葉を読むと「あたらしい神学」という表現も肯定的なものに映るかもしれないが、現実は違った。Nouvelle Théologie とは、一九四二年にバチカンの検邪聖省がシュニュの言動を批判し、用いた言葉だった。一九五〇年に発表されたピウス十二世の回勅『フマニ・ゲネリス』の発布によって「あたらしい神学」への批判は頂点に達する。

しかし、このとき批判された神学者たちによって新しい時代がもたらされる。須賀は日本で三雲から知らされた神学の流れがより大きな潮流となって動き出そうとする現場に立ち会っていたのである。

「あたらしい神学」は聖職者と在俗の信徒が共に参与することで豊かになっていった。「モリアックらのカトリック知識人」には、エマニュエル・ムーニエ、ガブリエル・マルセル、ジョルジュ・ベルナノスといった人物が含まれる。なかでもムーニエの思想はのちに須賀が携わることになるコルシア書店の運動を強く支えた。しかし、須賀の文章を見てもムーニエに関する記述にはさほど遭遇することができない。ただ、それは次に引く、きわめて重要な一節で登場する。


一九三〇年代に起こった、聖と俗の垣根をとりはらおうとする「あたらしい神学」が、多くの哲学者や神学者、そして、モリアックやベルナノスのような作家や、失意のキリストを描いて、宗教画に転機をもたらしたルオーなどを生んだが、一方、この神学を一種のイデオロギーとして社会的な運動にまで進展させたのが、エマニュエル・ムニエだった。彼が戦後、抵抗運動の経験をもとに説いた革命的共同体の思想は、一九五〇年代の初頭、パリ大学を中心に活躍したカトリック学生のあいだに、熱病のようにひろまっていった。教会の内部における、古来の修道院とは一線を画したあたらしい共同体の模索が、彼らを活動に駆りたてていた。(「銀の夜」『コルシア書店の仲間たち』)

カトリック左派を語ることにおいて、この一節ほど端的に、また生き生きと定義した文章を、私はほかに知らない。この一節を丁寧に読み解くことができれば、須賀敦子を支えたキリスト教思想の核心に迫れる。

これを先に見た『ヴェネツィアの宿』の一節と並べてみると、須賀がカトリック左派の熱風を強く浴びたのはパリ大学でのことであるのは明らかだが、『コルシア書店の仲間たち』だけを読んでいるときにはそれが分からない。「熱病のようにひろまっていった」との一節では、須賀自身の、わが身に浴びた霊性の火の粉をめぐって語られている事実が伝わりにくい。

こうした文章が生前、彼女とカトリックの関係がさほど語られなかった遠因になっているのだろう。ある人々は須賀自身の経験の記述としてではなく、年譜的事実が記されているように読んだ。だが、おそらく須賀は意図的にそうしたようにも感じられる。ここに作家である彼女の矜持を見る思いすらする。「私」を語り始めれば、作品のなかで「仲間」たちが沈黙してしまう、そう感じたのだろう。

一九三六年、ムーニエは「人格主義宣言《ペルソナリスム》」を発表し、人格の優位を説いた。人は人格を付与されていることによって根源的に平等であると唱えた。人格が一義的に問われるとき、何を信じ、何を考え、どの国に、どんな立場で生きているかということは、二義的な事実を示すに過ぎないと考えた。

また、現代人は人格を二重の要因で見失ってきた。一つはあまりに個人であろうとしたため、そしてもう一つはあまりに集団的になろうとしたためである、とムーニエはいう。

人はおのずから生まれ、おのずから存する、と実存主義は考える。しかし、人格主義は違う。人格は超越的創造者によって与えられたと考える。マルクス主義はいつの日か、プロレタリアート革命の実現を望むあまり、個の存在の絶対性を看過した。どんな隠喩的な意味であったとしても人間を「細胞」と呼ぶ視座に人格主義は立たない。三雲夏生は「人格主義序章」と題する一文でこう述べている。

両義的性格の統一の場である人格は絶えず、心と物、霊と肉、主体と客体、自由と必然、個人と社会、哲学と科学、倫理と政治・経済、超越と参加、永遠と時間等々の中間に緊張して存在しているのである。（『カトリシズムにおける人間』春秋社）

人格は、乖離《かいり》しがちな二者をつなぎあわせる。人格は概念的な存在ではなく、働きであるというのだろう。ムーニエは実践的な哲学者だった。彼は語ったことは実践されることで現実となると考えた。先に述べられていたように「あたらしい神学」の実現で本質的な役割を担いながらも、ムーニエの名前が現代においてさほど知られていないのは、過酷な実践運動のために彼が早逝しなくてはならなかったことも少なからず影響している。

思想家は問題を提起し、別な人がそれを実践する。思想はそうして広まり、そのために変貌した。ルソーとフランス革命にまでさかのぼらなくても、マルクス主義がロシアに移植され、レーニン主義へと変化していくことを想起すればよい。だが、ムーニエはそうした道を選ばなかった。彼は語り、実践した。こうしたムーニエの生涯を踏まえてなのだろう。三雲は同じ一文で哲学における理論と実践の分かちがたい関係に言及する。

真理は常に行為を通じて開示される。哲学的反省は従って本来的に倫理的行為に直結すべきものであり、行為との繋りをもたない哲学は実りないものである。

ここで述べられているままに三雲は生きた。彼は一九八七年に六十四歳で逝く。慶應義塾大学で文学部長を五期にわたって務め、その激務も重なって亡くなった。研究業績をこれからまとめ、世に問おうという矢先のことだった。私は井上洋治が、目に涙を浮かべて三雲の死を悔やんだ姿に接したことがある。

この一節で「倫理」と述べられていることはもちろん、品行方正であることを示しているのではない。それは「人間を本来の人間につれ戻し、人間的生によみがえらせるということ」であり、倫理学とは、「人間の運命を知り、人間の実践を指導し、人間の幸福をはかること」にほかならないと三雲はいう。

第一章でも引いたが、コルシア書店の精神にふれ須賀は、キリスト教の殻に安住することなく「人間のことばを話す『場』をつくろう」（「銀の夜」『コルシア書店の仲間たち』）というのが、この場所に集った人々に共通の理念だったと述べていた。ここで須賀が用いている「人間」という一語の奥には「人格」という言葉が潜んでいる。そこには三雲から告げられた人格主義の影響をありありと見ることができる。

「人間のことば」という表現には、当時のキリスト教――この場合カトリック――は同じ信仰を抱いている人々には伝わる、一種の隠語のようなもので話していたという痛切な批判もこめられている。特定の宗教に連なることがなくても人は、人を超えるものとのつながりを見出すことができる。それを霊性の道と呼ぶとすれば、コルシア書店の人々が開こうとしたのは信仰の広場ではなく、霊性のそれだった。

「人格主義序章」の先の引用の前で三雲は「倫理は義務であると同時に、愛による一致である」と述べている。彼は――先に引いた須賀がそうだったように――「愛」という言葉がすでに、愛の実相を表現し得なくなりつつあることを承知で、あえて用いている。困難を超えて愛という言葉を書き記し、愛と呼ぶほかないものを「よみがえらせる」ことが倫理学者に託された務めだと考えたのだろう。同質の思いはムーニエにもあった。

亡くなる前年にムーニエは『人格主義』と題する著作で、人格は交わりとして顕現すると述べ、「交わりはそれが呼びかけた者を解放しつゝ、呼びかける者をも解放し、強固にする」と書いた（木村太郎・松浦一郎・越知保夫訳、白水社）。

人が何かを送り届けようとするとき、受けた者を強固にし、同時にそれを運ぼうとする者の存在もまた強める。こうした出来事を実現するもの、それをムーニエは「愛」と呼ぶ。さらに、われ愛す、ゆえにわれ在り、そして愛するがゆえに人生は生きるに値する何かとなる、とも書いている。三雲の言葉を借りれば、愛こそは、「人間を本来の人間につれ戻し、人間的生によみがえらせる」というのだろう。

「カトリック左派」という言葉は、須賀敦子の作品を読みとく重要な鍵となる。しかし、用いるときには一定の留意がいる。「あたらしい神学」が両義的だったように、コルシア書店の運動を象徴する表現なのだが、それは同時にコルシア書店に集った人々にとっては半ば自虐的な呼称でもあった。党派、宗派の壁を打ち破り、言説ではなく、その精神、心において交わり、対話し、ときに討論する場を作ろうというのが彼らの願いだったからだ。

今日では宗教間の対話という言葉もほとんど説明なく通用するが、須賀が栄誦会に入ったころは必ずしもそうとはいえない。カトリックをはじめとするキリスト教諸派も自らの勢力の拡大と確保に大きな労力を注ぎ込んでいたし、他の宗教に対して、侮蔑的な表現を用いることもあった。仏教やイスラームとの対話を積極的に行う、須賀が敬愛したトマス・マートンのような宗教者もいるが、例外的な存在だった。

例外は非宗教者のなかにもいた。ムーニエの周辺にもコルシア書店にも信仰者のよき対話者となる無神論者はいた。禅に啐啄同時《そつたくどうじ》という言葉がある。卵の殻は外からだけでなく、内からも打ち破られなくてはならない。それはカトリック左派の人々の確信でもあった。

それでもなお「左派」と呼ばれるのにも理由がないわけではなかった。彼らが革新的だったからではない。むしろ、彼らは伝統的だった。「あたらしい神学」の中心にいたシュニュがそうだったように、カトリックには同時代では異端視された動きによって新しい時代が作られてきた歴史がある。ここでの左派とは、非教条的であることを意味する。

従来の思想家はどうにかして人間の存在を自説のなかに取り込もうとした。しかし、カトリック左派の人々はそうした理論を嫌った。このうねりに連なった人々は人間を固定した存在だとはみなさない。「人格のうちにはあたかも神聖な火の如く燃えている一つの制禦し難い情熱が存在する」(『人格主義』)とムーニエはいう。火は、けっして消えることがない。また、人格の炎は条件さえ整えばいつでも、もう一つの人格に飛び火する。

この時期に須賀が、松本や三雲と出会っていなければおそらく、フランスへ、さらにはイタリアに行き、コルシア書店でカトリック左派の運動に参加することもなかったに違いない。別な言い方をすれば、彼女がカトリック左派の精神にはじめてふれたのはヨーロッパにおいてではなく、日本でだったことを見過ごしてはならない。霊性の種子を須賀は日本で宿し、それをフランス、さらにはイタリアで開花させたのだった。

大学院時代、須賀は政治団体でもあったカトリック学生連盟に参加、破壊活動防止法の成立を阻止する運動にも連なっている。ここで須賀は、のちに国際政治学者となる武者小路公秀や有吉佐和子と出会う。有吉とは交友を深めた。二人の出会いをめぐっては松山巖の『須賀敦子の方へ』(新潮文庫)に詳しい。彼女たちは一九六〇年にローマで再会する。

一九五三年、須賀は政府保護留学制度に合格、七月には神戸港からイタリアのジェノア行きの船に乗り、その後陸路でパリへと渡った。三雲と出会ってからまだ四ヶ月しか経っていなかった。

第六章　夢幻のカテドラル

見えない力に引きよせられるように須賀は、一九五三年七月、平安丸という船に乗ってイタリアのジェノアを経由してパリに渡った。

「船員五十人にたいして船客は四人だった」と「プロシュッティ先生のパスコリ」（『ミラノ　霧の風景』）に書いている。この船は客船ではなく、貨客船だった。ジェノアは少々荒っぽく出迎える。到着した途端、嵐になって、船を降りられなくなる。風雨に覆われたジェノアを見守るほかないひとときを過ごしていると空はふと晴れあがる。下船して、「案内されたジェノワの市街は、雨に洗われてキラキラかがやいていた」と須賀は続けている。突然やってきた稀なる客のために雨が街を、あわてて掃除したというのだろう。到着は八月十日、神戸を発って四十日後のことだった。

彼女を出迎えたのは突然の雨ばかりではなかった。ひとりの女性が待っていた。名前をマリア・ボットーニという。このとき、彼女と出会っていなければ須賀の人生は大きく変わっていただろう。彼女が改めて渡欧し、ミラノに暮らし、コルシア書店の仲間になることもなかったかもしれない。のちのことだが、彼女はコルシア書店の常連で、その存在を須賀に教えたのも彼女だったのである。

薄い色の金髪の女性で、「At-su-ko? とまぶしそうに、突堤に停泊した船を見上げてたずねていた彼女の声がいまでも耳に残っている」と須賀はこの日のことを記す（「マリア・ボットーニの長い旅」『ミラノ　霧の風景』）。

何があったのかは分からないが、この日、マリアは不機嫌そうだった。港に着いて須賀は写真を撮ってもらう。そこには「そっぽを向いて、両手を胸のところに組むようにして、うつむいている」マリアの姿が写っている。「私とはなんの関係もない人のようにさえみえる」とすら須賀は書いている。マリアの役割は港からジェノア駅までを案内することだった。駅でパリに向かう列車に乗り、二人はそこで別れた。ここで関係が途絶えていたとしても何ら不思議ではない。だが、マリアは幾度も須賀に手紙を送ってきた。面と向かっては優しい言葉で話しかけることのなかった彼女だが、手紙は違った。

この留学期間須賀は、ずっとパリにいたわけではない。ローマ、アッシジ、シエナなど憧憬の地を旅し、ペルージャで暮らしていたこともある。この留学は、パリを目指して日本を後にし、イタリアに出会って帰ってきたといってもよいものだった。二度目にマリアと会ったのは初めて出会ったときの翌年、ローマでのことだった。マリアは手紙で自分のことはほとんど語らなかったが、須賀の知らない彼女の友人のことはしばしば記していた。

再会したマリアは須賀を友人の家に連れていった。ただ、彼女が連れていかれたのはイタリアの名家、ボルゲーゼ家の宮殿で、招待してくれていたのはその主のボルゲーゼ公爵の娘カヴァッツァ侯爵夫人だった。そう言われても何を意味しているのか分からない。「巨大なドアのまえに、つめえりの派手な縞もようの制服を着た召使が立っているのを見て、この招待が並々ならぬものであることにはじめて気がついた」という次第だった。マリアが名家の出身だったわけではない。彼女は母親がユダヤ人の普通の家庭に生まれた。

次の日にはローマを発つという夕食のとき、マリアは「マギー・カッツは戦争中ドイツの収容所にいたときからの友人だ」とぽつりと語る。マギーはパリにいるマリアの友人で、須賀への手紙ではいつも彼女に会いたいということが記されていた。須賀はその後を尋ねるがマリアは「つらかったときの話はやめよう」と言ったまま口をつぐんでしまう。マリアは第二次世界大戦中に捕らえられ、当時イタリアの同盟国だったナチスの強制収容所に送られた。そこで筆舌に尽くしがたい経験を経て生還したのだった。捕らえられたのはイタリアのレジスタンス運動であるパルチザンに力を貸したからで、戦後、彼女はレジスタンスの英雄として迎えられる。

しかし、そうした栄誉を受けるに至るにはいくつもの偶然があった。カヴァッツァ侯爵夫人との出会いもその一つである。

マリアと須賀の関係は次第に深まっていく。だが、私たちはまだ、それを語るところに来ていない。

試験に合格しての留学だから当然、応分の語学力があると認められてのことだったが、試験でのフランス語と日常生活でのそれは違う。このとき須賀はすでに文献を読み解く力は十分に持っていた。しかし、同世代の学生との会話には苦労することもあった。観念的で、若者特有の言い回しについていけない。自分では話せると思っていたが、それは思い過ごしだったことを痛感したという記述が『ヴェネツィアの宿』の「大聖堂まで」にある。

しかし、こうした状況が須賀をカトリック思想書の精読へと導くことになる。この時期、彼女が読み、あるいは研究したことがその生涯の哲学的、神学的基盤になっていく。私たちは作家須賀敦子の姿の奥にある、キリスト教の中世哲学から現代神学までを、その最前線で学び、それを創造的に受容し、実践した人物としての彼女の姿を見過ごしてはならない。年譜上の事実から見ても、彼女が世に言う作家として過ごしたのは晩年の七年強なのである。

留学に至る経緯をめぐっては、松山巖が作成した「年譜」に、加藤周一の『戦後のフランス』（未來社）を読み、留学を考え、フランス語の勉強を始めたと記されている。加藤の本は一九五二年の出版だから、刊行からほどなくして手にしたことになる。加藤は最晩年にカトリックの洗礼を受けるが、大学で戦前期カトリック思想界を牽引した哲学者吉満義彦に学ぶなどして、若いころからすでにキリスト教への関心を示していた。そうした傾向は初期の著作である中村真一郎、福永武彦と共に出した『１９４６・文学的考察』（講談社文芸文庫）にすでにはっきりと確認することができる。須賀と加藤が言葉を交わした記録は残っていない。もしも二人が信仰と文学をめぐって十分な対話をし、その記録が残るようなことがあったら、日本におけるキリスト教思想、文学への大きな遺産となっただろう。

前章でふれた松本正夫、三雲夏生との出会い、そして三雲を通じて知ったカトリック左派の動向も彼女の熱意に火をつけることになった。しかし、もう一つ、こうした外的事象として確認できることのほかに、須賀本人も意識しないところでヨーロッパへの道が準備されていた。聖心女子大学の在学中に受講していた「教会建築史」の授業が静かにそれを整えていたのである。

教授はドイツのボイロン大修道院から派遣されたヒルデブラント神父だった。須賀は「週いちばんの愉しい講義だった」と「大聖堂まで」で書いている。須賀は、この神父に関してほとんど述べていないが、正式な名前はヒルデブランド・ヤイゼル（一九〇一～一九八三）といい、日本とのつながりが深い司祭だった。一九三一年に来日、複数の修道院に携わり、太平洋戦争中の迫害を経て、一時日本を離れたが、戦後再び日本にもどって目黒教会の創設に尽力した。彼の講義は深く須賀を魅了した。

「スライド写真で見たフランスやドイツのゴシックの教会建築が、激しい力で私を捉え、ヨーロッパをつくりあげた精神や思考の構造の整然とした複雑さに私は魅せられ、すっぽりのめりこんだ」と須賀はその思いをおよそ四十年前のことにもかかわらず、まるで遠くない日の出来事のように記している。

日本人の自分にとってなじみのうすい石という素材を、まるで重量をもたない物体のように、縦横に使って組み立てていく。いくつもの層を重ねていきながら、底によこたわる思索の流れをすこしずつずらしていくことの愉楽。あるいは、繰り返しの遊びへの誘惑。威厳にみちた王たち、ながい髪を足までたらした聖女たち、悲しげな表情でキリストの降誕を待ちわびる旧約の聖者たちがいならぶ彫像のギャラリー。華麗であるだけの、繊細な柱廊のミニアチュア。ひとつひとつの秘密をさぐりたくて、私は図書室にこもり、大聖堂のファサードの写真を何日もかかって鉛筆で模写した。かたちを手でたどることによって、これを造った人たちの感覚が身につたわるかも知れない。なにがこんなに自分を駆りたてているのか、自分にもさっぱり摑めないまま、私はカテドラルの詩学を自分なりの方法で理解しようとした。

教会は石という「言葉」によって表わされた神学であると同時に、かたちというもう一つの意味によって表現された巨大な宗教芸術であると須賀は感じている。「カテドラルの詩学」とは、これを書いたときの須賀の表現だが、同質の実感はすでに大学生だった須賀に芽生えている。ここでの「詩学」とは、文字通りの詩の形而上学を意味してもいるが同時に、芸術と哲学あるいは神学のあわいにあるものを探求する営みでもあるのだろう。彼女は好きな詩を書き写すように教会の正面から見た外観（ファサード）を模写する。詩を書き写すことによって、詩人の心を引き寄せるように、教会の姿を引き写すことで中世の石工の思いを感じようとする。
この一節は須賀が世界をどう認識していたかを如実に表現する文章でもある。非言語的表象に意味の深みを探ることにおいて須賀は異能と呼ぶべき力を持っていた。絵画、彫刻はもちろん、街並みからも彼女は無音の「声」を聞いた。ファサードの模写がそうした力を育んだことは記憶しておいてよい。
ここでは詳論しないが「ファサード」という言葉を覚えておいていただきたい。彼女はしばしばさまざまな教会のファサードに世界の深みからやって来る呼びかけを聞く。「ファサード」という言葉が出てくる多くの文章で須賀はよく言語を媒介としない歴史との対話をめぐって何かを語ろうとする。「霧」という言葉が此岸《しがん》と彼岸《ひがん》をつなぐものだったように「ファサード」は異界への扉になる。パリに到着したとき、彼女を出迎えたのもノートルダム教会のファサードだった。

橋をわたったあたりで、カテドラルが、夏の早朝の張りつめた空気のなかにその全容を見せはじめた瞬間、どうしたことか、私は、とつぜん、この中世の建造物と自分が、ずっといっしょに連れだって日本からやってきたのではないかという、奇妙な錯覚にみまわれた。それまで自分のなかではぐくみそだててきた夢幻のカテドラルと、目のまえに大きくそびえわだかまる現実のカテドラルとが、きらきらとふるえる朝の光のなかで、たがいに呼びあい、求めあって、私の内部でひとつに重なった。腕に鳥肌がたったのは、あきらかに冷たい空気のせいだけでなかった。

ノートルダムは須賀にとって人生の聖域になった。フランスから離れることになってもこの場所だけは別だった。ここに記されているのは比喩ではない。須賀は感じたことをそのままに語っている。むしろ、理性による認知を超えるものによって彼女は人生を導かれてきた。「ずっといっしょに連れだって日本からやってきた」とは、教会――より精確にいえばイデアである「教会」――が、日本にいる自分を招き寄せたというのだろう。

教会は、宗派の威勢を誇るものではない。そうした建造物がないとはいわない。だが、ノートルダムは違う。その威厳の源泉はまず神から、そしてもう一つは民衆の内なる信仰からくる。彼女は教会と対話する。ファサードを模写しながら未知なる石工の信仰を感じとろうとしたようにノートルダムの前に立ち、その懐《ふところ》に飛び込んだ。

初めてその姿を見てから「よろこびではなくて、悲しいこと、がまんできないことのほうがだんぜん多かったのだが、自分ひとりで持ちきれない荷が肩にのしかかるのを感じると、私はその重さを測りに橋をわたってノートル・ダムに出かけた」と須賀はいう。さらに中世からの長い年月、揺れ動く人々の心に寄り添った「彼女は、たしかに頼り甲斐のある測り手だった」とも述べている。「彼女」と記されているようにこの教会の由来となっているのは、Notre-Dame、われらの高貴なる女性、すなわちイエスの母マリアである。聖母と慕われるこの人物の名を冠するこの教会もまた人々にとっての「母」であり、永遠の導師でもあった。

もう一つ、彼女のよりどころとなった場所がある。イタリアのアッシジだ。長く暮らしていたミラノを別にすれば、須賀がもっとも頻繁に訪れたイタリアの都市は、おそらくアッシジである。

最初の訪問は一九五四年の四月、その年の間に八回もこの地を訪れた、と「アッシジでのこと」（『須賀敦子全集　第8巻』）で述べている。この土地をめぐっては、人生の晩節といってよい時期に記された「アッシジに住みたい」（『須賀敦子全集　第2巻』）という小品があり、そこでは十一回までは数えたが、そのあとはもう回数はどうでもよくなったとも記されている。
訪問の具体的な回数はともあれ、尋常ではない愛着があったことは、こうした事実からも十分にうかがい知ることができる。須賀がシエナの聖カタリナとの間に信仰と境涯において強い共振を感じていたことは先に述べた。彼女がシエナを訪れたにもかかわらずカタリナの生家を見つけられなかったのも同じ年の八月のことだった。

聖カタリナへは、同性で在俗という境遇の近似も手伝って、畏怖と親しみの混じり合った心情を抱いていたが、聖フランチェスコに対する心情は異なる。誤解を恐れずにいえば、彼女には時空を超えたフランチェスコの弟子であるという自負がどこかにあった。師の前に出るとき弟子は世間を生き抜くための鎧を脱ぎ去り、本当の自分に近づく。虚勢を張っても無駄だ。師はそうした思いをすべて見透している。アッシジの教会で、聖者を眺めながら、この聖人の息吹が残っている空間を歩く。すると、彼女は次第に彼女自身へ戻っていく。

眼にしみるように美しい鳶色の修道服《アビト》、素足《すあし》のサンダル、広い強そうな肩のうしろにつづいて、うすぐらい部屋を、廊下をいくつも通りぬける。旅行者の「私」は、いつの間にか、ややほんとうに近い「私」に席をゆずっていた。(「アッシジでのこと」)

この聖人は貧しさのなかに生きた。人々は「清貧の聖者」とフランチェスコを呼ぶ。二つのエッセイで須賀は、この聖人がどんな人物であるかをあまり詳しく語っていない。だが、一九八三年に彼女は「宗教詩ラウデの発展について　『太陽の讃歌』からヤコポーネにいたるまで」(『須賀敦子全集　第6巻』)と題する高度な学術論文で、この人物が残した詩をめぐって原語とその歴史にさかのぼって、その霊性を語っている。

この人物は一一八一年――あるいは八二年――アッシジの裕福な織物商を営む家に生まれ、ある時期までは遊興の日々を送っていた。しかし予期しない出来事に遭遇し、彼は回心する。神が自分の働きを求めていると強く感じる。

回心を決定する大きな出来事は二つあった。一つは、あるとき彼は、重い皮膚病を患った人と出会う。当時は治療の方法もなく、こうした人物は恐怖と嫌悪の対象になっていた。しかし、フランチェスコは何かに打たれたようにその人物に口づけをする。このときのことを詩人の八木重吉が謳いあげている。

ある時
フランシスが外へ出たら
癩病でくづれた乞食がゐましたが
その手をにぎったら
たちまち白い基督の姿になりました（「フランシス」詩稿『鬼』、『八木重吉全集第二巻』筑摩書房）

ここに描かれているのは現代の情況ではない。ことに日本においてハンセン病は完全に治癒する。今日では感染はきわめて稀で、ほとんどないと考えてよい。発症はさらに稀有であり、たとえ病状が現われても完治する。だが、十三世紀は状況が違った。ハンセン病者は怖れられ、また虐げられた。フランチェスコは何かに強く促され、その手を取り、口づけすらした。するとその人物がキリストに変じたというのである。

近似した物語はフローベールの「聖ジュリアン伝」にもある。これを寓話だといって終わりにすることもできる。しかし、フランチェスコにとってのイエスが、こうした教会の門をくぐることもできない人々に寄り添う者として顕現したことを考えると、まったく別な意味を帯びてくる。苦しむ者は苦しいと声をあげることすらできない。イエスはそうした者たちの友だった。

その後、もう一つの出来事が彼に起こる。ある日、サン・ダミアーノ聖堂を訪れた時のことだった。十字架上のイエスがフランチェスコに向かって、行って、壊れたわたしの教会を建て直しなさい、と告げたのだった。キリストとなったイエスは三度そう語った。聖堂は本当に壊れかけていた。彼はそれを修復する。しかし、それは始まりに過ぎない。「この聖堂の壊れた状態が象徴的に示していたのは、当時の教会の悲惨で不安定な状況」だったと、前教皇で、稀代の哲学者でもあるベネディクト十六世が書いている（『中世の神学者』カトリック中央協議会　司教協議会秘書室研究企画編訳、カトリック中央協議会）。

回心はゆっくりと訪れた。改心と回心は異なる。改心は心のありようや行いを改めることだが、回心は違う。これまで人や世間に向いていた目を神の方に向けなおすことを意味する。フランチェスコは、神の家である教会は、イエスが語ったように「貧しい」者のために存在しなくてはならないと信じた。彼はどこまでも自分を貧しくする。多く持っていた所有物を手放すのは始まりに過ぎない。世の人の求めるものを求めない。神の与えたものを受け入れ、可能な限りそれを隣人と分かち合う生活を始めた。ほかの誰もまねできないような貧しさを生きようとしたのも、自らの求道のためというよりも、貧しき者たちの隣人になろうとしたからだった。

『小さき花』と題する作者不明の、フランチェスコの生涯を描き出した著作がある。そこには聖者を象徴する次のような一節がある。「十字架や悲しみや苦しみは、わたしたちの誇りとしてもよい。これこそはわたしたちのものだからである」（『聖フランシスコの小さき花』光明社訳・発行）。貧しくあることとは、神が与える生の試練に豊かさを発見しようとする試みでもあった。

当初、周囲は奇異な目で彼の行動を眺めていたが、少しずつ、その姿に表現される敬虔さに打たれ、ともに行動したいという人物が現われる。女性のクララ――須賀はキアラと書いている――もそうした人物の一人だ。二人は霊的な兄妹となり、フランチェスコのもとにはフランシスコ会が、クララのもとにはクララ会という修道会が生まれた。

彼らは日々の糧を托鉢によって求めた。人々の家を回り、祈りをささげ施しを受けた。こうしたことからフランシスコ会のような共同体を托鉢修道会と呼ぶ。東洋にとってはなじみの深い姿だが、西洋では違った。ここからキリスト教の霊性は大きく変化を始める。聖職者が信徒から施しを受け、信徒よりも貧しい姿となって生きる道が開かれたのである。

ここに従来のヒエラルキーを超えた交わりが生まれるのは必然だった。聖職者と信徒はそれぞれの場から聖性を探求することになる。須賀はその血脈が自分のところにも流れ込んでいると感じる。そればかりか、今も「生きている」フランチェスコとクララの存在を感じる。

> どうしてか私にはわからない。けれども私は、たしかに、サン・ダミアノには、今でも聖《サン》フランチェスコと聖《サンタ》キアラが、まだそっくりあの時のままの生活をふたりしてつづけているとしか思えない。サクロ・コンヴェントの華やかな二つの教会は、どう考えても、栄光のうちにあるフランチェスコだ。サンタ・キアラも、天のよろこびにつつまれた聖女にささげられた家としか云えない。（「アッシジでのこと」）

カトリックには「聖徒の交わり」という伝統がある。ここでの「聖徒」という言葉には多層的な意味がある。それは信徒である生者との交わりと同時に死者として生きている聖人との交わりも意味されている。それは聖人が生者を守護するという霊性に発展する。もちろん、こうしたことを須賀は熟知している。しかし、このときは書かれた信仰宣言とは別に、それが現実であることをまざまざと感じている。

また、カトリックにおける「教会」はいつも、天上の教会と地上の教会を融合したものを指す。フランチェスコが直面していたのは、天上の教会との結びつきを見失ったこの世の教会の惨状だったのである。

この聖者の内に生きていたのは求道者だけではなかった。そこには勇敢な改革者の魂も宿っていた。彼は教会の退廃を見て、従来の修道会とは異なる道を追究する霊的な共同体を築く。それが今日に続くフランシスコ会の始まりだった。

この聖人の生涯を調べるとほどなく「平和の祈り」という文言に出会う。フランチェスコの名前が冠せられているが文字通りの作者は別にいる。しかし、そこにはこの聖者の霊性がじつに鮮やかに描き出されている。フランチェスコにとって「平和」は人々の心における平安でもあったが、それに留まるものでもなかった。一二一九年、彼はエジプトへ行き、敵対していたイスラーム教徒と対話を通じて和平を実現しようとしている。実践的な意味での平和の使徒だった。

また、フランチェスコは稀代の神秘家でもあった。一二二四年、亡くなる二年前、あまりに烈しくイエスの生涯にならおうとしたフランチェスコの手には、イエスが十字架上で釘を打ちつけられたのと同じ場所に傷が生まれたという。そうした現象が起こったのはフランチェスコだけではない。

それを「聖痕（stigmata）」と呼ぶ。画家ジョットが描いたこの聖人の生涯の連作のなかにも、天使からの光によって手と足に聖痕を受ける場面が描かれている。
　この人物のなかには詩人もいた。だが彼にとって詩は自らの思いを謳いあげる営みではなく、神への呼びかけであり、神からの言葉を受け取る行為でもあった。文学を愛した須賀はそうしたフランチェスコとの間に、時空を超えたつながりを感じていた。

私にとってあれはみな、幻影にしかすぎぬものなのではなかったのだろうか。私の現実は、ひょっとすると、このウムブリアの一隅の、小さな庭で、八百年もまえに、あのやさしい歌をうたった人につよくつながっているのではないだろうか。私も、うたわなければならぬのではないだろうか。

　自分もうたわなければならない。しかし、自分の歌が何であるかが分からない以上、どうたってよいのかも分からない。このエッセイを読んでいると須賀の、ヨーロッパまで来ても居場所のない自分に、人知れず懊悩《おうのう》する姿がありありと浮かび上がってくる。彼女が幾度もアッシジを訪れたのは、そこが自分のサン・ダミアーノになることを願ったからだった。キリストによる召命はなかなか訪れない。もし、真実だと思われるようなことがあれば、彼女はいつでもわが身を投げ出す準備はあっただろう。
　だが、出来事は予期しないときに訪れる。「しばらくやんでいた雨が、またぱらつきはじめた」と書いた後、そのときのことを須賀は静かに語り始める。

案内の修道士《フラテ》が、金魚の水溜りに浮んでいた二三枚の葉をとりのけてやりながらつぶやいた。
雨だよ、たくさんあたっておたのしみ。

「雨だよ、たくさんあたっておたのしみ」、それはフランチェスコが残した言葉だった。後年、須賀が論じることになる「太陽の讃歌」でこの人物は、太陽を「兄弟」と呼ぶ。太陽だけではない。被造物である森羅万象は、神によって造られた、という一点において分かちがたく結びついている。先にもふれたジョットが描き出したフランチェスコの生涯には彼が小鳥に向かって説教をしている姿が描かれているが、この聖者にとっては生きとし生けるものすべてが「友」だった。「雨」も例外ではない。ここでの「雨」は慈雨と言い換えてもよいだろう。神が与えるすべてのものを受け入れ、そこに幸いを見出すがよいというのである。このとき須賀は、修道士の声を聞きながら、聖者の声にはならないもう一つの「声」を聞いたのだった。

丘を降りて汽車にのってからも、あれから三年たった今も、私には、あの時の自分のおどろきがわすれられない。おそらく、あの修道士はたくさんのフランチェスカノのうちのただの一人にすぎなかっただろう。が、かれは、あの時、かれのしたってやまない師父が八百年の昔にうたったうたを、なにげなく、私のまえで口ずさんでしまったのだ。
雨だよ、あたっておたのしみ。あの小さな動作と言葉のうしろには、それまでは名も知れなかった中部イタリアの小さな町を、全世界の人々に愛させる源《もと》となった、かぎりなく大きな魂がひそんでいたのだ。

「宗教詩ラウデの発展について」で須賀は、「伝統に反してフランチェスコは、弟子たちの一所不住を認め、同時に彼らに職人としての労働を生計の手段として課すことにより、封建社会からの身分的、経済的な独立をうながした」と述べている。ここに記されているのは事実で、今日でもなお、この霊性はフランシスコ会に生きている。そして、同時にそれが須賀敦子の境涯をそのまま物語っていることに気が付く。俗世にあって、自らに与えられた場で働き、神を求めること、さらにいえば働くことがそのまま祈りになる道、それがフランチェスコによって導かれた人生の場所だった。

アッシジの訪問記で須賀が、深い実感をこめて語るのはこの聖人の生涯を記念して建設された、ジョットの壁画を蔵する大聖堂の光景でもあるが、何よりも、この土地の自然だった。どこからともなく訪れる内なる促しは、耳に聞こえるキリストの声ではなく、自然を通して語られる沈黙の言葉に心を開けという。

この暑さはなんだろうといぶかる私に、連れの友人が説明してくれた。ウムブリアに昔からつたわる風習で、ファロオという。聖母の大きなお祭りの前夜には必ず農民たちが集って、この火をたくのだということだった。

まもなく、見渡すかぎりの平野のあちこちに、たかく煙があがりはじめた。その夜、平野ぜんたいが、大きな讃歌になって、天にのぼって行ったのではないだろうか。

「兄弟なる火によりて、みあるじはほめたたえられたまえ。おんみはかれによりて夜をてらしたまい、かれはうつくしく、よろこばしげなれば。またかれはさかんにして力づよし」（「アッシジでのこと」）

ここで須賀は何の説明も加えていないが、文末に引用されているのが、「太陽の讃歌」の一節だ。

聖者は「火」を兄弟と呼ぶ。ここでの「火」は外的なそれだけを意味しているのではない。そもそもこの歌における「太陽」は、キリストと照応している。キリストの誕生を祝うクリスマスがもともとはローマ帝国時代の太陽神の祝日であった事実も、こうしたイマージュがフランチェスコだけのものではないことを裏付けている。

火が夜の空を照らすように、内なる炎は心の闇を照らし出し、美と喜び、うごめきと力をもたらすというのである。平野のあちこちに燃え立つ炎を見ながら、須賀は自分の内面にも光があるのを感じ始める。しかし、不安は消えない。「私は、ほんとうはどうすればいいのかわからないと思っていた」という言葉もこのエッセイにはある。

「アッシジでのこと」が書かれたのは一九五七年十月、須賀が本格的にイタリアへ移住する前の年だ。この一節は、アッシジにいた当時の心境であるとともに、この一文が書かれた、そのときの実感でもあった。このエッセイの終わり近く、彼女は「おまえたち」とまるで複数の精霊に呼びかけるように、この街へと言葉を送る。

この夏休みの三月間、おまえたちは、私がまるでイタリア人であったかのようにしてむかえてくれた。そして、聖フランチェスコの秘密を、こんなにもたくさん打ちあけてくれた。それなのに、今、おまえたちは、そんなにもつめたく云う。おかえり、授業はおわったのだから、と。

学びと思索のときは終わった、行け、とアッシジは須賀に強く促す。このとき彼女はおよそ八百年の間にフランチェスコに魅せられ、この地を訪れた同志たちの声を聞いたのかもしれない。

真に魂に寄り添う者は、その人の使命をけっして阻害しない。むしろ、それが実現されるためならば、試練の道に進むことを促す。促すだけでなく、そこに不可視な姿で随伴する。光を求めるのはよい。しかし、それは内から射し込んでくることを忘れてはならないと同伴者はいうのである。求道にはさまざまな道があって一様ではない。しかし、思いはいつも行いによって裏打ちされていなくてはならないというのがフランチェスコの霊性だった。また、外への行いが真摯になされるとき、そこに内なる光が灯るということも、この聖人の生涯が須賀に示したことだったのである。

パリに渡って数ヶ月したころ、須賀は「エマウス運動」という活動があることを知らされる。アベ・ピエールの愛称で親しまれたピエール神父（一九一二〜二〇〇七）によって提唱された貧困者救済の運動だった。不用品を集め、それを修繕して販売する。その資金を、貧者の生活支援に用いるというものだった。一九七二年、ミラノでの生活を終え日本に帰ってきた翌年、須賀が、身を投げ出すようにして行ったのがこの運動だった。

第七章　レジスタンスの英雄

冬枯れという言葉がある。フランス留学時代を語る須賀の言葉にはどこか、この植物の冬眠を思わせる、ある種の翳りがある。

寒さが増してくると、植物から秋のような鮮やかな色が放たれることもなく、荒涼たる風景が広がっている、そうした情況を示す表現だとされる。しかしそれは、目に見える事象を言い当てたに過ぎない。

到来しつつある過酷な季節を乗り切るために木々は、不要な葉や枝を地に落とす。芝のような地を這う植物も、寒くなると地上に葉を茂らせることはなくなる。だが、それは滅びの予兆ではなく、静かに行われる春への準備なのである。枯れて見えるのは外見だけで、内部では来るべき季節にむけて養分が蓄えられている。植物を知る者にとってその様子は、春の到来を遠くに、また微かに感じさせる姿ですらある。

前章でノートルダム大聖堂が彼女にとって、「私」のカテドラルになったことにふれた。カテドラルは祈りをささげる場所であるが、慰藉《いしゃ》をもとめる場所でもある。当時のパリでの生活を彼女は「それはたいてい、よろこびではなくて、悲しいこと、がまんできないことのほうがだんぜん多かった」と語っていた（「大聖堂まで」『ヴェネツィアの宿』）。

悲しく、がまんできないこと、とは誰かから嫌がらせを受けたというようなことではないだろう。戦後まだ、さほど時間が経過していない時期だったから、差別的な言動に遭遇することもあったかもしれない。しかし、須賀がここで語ろうとしているのは別種のことだ。

それは自己の精神の、というよりも霊性の問題だった。後年『ユルスナールの靴』で彼女が用いた言葉でいえば「たましい」の疎外と呼ぶべき出来事だった。先の一節がある『ヴェネツィアの宿』で須賀は、さらに痛ましい内面の実感を語っている。

一年近い時間をパリですごして、大学の硬直したアカデミズムに私は行きづまりを感じていた。教会のほうも、もっと新しい風潮にじかに触れられるかと期待していたのに、せいぜいがサン・ジャック街のミサぐらいだった。岩に爪を立てて登ろうとするのだが、爪が傷つくだけで、私はいつもおなじところにいた。(「カティアが歩いた道」)

ここで「硬直したアカデミズム」と述べられているのは、三雲夏生から伝えられたムーニエやマルセルをはじめとしたキリスト教哲学の潮流と、加藤周一の著作によって知ったサルトルやモーリス・メルロ゠ポンティによって牽引された無神論的実存主義を指している。須賀は、それらを生きたものとして経験し、かつ、そのはざまにある何かにふれたいと願って、遠くパリまでやってきた。彼女がフランスに渡ったとき、すでにムーニエは亡くなっている。大学では思想を語る人間は多くても、それを体現している者には、ほとんど出会うことができなかったというのである。生きようとする前に語り出す、そうした傾向を須賀はフランスでの生活に感じていた。「教会」からも彼女が願っていたような新しい霊性の息吹をからだで感じるようなことはなかった。

例外は「サン・ジャック街のミサ」だった。

この時期に須賀は猛烈にキリスト教哲学や神学を学んでいる。知性は思想の内容を捉えることはできる。しかし、彼女の精神は確固たる手応えを感じることができないまま、毎日が過ぎていった。新しい発見がなかったのではない。ただ発見らしきものがあっても、それが彼女の心を揺り動かさないのである。

冬枯れの時節、いのちは、人間の目には見えないところで躍動している。それは母胎のなかにいる子どものようでもある。パリでの日々においても彼女のなかに何かが胚胎していた。だが、彼女はそのことに気が付いていない。果実が熟し、大地に落ちるのは少し先のことだった。

フランスに渡ってほどなく、須賀はサン・ジャン・バティスト会（Cercle Saint-Jean-Baptiste）というカトリック教会の集まりに参加する。「サン・ジャン・バティスト」とはイエスに洗礼をほどこした洗礼者ヨハネを指す。

この集いでは現代文明とキリスト教がどのような交わりを持ち得るかが論議され、教会の新しいあり方が模索された。それを指導していたのがジャン・ダニエルー神父だった。ダニエルーは、のちに現代カトリック思想界の重鎮のひとりとなる。教会の第二バチカン公会議の実現にも参与し、のちに枢機卿にもなった人物である。

この公会議によってカトリックは、異なる信仰、思想を持つ者たちとの対話を始めるようになる。また、聖職者と信徒の間にあった見えない上下関係も役割の差異として認識されるようになる。ダニエルーが抱いていた思想は、コルシア書店に集った人々のそれとも強く響き合う。彼は、カトリック左派に理論、実践の両面において影響を与えたムーニエやその師であるジャック・マリタンとも交友があった。この時期に須賀がダニエルーと会っている事実は注目してよい。そこで彼女がダニエルーに教えられたのが、当時パリで、枯野に放たれた火のように熾烈な勢いで広がりつつあったエマウス運動だった。エマウスとは何かをめぐって、須賀は次のように書いている。

エマウス運動というのは、一九四九年、第二次世界大戦が終ったばかりのパリで、通称アベ・ピエールとよばれる神父さんが、当時、巷に溢れていた浮浪者の救済、更生対策として、かれらと共に廃品回収をはじめたのに端を発している。なにかの理由で社会の歩みからはみ出してしまった人たちが集まって、廃品回収をしながら共同生活を営み、その労働から得た収益の一部を、自分たちよりも更に貧しい人たちの役に立てようと努力しているのが、この運動の主体となっているエマウス・コミュニティーである。（「エマウス・ワーク・キャンプ」『須賀敦子全集　第2巻』）

この一文が書かれたのは一九七三年である。発表されたのは母校である聖心女子大学の同窓会誌『宮代』だった。夫を喪い、ミラノを後にして帰国した須賀は、七二年からエマウス運動に参加している。それは時間のあるときに、できることをする、というボランティアとしてではなく、全身をなげうっての参与だった。むしろ、この運動を中軸にして、時間のあるときに文学の研究を行った。こうした生活を彼女は七五年まで続けた。

イタリアから帰国した須賀が在野における実践的求道者になろうとしているのは、彼女の霊性の態度を考えるとき見過ごしてはならない。この頃も心の中には書き手になりたいという小さな炎はあったかもしれない。しかし、将来自分が時代を代表する文筆家になることなど、予想すらしていないだろう。コルシア書店で彼女は、多くの時間を言葉とふれあうことに費やしてきた。日本に帰ってきてからの彼女が選んだのはまったく別な道だった。言葉を紡ぐことよりも、当時の須賀にとっては人との関係を新たに紡ぎあげることの方が重要だった。

エマウスと須賀の関係を考えるとき、帰国してからの動向を見るだけでは足りない。パリで出会い、また帰国を決めた年に、彼女はふたたびエマウスとの関係を深化させる。フランスで得た種子をイタリアで育み、ふたたびフランスから霊性の種子を手にして日本に帰ってきた。私たちは今、須賀のなかで、種子から樹木に至るような植物の変貌にも似た精神の運動が始まったところを見つめ直そうとしているのである。

「エマウス」は、エルサレムに近い場所の名前だ。『新約聖書』では「エマオ」と記されている。だが、正確にはどこを指すのかは分からない。それは復活を意味する象徴的な場所でもある。エマオの物語は四つの福音書のうち、「ルカによる福音書」にしか記されていない。

十字架上でイエスが処刑され、亡くなる。弟子たちは、けっして自分は裏切らないと口ぐちに語ったが、イエスが眼前で捕らえられると彼らは皆、恐れをなして逃げ、結果的に師を裏切ることになる。その落胆は大きく、彼らはほとんど生きる希望を失いつつあった。

悲痛と嘆きを胸にしたまま、弟子のひとりであるクレオパともう一人の男が、エマオへ向かっているときのことだった。彼らは見知らぬ男と出会う。この男性はクレオパたちに、あなた方が師と呼ぶ人の生涯はすでに預言者によって述べられていたのではなかったか、といい、『旧約聖書』のある預言者の言葉を引きつつ、真の意味で救世主が顕われるまでの道程を語った。そして、最後の晩餐で行われたように男がパンをさいて二人に分け与えると目が開かれ、彼らは今、話している人が復活のイエスであることを悟る。しかし、もうそのときイエスの姿はそこになかった。

この出来事から「エマオ」は、生きる希望を失った者が歩く悲しみの道であると共に、朽ちることのない希望と出会う道程を指す言葉になった。

エマウスの運動体の創始者であり、二〇〇七年に九十四歳で亡くなるまでそれを牽引したのがアベ・ピエールだ。「アベ」は名前ではない。「神父」を意味するフランス語で、直訳すると「ピエール神父」ということになるのだが、この呼称には、そこに収まらない親しみと敬愛の情がある。江戸時代の僧良寛が、「良寛さん」と呼ばれるのに似ている。その生涯をめぐっては、彼自身の著作『遺言…　苦しむ人々とともに』（田中千春訳、人文書院）や木崎さと子の『路上からの復活』（女子パウロ会）に詳しい。木崎もカトリックである。彼女はフランスでの生活経験もあり、自らの信仰との響き合いのなかで、エマウスとアベ・ピエールという特異な人物の霊性を描き出すことに成功している。

本論でもエマウスに関する事柄はこの二書、ことに後者に負う所が多い。須賀自身はエマウスをめぐって小品をいくつか残しているが、自身がその運動に連なった経緯を詳細に語るような文章はない。また、年譜には記述があるが、彼女がアベ・ピエールと面会したことがあるのか、彼女自身の文章からはうかがい知ることはできない。

エマウスが運動体として活動を始めるのは一九四九年である。だが、その沿革を知るためには神父の生い立ちを見なくてはならない。アベ・ピエールの本名はアンリ・グルエスという。アンリは裕福な家に生まれた。だが、いつからか彼は聖なるものへの憧れを強く抱くようになる。その様子は先に見たアッシジの聖フランチェスコの生涯を想わせるが、必ずしも偶然とは言えない。彼の道を大きく変えたのが、須賀も愛したヨルゲンセンの『聖フランチェスコ伝』との出会いだった。十七歳のときアンリは、「聖人になりたい」とノートに書く。

それは教会によって聖人として認められ、人々の賞讃を浴びたいというのではない。聖性によってその存在と生涯が貫かれることを希求することであり、いわば名無き聖人になることにほかならない。同質のものを渇望する衝動はこのころの須賀にも強くあったことは先に見た。むしろ、須賀にとってキリスト者であるとは、聖者になろうという不可能な道を、神のちからに支えられながら歩くことだった。

十九歳のときアンリは、自身の財産権を慈善団体に寄付し、フランシスコ会のなかでも戒律の厳しいことで知られるカプチン会に入会する。

このまま彼が修道生活を送っているだけだったらエマウスは起こらなかった。だが彼を修道院から遠く引き離す出来事が起こる。第二次世界大戦である。一九三九年、彼も招集され、従軍する。翌四〇年、フランスはドイツとの戦いに敗れ、パリは占領され、中部にはナチスの傀儡《かいらい》政権であるヴィシー政府が置かれる。

降伏する少し前にアンリは、肋膜炎を発症して戦線を離れ、教会に戻る。戦況が激化していくなか、アンリはナチスへの抵抗運動であるレジスタンスに参加する。このとき、彼はいくつかの偽名を用いた。その一つが「ピエール」だった。レジスタンスのとき、彼は、ある障碍をもった男を救出し、国外へ脱出させている。それが当時の亡命政府・自由フランスを率いた、のちのフランス大統領シャルル・ド・ゴールの弟だった。これがピエールとド・ゴールを結ぶきっかけになる。

ある日、教会を二人のユダヤ人が訪れ、妻と子どもがナチスに連れ去られた、かくまってほしいと訴えた。神父はすぐに二人を教会のなかに入れ、かくまった。のちに神父は、この出来事がエマウスにつながる最初の行動だったと語っている。その後、彼自身もドイツ軍に捕らえられている。だが、脱出に成功し、ピレネー山脈を越え、スペインに逃れ、そこからアルジェリアに渡った。

戦後、ド・ゴールの声掛けもあって、ピエールはフランスに呼び戻される。帰国後、レジスタンスの勇者として叙勲され、新国家の英雄の一人になった。運命は彼をさらに別な場所につれていく。戦後のフランスがヴィシー政府の影響を根絶し、新しい議会として出発しようとするとき、彼を議員に推す声がどこからともなく上がってきたのである。

帰国後ド・ゴールと新しい国の在り方をめぐって言葉を交わしたとき、ピエールは貧者の救済を訴えたが、あまり話はかみ合わなかった。あらゆる意味で貧しき者となっている人々に寄り添うこと、それが彼の悲願だった。彼は選挙への出馬を決意する。当選し、一九五一年まで国会議員をつとめた。

アルジェリアから帰国したとき、この英雄は、泊まる家を持たなかった。そのとき、ある知人が彼にパリ郊外の家を紹介する。家賃は安く、家は大きいが、窓も屋内も庭までも荒れに荒れていた。それを手直ししながら暮らす、そんな生活が始まった。家の面積だけは余裕があった。当時のフランスは今日のような住宅事情ではない。通りで暮らす人も多くいた。ピエールは彼らを自宅に招いた。

小さな聖堂として使える場所もあった。しかし、そこもすぐに貧者たちの生活の場となっていった。聖堂がなくなってしまうと嘆く人々にピエールはこう語った。「イエスは聖堂ではなく、幼い子どもたちの凍える手のなかにおられるのだ。寒さに震えながら」と語ったと木崎は『路上からの復活』で書いている。

真の聖堂は弱き者の心のうちにある。こうした「聖堂」をめぐる認識は須賀の思いと著しく共鳴する。「自分がカテドラルを建てる人間にならなければ、意味がない。できあがったカテドラルのなかに、ぬくぬくと自分の席を得ようとする人間になってはだめだ」というサン＝テグジュペリの言葉を彼女が心の羅針盤にしていたのは先に見た。

「カテドラル」を建てるとは、もちろん石造りのそれではない。この言葉は三日後に神殿を建て直してみせると語ったイエスに由来する。須賀にとって――サン＝テグジュペリにとっても――その生涯を費やして内なる、ただひとつの見えない「聖堂」を築くことは、キリスト者に託された聖なる務めだった。そこで人は神と対話し、自己を発見し、そしてあるときは傷ついた隣人を庇護するのである。

だが、ピエールも須賀も、内なる聖堂だけでは不十分だと感じた。肉体を持ち、苦しみを生きる人々が本当に憩う場所がなくてはならないと信じた。それがエマウスであり、コルシア書店だった。エマウスとコルシア書店の運動は、廃品回収と書店という外見的な差異の奥で、その悲願によって強く結びついている。コルシア書店を離れ、日本に帰りエマウスを始める。そこには新しい挑戦もあるが同時に不可視な、しかし、強い連結もあったのである。

エマウスにおいて分水嶺となる出来事が起こったのは一九四九年のことだった。それまでもピエールは貧しい人々と暮らす生活を続けていたが、それはまだ、運動体と呼ぶような域には達していなかった。

ある日、彼は自殺に失敗した一人の男と出会う。この人物は父親を殺し、二十年の刑を終えて社会に戻ってきたばかりだった。彼が悔い改めても世間はそれを信じない。妻は別の男性と暮らし、娘からも関係を拒絶された。仕事もなく、生きていく希望を失い、自殺を図ったのだった。

男と会ったときピエールは、相手が想像もしなかったことを口にする。死ぬつもりでいたのなら、自分の仕事を手伝ってみないか、と語りかける。仕事とは、貧者のための家を造ることだった。男は、自分に何かできることがあるとは思っていなかった。この人物がエマウス共同体の最初の会員になった。のちに彼は、あのとき自分が欲していたのは金銭でも物でもなく、生きている意味だったと語ったという。

議員としての給与はすべてエマウスに注がれたが、五一年にピエールがその職を退くと共同体も危機を迎えた。このとき彼は街に出て物乞いをした。ただ、金品を乞うだけでなく彼は、通りの人に自らの思いをそのまま語り始めた。だが、成果は思わしくない。ピエールを支えた女性秘書のリュシ・クータズも、このときはあまりの無策に腹立たしく思ったという。

だが、しばらくすると状況に変化が出てくる。現金が同封された手紙が届いたり、自分もこの運動に参加したいと申し出る者たちが現われてくる。そのなかに廃品を集めて売って暮らしたことがある、という人がいた。人々が不用だと思っているものを集めて、それに必要な修繕を施し、販売する。この方法を取り入れた時、エマウスは運動体として大きく飛躍する翼を得た。今までほとんど光を浴びることのなかった仕事を通じて社会と交わり、社会の片隅に追いやられている人に再び光を届けようとする動きが始まったのである。

二年後の五三年には五つの支部が出来ていた、と木崎の著作には記されている。須賀がエマウスの存在を知ったのも同じ年だった。

エマウスというとピエールにばかり関心が集まりがちだが、秘書クータズがいなければエマウスが存続することはなかったかもしれない。それほどに彼女の働きは大きい。彼女もレジスタンスに加わっていた。また、彼女はかつて、医師も見放すほど重篤な脊椎カリエスを病んでいたが、ルルドへの巡礼に参加し、聖母に祈り奇蹟的な治癒を経験した人物でもあった。クータズにとってエマウスでの仕事は神へのささげものだった。ルルドとそれを発見した聖女ベルナデッタをめぐる須賀の文章はすでに見た。エマウス内部でクータズを知らない人はいないから、須賀も彼女の存在は知っていただろう。

エマウスと須賀を結びつけているのはレジスタンスの精神である。彼女の人生に大きな影響を与えた人物のなかには反ファシズムの闘士が少なくない。ファシズムに十分な批判的態度をとらなかった教会を批判した作家ジョルジュ・ベルナノスは、須賀の精神的な「英雄」だった。その思いは、アントニオ・タブッキの『供述によるとペレイラは……』（白水社）を翻訳するというかたちでも表現されている。

コルシア書店を牽引した人々——設立者のひとりであるダヴィデ神父や夫ペッピーノ——もイタリアのレジスタンス、パルチザンとしてファシスト政権と戦った経験を有していた。また、東京から船でジェノアに着いたとき、彼女を出迎えたマリア・ボットーニもパルチザンだった。だが、須賀がそのことを知るのは、帰国後、マリアを日本で迎えたときだった。

一九六七年に記された「諸民族間の兄弟的愛」と題する一文には、須賀のファシズムに抗う思いがたおやかに、しかし力強く表現されている。


子供たちに、若い人たちに、他国民を、他民族を愛することをおしえよう。いのちがけで、人を愛することをおしえよう。その手はじめとして、人を理解すること、忍耐をもって理解することをまなぼう。理解せずに愛することはむずかしいからである。理解ということばは、よくあたっていないかもしれない。わかる、わかるということばのほうがよいように思える。というのは、わかる、わかるということは、理屈だけでなく、心と共になされる行為だからである。

貧困、あるいは格差社会と全体主義、あるいは民族主義が底で深くつながっているのは今日の状況を眺めればつぶさに理解できる。エマウスは単に貧しい人々を救おうとする運動ではなかった。そうしたいわれなき不条理が生まれ得る土壌への異議申し立てであり、それを変革しようとする試みだったのである。

エマウスの存在を知り、しばらくすると須賀は「労働司祭」と呼ばれる人々の活動を知る。彼らの原点もレジスタンスだった。本章冒頭で見た「サン・ジャック街のミサ」とは労働司祭による祭儀を指している。

彼らは文字通り、司祭でありながら、同時に労働者でもあるという生活を送っていた。労働をめぐる法律も環境も整備されておらず、肉体労働をする者たちに過酷なまでの負担が強いられることも少なくなかった。

日々の労働で精一杯で、日常に信仰生活を招きいれることのできない人々が街には多くいる。信仰を求める人々にその火が絶えないように霊性の風を届けるのも司祭の仕事だが、求める気力を失いそうになっている人々に寄り添い、共に生きるのも重要な責務である、と彼らは考えた。労働司祭は教会に来られない人々と共にあろうとするから、拠点を従来の教会には置かない。「教会」は、働く者たちとの生活のあいだに不可視な姿をして存在する、それが彼らの実感だった。

労働司祭の動きそのものは二十世紀の初頭からあった。それは第二次世界大戦末期から本格化してくる。戦後はいっそう勢いを増した。労働者に寄り添ったのは左翼の人々だった。社会の混乱期に日常生活、精神生活の両面で過酷な日々を強いられた労働者は次第に教会から離れていく。労働司祭たちは彼らと生活を共にすることで信仰の火を灯し続けようとした。

当時の教会にとって共産主義社会は対話の相手ではなく、大きな脅威であった。労働司祭の動きは教会と共産主義の壁をも壊しかねない。教会から見ればだまっていられないのは当然だった。

もう一つの問題は、宗教の世俗化だった。聖なるものが俗なるものとは別な場所にあると考えるかどうかによって、宗教の世俗化という問題に対する態度はまったく異なってくる。この問題はもちろん、エマウスにもある。

動きが活発になると、労働司祭の存在自体が現状の教会の在り方に対する批判的な意味を持つようになってくる。教皇庁が黙認できなくなるのは当然だった。須賀が彼らの存在を知ったのはちょうど労働司祭たちと教皇庁が、見解においてあきらかに衝突し始めたころだった。「サン・ジャック街のミサ」は、教会の規律から見れば、非正規のミサだった。そこに参加しようとするときの心境を語る須賀の言葉も当時の緊張感を伝えている。

昼間は工場などで一般の人たちと働き、余暇の時間に司祭の責務をはたすという、もとは戦時の対独レジスタンスから生まれ、戦後、フランスの教会から欧米各国にひろまった労働司祭の運動が、ローマの教会当局の批判を浴びて全面的に禁止されたのは、ちょうどそのころだった。この運動を理論的に推進していたドミニコ会のおもだった神学者たちは、左遷されたり、著作の出版を禁じられたりした。それでも、彼らはくじけることなく、すでにこの活動にたずさわっている人たちにはそのまま仕事をつづけさせるという、ローマ当局にとっては反抗的ともいえる立場をとっていた。そんな状況の中だったから、労働司祭が司式するミサに出席することは、それ自体、宗教的な意味をこえて、教会の方針に対する批判の行為でもあり、ミサに出ようと決めたとき、私は、非合法な政治集会に参加するのにも似た、ある精神の昂揚を感じて緊張した。(「カティアが歩いた道」『ヴェネツィアの宿』)

ミサが行われる場所までは電車で三十分ほどあったが、須賀は歩いてそこに向かった。到着してみると「油のしみが目立つ、よごれたシャツを着た労働司祭が、なんの飾りもない、駅の待合室のように殺風景な部屋でひっそりとミサをあげていた」。参会者も四、五人しかいない。女性は須賀のほかにはあと一人だけだった。司祭は説教で、工場で働く人々をガリラヤ湖の近くで説教をしていたイエスのもとに集まってきた人々になぞらえ、彼らと共にあることの意義を端正な言葉で語った。

こうした運動の種火となったのがドミニコ会士だったジャック・レーヴである。無神論者の弁護士だった彼は、回心を経験してドミニコ会の司祭になる。一九四一年に、マルセイユの漁港で働く労働者の実態調査に派遣されたのが、きっかけだった。彼は自身も労働者として働きつつ、宣教を始める。フランシスコ会やエマウスがそうだったように、大きな運動が一人の無力な存在から始まるのはカトリックの伝統なのかもしれない。マザー・テレサをその列に加えることもできる。

一九五四年、教皇庁は労働司祭の活動を全面的に禁止する。だが、多くの労働司祭はその命令に従わなかった。レーヴもその一人である。翌年、彼は仲間たちと聖ペテロ・パウロ労働宣教会という新しい霊的共同体を立ち上げる。この宣教会は日本にも拠点がある。

この運動体は当初、教皇庁に認められなかった。承認を得るのは、第二バチカン公会議のあと、一九六五年である。その十年間、彼らは大きな疎外を感じなくてはならなかった。須賀が労働司祭の存在を知ったのは五四年のことだと思われるので、彼女はそのありようが大きく変化しようとする光景を目撃したことになる。

街の教会とは異なる厳粛な趣きのなかでミサが終わると司祭は参加者にむけて『旧約聖書』を講義する。今日から見ると何ら不自然なことはないように思われるかもしれない。だが、公会議前のカトリックでは、「公式」な見解を確認するような集まりはあっても、聖書を自由に読むような集いはほとんど行われなかった。そのとき須賀は、労働司祭の発言に、従来の教会的見解とは異なる姿勢を見る。「科学的、歴史的方法論を用いた講義は、従来の教会ばんざい式の感傷に流れない客観性に裏づけられていて、こころづよかった」と須賀は書いている。

その後も二、三回、ミサに通ったが、足は自然に遠のいていった。ミサに出ていても「なんの脈絡もなく、薔薇窓やステンド・グラスの華麗なカテドラルを造って、彼らの時代の歓喜にみちた信仰を美しいかたちで表現しようとした中世の職人たちのことが、こころに浮かん」でくる。講義を聴いて心強いと感じながらも、寮からミサの会場までの暗い道のりが、「そのまま、人生のよろこびに見棄てられたヨブの悲しみ」と重なるようにも思われてくるのだった。深い敬意は感じる。しかし、何かが、どうしてもそぐわない。

労働司祭たちからの問いが須賀のなかで開花したのは、最晩年だったのかもしれない。晩年、須賀は「アルザスの曲りくねった道」(『須賀敦子全集　第8巻』)と題する長編小説を準備していた。全体を概観できる創作ノートと最初の章の途中で終わっている未定稿が残っている。この小説で須賀が語ろうとしたのがフランスでの体験だった。創作ノートには「フランスぎらいの『私』」という一節もある。須賀は、フランスが嫌いなはずの自分がフランス出身の修道女の霊性に惹かれていく様子を描こうとしていた。

この作品で彼女が主人公の精神の「芯」に据えようとしていたのはシモーヌ・ヴェイユ(一九〇九〜一九四三)だった。哲学者アランの弟子であり、傑出した哲学的異能を有していたが、彼女は生前に著作を公にすることなく逝った。書かなかったのではない。没後には大部の草稿、ノートが発見された。出版することよりも自身の信じた実践に時間と労力を割いたのだった。ヴェイユに流れていたのもレジスタンスに連なる精神である。

ユダヤ人だった彼女は一九四二年六月にアメリカに亡命、だが、その年の十一月にはド・ゴールの亡命政府の運動に連なるためにロンドンに渡っている。翌年、彼女は主著となる『根をもつこと』を書き上げると、戦時下で苦しむ同胞のことを思い、一切の食物を取ることを拒んで、栄養失調で亡くなる。

没後にその手記が『重力と恩寵』としてギュスターヴ・ティボンによって編纂され、出版されると大きな反響を呼んだ。ヴェイユは洗礼を受けることはなかったが、その霊性はキリスト者だった。彼女も哲学者として、また求道者としても労働者と共にあらねばならないと信じた人間だった。

奴隷とは何かをめぐって彼女はこう記している。「奴隷の状況とは、永遠からさしこむ光もなく、詩もなく、宗教もない労働である」（田辺保訳、ちくま学芸文庫）。労働者の日常から詩を奪い、宗教を奪い、また、宗派性を超えた永遠からの光を遮断するとき、そこに生まれるのは労使の関係ではなく、許されざる隷属だというのである。ヴェイユにとって労働問題の根本にあるのは「たましいに及ぼす隷属の影響」だった（『工場日記』田辺保訳、ちくま学芸文庫）。

ヴェイユとの関係は、須賀自身が思っているよりも深かった。その実感を彼女は「世界をよこにつなげる思想」（『本に読まれて』）と題する文章に書いている。発表されたのは一九九二年、晩年といってよい時期だった。

ある日、須賀はコルシア書店の設立当時の精神を改めて調べるために自分の書架を見る。するとエマニュエル・ムーニエやシャルル・ペギーの著作と隣り合わせに、ヴェイユの著作や評伝などが二十五冊ほどあるのに気が付く。「ペギーやムニエへの傾倒度にくらべて、ヴェイユとは、もっとあっさりしたつきあいかたをしたように、じぶんでは思っていた」にもかかわらず、蔵書という精神のアーカイヴは別種の事実を物語っていたことに須賀は少なからず驚く。夫の蔵書もあるからすべてが自分の本ではないと須賀は断っているが、それにしてもけっして少ない冊数ではない。

先の一節に続けて彼女は「あっさりとしたつきあいとはいっても」と断りながら、こう続けた。

「ヴェイユは、五〇年代の初頭に大学院で勉強していた私たち何人かの女子学生の仲間にとって、エディット・シュタインとならんで、灯台のような存在だった」。シュタインもヴェイユと同じユダヤ人だった。二人は共にキリスト教に接近し、シュタインは修道女になった。しかし、ナチスに捕らえられて強制収容所で亡くなる。ヴェイユがアランに学んだように、シュタインはフッサールに学んだ。この二人が生きた姿を須賀は、じつに印象的な言葉で述べている。

女性であること、知識人であること、しかも、信仰の問題に深くかかわり、結婚よりも自立をえらんだことが、世間しらずでむこうみずな私たちにとっては、きらきらと輝く生き方に見えた。(戦時中の体験で、こりごりのはずの)工場で働くということまで、やや真剣に考えて話しあったりした。

この一節を、先に見た労働司祭をめぐる文章に重ね合わせてみる。『ヴェネツィアの宿』で須賀は自分が工場で働くことを考えたとは書いていなかった。もちろん、思うことと実践は違う。しかし、ヴェイユをめぐる文章からはその受容における真摯な態度をいっそう強く感じることができる。『工場日記』と題する手記があるように、ヴェイユは働きながら思索する道を選んだ。一九三四年から翌年にかけて彼女は、アルストム電機をはじめ、複数の工場で労働者として勤務している。働きながら、労働者の苦しみに耐えうる哲学の種子を育てようとした。『重力と恩寵』には労働者に不可欠なものをめぐる次のような一節が記されている。

労働者たちは、パンよりも詩を必要とする。その生活が詩になることを必要としている。永遠からさしこむ光を必要としているのだ。
ただ宗教だけが、この詩の源泉となることができる。
宗教ではなく、革命こそが、民衆のアヘンである。
この詩が奪われていることこそ、あらゆる形での道徳的退廃の理由だといっていい。

近似した言葉は労働司祭の口からも説かれただろう。しかし、須賀が、司祭の口から、あるいは姿から十分に感じ取ることができなかったのは、ヴェイユがいう「詩」である。それは美の言葉であり、美を照らし出す言葉でもある。

労働司祭の話を聞きながら、須賀の理性はその背景にある哲学を捉えようとする。しかし、須賀の内部では、探しているのは真と善だけではなく、美をも含んだ有機体ではないのかと問いかける無音の「声」がする。前ぶれなく彼女を訪れた薔薇窓とステンドグラスのイマージュはそのことを告げようとしていたのだろう。

ただ、その「詩」は、世にいう麗らかな美しさとはほとんど関係がない。真と善と共鳴しつつ、苦しみや悲しみの奥にある意味を照らし出すものでなくてはならない。ヴェイユは民衆の詩をめぐってノートにこう書き記した。

民衆に関する詩は、どんなものであろうと、そこに疲れ、および疲れからくる飢えと渇きがなければ、真正なものとはいえない。

疲労と飢渇が詩を生む、ヴェイユはそう語ろうとしているだけではない。過酷な労働をわが身に引き受けながら生きる者の姿に、彼女は名状しがたい詩情のうごめきを感じている。

この手記は、彼女が自らの胸に言葉を刻むために書いたもので、いわゆる著作ではない。厳しい言葉はすべて自身に向けられている。その性格としてはマルクス・アウレリウスの『自省録』に似ている。労働者の日常をつぶさに目撃し、その現実を物語る言葉を紡ぎ、その言葉によって詩という見えない衣を編むこと、それが自らの使命だというのである。

ただ、この地平において、詩と哲学は同質の営みを呼ぶ異なる名前に過ぎない。それが実現される場所、それを見出すことがヴェイユの、また、彼女を精神の灯台とした若き須賀敦子の心願だった。

労働司祭のミサに参加した一九五四年の六月から須賀は、しばらくの間、イタリアのペルージャに暮らしている。そこで須賀が出会ったのが「詩」だった。フランスではなかなか見出すことのできなかった生命の声を彼女はイタリアで聞く。ペルージャでの日々を須賀は、自身がイタリアと交わした対話の原点だと語る。

メルロ・ポンティがコレージュ・ド・フランスで講義をし、カフェ・フロールでサルトルが読書していたパリで、夢中になって戦後のヨーロッパを追っていた私は、ペルージャで小地主の未亡人の家に下宿し、ヴィア・デル・パラディーソ（「極楽通り」と言ってしまうと、なにか京都あたりの町並を想像してしまうが、この通りはなんと、片側の高い石塀に蔓草の繁った、せまくてほそい石段の名称だったのである）などという浮世ばなれのした名の道を学校に通い、プロシュッティ先生のオペラ風のパスコリに、不思議な魅力を感じてのめりこんでいったのである。そんなふうにして私のイタリアとの対話ははじまった。（「プロシュッティ先生のパスコリ」『ミラノ　霧の風景』）

「夢中になって戦後のヨーロッパを追っていた」との一節からは、無神論的実存主義を提唱したサルトルや彼の好敵手でもあったモーリス・メルロ＝ポンティの言葉が、須賀の胸にも届いていたのがはっきりと分かる。だが、このときは、現代思想の渉猟《しょうりょう》から道が開かれることはなかった。

道を開いたのは二十世紀イタリアを代表する詩人ジョヴァンニ・パスコリ（一八五五～一九一二）の言葉だった。パスコリは、その師であるジョズエ・カルドゥッチ（一八三五～一九〇七）と共に、文字通りの伝説の詩人で、その姿を見たことがあると語るだけで何かを意味するような存在だった。

先の一節で「プロシュッティ先生」と述べられていたのがペルージャの主に外国人のための「大学」で須賀にイタリア語を教えた教師だった。ただ、この教師は単に語学を教えたのではなく須賀にパスコリの詩を通じてイタリア文学の息吹を、その精神を伝えようとした。新しい思想を追い求めてきた須賀の精神に風を吹き込んだのは、当時は忘れられかけていた、一世代前の大詩人の詩情だったのである。

第八章　終わらない巡礼

フランスに来てしばらくして、須賀は、かなり大規模な巡礼があることを友人から知らされる。行き先はパリから八十キロほど離れたシャルトルだという。「シャルトル」は地名だが、ほとんどこの地にある大聖堂の代名詞になっている。この大聖堂はパリのノートルダム大聖堂と並ぶフランス・カトリシズムを象徴する教会で、ともに聖母マリアにささげられている。巡礼はカトリックの伝統的な宗教的営為だが、シャルトルの巡礼の歴史はさほど古くない。それはシャルル・ペギーに由来する。

『ヴェネツィアの宿』で須賀はペギーを、「知性と神秘性、個人の愛と社会的な愛が両立する教会をもとめて二十世紀の教会史に大きな足跡をのこした詩人」と紹介している（「大聖堂まで」）。確かに二十世紀キリスト教思想を考えるとき、ペギーの名前は、今も独自な光を放っている。その生涯をもって投げかけた問いは、その後のキリスト教、ことにカトリックの改革において大きな影響をもたらした。しかし、ペギーは単に「詩人」だっただけではない。キリスト教社会主義の可能性を探求した実践的な思想家であり、在野にあって苛烈なまでに聖性を探究した信仰者であり神秘家、雑誌『半月手帖』を出版する書肆の経営者であり、ジャンヌ・ダルクの血脈を継いだ真の愛国者でもあった。

前章で、須賀がシモーヌ・ヴェイユとのかかわりを語るとき、深い関心をいだいた人物としてペギーに言及していたのを見た。この人物は、エマニュエル・ムーニエと共に須賀がのちに連なることになるカトリック左派の霊的淵源となる人物だった。もちろん、須賀はペギーにこうした別な側面があることも熟知している。それほどに須賀とペギーの関係は深く、強い。

知性を手放して神秘主義を唱えるのは易しい。ペギーが進んだ道は違った。知性を育みながら神秘を生きる道を探した。知性を深化させることがそのまま神秘を深く感じることにつながる道を探求すること、それは須賀が『ユルスナールの靴』で試みたことでもあった。知性が神秘への敬虔を忘れることがなければ、人はそこに愛の萌芽を見つけることができる。個が内なる愛を認識していく過程がそのまま、世に広がる情愛の発見となり、自己への誠実がそのまま他者への真摯な対峙になる。それがペギーの、また、須賀敦子が見出そうとした境涯だった。一九六七年十二月――夫が亡くなったおよそ半年後――に発表された「諸民族間の兄弟的愛」と題する一文で須賀は、ペギーの名前を挙げながら次のような一節を記している。

「個人の革命なくしては、社会革命はあり得ない」と言う、シャルル・ペギイの言葉も、朝な夕な、考えてみなければならないと思う。個人の革命とは、回心、すなわち、たえず神に眼をむけようとすることにほかならない。

ここでの「革命」は、もちろん政治的な意味におけるそれではない。ペギーにとって「革命」は、つねに霊的な次元を端緒にしていなければならなかった。須賀が記しているようにそれは「回心」と言い換えてもよい。人は人生のほとんどの時を、世のこと、自分のことを眺めるために費やしている。宗教はその眼を深めることを促す。次元の深みで他者と、ひいては神と出会うことへと導こうとする。世と交わる日常的な行いはすべてそのままに、その奥に「神」を感じようとすること、それが回心にほかならない。

俗世の生活を捨て、聖性の森に入っていく隠者の道もある。だが、ペギーも須賀もそうした生を選ばなかった。むしろ、日常のなかに隠れている「神」を見出すところに自らに託された営みがあると感じた。

若き時代のペギーは社会主義の徒である。より精確にいえばキリスト者であることを封印した社会主義者だった。弱き者と共に生きることを説く社会主義こそ、世に幸福を実現する土壌だと信じていた。しかし彼はいつしか、政治的体制が変わってもなお、魂の飢餓においては何ら根本的な変革がもたらされないことに気が付く。

きっかけは、一九〇〇年にコレージュ・ド・フランスでアンリ・ベルクソン（一八五九〜一九四一）の講義を聴いたことだった。ユダヤ人でありながら、その内面においてはカトリックであり、哲学者でありながら同時に神秘家であるこの人物との邂逅はペギーの人生を大きく変えた。それは、彼がいわゆるベルクソン主義者になったことを意味しない。ペギーがこの先人から受け取ったのは魂の独立だった。それは生きる態度にそのまま顕現する霊性的な次元のものだった。

二人の交わりをめぐってロマン・ロラン（一八六六〜一九四四）が「ペギーの思考を形成したのがベルクソンでないことはいうまでもない。だがベルクソンは、彼に自我の奥底を読み取らせ、彼の真の本性を発見させたのである」と語っているのは正鵠《せいこく》を射ている（『ペギー』『ロマン・ロラン全集　16　伝記Ⅲ』山崎庸一郎・村上光彦訳、みすず書房）。彼は本当の意味における師となるこの哲学者によって真の敬虔と神秘を知ることになる。ペギーはのちに、社会主義者の衣を着たままキリスト者となり、類を見ない実践的な求道者となっていく。後年、ベルクソンはペギーの境涯を次のように記している。

彼は偉大な、そして尊い人物でした。彼は、神が英雄と聖者とをつくるために用い給うところの、その布地で仕立てられていたのです。若いころから英雄的に生きることのみを念願としていたペギーは、まさに一人の英雄でした。無意味な行為などありえぬことを、また人間のあらゆる行動は厳粛なるものであって精神世界全体にその響きを鳴りわたらせるものであることを、聖者とともに固く信じていた彼は、まさに一人の聖者でもありました。全人類のあらゆる罪と苦悩をみそなわす主のみもとに、やがては必ず召さるべき人物だったのです。(「アレヴィーへの手紙――ペギーを回想して」『ベルグソン全集　第九巻』秋枝茂夫他訳、白水社)

同時代の人物で、これほどの讃嘆の言葉をベルクソンから得た人物はほかにいない。讃辞を惜しまなかった哲学者ウィリアム・ジェームズに対してさえ、ペギーのときのような記述を見つけることはできない。かつての教え子にベルクソンは、昏迷深い時代を照らす一条の光を見ていた。

ここで用いられている「英雄」、「聖者」という表記はペギーの社会的行動に対してささげられているのではない。それはどこまでもその心の世界の、須賀がシエナのカタリナをめぐって書いていたような魂の世界の営為に対してささげられていた呼称だった。社会的革命と霊的革命を同時に実現すること、それがペギーの考えた自身の、そして彼が信じる「教会」の使命だったのである。

フランス留学から帰ると須賀は、先のペギーにふれた一文のような、時代の教会の在り方を問い質す文章を書き始める。それはミラノで暮らすようになっても続けられ、年を経るごとにその言葉る。

は先鋭になっていった。ペギーの名前が記されていないほかの文章にもその影響は濃厚に見てとれ

聖職者によってのみ牽引される教会の在り方にペギーは、強い違和感を覚えていた。教会にとって、聖職者と信徒はいわば車の両輪であって、そこに優劣は存在しないと考えた。同質の実感が、信仰者としての須賀の原点であることはこれまでもさまざまなかたちで見てきた。司祭がいなくては、教会は持続的に存在し得ない。しかし、信徒がいなければ宗教そのものが存在しない。「教会と平信徒と」と題する文章で須賀は、「教会」の原義に言及する。

あるとき、須賀はヴェネツィアの近くにあるアクイレイアという街に残る古い教会を訪れた。この一文は、そのときの感動から語り始められる。

その街はイエスの弟子だったペトロやアンデレと同じく漁師が多くいるところで、教会も魚と漁船をかたどって建てられていた。「聖とか、神秘とかいう以前に、それは、人間の集まるためにできた建物であった」。その場所からは今も「会衆の声がきこえるようで」、「それは、単なる祈りの場ではなく、たしかに生活の場でもあった」という。さらに須賀は、その場所を貫くのは「教会はわれわれなのだという、信徒の自覚と責任感に裏付けられた世界」観だと述べている。人が集うところにはどこでも見えない「教会」が現成《げんじょう》する。さらにいえば人間ひとりひとりのうちに見えない聖堂があるというのである。

アクイレイアの街をもしペギーが訪れても、同質のことを語っただろう。須賀やペギーにとっては、信徒のたましいこそが聖性の座だった。こうした発言の背後には、聖職者もまた一人の信徒であることをいつしか忘れているのではないかという、現代への問いかけがある。

この一文が掲載されたのはカトリックの雑誌『聖心の使徒』である。そこに寄せられた文章に記

された異議申し立ては、今も新鮮さを失わない。先に引いた「諸民族間の兄弟的愛」もそうした一文だった。

本論の第五章で、須賀が宮澤賢治の「世界ぜんたいが幸福にならないうちは、個人の幸福はあり得ない」という一節を引用しながら、これこそ現代を生きるキリスト者のマニフェストのようなものだと語っていたのを見た。その言葉は先に引いたペギーの革命をめぐる一節の直前に記されている。ペギーは、賢治が「幸福」と語ったところを「革命」と呼び、また、それを個の方から語ろうとしている、そう須賀は考えた。

彼女のなかでペギーと賢治は霊性の友だった。二人は別なことを語っているのではない。むしろ、同じことを違う光で照らし出している。それはペギーや賢治の眼であるとともに須賀の視座でもある。賢治も社会主義の出現に時代の必然を感じていた。「生徒諸君に寄せる」（『新編　宮沢賢治詩集』）と題する詩に彼は次のような一節を記している。

新たな詩人よ
嵐《あらし》から雲から光から
新たな透明なエネルギーを得て
人と地球にとるべき形を暗示せよ

新たな時代のマルクスよ
これらの盲目《まうもく》な衝動から動く世界を
素晴しく美しい構成に変へよ

諸君はこの颯爽《さつさう》たる
諸君の未来圏から吹《ふ》いて来る
透明な清潔な風を感じないのか

ここでの「マルクス」は、社会主義を説く歴史的人物としてのカール・マルクスであるよりも、賢治の眼に映った可能性としてのマルクスである。「新たな時代の」という形容詞は、そのことを意味している。歴史的なマルクスの思想は唯物論へと世界を導いていった。しかし、「新たな時代のマルクス」にとっての「物」は、永遠界からの風と光を、この世に招き入れる窓にほかならない。そこに人は不可視ないのちの躍動と美の源泉を感じる。それはペギーが見た光景に近似している。

信じる宗教は異なるが、ペギーと賢治はともに実践的な求道者だった。書くことだけでなく、人々と本当の意味で交わる場所を模索した。賢治にとってそれは、あるときは教壇であり、また、あるときは農業の現場だった。

農業は賢治にとって単に糊口《ここう》をしのぐ手段ではなかった。それは日々のいのちを養い、天地と人間のつながりを強めていく行いであり、真の美にふれる現場だった。そこに現出するものを彼は「農民芸術」という。賢治にとっての文学とは美の霊性を探求しようとする精神運動の謂《い》いである。ペギーにとっては、雑誌『半月手帖』（以下『カイエ』）がそうした場になった。『カイエ』は文字通りの意味で言葉の土壌となった。

見出すべきものは、働くことと書くことの間にある。そうした人生観は須賀にもあった。彼女が晩節と呼ぶべき時期まで書き手にならなかったのはそのためだ。コルシア書店での労働、エマウス運動への参与、大学の教師を経て、ようやく私たちが知る作家須賀敦子が誕生するのである。

影響は必ずしも言葉として現われるとは限らない。ことに須賀とペギーの関係を考えるときは言葉だけでなく、それが記される場にまで眼を広げなくてはならない。コルシア書店に入ってほどなく、須賀が『どんぐりのたわごと』という、手製の小冊子の刊行を始めたことは先章でふれた。石版刷りの日本語で記され、日本にいるキリスト者にカトリック左派をはじめとする改革運動の現況を知らせるのが目的だった。

この冊子を編むとき、須賀がペギーの生涯を想わなかったはずはない。一九六〇年七月から六二年七月、十五号まで続けられた。発行部数は二百部ほどであった。須賀はそれをまず、親友で三雲夏生の妻となった苑子に送る。そして苑子がそのうち百五十部ほどを須賀の名前で国内の購読者に送っていた。

もう一つ、須賀がペギーから継承した重要な霊性は、孤独である。孤独と孤立は違う。孤立は他者から疎外されていることだが、孤独は他者と共にありながらどこまでも自己への誠実を見失わない態度を指す。孤独の意味を知る者はけっして群れない。

孤立はない方がよい。しかし、孤独は人間にとってなくてはならない人生のひとときである。孤独は孤立の対極にあるのかもしれない。そこで人間は人間を超えた者と出会う。

同時に孤独者の眼にこそ、孤立に苦しむ者の姿が映るのかもしれない。ペギーにロランやベルクソンのような理解者がいたように、須賀にもコルシア書店の仲間や三雲苑子のように賛同者はいた。しかし、ペギーも須賀も、特定の組織や群衆にまみれ、そこで語られている言説に身をゆだねるようなことはしなかった。いかなる外部組織にも属さないこと、そこにはペギーの信念があった。

あるときペギーは「私たちの歴史を通じておそらくいちばんよかったことは、私たちがけっしてグループを形成しなかったということです。私としては、みかけは多少どうであろうと、自分がつのりゆく孤独のほうへ歩みつつあるのだということをよく理解しています」（『ペギー』）とロランに書簡を送ったこともあった。果たすべき使命は、ひとりでそれを行わなくてはならなかったとしてもやめる理由にはならないという確信、この地平において須賀とペギーは強く響き合う。

『カイエ』は、一九〇〇年にはじまり、ペギーが亡くなる一九一四年まで続けられた。この雑誌に寄稿した作品によってその名をフランス中に知られることになったのがロマン・ロランである。そのきっかけとなったのが『ベートーヴェンの生涯』で、当時は無名だったロランの言葉をペギーが世に送り出す。すると、この本は翼をもったように世に広まっていった。のちにロランは、ペギーの評伝で、当時『カイエ』は、破産寸前だったと語っている。この小さな本は作家ロマン・ロランを生み、事業体としての『カイエ』を救った。

ペギーの生涯がもっともなまなましく記されている評伝は、ロマン・ロランによる『ペギー』である。ある人は、そこで出会うペギーは、あまりにロランの色に染まっていると批判する。しかし、深い情愛に貫かれた評伝はいつも書き手と相手の精神が折り重なる場所に生まれる。『ベートーヴェンの生涯』を書いたときもロランは同様の批判を受けた。しかし、そうした声に彼がこう応えている。

この『ベートーヴェン』は学問《シアンス》のために書かれたわけでは全然ない。これは、きずついている魂から生まれた一つの歌であった。これは、息のつまっている魂が呼吸を取りもどし、再び身を起こして、その「救済者」にささげる感謝の歌であった。私がこの「救済者」を描きながらその姿を変容させていることは、私みずからよく心得ている。しかし、信仰と愛との証しというものはすべてそのようなものである。そして私のこの『ベートーヴェン』は、そういう信仰と愛との証しであった。（片山敏彦訳、岩波文庫）

歴史の封印を解くには、傍観者の眼には迷妄に映るような魂と魂の邂逅を経なくてはならないというのである。同質の言葉はロランの『ペギー』にも言える。この本が書き上げられた翌年にロランは亡くなる。この作品が最後の長編になった。別な言い方をすれば、最晩年に至るまでロランのなかではペギーの生涯を語る準備が整わなかったことをこの事実は証明している。それほどに二人の交わりの密度は濃い。

年齢はロランが七つ上なのだが、二人の間にはほとんどそうした差異は関係がなかった。年の差によるのとは別種の敬意が彼らにはあった。『ベートーヴェンの生涯』の成功によって二人の関係はより強固になる。一九〇三年のことだった。この本でロランがベートーヴェンを語ったいくつかの言葉はそのまま、ペギーにも当てはまる。「思想もしくは力によって勝った人々を私は英雄とは呼ばない。私が英雄と呼ぶのは心に拠って偉大であった人々だけである」とロランはいう。また、「そして彼らが力強さによって偉大だったとすれば、それは彼らが不幸を通じて偉大だったからである」とも語っている。

同質の声を私たちは須賀敦子の作品の随所で聞いているのではないだろうか。『ミラノ　霧の風景』『コルシア書店の仲間たち』『ヴェネツィアの宿』『トリエステの坂道』の、どの作品においても物語の中心にいるのはロランがいう意味での「英雄」たちだった。心において、そして世の不幸において「偉大」だった市井の人々の境涯を描き出すために須賀はペンを握ったのである。ここにも有形無形のペギーの影響を見ることができる。

二人の友情はペギーの死まで続いた。ロランが『ジャン・クリストフ』を書いたのも『カイエ』においてだった。

著作として発刊されると周囲を驚かせたこの作品も、雑誌掲載のときに同様の注目を集めていたのではない。確立された販売網があったわけではなく、売れゆきはときに大きな落胆をペギーに感じさせることになる。あるとき彼は友人に「ねえ、きみ、『カイエ』が完全に黙殺され、二週間に七部も売れなかった事実を知ってくれなくちゃいけない」(『ペギー』)と記した手紙を送っているくらいだった。

近しい感慨は『どんぐりのたわごと』の刊行を続ける須賀にもあったかもしれない。ペギーは亡くなる前まで『カイエ』の発行を続けた。彼は病に斃《たお》れたのではなかった。一九一四年八月に第一次世界大戦の戦線に従軍、フランスのマルヌで戦死している。そのときの様子をベルクソンがこう記している。

一九一四年九月五日、彼は部下の兵士たちとともに、セーヌ・エ・マルヌ県のプレシ・レヴェック近傍にありました。彼らの周囲には、独軍の弾丸がうなりを立てて降り注いでいました。彼は、兵士たちに伏せて射撃するよう命じながら自らは立ち続け、フランスのために死んだのです。(「アレヴィーへの手紙」)

この一文が記されたのは一九三九年、ベルクソンが亡くなる二年前である。ペギーが経営していた書肆のあとにペギーを記念するプレートをつけようという動きがあり、その運動の責任者となったのがペギーの友人だったダニエル・アレヴィーという人物だった。

ペギーが亡くなると、さまざまな人が彼をめぐって語り始めた。生前、彼は文字通り孤高の人だったが、自分こそペギーの真の姿を知る者であると言わんばかりの言説が世をにぎわせた。死者を悼むという名目のうちに、少なくない人間が、ペギーの名を借りて自分の信条を語った。

ある者は彼を、反ユダヤ的思想を抱く者であることを意味する「キリスト教民族主義者」と呼び、ナチスの傀儡政権だったヴィシー政府の出現を語った預言者だという者もいた。前者の呼び名をもって彼を語ったのは実の息子だった。近しい者の目に人間の実像が映るとは限らない。ペギーの生涯を知る者には、こうした呼称が曲解を超えた誹謗とすらいうべきものに映る。彼は真に国を愛した。しかし、民族主義的であったことは一度もない。むしろ、彼の生涯は、人はいかにして「民族」という衣をぬいで分かりあえるかを探求することにささげられた。

当時のフランスにおいてユダヤ人が強いられていた境遇を象徴するような出来事が世に言う「ドレフュス事件」である。一八九四年、当時、陸軍の大尉だったユダヤ人のアルフレド・ドレフュスが軍の機密を漏洩したとして逮捕され、流刑に処される。そして一九〇六年には冤罪であることが証明され、釈放される。ドレフュス本人は最初から無罪を主張してきた。しかし、その言葉がなかなか受け入れられない。

すると、ある人々が、その逮捕の根拠になったのは物的証拠による判断ではなく、彼がユダヤ人であることによるものではなかったかと声を上げ始める。そのなかでもっとも大きな働きをしたのがエミール・ゾラだった。若きペギーも国家に潜む闇を告発する立場に立つ。のちにペギーは、当時を振り返り『われらの青春 *Notre Jeunesse*』と題する著作を刊行する。そこで彼はドレフュス事件に直面し、みずからに芽生えた視座を次のように記している。

われわれは非人間的にあしらわれる人間のあることを容認することができない。われわれは非市民的にあしらわれる市民のあることを容認することができない。われわれはどの都市のしきいからであっても、追い出される人間のあることを容認することができない（岳野慶作『悲劇的希望の預言者　シャルル・ペギー』まほろば書房）

この言葉は、そのままコルシア書店の信条でもあった。教会は「追い出される」人々のすみかでなくてはならない、それがカトリック左派の人々の精神に流れている不文の、しかし、不動の信念でもあった。

この人物が、抗いがたい力に促されるようにして長編詩を書き始めたのは、短い生涯の晩節のことだった。詩人とは単に詩を書く者の謂いではない。詩情によって貫かれた一個のたましいを指す。ペギーは自らの巡礼の経験を「シャルトルの聖母へのボースの奉献」と題する詩に謳いあげる。「ボース（Beauce）」はシャルトル周辺の地域を指す異名である。ペギーが、シャルトルへの巡礼を最初に行ったのは一九一二年の六月のことだった。このときを最初に彼は、幾度もその巡礼を試みることになる。

この巡礼は、ペギーの幼い子どもが重篤な病に罹《かか》ったとき、その治癒を彼がマリアに願い、成就されたことへの感謝の奉献であるとされている。しかし、その見解に強く異議を唱えているのがロランである。そこに息子の快復を祈る気持ちがなかったというのではない。しかし、彼の巡礼はそうした個の思いを超えようとするところにあった。また、ロランはペギーの巡礼を謳った詩に一度も自分の子どもにふれた記述がないことに注目する。

人が願い、神がそれに応える。願いが成就されたときに人が神に感謝をささげる。一見すると何ら不自然な様子はないように映る。ペギーの巡礼もそう理解されてきた。しかし、願いが実現しなかったとき、人は神に何と語りかけるのだろう。

先に、ロランがいう「偉大さ」は、何か特別な恵みを受けたり、何かを成し遂げたところに生まれるのではなく、むしろ「不幸を通じて」顕われるという言葉にふれた。ここでの「不幸」もまた、単に個々の人間にふりかかるそれぞれの試練を意味するのではない。個の試練を含みつつ、世に広がる不幸に寄り添おうとする営みを指す。ロランはペギー自身の手紙、そしてさまざまな証言を踏まえながら、その巡礼が「オルレアン出身の友人で、クリスマスの週に自殺した、彼よりも若い二十歳の《かわいそうな子供》のため」（『ペギー』）でもあったと語る。

自身の子どもが病を背負う。愛する者の苦しみが他の苦しむ者への窓となる。ペギーの眼に、これまでは見えなかった悲嘆もありありと映るようになる。ペギーにとって他者の幸福を願うことはそのまま、自らの試練を神の手にゆだねることだった。自らの願望の成就を訴えるのではなく、神が望むことを受け入れること、人間の声を神に届けることではなく、神の声を聞くこと、それが真の意味における祈りであることに彼は気が付いていく。そうした彼にとって巡礼は、歩きつつ、願うことではない。歩くことによって自らの願いを鎮め、その道中に超越の声を聞こうとする試みにほかならない。

一九五四年六月半ばの水曜日、「神さまの祝日」という教会の祭日の前日、須賀の通ったソルボンヌ大学があるカルチェ・ラタンはひときわ賑わっていた。高校生と大学生合わせて三万人ほどが巡礼に参加するために集まった。その夜、若者たちがいくつものグループに分かれて出発するのである。ペギーのように全行程を歩く人々もいるが、須賀たちは五十キロ先までは電車で、残りの三十キロを二日で歩く。

後世の巡礼者は定められた道を行く。しかし、最初に試みた者には道ばかりか道標もない。ペギーは本来八十キロ強の道のりを、迷いながら倍近い距離を歩かねばならなかったこともある。「ぼくはまったく不慣れだった。三日間で一四四キロ歩いた」（『ペギー』）とある友に語った。

ある者にとって巡礼は、目的地に到達することに意味があると感じられる。しかし、須賀は違った。彼女の精神はこのときすでに、古い時代の巡礼者たちが感じていたように出会うべきものはその道程にあることを感じ取っていた。

先に見たように一九五四年のフランスは、カトリックにおける革命前夜の様相を呈していた。シュニュなどによって牽引された「あたらしい神学」が説かれ、労働司祭をはじめとして従来の教会の枠を越え出ていこうとする動きが随所で起こった。須賀はシュニュを読んでいる。一九六八年に書かれた「日本の司祭にのぞむこと」（『須賀敦子全集　第8巻』）と題する文章ではこの人物の著作から一節を引用している。ペギーは、シュニュたちに先んじて、在野においていち早くその任を担った革命家でもあった。彼を記念する巡礼が例年とは異なる熱気を帯びるのは当然のなりゆきだった。

人々が歩き始める前、フランスの大司教がミサを行う。旅立ちを前に騒いでいた三万人の若者もミサが始まると「修道院の見習い僧」のように静寂のなかに身を置いた（「大聖堂まで」『ヴェネツィアの宿』）。説教をしたのは「あたらしい神学」を提唱する「著名なドミニコ会の司祭」だった。そこで司祭はペギーの『ジャンヌ・ダルクの愛の受難劇』の一節を引用する。

「キリスト様、あなたのフランスはキリスト教国なのに、この国には、空腹にくるしむ人たちがたくさんいます」。司祭は引用を続ける。「なにもかも、足りないものだらけです。からだにとって欠くことのできないパンが足りません」、そし精神にとって欠くことのできないパンが足りません」、そして引用の最後に声を低めて司祭はこう言葉を継いだ。「キリスト様、このひとたちのために、あなたは泣かれないのですか」。貧しい人は、日々を生きていくパンと、自らの精神を支える幾つかの言葉と、深い情愛に貫かれた涙を求めているというのである。

福音書では二度、イエスが涙を流す場面が描かれている。ときに涙は言葉では語りえない意味を世界に顕現させる。こう語ったあと、司祭は若者たちに巡礼の道で、精神のパンとは何かを考えてほしいと語った。さらには「ペギイは、王や司教たちの、栄光の教会にではなくて、仲間にうらぎられて泣いている人たちの教会、ひとり刑場にむかう孤独なジャンヌ・ダルクの教会にきみたちを呼んでいる」と続けた。

この司祭の言葉は、今日から見るとカトリック左派の精神を象徴しているように映る。それは事実なのだが、カトリック左派という集団があったのではない。教会を社会的境遇において、心貧しい者たちに寄り添うものにしていきたいという一つの霊性運動の流れを指す。カトリック左派という架空の集団を想起し、須賀をその一人のように見るとき、カトリック左派の精神だけでなく、須賀敦子という人格の根本を見失うことになる。彼女は当時の巡礼がもっていた背景と自分にとっての意味を重ねるようにこう書き記している。

やがては一九六二年の第二ヴァチカン公会議に発展する教会の刷新運動の直接の母体となったのが、もとはといえばペギイに流れを発したフランスのカトリック左派とよばれたグループの思想だったわけだが、シャルトルへの巡礼はその運動のデマゴジックな表現のひとつでもあった。見えない象を大勢で撫でるように、日本での学生時代にその運動の輪郭を手さぐりしていた私は、この巡礼に参加することで、いよいよほんものの「象」の表情ぐらいは摑めるかも知れないと期待は大きかった。

開かれたカトリックを感じるだけでなく、それを生きることを願ってフランスまで来た、巡礼の経験はその地平へと続く一条の光になるかもしれない、そう願って巡礼の列に並んだというのである。だが、思ったように事は進まない。列車を降りて、巡礼が始まると、折り重なるように予期しない出来事が襲ってくる。

巡礼者となった若者たちは、「歩きながら一時間、そのときどきにあたえられたテーマについて討論する。キリスト教徒でありながら社会主義者であろうとしたペギイについて」などをめぐって熱く言葉を交わし始める。

巡礼を仕切っていたのは先導役でもあったドミニコ会の司祭たちだった。しかし須賀は、巡礼団で交わされる学生たちの言葉がほとんど理解できない。「お仕置で家から閉め出された子供のようにひとりぼっちだった」、さらには「永遠に理解できない言葉なのではないだろうか」と思ったとも書いている。

このころすでにフランス語を読むことに須賀はほとんど不自由を感じていなかった。講義をはじめとした日常会話においても同様である。しかし、「『純粋の』学生語を聞いたのはこれがはじめて」だった、と須賀はいう。

何気ない言葉だが、須賀が大学生活にほとんどなじめなかった様子もひしひしと伝わってくる。もし彼女がフランス人の学生と打ち解けていたら、いやでも「学生語」に接していたはずだ。そうできない何かが彼女のなかにあった。学内で気ままに話す程度の知り合いはいた。しかし、雄弁を競うような論議に参加する気にはなれなかった。

疲労に空腹が重なり、ますますフランス語が聞き取れなくなってくる。出発したときは活発に議論していた学生たちも次第に言葉少なになってきた翌日の午後三時ごろのことだった。どこからともなく小さな叫びのあとに、シャルトル、カテドラルといった歓喜の声が聞こえてくる。遠くに大聖堂が見えて来て、歩みを重ねるうちにどんどんと大聖堂の姿がはっきりとしてくる。そのときの心境を彼女はこう記している。「ペギイも、そしてもっとむかしの巡礼たちも、こうして一歩、一歩、シャルトルに近づいていったのだろう。心からの願いをこめて、あるいはただ、みんなが行くからいっしょに行こうといって」。

だが、須賀の巡礼は、このままでは終わらない。彼女の一団がカテドラルに到着したとき、すでにミサは始まっていた。大群衆だから聖堂に入ることのできない人がいるのは仕方がない。彼女たちも外でミサにあずかっていた。

シャルトルは、建物の佇まいの美しさだけでなく、聖堂の中から見るステンドグラスが他に類を見ないほどの壮麗さを備えたものであることで知られている。ステンドグラスの文様は写真でも見られる。しかし、そこに差し込む光は聖堂へ行かなければ感じることはできない。「天上の音楽のように美しいといわれる」と須賀はその光を形容している。

現場では続く人たちに場所をゆずるようにとアナウンスがあるが、荘厳というべき美に魅了されている人々の耳には聞こえてこない。須賀はいっこうに聖堂に近づけない。とうとう彼女は大聖堂に一歩も足を踏み入れることなく、帰路につくことになる。

道すがら、須賀を巡礼にさそった友人が「ねえ、見てごらん、あのひと」と声を掛ける。そこにあったのは「長いひげを波のようになびかせ、口をすこしあけて、ほとほと弱ったという表情で、壁のくぼみに立っていた」洗礼者ヨハネの像だった。その姿は二日間歩き続け、聖堂を前にしながらも、中に入れなかった須賀の心を象徴しているかのようでもあった。

ヨハネは幼い頃から親にイエスが到来すると教えられていた。彼の母エリザベトはマリアの胎内に宿ったいのちが神の子であることを知る、数少ない人物として福音書では描かれている。ヨハネはイエスの出現を世に告げ知らせるために生まれた人間だった。成人すると彼は荒れ野に行き、苦行を重ねながら救世主の訪れをひたすらに待った。

次第に彼の姿は預言者の相を帯びてくる。人々に目覚めよと訴える。その声は時の権力者に恐怖を抱かせるまでになり、ついには処刑されてしまう。その境涯を須賀は、「考えようによってヨハネは、生きることの成果ではなくて、そのプロセスだけに熱を燃やした人間という気がしないでもない」と語り、さらにこう続けた。「二日間、歩きつづけて大聖堂に入れなかった仲間たちといっしょに、駅への暗い坂道を降りていきながら、私は、待ちあぐねただけの聖者というのもわるくない、と思っていた」。

巡礼は、目的地にむかって歩くことにとどまらない。それは歩きながら、何かの訪れを待つことでもある。その何ものかは人の眼に見える姿をしてやってくるとは限らない。心の奥の、須賀がいう「たましい」の世界において、人が分からないような姿をして来訪することもある。その不可視なものは、人に何か結論めいたものを告げるのではなく、旅はまだ続く、安心して歩くがよいと静かに告げることもある。須賀の場合もそうだった。

探しているものは、その人が探している場所でめぐり合うとは限らない。彼女の旅は、この終わらない巡礼という出来事を機に大きく動き始める。巡礼に参加した六月の終わり、彼女はフランスを後にしてペルージャへと旅立つのである。

第九章　ペルージャへの招き

シャルトル大聖堂への巡礼が終わってから、まださほど日が経っていない一九五四年六月二十八日に須賀は、何か見えない力に押し出されるようにフランスを後にしてイタリアのペルージャへと向かった。ひと夏を費やして、この町にある外国人大学でイタリア語を勉強するためだった。

留学二年目に入ったころからフランス文化とのあいだに埋めがたい溝をはっきりと感じるようになっていて、巡礼の前からさまざまな可能性を模索していたのである。

フランス行きのきっかけの一つに、加藤周一の『戦後のフランス』を読んだことがあるのは、先にもふれた。この本は加藤が一九五一年から医学生としてパリに留学中の見聞録だった。実質的な第一章である「文学的パリ」は「パリは文学の都だ」との一節から始まる。

国連で外務大臣のロベール・シューマンがやった演説にしても多分に文学的な要素をもっている。ラジオのスイッチをいれると、微かにしわがれた、しかし抑揚豊かな老人の大した名文句が聞えてくる。国立劇場の舞台と国連の演壇とは全く無関係ではないように思われる。文学は至るところにあるし、もっと正確にいえば文学を産んできた歴史は至るところにあるということになろう。

ここでの「文学」は、文学者が、ほかの文学者に読まれるために行う閉鎖的な営みのことではない。それは民衆の日常と不可分に存在し、その心の映し鏡でもあった。また、「文学」は、「哲学」に置き換えられてもよかった。そもそもこの本で加藤がいう「文学」は哲学を包含している。加藤はひたすらフランスを称賛しているわけではない。

「日本からみたフランスとフランスからみた日本」と題する章では、渡仏前の噂に聞いていた憧れのフランスと自らの経験の差異を理性的に語っている。この国とそこに暮らす人は、理想に燃えるだけでなく、凡庸さも愚かさもある。しかし、それでもなお、この国は「ヨーロッパ文化のあらゆる要素がそこでまじりあう舞台として」独自の意味を持っていると語った。

さらに加藤は、日本の存在は、世界の現状にほとんど影響を与えず、この地では誰も日本のことなど気に掛けていない。日本人が真剣に日本のことを考えなければ、誰もその役割を担うことはない。本当の意味で自国のために何をするべきかを深く知るためにもこの国を訪れる意味は大きい、と逆説めいた発言を残している。

こうした言葉を道しるべにして須賀は、パリまで来た。はっきりとした目的があったわけではない。ただ、自分の探している何かが日本以外の場所にある気がしてならなかった。実際にパリの土を踏んではみたものの、そこで目にしたのは本に記されていたのとはいささか異なる様相だった。人々は確かに「文学」を語っている。しかし、語ることに忙しくて、言葉を重ねれば重ねるほど現実から遠ざかるようでもあった。

「私もなにかしなければとあせった。ヨーロッパに来たのは、文学の勉強をするためだけではないはずだった。戦後の混乱のなかで両親の反対をおして選びとったキリスト教を、自分のこれからの人生のなかでどのように位置づけるのか、また、ヨーロッパの女性が社会とどのようにかかわって生きるのか、学問以外にも知りたいことは山のようにあった」と当初の動機を書いている（「カティアが歩いた道」『ヴェネツィアの宿』）。彼女は、明確な解答めいたものではなく、名状できないとしても確かな手応えのあるものを求めていた。

この記述は、探していたものと出会えない迷いの言葉でもあるが、翻って見ると文学をはじめ学問だけは必死になって学んだ、という証言でもある。事実、この時期にフランスで学んだことがのちにミラノへ行き、コルシア書店で働く際に大きく役立つことになる。

ペルージャ行きは、彼女が決めたというよりは、おのずと決まった。短期留学の行き先は、彼女のなかではスペインになる可能性もあった。しかし現実は、静かにだが確実に、ペルージャのほか行くべき場所はないかのように進展する。そのときの心境にふれ、「夏休みには、イタリアに行ってみよう。そんな考えに私はたどりついた」と書いている。

日本から来るときに立ち寄ったジェノアでの日々、翌年の春に訪れたアッシジに魅せられたことも、イタリア行きを決める要素だったかもしれない。しかしその促しは特定の場所ではなく、イタリア語を学びたいという衝動として訪れた。言語は、見えない眼鏡のようなものである。フランス語という眼鏡ではどうしても自分の探しているものが見えてこない。しかし、何かが自分の前に迫っているのははっきりと感じている。どうしても新しい眼鏡が必要だった。

自分の中で育ちたがっている芽がいったいなんなのか、それを見きわめるためには、化石のようなアカデミズムにがんじがらめになって先が見えないままでいるよりは、もっと自然にちかい状態に自分を解き放ってみたい。あたらしい展開をとげるためには、強力な起爆剤が必要なようだった。イタリア語を勉強することによって、なにかが動くかもしれない。

「強力な起爆剤」とあるように、このときの彼女とイタリアにはほとんど交わりがない。イタリアに関する知識は旅行者以上のものはなく、イタリア語はまったく未知なる言語だった。彼女の表現を借りれば「まだイタリア語のイの字も知らなかった」のである（「マリア・ボットーニの長い旅」『ミラノ　霧の風景』）。

こうした思いをルームメイトだったカティアに話すと、彼女は「ドイツ語ではだめなの？」と言う（「カティアが歩いた道」）。

ルームメイトには告げなかったがドイツは、当時の須賀にとってはナチスの暴挙をなまなましく想起させる場所だった。カティアは、ドイツ語なら自分が教えることができるというつもりで言ったのだろう。須賀が言葉を濁しているとカティアは、ペルージャの外国人大学でイタリア語を習ったことがあると話し始める。この町には世界中から学生が集まり、イタリア語が習得できる国立の教育機関があった。その学校にはなぜか「大学」という名称がついている。たとえ遊びのための短期留学だとしても、ペルージャなら理由が立つと言い、須賀にペルージャ行きを強くすすめ始めた。それればかりか、出発まで自分がイタリア語の手ほどきもすると言う。

ほどなくイタリア語のレッスンが始まった。週三回、朝食のあと一時間と時間割もカティアが決めた。「授業料」は、二人が朝食に食べるトマトやチーズ、ヨーグルトを須賀が買ってくる、ということになった。ただ、無駄なお金は使わないように、カティアはそう念を押した。

お仕着せにならない高度の親切心と合理性を身に付けているこの女性は、カティア・ミュラーという。一九九八年に列聖されたエーディト・シュタインの生涯と思想に魅せられ、在俗の霊的共同体に入ろうとして南仏に向かう途中、パリに立ち寄り、この聖女の著作を精読していた。須賀と暮らす部屋でもこの女性は、この夏にすべて読み終えるといいながらシュタインのぶ厚い著作集に日々没入していた。

エーディト・シュタインは、一八九一年十月にドイツ東部のブレスラウで、敬虔なユダヤ人の家に生まれた。彼女は十一人兄弟の末娘だった。彼女の生涯は、須沢かおり『エディット・シュタインの道程――真理への献身』（知泉書館）や鈴木宣明の『エディット・シュタイン（愛のために）』（聖母の騎士社）に詳しい。

才能に恵まれた女性で現象学の父、エドムント・フッサールの助手を務め哲学者として頭角を現わした。若くして著作も世に出し、周囲を驚かせた。しかし、次第に彼女はフッサールの考える「哲学」の世界に自分の探しているものを見つけることはできないと感じ始める。

一九二一年、彼女が親友の家で過ごしていたときのことだった。偶然、書棚にあったカルメル会の改革者、アヴィラの聖テレサの『自叙伝』を手にする。この本との邂逅が彼女の人生を変えた。二十一歳まで無神論者だったはずの彼女は次第に「神」へと目覚め、ついにそれを生活の中心に招き入れた。翌二二年一月、三十歳のときにカトリックの洗礼を受ける。

翌年、大学を去り、女子高等学校の教師になる。一九三三年、ナチスがドイツの第一党となり迫害が始まると、彼女はユダヤ人であることから職を失う。同年、女子跣足《せんそく》カルメル会修道院に入会、三四年に修道女となる。三八年にはその生涯を捧げる決意を表明する終生誓願を立てる。

カルメル会は修道の姿勢がもっとも厳格なことで知られる。この修道会に関しては、先に須賀の親友高木重子に言及したときにもふれた。

当初は迫害が及ばなかった修道院にもナチスの手は伸びてくる。彼女は身柄をオランダのエヒトに移すが、ナチスの勢いは止むことなく、その地のカルメル会修道院でつかまり、収容所を転々とさせられ、四二年八月にアウシュヴィッツのガス室で亡くなった。

戦後、その著作集が刊行されたことを契機に彼女の再評価の気運がにわかに高まりを見せる。戦後ヨーロッパのキリスト教界では、ユダヤ人でありながらキリスト者たろうとした人の霊性に、新しい時代を照らす光を見ようとする動きが起こる。そこにはナチスの殺戮《さつりく》を食い止めることができなかったことへの深い反省があったことは言うまでもない。

ユダヤ人への差別はキリスト教の歴史と同じだけ古い。『新約聖書』を表層的に読めば、イエスはユダヤ人によって処刑されたとも受け取れる。しかしイエスの遺言は、自分を殺した人を許さなくてはならないということだったにもかかわらず、後世の人間はそれを理解しなかった。

先にユダヤ人でありながらキリスト者になろうとした女性としてシモーヌ・ヴェイユにふれたが、シュタインの再評価も同質の潮流のなかにあった。この二人だけではない。シュタインの師フッサールも二十世紀前半のフランス哲学界に絶大な影響を与えたアンリ・ベルクソンも、ナチスの迫害のなかで生涯を終えた人間だった。

作品を見る限り、須賀がシュタインから思想的に強く影響された形跡はない。しかし、シュタインの境涯からは多くを受け取ったのかもしれない。ヨーロッパでの日々で須賀は、ユダヤ人、あるいはユダヤ文化との交わりを深めていく。イタリアを旅するときでも、おのずとかつてユダヤ人が追いやられた場所を訪れるようになっていく。その様子はあたかも、語ることのないまま逝った者たちの声なき声を聞きとろうとする静謐なる巫者《ふしゃ》のようだった。カティアが、シュタインの言葉とその生涯から写しとろうとしたのも同質のものだった。同時に彼女は、自分がシュタインの命を奪った民族のひとりであることを忘れたことはなかっただろう。

カティアがシュタインの存在を知ったのは、ドイツのアーヘンで知り合ったある女性の影響だった。その女性は、靴なおしをして生計を立てている。かつてはシュタインと同じ修道会にいたのだが、彼女の死後、「高い塀にまもられて生きる修道院の生活がほんとうに無力におもえて」還俗した（「カティアが歩いた道」）。市井の人として生きながら、霊性を深められる道を探そうと、仲間とともに修道会を後にしたのだという。

この女性がカティアにシュタインの本を読むことをすすめ、南仏で自分たちと同じような生き方をしている共同体があると教えてくれたという。カティアはその人物に会ったときの印象を須賀に次のように語った。

「友人にその人の話をきいて、会いに行ったのよ。そしたら、小さい、あなたよりも小さい、体格のわるい人なのに、しずかな表情に、なにかつよいものがあって惹かれたの」。このときカティアが見つけようとしているものと須賀が探しているものは、一見しただけでは違うもののように映る。だが、むしろ強く響き合うものだった。二人は、自分を小さくしてくれるもの、人間を真の意味で敬虔にするものとの出会いを渇望していたのである。

このルームメイトの個人教授のおかげで須賀は、ペルージャに行くと初級ではなく中級のクラスに振り分けられた。夏休みが終わってパリに戻ると、カティアは行き先も告げずに旅に出たあとだった。

しばらくして、南仏の町から絵葉書が届く。ペルージャでのイタリア語の学習はどうだったかと尋ねつつ、自分は、あの靴なおしの女性に紹介された共同体に入ろうと思っていると記されていた。

この絵葉書を最後にカティアとの連絡は途絶えていた。カティアは須賀よりも十二、三歳年上だった。しかし、彼女が七十歳を少し過ぎたころ、あることがきっかけで二人は再会することになる。

その頃、須賀が教員を務めていた上智大学の同僚がフィリピンでカティアに会ったというのである。さらに翌週の水曜日、カティアはその共同体の仕事で日本に立ち寄るという。

髪は銀色になり、数年前に遭った事故のために杖をつかなくては歩けなくなっていた。このとき彼女が履いている靴の「何語ともわからない名の商標」を見て須賀は、若い頃の「歩き靴」を想い出す。

パリの寄宿舎で、二人が共に暮らし始めて二日目の朝、須賀が目を覚ますとカティアのベッドの上に大きな編み上げ靴が一揃い、のせられている。「私の歩き靴、見てるの?」と彼女がいう。「歩き靴」とはドイツ語をフランス語に直訳したカティアの造語だった。長時間歩く時のために特別にあつらえたのだという。

「歩く」、「靴」は須賀の作品を読むとき、形而下、形而上の両面において特別な意味を持つ。「歩く」はほとんど生きると同義であり、「靴」は信念あるいは、信仰に近い。次の一節でも「歩く」は、多層的な語感を響かせている。

私はよくパリの街を歩いた。自分にとってまるで異質なこの街の思想や歴史を、歩くことによって、じわじわとからだのなかに浸みこませようとするみたいに、勉強のひまをみては、地図を片手にあちこちと歩いた。

「歩く」ことは、いのちがある限り、けっして終わらない。いのちは超越者からの無言の働きかけだった。杖をつき、足を引きずりながらでも歩かねばならない。「ずっとフィリピンにいるつもり?」と須賀が尋ねると「神様のおぼしめしのまま、よ」とカティアは応える。会話はこれで十分だった。

若かりし日、二人はどこへ行くべきかを探り当てようとしていた。しかし問題は別なところにあったことに二人は気が付いている。どこへ行くかではなく、導かれた場所でどう生きるかだというのだろう。さらにいえば、どう生きるのかさえ、自分で決めるのではない、神と自分たちが呼ぶ者の促しを受け取るのが人間の役割だというのである。

もう一つ別なところで、須賀をペルージャへと導く出来事があった。それは須賀が、日本からジェノアに到着したとき迎えに来てくれていたマリア・ボットーニという女性によってもたらされた。この女性は、須賀がフランスに行ったあとも、しばしば手紙を送ってきた。それは、何か困ったことがあればいつでも頼ってくれて構わないという、彼女なりの合図なのだが、当時の須賀はそのことには気が付かない。筆まめで、世話好きの女性だというふうにしか感じていなかった。振り返ってみると、この女性は姿を変えた須賀の守護者のようにも見えてくる。それほどさりげないかたちで須賀の人生を深く支えている。

ある日須賀が、イタリア語を学びたいと思っていると書き送るとマリアは、ペルージャに友人がいるから紹介してもいいと返事を送ってくる。ルームメイトからもマリアからも同じ地名が出ている。滞在先は自ずとペルージャになった。「マリアのきもいりで、ヨーロッパ二年目の夏を私はこの中世の町で過すことになった」と須賀は書いている（「マリア・ボットーニの長い旅」）。「きもいり」というのも比喩ではない。到着したのは一九五四年六月三十日だった。その日のうちに彼女は、マリアの友人、地元の名士で図書館館長をしている人物に面会し、下宿先を紹介される。

須賀はまた、マリアがいなかったら「私の生涯がイタリアとこんなに濃くつながることは、たぶんなかっただろう」ともいうのだが大げさな表現ではない。日本に帰ったあともマリアは、須賀に手紙を送り続け、ついには「コルシア書店の仲間」になるところまで彼女を引き込む。須賀はこの女性とミラノでいっそう深く交わることになる。

ペルージャの町は、小さな驚きと共に須賀を迎えた。人間が心からの歓迎の言葉を贈るように、この町は花の薫りを振りまいた。

パリからペルージャに着いた日、この薫りが小さな町ぜんたいに漂っていて、むせるような、とはこんなことかと思ったものだった。ほとんど目に見えないところで咲いているこの花の匂いは、記憶の中でだんだんと凝縮され、象徴化されていって、もうおそらく、たとえなにかの魔法で一九五四年六月三十日のペルージャに戻ることができても、あれとおなじ匂いに再会することはできないだろう。(「プロシュッティ先生のパスコリ」)

十九世紀イタリア・ロマン派の詩人ジャコモ・レオパルディのある作品に「匂いたちこめる並木道」という一節がある。この言葉と須賀の下宿部屋の窓から舞い込んでくる菩提樹の薫りが、じつによく符合した。まるで町の息吹のように花の薫りが、詩の一節とあいまって、自分の心に深くとびこんできたというのである。

嗅覚を刺激した匂いは、須賀の内面で過ぎ行くことのない「薫り」に変貌している。プラトンは『パイドン』のなかでソクラテスに、竪琴の音を比喩に用いながら、音は感覚的に消滅するからこそ実在として永遠になる、と語らせているが、ここで述べられているのも同質の出来事だろう。あの日の薫りは、消えるどころか日を追うごとにその意味を内面の世界で深化させつつあった。

ペルージャは須賀がイタリアときちんと出会った最初の町にもかかわらず、これまであまり顧みられてこなかったきらいがある。長く暮らしたミラノはもちろん、夫の死後に訪れたヴェネツィアや、あるいは敬愛した詩人ウンベルト・サバにゆかりのあるトリエステなどは、これまでも彼女との関係において、さまざまなかたちで語られてきたが、ペルージャはそうではなかった。しかし、彼女がペルージャで遭遇した出来事はのちの生涯に大きな影響をもたらしている。さらにその認識は年を経るごとに深まってさえいった。

本人がそのことに気が付いたのも後年のことだった。最初の著作『ミラノ　霧の風景』で彼女がペルージャでの日々を、数十年の時を超えてなお燃え続ける炎のようにありありと、また静かな熱情を込めて描き出しているのはそのためだろう。

この町での出来事を語り始めようとするとき、須賀が描き出したのは一つの神秘的といっていい光景だった。「ペルージャで勉強していたころのある土曜日の夕方、いやひょっとしたら、八月十五日、聖母被昇天祭の前日のことだったかもしれない。友人の運転する車で、たぶんアッシジからの帰りだったと思う」と書いたあと、彼女はこう続けている。

ペルージャの丘の最後の登り坂の中腹にある教会にさしかかった瞬間に、その鐘は鳴りはじめた。いきなり、だった。おもわず見上げたロマネスク様式の鐘楼に、私はほんとうに不思議な光景を見た。一人の男が、たしかに両手と両足を使って、踊るような、まるで宙を泳ぐような格好で、夕日をいちめんに受けた鐘楼の大小さまざまな鐘の下の、横にわたした止まり木のようなもののうえで動いていた。その姿を私が見たのは、たった一瞬のことに違いなかったのだが、いまでも目をつぶると、あの男と、そのからだ全体から湧きでるような、寄せては返す波のように、幾重にも織りこまれ、また四方にむかってばらまかれる、あの祝日を告げる鐘の音が心に浮かぶ。暮れなずむ遠い平野を覆う薄紫のもやの色といっしょに。

ここには、何の比喩的表現もない。天使、あるいは精霊と呼ぶべき何ものかの姿を見た、というのである。目の錯覚だと一笑に付されるかもしれないことくらい、彼女はよく承知している。須賀の作品を読んでいると、同質の記述には一度ならず出会う。

この出来事は、それでも書かずにはいられないほど強烈な印象を彼女に残した。この記述をもとに心理分析をしても、彼女の心の部屋をのぞき込むことはできないだろう。須賀は書かれたことをそのまま受け止めてくれる読者の出現を信じ、この一文を書いたのではなかったか。私たちが現実と呼ぶ層の奥に、哲学者たちが実在と呼んだ世界があると信じている。信じているというよりも、それが須賀の実感だった。ペルージャは、そのことを須賀に精霊の姿を借りて語ったというのだろう。

先にもふれたが、この町での日々は『ミラノ　霧の風景』の「プロシュッティ先生のパスコリ」と題する章に記されている。ペルージャの外国人大学でイタリア語の教師だったのが「プロシュッティ先生」である。この学校を訪れたことがある。外国人に言語だけでなく、文化そのものを伝えるという校風は今も生きているようだった。

この人物は、外国人である生徒を前に、イタリアを代表する詩人ジョヴァンニ・パスコリの作品を教材にしつつ授業を進めた。パスコリは、国民詩人と称されたジョズエ・カルドゥッチの弟子で、この人物のあとを継ぐかたちでボローニャ大学の教授になった。

パスコリは多作で、その「詩は、ロマン主義の流れを多分に汲む一種の世紀末風の感傷性のためもあって、多くの人々に愛され」たが、時代が変わり、新しい思潮が席巻すると忌避されるようになる。しかし、再評価の声もあり、須賀は「とくに大自然の繊細な表情を、しばしば意表をつく擬音語などを用いて瞬時的に捉える、一種の象徴主義風な、新鮮で特異な抒情性は、もっと検討されてよいと言われる」と述べている。

この詩人をめぐる邦文の文献は、管見ながら須賀のほかに見つけることができなかった。筆者はイタリア語を解さないのでデボラ・ブラウン、リチャード・ジャクソン、スーザン・トーマスの三人によって英訳された詩を読んだが、須賀の指摘がじつに正鵠を射ているのが確かめられた。

また、「意表をつく擬音語」、「一種の象徴主義風」、「新鮮で特異な抒情性」という須賀が挙げたパスコリの特徴はそのまま、須賀が愛した賢治の作品にも当てはまる。須賀はパスコリの詩を前にしながら、この詩人のことを想い出していたのかもしれない。この詩人の、先の章でもふれた「原体剣舞連」と題する作品は「dah-dah-dah-dah-dah-sko-dah-dah／こんや異装《いさう》のげん月のした／鶏《とり》の黒尾を頭巾《づきん》にかざり／片刃《かたは》の太刀《たち》をひらめかす」との一節から始まる（『新編　宮沢賢治詩集』）。「原体剣舞」は、岩手県奥州市に伝わるお盆に舞う踊りである。須賀と賢治の関係はこれまでにもふれたので繰り返さない。須賀にとって賢治は最初に愛した詩人のひとりだった。

賢治とパスコリが近似していたのは技法においてだけではない。むしろ、近寄っていたのは、万物に燃える「いのち」の働きを凝視する眼の働きだった。賢治は、月から星から「火花のいのち」、「火の雨」が降ってくるのを感じている。パスコリにも同質の実感があった。

「星」は天の涙だとパスコリはいう。彼にとって「星」は、賢治の『よだかの星』においてそうであるように、火と炎の異名である。星は、単に輝いているのではない。燃えている。こうした世界観を私たちは『銀河鉄道の夜』にも見ることができる。「火」が須賀にとっても重要な言葉であることは、シエナのカタリナやアッシジのフランチェスコとの関係を論じたときに見た。パスコリ、賢治、須賀だけではない。プラトンにもこの詩人たちと響き合う言葉がある。哲学の真義は言葉で伝えることはできない、そう記されたプラトンの書簡が残っている。次の文章の「それ」が、哲学の真義、すなわち究極の叡知である。

> そもそもそれは、ほかの学問のようには、言葉で語りえないものであって、むしろ、〔教える者と学ぶ者とが〕生活を共にしながら、その問題の事柄を直接に取り上げて、数多く話し合いを重ねてゆくうちに、そこから、突如として、いわば飛び火によって点ぜられた燈火のように、〔学ぶ者の〕魂のうちに生じ、以後は、生じたそれ自身がそれ自体を養い育ててゆくという、そういう性質のものなのです。（「書簡集〈第七書簡〉」『プラトン全集14』長坂公一訳、岩波書店）

叡知は言葉を通じて頭から頭へ伝わるのではなく、火花のような姿をして人から人、心から心へ伝わっていくというのである。ここでプラトンが、「火」の比喩をもちいているのは偶然ではない。彼らは同じものにふれている。パスコリの英訳者たちは無神論的な作風で知られるパスコリの詩に、プラトンにつながる存在の神秘学が生きていると指摘している。

代表作のひとつ「八月十日（X Agosto）」と題する詩でパスコリは、一八六七年に暗殺された父を殉教者の境涯に引き寄せて謳い上げた。この出来事が彼の内なる詩人を目覚めさせた。

さて、パスコリの詩は、「聖ロレンツォの日には流れ星が多い、どうして天がそれほどに燃える涙を流すのか」という調子ではじまり、第二節からは子ツバメのところに昆虫をくわえて飛んでゆく途中人間に殺され、茨の藪に落ちた親ツバメの話が語られる。藪に落ちたツバメの翼は十字架にかけられたように、左右にひらいている。原文はただ、「いまは十字架にかけられたように」とだけあるのだが、プロシュッティ先生は、キリストの十字架と、羽をひろげて死んでいる鳥の姿を、ご自分でも両手を左右にひろげて説明された。子ツバメに餌を運んで巣にもどる途中で殺された親鳥のイメージは、当然、第四節以後、仕事の帰途なにものかに銃撃されて死んだパスコリの父親の物語につなげられる。(「プロシュッティ先生のパスコリ」)

ここで須賀が指摘しているようにパスコリの特徴は悲歌、すなわち死者への歌、挽歌において鮮烈な光が放たれる。それは賢治も同じだった。『心象スケッチ　春と修羅』の核となっているのは、「永訣の朝」「無声慟哭」をはじめとした妹を亡くした彼が謳った挽歌である。

プロシュッティ先生の手振りとは違って、パスコリはいわゆるキリスト教詩人ではない。彼は父親を奪った「神」を容易に受け入れることはなかった。もちろん、須賀はそのことを熟知している。それでもなお須賀は、いっこうに鎮まろうとしない心情を謳うパスコリの言葉に宗派的教義を超えた宗教的世界の現出を見る。先に引いたのと同じ一文で須賀は、「アッシオーロ」と題するパスコリの詩を訳している。

月はどこだっけ？　明けゆく
真珠色のなかで、空はたしかに見えていた。
アーモンドとリンゴの木が、もっとよく見ようとしてすらりと伸びたかにみえた。
ずっとむこうの雲の暗さから
稲妻が風に乗ってくる。
そのとき、野良から声がひとつ。
キウ……

この詩を訳したあとで、須賀は「翻訳ではわからないが」と断りながら、この作品に宿っている「音」の意味を次のように語っている。

「八つの九音節行三節からなる短い詩で、最終行はこの、眠りを奪われた孤独な魂にも似た鳥の鳴き声の擬音だけである。九音節行がつづいたあとで、ふしぎな二重母音の『キウ』とだけ、投げだされたような音が、こころに沁みる」

ここに記されているのは的確な作品評なのだろう。だが、それは同時に、突然、病に奪われるように夫を喪った須賀の日常でもあったのではなかったか。自分も幾度か「キウ」という微かな音をだしたことがある、そう須賀は翻訳を通じて、生ける死者となった夫に書き送ったのではなかったか。

須賀は自らの詩集を編むことはなかったが、詩はいくつも訳している。かなしみの深みを照らし出すようなその訳文は、ときに原詩を凌駕しているのではないかとさえ思わせる。それは詩人ウンベルト・サバの作品を訳すときにもっとも熾烈なかたちで表われる。須賀がサバを知ったのは一九五八年のことだった。後年、彼女はこの詩人の訳詩集を刊行するのだが、そこには「妻」と題する次の詩がある。

「うんざりだな、きみには、まったく」
ぼくは心のなかでそう返事する。そして考える。
この世でいっしょにどこかへ行ってしまいたいのは、
この悲しみだけ、この言葉のない悲しみのほかなにもないのを、
どうすれば、ぼくの天使がわかってくれるか。ぼくの痛みは
ぼくだけのもので、ぼくのたましいだけのものだと。
妻にだって、いとしい娘にだって、これだけは譲れない。
愛するものたちにも、公平には頒けられない。（「『トリエステとひとりの女』より」『ウンベルト・サバ詩集』）

ひとは愛した者を喪ったときに悲しみを覚える。むしろ、悲しみを感じることによってその人を愛していたことを知ることすらある。悲しみは単なる嘆きと痛みの経験ではない。それは、かたちを変えた情愛の出来事だというのだろう。

訳文が原文を損ねることはあっても、それを超えることはないというのが常識なのかもしれない。しかし、翻訳はつねに、内に批評を宿した試みである。とくに詩の場合、その関係は濃密になる。高度な批評が実現するとき、そこには原著者が感じていた以上の意味が顕現する。須賀の訳詩には、しばしばそうした意味の深みから照らし出される光を感じる。須賀のなかには優れた詩人、優れた批評家がいる。さらにいえば、そのことが小説家としての彼女の才能を際立たせている。ここでの詩人は見者、批評家は読む人、小説家は物語る人の異名でもある。

『ミラノ　霧の風景』の「あとがき」には、書物と翻訳をめぐって記された須賀の告白のような一節がある。「本があったから、私はこれらのページを埋めることができた」と書いたあと、こう続けた。

夜、寝つくまえにふと読んだ本、研究のために少し苦労して読んだ本、亡くなった人といっしょに読みながらそれぞれの言葉の世界をたしかめあった本、翻訳という世にも愉楽にみちたゲームの過程で知り合った本。それらをとおして、私は自分が愛したイタリアを振り返ってみた。

「亡くなった人といっしょに読みながら」とは、今は亡き人の生前に、という意味に違いないが、それだけではなかったのかもしれない。サバは須賀と共に、夫ペッピーノがこよなく愛した詩人だった。サバの訳詩集には献辞もない。しかし、彼女は夫を前にして朗読するように詩を選び、訳していったのではなかったか。

先に見た詩を含む詩編を須賀は、一九九二年から九六年にかけて訳し下ろした。それが『ウンベルト・サバ詩集』（みすず書房）として出版されたのは一九九八年八月、須賀の没後だった。

第十章　文筆家の誕生

フランス留学中を通じて、須賀のもとに幾度も手紙を送ってくる女性がいた。読みにくい字で書かれた便りに須賀は、少し辟易することもあったが、いざというときにその送り主の存在は有形無形に強く彼女を支えた。差出人は先にも見た、日本からフランスに渡るときジェノアで出迎えてくれた女性、マリア・ボットーニである。改めて考えてみると須賀は、ヨーロッパでの生活の初めから何ものかに守られているようでもあった。

一九五五年七月、須賀は、ちょうど二年になるフランス留学から帰国する。パリからひと月をかけた船旅の道中は必ずしも朗らかな心持ちではなかったかもしれない。周囲を説き伏せ、迷いを解くつもりで出かけたのだが、あちらでの生活は思うように展開していかなかった。見えない壁を突破する何ものかを見つけに行ったはずが、その「何ものか」を見つけるどころか、壁に正面からぶち当たる以前に帰ってこなくてはならなかったのである。

複数の語学を身につけ、文学、哲学だけでなく神学の修練も積んだ。しかし、それを十分に生かせるはっきりとした道が見つからない。とはいえ、家でじっとしていたのではない。船が横浜港に到着してさほど時間が経過しないうちに須賀は、日本放送協会（ＮＨＫ）の国際局欧米部フランス語班の常勤嘱託職員として働き始める。さらに翌年からは、この職を続けながら友人が教師として勤務していた光塩女子学院で英語の教師も兼務した。

フランスから帰った須賀が自らに課したのは、早く大きな決断を下すことではなく、静かに時の到来を待つことだった。そもそも当時の須賀には、フランス留学での経験を生かす場所に身を寄せるのが、自分にとって最良の選択なのかも分からない。

研究者を目指すことも可能だった。むしろ周囲にはその道に進んだ者も少なからずいて、彼女から動けば迎えてくれる場所もあっただろう。だが、学問にわが身を賭するには至らない。目の前には依然として不可視な壁があるような気がしてならない。

今日から振り返ってみると、このときの感触は確かなものだったように思われる。彼女の内面で文筆家の才能がたくましく芽吹き、キリスト教思想家と文学者、そして信仰者の境涯が一つになりはじめたのもこの時期だった。しかし、この間に須賀がどう生きたかは、これまであまり顧みられてこなかった。

先に見たように須賀が選んだのは実社会で働くこと、そしてもう一つは、自分が出会い、動かされた言葉を他者と分かち合おうとすることだった。そして、若い人に教えることに目覚めたのもこの期間である。ＮＨＫでの勤務と英語教師はともに一九五八年の四月で辞めた。退職の理由は、その年八月に再びイタリアへと留学するためだった。

社会的な実践こそが、信仰が深化するうえできわめて重要な道程であることに気が付く。働くこと、書くこと、そして教えること、この三つを一なるものとして生きようとしたのが須賀敦子の生涯だったといってよい。

事実、さまざまな実践的経験を踏まえ、また、伴侶との別離という耐え難い出来事を経たのちに彼女は、研究者、教育者、そして時代を画する作家、それらを一身に背負う者へと変貌する。もし、留学から帰ってすぐに彼女が研究職を選んでいたなら、私たちは学者としての彼女を記憶することはあっても、須賀敦子という作家を知ることはなかっただろう。

この三年間の動向がほとんど語られなかった理由として、この時期に彼女が翻訳した文章が現在の『全集』に収録されなかったこともあるのかもしれない。内容はのちにふれるが、それらの翻訳を通じて彼女は書き手としての力量を高めていった。

これまでにも何度か、須賀が『聖心の使徒』というカトリックの修道会が発行している機関誌に寄稿した文章にふれた。「シエナの聖女」「アッシジでのこと」など、若き須賀の霊性を物語る文章はほとんどこの雑誌に寄稿されている。この雑誌がなかったら、須賀が書き手になる時期はもう少し後だったかもしれない。

ここに須賀は、マリアの手紙によって知った欧米のキリスト教思想家の文章を翻訳し始める。初回は一九五六年の五月、それはイタリアへ向かう直前の五八年七月まで続けられた。「シエナの聖女」をはじめとするエッセイが書かれるのは、一九五七年四月以降、マリアの手紙に同封されていた文献の翻訳のあとである。

文筆家須賀敦子の出発は翻訳だった。翻訳はかたちを変えた批評である。原文のある一語にどの日本語を当てるのかによって文章の姿は一変する。語学力ももちろんだが、訳者には優れた批評精神が求められる。近代日本の優れた批評家がいくつかの優れた翻訳を残しているのも偶然ではない。この時期の須賀の業績が見過ごされてきたという事実は、これまで私たちが彼女の内なるキリスト教思想家と内なる批評家の意味を十分に受け止めきれていなかったことを傍証している。

作家として須賀敦子が世に認められたあとの著作を丁寧に読み解けば、彼女のなかには文学者だけでなく、一級の思想家が宿っていた事実は確認できる。しかしイタリアへ渡るまでの三年間の営みを見ることなく、そこを論じたとしても、根を離れた切り花のような何かを瞥見することになりかねない。

戦前期の日本において重要な役割をになった吉満義彦という哲学者がいる。第一章でもふれたように遠藤周作の師であり、須賀とも哲学的関心において無視できないつながりがある。吉満はあるとき「文学者と哲学者と聖者」（『文学と倫理』十字堂書房）と題する一文を書き、この三つの人格が融和することがキリスト者における一つの理想であると語った。それは吉満の実感だっただけでなく、須賀にとっても生きる意味そのものを表象する言葉だったといってよい。

文学者と思想家、さらには信仰者、これら三つの精神——真には高次の存在を希求する一なるものだが——の相克と創造的な拮抗は、この時期にだけ起こったのではなかった。それは年を経るごとにより深く、より強く須賀の作品に顕われるようになる。その証左は、生前最後の著作となった『ユルスナールの靴』で彼女がキリスト教の正統と異端、そして精神と「たましい」の異同を語る個所をみるだけでも明らかだろう。また、書かれなかった小説「アルザスの曲りくねった道」ではこうした主題がより鮮明に表現されるはずだったのである。

一九五五年、フランス留学から帰国後、須賀は故郷に戻らず、東京で独り暮らしを始める。単に独りで暮らすのではなく経済的に自立することも須賀には新しい経験だった。同じアパートには親友の三雲苑子と彼女の夫の夏生もいた。三人はともにキリスト者で、夏生が遠藤とともにフランスに留学していたことは先にふれた。ここで須賀は心から信頼できる友と自らの留学経験を振り返ることができた。須賀と苑子は、自分たちが語り合うその様子を「どんぐりのたわごと」だと言った。この言葉はのちに、コルシア書店に身を移し、現地から日本に向かって須賀が発行していた冊子の名称になる。

　自分たちももっと学び、それを生きることで消化して血肉化し、自らの肉声で語らなくてはならない、二人はそう話し合ったのかもしれない。須賀はそれを実践するためにイタリアへと赴き、苑子はそれを側面から支えた。こんなところにも須賀をイタリアへと向かわせるはたらきが潜んでいたのかもしれない。

　ヨーロッパを離れれば、居住空間だけでなくさまざまな環境が一変する。しかし、マリアからの手紙は何の変化もなかったかのように須賀のもとに届き続けていた。

　手紙には小さな冊子が同封されていた。発行元はコルシア・デイ・セルヴィ書店。のちに須賀がそこで中核的な役割を担う書肆であり、須賀の代表作『コルシア書店の仲間たち』の舞台となる場所である。

　ここに記されていた言葉との出会いが、人生の分水嶺となった。この冊子に刻まれていた言葉をたよりに、見えない糸をたぐりよせるようにしてふたたびイタリアへ旅立つ。その様子を見ると、彼女がイタリアを選んだのではなく、何かが彼女をイタリアへと招きよせたという方が適切なようにも映る。手紙を開くとき、須賀はそこに見えないヨーロッパへの扉を感じていたのかもしれない。

　マリアは当時イタリアでカトリック左派といわれたグループが出していた小さな出版物を送ってくれるようになった。政治運動とはおよそ関係のなさそうなマリアとこのグループのつながりは、あまり判然としなかったが、寄稿者のなかでいつもPとしか署名しない人の書くものが私の目をひいた。過激ではなくて、対象をゆっくりと見つめるその文章が好もしくて、印象に残った。それが夫の書いたものだとわかったのは、結婚してずっとあとのことである。（「マリア・ボットーニの長い旅」『ミラノ　霧の風景』）

のちに夫となるペッピーノとの出会いは、当面の問題ではない。須賀自身がいうように、実際に夫に面会する以前に言葉を通じてすでに出会っていた事実を確かめられればそれでよい。ここで改めて考えてみるべきは、なぜ、マリアがわざわざ日本にいる須賀にカトリック左派の冊子を送り続けたかである。

現実社会と信仰世界のあいだで揺れ動く思いを須賀は、あるときマリアに話したのかもしれない。たとえそうでなかったとしても、マリアは須賀のなかにコルシア書店の活動と共振し合う何かを感じていたのだろう。マリア自身がこの書店に動かされたひとりだったからである。

「カトリック左派」という呼称はコルシア書店の人々が自称したのではなかった。彼らの活動を批判的に語る人々が呼んだ名称だった。この場合「左派」という言葉には、政治的な、という語感もふくまれている。

フランスに留学する以前、須賀はカトリック学生連盟に所属し、一九五二年には破壊活動防止法案に反対する運動にも参加している。カトリック左派に共振する精神はすでにこのころからあった。しかし、政治運動に参加しつつ、そこに融け込み切れない感覚を拭い去ることができない。

政治的、社会的、あるいは現実的な問題を打開しようとすることが、そのまま霊性の革新につながる道、それがシエナのカタリナ、近くはシャルル・ペギーから須賀が継承しようとしたものだったが、彼女の目の前にあったのはつねにその片方でしかなかった。第八章でふれた、ペギーにちなんで行われているシャルトルの巡礼に参加したときも、そうしたわだかまりに一条の光が射すのではないかという密かな、しかし、大きな期待が須賀にはあったのである。

道しるべが、自信に満ち、風を切るように歩く者よりも、迷い、不安に苛まれる者の眼にいっそうはっきりと見えることがあるように、須賀は、マリアが送ってきた冊子に新たな可能性を感じ始める。それればかりか、次第に冊子に記されている文章を日本の読者に紹介したいと感じるようになっていく。

『聖心の使徒』に須賀がはじめて寄稿したのは一九五六年五月、「病者の使徒職」と題する訳文だった（『須賀敦子全集』には未収録）。ここでの「使徒」とはキリストの弟子であり、その言葉を世に運ぼうとする者の呼び名だが、それは聖職者であることを意味しない。キリストに従おうとするすべての人を指す呼称である。作者はＰ・シャルルという。彼はその一文を神への手紙として書いた。その最初には次の言葉がある。文中の「天主」は「神」と同義である。

天主さま、おんみの教会は、病めるものが、健やかなものとかわらず奉仕することのできる、若者とおなじく老人が役立つことのできる唯一つの社会です。普通は病人を看護し、必要なことを世話するのが義務とされていますが、おんみの家では、病めるものが役に立ち、真の仕事を果たし得るようになっております。

真の教会、人間が真ん中にいるのではなく、キリストを中心においた教会では、老いた者、病める者も健やかなる者と質的にはまったく変わらない意味をもってこの世での役割を果たし得るはずだ。病によって身体的機能は減じ、活動の範囲は狭まる。しかし、神が求めるのは人間が量るような営みの量的成果ではなく、質的な重みである以上、病者には病者だからこそ担うことのできる特別な使命すらあることを疑わないというのである。

弱き者、悲嘆を生きる者の存在を通じて、世に神の光がもたらされる、それは信仰者須賀敦子の原点だといってよい。彼女は強い希望を抱いて渡ったフランスでいくつもの落胆と悲しみ、そして内的な挫折を経験しなくてはならなかった。しかし、それらの試練を経たからこそ、見えてきた地平があることに彼女は気が付いていく。

原著者であるシャルルも病を背負う人だった。自身が病む身になってみてはじめて、そこに特殊な役割と意味を実感しているという。神に奉仕する可能性がなくなったのではない。「ただ、その実現の方法がかわっただけなのです」とも書いている。さらにこの人物は、病者が体現する沈黙の語りともいうべきものにも言及する。

歎きもなく、音もたてずに、無力につなぎとめられて、役立つことのできぬために、心のうちにすすり泣くものもあるのです。あたかも、おんみの使徒職のつとめのために、寛大と正しさに満たせてこれらの魂をおんみがよく準備しておられるかにみえるのです。彼らは、受くることなしに、与えることしかのぞまないのです。おんみは彼らのうちに、地上におけるおんみの真の証《あかし》たる、雄々しいまでの善意と柔和という宝を与えたまいました。

病が重く、容易にその苦しみから抜け出せない者たちは、ときに声を出して嘆くことも泣くこともなく、ひとりひそかに呻いている。悲しみが極まった彼はもう、目に見える涙を流すこともない。しかし、その心の中では、不可視な、しかし滂沱《ぼうだ》の涙が流れている。

彼らの魂は、苦しみつつも、人間の目には隠れているその涙こそを神が確かに受け止めてくれるのを実感する。病という人生の試練を受け入れてくれることによって、また、その「雄々しい」とすら言いたくなる姿を通じて、人は自らの胸にも同質の涙があることを知る。彼ら、彼女らは、あまりに重い苦しみを生きているがために自らが恩恵を「受くること」を忘れ、「与えることしかのぞ」んでいないようにすら映る。

病者は、意識しないところで神の証人たり得ている、というのである。須賀の作品ではしばしば、苦難を生きることで世に何かをもたらしている人々の姿が描かれる。むしろ、そうした無名の英雄たちの境涯を世に告げしらせるために、彼女は書き手になっていったようにも思われる。

第一章でもわずかにふれたが、『聖心の使徒』への寄稿でもっとも強く注目するべきはトマス・マートンの著作の翻訳である。須賀は「T・メルトン」と訳しているが、今日ではアメリカを本拠地とし、主に英語で著作を残していることから「マートン」が通称となっている。須賀は、彼の生地がフランスであることを知り、「メルトン」とフランス語の読みを当てたのかもしれない。父親はニュージーランド人、母親はアメリカ人である。

雑誌を見ても原典は記されていない。それは*Seeds of Contemplation*（一九四九）で、新版もふくめてマートンの著作のなかでもっともよく読まれたものの一つである。この本でマートンは市井に生きる人々に修道生活の本質を取り入れることの意味を説く。彼にとって「修道」とは生涯を賭して「神」を追い求めることにほかならない。それは修道院で暮らす者だけに許された道ではなく、別な様相で在野にいる人々にも開かれていることを、マートンは静かな、しかし強く確かな言葉で語りかける。翻訳は一九五七年一月から翌年の七月までおよそ一年半にわたって続けられた。須賀が訳出したのは全体の半分ほどである。これだけの期間、一人の思想家の著作の翻訳に充てながら影響を受けないと考える方が難しい。

彼女が訳した文章には「存在するものはすべて聖である」「はなればなれになった神秘体」ある

いは「孤独について」「観想について」「まちがった炎」といった題名が付されている。この本を読みつつ須賀は、あたかも自分に向かってだけ書かれたのではないか、という錯覚すら抱いたかもしれない。それほどマートンの言葉は当時の須賀の心と深く響き合うものだった。

二回目に訳した「もののほんとうのすがた」には本当の自分と聖性の関係をめぐって次のように記されていた。聖性とは、おのずから人間性を超えるものからのはたらきであり、それは人間以外のところからもたらされる、と断ったうえでマートンはこう続けている。

私にとって、聖性とは、自分自身で在ること、あなたにとっては、あなた自身であることにあるというのはほんとうです。（中略）

私にとって、聖人であるということは、私自身になるということです。ですから、聖性と、救霊の問題は、実は、じぶんが誰であるか、自分のほんとうの自己を発見することに関する問題なのです。（『文藝別冊　須賀敦子の本棚』河出書房新社）

聖性を体現することと本当の自分を生きることは同義である。むしろ、そうすることでしか人は世に聖性を表現することはできない。さらに救いとは、個々の人間が内なる自己と出会うことにほかならない、というのである。

同じ文章でマートンは、木は、どこまでも木であることによって聖なるものとなると語っている。この一節は若き須賀に決定的な影響を与えた。イタリアに渡ってからも彼女は『聖心の使徒』に寄稿を続けたが、そこにはマートンの霊性が色濃くにじんでいる。

マリアから送られた冊子にマートンの言葉があったかは確かめることができない。しかし、コルシア書店とマートンとの間に深いつながりがあることは分かる。かつてコルシア書店があった場所は今サン・カルロ書店と呼び名が変わっている。ある時期は須賀がいた当時と様子も変わったようだが、今日ではかえって須賀たちが活動していたところに戻そうとしている。

第一章で述べたように二〇一五年の夏に訪れたときには、書店の真ん中にはコルシア書店の創設者のひとりであり、著名な詩人でもあったダヴィデ神父の著作と詩の朗読を録音したCDが、大きな場所を割いて陳列されていた。ほかの書棚にあったのも、のちに須賀が『どんぐりのたわごと』で紹介する思想家の書物で、そこにはマートンの本も並べられていた。

この人物は、今もなお、日本において広く知られてはいないが、日本が例外的なのであって、欧米では今でも宗教思想、宗教哲学に一定の関心をもつ学者でマートンの名前を知らないという人の方が少数派だろう。文字通りの意味で、二十世紀宗教界においてもっとも重要な役割をになった霊性の巨人だといってよい。

日本でも幾人かの重要な思想家たちが、彼の発言に著しい興味と関心を示している。それが鈴木大拙であり、井筒俊彦だった。そこに須賀の名前が加われば、マートンの思想に宗教、哲学、文学の垣根を越えて働く何かがあることはうかがい知れるだろう。須賀の訳文が日本におけるはじめてのマートン紹介となった。須賀が、マートンの生前からその思想に注目していたことは留意するに値する。

マートンは、トラピスト修道会のカトリックの修道司祭であり、旺盛な著述家であり、秀逸な神学の徒、また甚大な影響力をもった思想家、すぐれた詩を書く文学者でもあった。霊性においては求道者、社会的には哲学者であり、実存的にはたましいの歌を謳う詩人だといってもよい。中世のカトリック界では、クレルボーのベルナールや十字架のヨハネをはじめとしてこうした人物が時折出現する。

諸宗教の対話という言葉が今日のように宗教界の基軸となる以前、マートンはそれを個の立場において透徹した態度で実践した。それが教皇ヨハネ二十三世による第二バチカン公会議の招集以前から始められていた意味は大きい。

修道士だった彼は自由に旅をすることはできない。対話は自然に書簡を通じて行われた。そのためその記録を今でも私たちは目にすることができる。

この人物にとってキリスト教は、他の霊性と交わることによってより完全に近づく営みだった。プロテスタントやロシア、ギリシアの正教会といったキリスト教諸派はもちろん、仏教、イスラーム、ユダヤ教、さらには道教、儒教における霊的指導者とも静かな、しかし深甚な対話を交わした。マートンには、友情と呼ぶべき深い交わりを結んだ三人の仏教者がいた。一人はチベット仏教の指導者ダライ・ラマ十四世、もう一人がティク・ナット・ハン、そして鈴木大拙である。

ダライ・ラマに関して多くの説明は不要だろう。中国のチベット侵攻によりインドに亡命し、そこで亡命政府を開いた。ガンディーの非暴力思想を継承しつつ政治的、宗教的両面で長くチベットの指導者の役割を担っている。

二〇〇三年、インドのダラムサラでダライ・ラマに会ったとき、マートンの思い出を直接聞いたことがある。彼のマートンへの敬愛は深い。二人が会った一九六八年の時点ではまだ、ダライ・ラマの存在は今日のように広く知られていない。他の宗教、他の文化との対話の可能性を彼はマートンとの出会いで見出していった。マートンとの対話によってチベット仏教は、従来に増して勢いをもちつつ、世界に広がり始めたとすらいえる。

ティク・ナット・ハンは、故国ヴェトナムの戦争に反対したことからフランスへの亡命を余儀なくされるが、その地に拠点をもち、活動を始めた。今では世界中から彼の霊性を学ぼうとする人々が集まっている。彼はダライ・ラマに勝るとも劣らない影響力をもつ。

昨今「マインドフルネス」という言葉をさまざまなところで目にするが、この言葉を広く世に知らしめたのは彼だった。ティク・ナット・ハンは仏教を広めようとしたのではなかった。キリスト教世界に仏教という対話者を紹介しようとしたといった方が彼の活動に近い。その態度はコルシア書店がキリスト者の立場から行おうとしたことと深く響き合う。

マートンとティク・ナット・ハンが会ったのは一九六六年の一度だけだが、その邂逅は互いのそれまでの生涯を包み込む深度をもつものとなった。ティク・ナット・ハンはそのときの様子をこう語っている。

> 彼とはじめて会ったのは一九六六年のことだが、そのときの彼の相貌を言葉でうまく表現することができない。その様子は人間のあたたかみと呼ぶべきもので満たされていた。語る言葉は簡潔で、私がいくつかの言葉を話すと彼は瞬時にそれを理解したが、私は彼と同じようにはできなかった。（Thomas Merton, *Contemplative Prayer*, Image Books. 序文、筆者訳）

言葉で語り得ないことを生きることで表現し、相手の沈黙の言葉を感じる。それはまさに須賀がマートンから学んだものだった。

この行いが聖者によって行われるとき、その一個の人間を通じて、世界は聖なるものであると高らかに宣《の》べ伝えられる、とマートンはいう。

聖人というものは、この世について話すとき、べつに口にだして神のことを語らなくても、神に、大きな栄光を帰したてまつり、神にたいしてふかい愛をおこさせるように話せるものなのです。（トマス・マートン「存在するものはすべて聖である」『文藝別冊　須賀敦子の本棚』、須賀敦子訳）

人が、真の自己に目覚めることは、わが身に眠れる聖者を呼びさますことに留まらない。その人は万物に聖なるはたらきが宿っていることを世に伝えることになる。これを俗世において実現すること、それが須賀にとっての新しい「修道生活」になっていったのである。

鈴木大拙は、世界に禅や浄土、あるいは華厳をはじめとした仏教を広めた第一級の思想家である。宗教界だけでなく、その影響は、哲学界はもちろん、ユング、エーリッヒ・フロムといった心理学者たち、ジョン・ケージ、ハーバート・リードといった芸術の世界に生きた人たちにも及んだ。マートンは、出会った人のなかでもっとも印象に残った人物として大拙の名前を挙げている。

しかし、二人が実際に会ったのは二度だけ、一九六四年、大拙がニューヨークに滞在している際に行われた対話のときだけだった。マートンは大拙をめぐって「今日のような対話の時代に、「鈴木大拙」博士が、その独特の才能をもって貢献されたことは疑いがない。それはつまり、コミュニケイションが実際に成立しうる立場を、的確にとらえて、そこに立つことのできる能力にほかならない」と語ったこともある（「鈴木大拙――人とその業績」『回想　鈴木大拙』西谷啓治編、春秋社）。

この言葉は、確かに大拙の特性を見事に言い当てている。だが、それは同時にマートンの特性でもあり、須賀が、そしてコルシア書店の人々も深甚な影響を受けたエマニュエル・ムーニエの態度を強く想起させる。ムーニエは「対話の人」と呼ばれていた。須賀にとってコルシア書店とは、未知なる対話が現成し得る新しい場の異名にほかならなかったのである。

イタリアに渡ってからも須賀がマートンを読んでいた可能性は十分に考えられる。一九六三年、須賀はコルシア書店で働きながら、『荒野の師父らのことば』と題する四世紀頃砂漠に生きた求道者の言行録の翻訳書を、刊行している。原典はラテン語で記されているのだが、須賀が翻訳に用いたのはイタリア語抄訳版である。この古典の新しい英語訳をマートンも編んでいた。須賀は訳書の「まえがき」でマートンの業績にふれ、「平明かつ簡潔な文体が十分に生かされた美しい訳である」といい、讃辞を贈るのを惜しまなかった。

さらに須賀は同じところでマートンの「この分野における研究が、鈴木大拙師との交友を介してすすめられたことも、日本の読者に」知らせたいと言葉を添えている。須賀は、大拙の本にも親しんでいた可能性が高い。

マートンが交流したのは宗教的指導者ばかりではない。そこにはマルクス主義者や無神論者も含まれていた。マートンは、コルシア書店が試みたことを、ひとりで、そして手紙において行ったのである。

一九六八年十二月、バンコクでカトリックの修道者を前にして行われた講演「マルクス主義と修道生活の展望」がマートンの最後の言葉になった。この講演のあと彼は自分の部屋で感電死する。公式には事故死となっているが、今でも暗殺の疑念が晴れない。こうした疑念が生じること自体が、マートンの言葉と存在が政治的にも無視できない力をもっていたことを傍証している。

当時、須賀はイタリアにいる。夫を喪って一年半ほどが経過したときだった。マートンの死は世界を驚かせたから当然、須賀の耳にも入っただろう。

題名にあったようにこの講演でマートンは、キリスト教会とマルクス主義、あるいはキリスト者とマルキストの対話の可能性を探った。そこでマートンが主題にしたのが初期のマルクスの中核的問題だった「疎外」である。須賀が訳した本のなかでマートンは「孤独 solitude」と「孤立 separation」に言及しているが、ここでの「疎外」は強いられた「孤立」だともいえる。それは一人にされることだけを指すのではない。「疎外」とは、自らの内的な自由に従って生きるのではなく、「誰か別の人間が定めた条件に従って生きている」ことであり、キリスト教はマルクス同様、「疎外」に強く反対する、とマートンは言明している。

しかし、現実世界で疎外の害悪を説いているのは教会よりもマルクス主義者たちだった。この現実を糸口にキリスト者とマルキストの対話が始まるのではないかと提言する。

同質の実感はコルシア書店の人々にもあった。それればかりか、疎外なき社会の実現こそ、彼らの悲願だった。現代において疎外はいたるところにある。宗教が霊性を疎外する、ということすらあるだろう。マートンは——マートンが交わりを深めた宗教者たちも皆——宗教と霊性、宗教と人生の交わりを新しく結び直そうとしていた。この時期、須賀がマートンを知ることがなければ、彼女は自己の信仰を深めつつ、他の霊性に開かれていくという道を見つけられなかったかもしれないのである。

先に引いた須賀の文章に、「政治運動とはおよそ関係のなさそうなマリア」という一節があった（「マリア・ボットーニの長い旅」）。この言葉にはさりげなくだが、自身の眼力への反省の思いが込められている。須賀はかつて、マリアの姿を見つつ「およそ関係のなさそうな」と断じていた。それが偏見に過ぎないことをイタリアから帰ってから知らされることになる。マリアこそ、須賀がヨーロッパで遭遇した最初の、そしてもっとも苛烈な経験を経た「政治的」人間だったのである。

第二次世界大戦のさなか、マリアはミラノの大企業で秘書の業務に従事していた。当時イタリアの首相はムッソリーニで、ファシズム政権によって支配されていた。

反ファシズムの運動を「パルチザン」という。マリアは知らなかったが、彼女の上司がその運動家だったのである。ある日、マリアが上司から、君は独り住まいだから自分の友人を泊めてやってくれないかと声を掛けられる。その友人とはもちろん男性である。この話をマリアから聞いた際、須賀が「平気だったの、そんな知らない男を家に泊めたりして」と尋ねると、「だって、私はその上司を信頼していたから、きっとなにか事情があると思ったのよ」と何ごともなかったかのように語ったという。

昼間、男は家にいなかったが夜は帰ってきた。しかし、ある夜、男が帰ってこない。翌日会社に行くと、上司はマリアに、もし男が残した荷物があったら全部処分するようにと告げる。その次の日のことだった。会社に行くとそこで待っていたのは警察だった。そのまま彼女はその上司といっしょに連行され、サン・ヴィットーレ刑務所に身柄を移された。その男こそ、パルチザンの隊長だった。

のちにマリアはドイツ——「あるいはオーストリアだったかもしれない」と須賀は書いている——の強制収容所に入れられる。逮捕されたのはパルチザンの運動に加担したからだった。しかし、強制収容所に送られたのは彼女の母親がユダヤ人だったからでもある。そこで彼女は奇蹟的に生き残り、連合軍によって救出される。

物語はここから大きく展開する。収容所から助け出されるとマリアはパリへ送られ、収容所で出会った友人の家に身を寄せた。しばらくすると駐在イタリア大使が知人であることを知る。ほどなく連絡を取ると先方が驚愕した。記録の上でマリアはとうに亡くなったことになっていたからである。マリアは一夜にして「レジスタンスの英雄」になった。

栄誉とともに故郷ナポリに到着した。すると、空港ではブラスバンドが国歌を演奏している。マリアは自分のためなのかと一瞬思ったが、実際は違った。同じ日に到着した、就任したばかりの首相の訪問を歓迎する演奏だった。その人物の名前はフェルッチョ・パッリといい、彼もパルチザンのリーダーだった人で、マリアとはサン・ヴィットーレ刑務所以来の友人だった。その後、各界の有力な人々とマリアの間に関係が結ばれていくのは自然なことだった。そうした人脈によって須賀も大きく助けられていたのである。

『ミラノ　霧の風景』には、須賀がイタリアから帰国して数年後、マリアが来日した際に期せずしてその来歴を聞くことができたと記されている。そのときの印象を須賀は「夜がふけてゆく私の部屋の花柄のソファに、私はマリアの話が染みついてほしいと思った」と書いたあと、こう続けている。

マリアがドイツの収容所で死んでいたら、私は夫にも会わなかったかもしれない。イタリアに行かないで、どこかほかの国に行っていたかもしれない。しかも、私の個人的ないくつかの選択のかなめのようなところに、偶然のようにしてずっといてくれたマリアが、同時に二〇世紀のイタリアの歴史的な時間や人たちに、こんなに緊密に、しかもまったく無名で繫がっているという事実は、かぎりなく私を感動させた。そんなマリアが、なんでもない顔をして私のとなりにすわっていた。

ここに記されていることには何の誇張もない。たしかにマリアは須賀の生涯においていくつものかなめとなる場所に立ち会った。好機ばかりでなく、むしろ、危機の場合も少なくなかった。「生きがいをうしなったひとに対して新しい生存目標をもたらしてくれるものは、何にせよ、だれにせよ、天来の使者のようなものである」と神谷美恵子は書いているが、マリアと須賀の関係を見るとき、この一節が思い浮かぶ（「新しい生きがいを求めて」『神谷美恵子コレクション　生きがいについて』みすず書房）。

とはいえ、マリアは須賀に文学的、思想的に影響を与えたのではない。彼女が準備したのは道である。平常のときは少し煙たいと思うこともありながら、その助けがなければ大きく道を踏み外していた可能性がある。彼女が須賀に手を差し伸べる姿はほとんど母のそれを思わせる。比喩ではなくマリアこそ、私たちの知る作家須賀敦子のいわば「養母」ともいうべき存在だったといってよい。

だが、そのことを須賀が深く自覚するに至るのは『ミラノ　霧の風景』を書き始めてからだったのではないだろうか。須賀の文章にはどこかそう感じさせる律動がある。すでに胸のなかにある確証を書き記しているのではなく、書きながら須賀は自身とマリアの間にあったものを見つめ直していたように感じられる。

第十一章　ローマと新教皇

ヨーロッパから帰国してしばらくすると須賀は、再度イタリア語の勉強を始めた。教えてくれたのは知人を介して知ったビアンキ神父だった。何か当てがあったわけではないが、須賀には、いつかふたたびイタリアへ戻れるかもしれないという根拠のない期待があった。振り返ってみるとこのときからすでにミラノの「コルシア書店の仲間」になるという伏線は、見えないかたちで、しかし、しっかりと敷かれていることに気が付く。

先にロンドンで須賀が『歎異抄』の英訳に着手していたことにふれた。この本は彼女の翻訳にビアンキが註をつけて、ダヴィデ神父がそれをイタリア語訳することになっていた。ビアンキとダヴィデは友人だった。「このトゥロルドさんといふ神父様が呼んで下さってゐるので、この方についてしばらく勉強するために行くわけです。北イタリアでは相当知られた詩人で、ビアンキ神父様のお友達でもあります」と須賀は母親への手紙に書いている（一九五九年八月七日付）。

のちに詳しくふれるが、ダヴィデ・マリア・トゥロルドはカトリックの司祭でありながら、複数の詩集をもつ詩人でもあった。教会はもっと開かれなくてはならないという考えから、ミラノの大聖堂で共産主義の唱歌「インターナショナル」を歌うなどした言動によって教皇庁から勧告を受け、ミラノから「追放」されていた。

こうした人物との関わりと異教の聖典である『歎異抄』を出版しようとしたという行為を見るだけでも、ビアンキも時代を先取りしている「開かれた」人物だったことは想像にあまりある。須賀がローマに来ると、しばらくしてビアンキもまたローマへ赴任することになったのだが、そこには単なる偶然以上のはたらきを感じる。ビアンキはイタリアにおいてもしばしば須賀を助けた。

一九五七年の秋、須賀は、人づてにイタリアへの留学制度があると聞く。主催していたのはカリタス・インターナショナルというカトリック系の団体で、インターナショナルという名のとおり国際的なネットワークを持っている、国際支援やさまざまな社会福祉活動を行う機関である。須賀は試験を受け合格する。

試験といっても実質的には推薦されたことによってすでに合格が決まっているようなもので、条件はイタリア語に通じていること、そして社会学の研究を希望していることだった。フランスに留学する前、須賀が慶應義塾大学の社会学を専攻する大学院に進んでいたことはすでに見た。大学を卒業した当初は「社会」とは何かを学びたいと思っていた須賀も、このころはこの学問に期待するものはほとんどない。しかし、イタリアに行きたいという願望が大きく勝っていた。すすめてくれた友人も、現地に行けば条件の変更も可能だろうという。現実はそれほど簡単ではなく、須賀は苦難に直面するのだが、もしそれを知っていたとしても、彼女は留学することを選択しただろう。『ヴェネツィアの宿』にある「カラが咲く庭」と題するエッセイで彼女は当時の心境をこう語っている。

ここで生活を変えないと、先でにっちもさっちもいかなくなる。なにをどこで間違えたのか、二十九歳にもなってまだ将来のはっきりした設計もないのはひどく居心地のわるいことだった。

カトリックの奨学金とはいっても、主催団体の素性が曖昧で、どこか胡散臭かったが、いっこう結婚する気配をみせない娘に気をもんでいる両親を説得するにはこれを利用するのが一番と思えた。いったんローマに行ってしまえば、あとはどうにかなるだろう。かなりいびつな論理だてだったけれど、私は目をつぶるようにしてそれを行動に移してしまった。

このとき須賀に何か、明確な目的や目標があったわけではない。ただ、自分の人生は今いる場所の先にはない。そうした直感にも似た感覚に従って須賀はローマ行きを決めた。実際にイタリアに渡航する一年前のことだった。

ここで彼女が運営団体を「胡散臭」いというのは、怪しげなという意味ではない。未熟なというほどの言葉に置き換えるのがよいかもしれない。その団体も、今日ではカリタスジャパンとして日本に独立した機能を有した支部があり、国際社会で大きな信用も得ているが、須賀が試験を受けたころはまだ日本には連絡窓口くらいしかない、バチカン直轄の組織だった。

留学先が最初ローマになったのもこうしたことと無関係ではなく、須賀に選択の余地はなかった。もし彼女が、行き先を自由に選ぶことができたらローマではなかっただろう。

おそらくもっとも愛したのはアッシジで、これまで見てきたようにペルージャでの日々も忘れがたいものとなっていた。ウンベルト・サバにゆかりが深いトリエステ、そして夫を喪ってから訪れたヴェネツィアをめぐっては、静かに燃える見えない悲しみの炎のような文章になっている。しかし、ローマについての記述はほかの場所に比べるとどうしても熱が低い。事実、十三年間のイタリアでの生活のなかで須賀がローマに滞在したのは二年ほどでしかなかった。

もう一つ、イタリアに渡る前の須賀に起こった出来事として、日本におけるエマウス運動の広がりを経験したことも挙げておかなくてはならない。

　エマウス運動にも第七章でふれた。アベ・ピエール（ピエール神父）が廃品回収をして、その資金で貧困に苦しむ人の生活を支えようというものだった。一九五六年、その運動が日本でも行われるようになった。須賀の地元でもあった神戸市にロベール・ヴァラード神父が百五十坪の土地を購入し、ここに暁光会という信仰共同体を立ちあげる。

　五八年の夏、留学する少し前に須賀はこの場所を訪ね、ヴァラード神父からその活動をめぐって詳しい話を聞いている。須賀が、東京におけるこの運動の責任者になるのは帰国してほどない一九七二年の初めからである。

　夫を喪い、イタリアを離れようとしたとき、須賀のなかで次の仕事としてエマウス運動がある強度で浮上しているのはその行動を見ても明らかだ。日本に帰る少し前に彼女はフランスのシャラント地方で行われたエマウス国際ワークキャンプに参加、五日ほどの時間を過ごした。このときヴァラード神父と再会している。この運動を真ん中においてみると須賀のイタリアでの日々は、エマウスを知り、その役割を中核的な立場で担うまでの準備期間だったとみることもできる。


　フランスに渡ったときは船だったが、イタリア行きは飛行機だった。一九五八年八月の末、須賀は羽田空港からコペンハーゲンを経由してフランクフルトに到着、そこからパリを経てローマに入った。

　到着するとすぐに選択の余地なく、イタリア人のシスターが経営する学生寮をあてがわれる。周囲を見回すとアジア、アフリカからの高校生くらいの学生が二、三十人ほどいて、イタリア語はおろか英語を話せる人もいなかった。このとき須賀は二十九歳だった。周囲との年齢差も明らかだった。

試練はそれだけではなかった。もっとも大きな問題はシスターによる監視体制にあった。電話一本かけるにも許可が必要で、外出するときにはシスターが同行してきた。海外に来て浮かれている高校生にはそれでも良いのかもしれないが、二十九歳の女性にとっては耐え難い環境だった。

ローマに到着したのは九月八日、その月のある日、須賀は、自分が学びたいのは社会学ではなく文学だと打ち明ける。だが、まったく聞き入れられない。無理を承知で須賀は修道女たちとの交渉に明け暮れることになる。大学に留学するつもりできたが状況は違った。事実、学校が始まり、授業を受けてみると、予想通り高校生レベルの内容で、須賀は落胆する。他の学生にも自分にとってもこの場所に留まるのが正しい選択には思えなくなってくる。須賀はこの寮を出る決意を固める。

契機になったのは同じ寮で暮らしていた韓国からの留学生をめぐる出来事だった。「キムさん」と須賀が呼ぶ女性は、しばしば頭が痛いと言いつつ、須賀の部屋を訪れていた。どこにもぶつけようのない思いを須賀の前で吐露することが続いた。シスターたちが自分の行動を監視していると憤りを隠さない。彼女たちは韓国と北朝鮮の区別もつかない。自分を北の人間ではないかと疑っているに違いないというのが彼女の言い分だった。この女性は次第に神経を病み始める。ある日、意味不明なことを口走ったために病院に入れられてしまう。

問題はそのあとにあった。須賀はシスターたちに彼女を今後どうするのかと尋ねたが明確な返答は返ってこない。組織の上長に自分たちの運営に問題があると追及されるのを恐れたのである。

熟慮の末に須賀は、フランス留学時代に知り合った、アノージュという神父が日本大使館の顧問をしていることを思いだし、連絡を取る。日本大使館を通じて韓国の出先機関へと状況が伝わり、事態は一応の解決を見る。ちょうど韓国に戻る女医がローマに立ち寄り、彼女を同伴し帰国することになったのである。すでに須賀とシスターたちとの信頼関係は、改善が難しくなっていた。「こんどは自分の番だ。このまま学生寮に残って勉強をつづけるのは、考えてもいやだった」とそのときの心境をつづっている（「カラが咲く庭」、以下、注記のない引用は同様）。

一日でも早くこの場を後にしたいという衝動を抑えることができない。新しい行き先が午後三時過ぎにならないと準備が整わないと聞かされていたにもかかわらず、須賀は朝、文字通り寮を飛び出すようにあとにする。その行為はカリタス・インターナショナルから約束された奨学金の権利も失うことを意味していた。

このとき須賀のイタリア留学が終わっても不思議ではなかった。「東京の仕事はやめてきたし、大学に登録したわけでないから、学生、ということもできない。そして、たったいま奨学金を放棄してきたことで、ささやかとはいえ最後の肩書まで失くしてしまった」と当時の立場を振り返って須賀は書いている。

新しい住まいを紹介してくれたのもアノージュ神父だった。今度の寮はフランス人のシスターが経営しているところで責任者はマリ・ノエルという。

入寮のための面接のとき、この修道女は、だいたいのことはアノージュ神父から聞いているとすでに寮に入るのは決まっているかの様子だった。須賀は本当に手元に金銭がない。「ろくにお金のないことも？」と須賀が聞き返すとシスターは、身をのけぞらせるようにして笑いつつ、こう答えた。

「ろくに、お金のないことも。ええ、ええ。さて、寮費ですが、どれくらいなら払えますか」。口に出せないほどの少額を返答すると、シスターはそれならそれでよいという。ただ、ちょっとした仕事を頼むことがあるかもしれないと付け加えた。

金額は、その人の持てるものによって決まる。額面は多額でも多く持つ者にそれは少額であり、額面が少額でも持たざる者にそれは多額なものになる。こうした金銭をめぐる質的感覚はカトリックの良き伝統で今も生きている。

「あたらしい学生寮の生活は、入るまでに想像していたのよりずっと、いや、それまでに暮らしたことのある、東京やパリの、どの寮よりも自由で快適だった」。ほとんどが二人、三人部屋だったのにここで須賀は個室を与えられることになる。憧れてやってきたイタリアで、イタリア人に失望し、かつては失望を感じていたフランスの人々に助けられ、須賀のイタリアでの生活が本格的に始まった。

シスターは一度の面接で彼女に必要なのは学問に集中できる環境であることをすぐに見極める。彼女が須賀に語った「ちょっとした仕事」とは、勉学にほかならなかった。月日が経過しても須賀は何の仕事も頼まれない。このままだと肩身が狭いと告げるとシスターは、東洋から来て真摯に学ぼうとしている須賀の存在はそれだけでほかのイタリア人学生たちに大きな刺激になっている。もうすでに十分「仕事」をしているという。

しかし、そう言われても須賀は納得がいかない。何かさせてほしいと食い下がる須賀にシスターはこんな提案をした。「では、こういうのはどうかしら。一週間に二度、一時間ずつ、私のところにきて、日本のことや、あなたがヨーロッパについて考えていることをしゃべってくれませんか。レッスンのようにして。あなた自身のことだっていい。それがあなたの寮費の一部になる」。この日から二年間、須賀は週に二度、マリのもとを訪れた。

ここで須賀はさまざまなことを語った。フランスとイタリアの政治をめぐって、書物に関して、寮や寮生のこと、なかでも須賀が熱を込めて語ったのは西洋と非西洋社会がこれからどのようにかかわっていくかだった。そうした話を聞くとマリは、「西洋はあまりにも自分たちの文明に酔いしれている」と悲しそうな顔をすることもあった。彼女はフランス人の個人主義を批判する。自分に厳格であろうとすることは他者に孤立を強いることになるとも言った。この言葉を受けて須賀は、こう語る。

「あなたには無駄なことに見えるかも知れないけれど、私たちは、まず個人主義を見きわめるところから歩き出さないと、なにも始めたことにならないんです」

この言葉を聞いたマリは驚きを隠せない。それは話した須賀も同じだった。先の言葉に須賀は「私の意思を超えて言葉が走った」と書き添えている。このとき彼女は、自分の探している言葉を自らの口から聞いたのである。

後年、若き日の自身を振り返って書くとき、須賀は十分に認識していただろうが、週に二回のこの修道女との面接は、かたちを変えたカウンセリングだった。「自分の話をすることもあったが、そんなとき、思わず激しい口調になった。自分のなかに凍らせてあったものが、マリ・ノエルのまえにいると、あっという間に溶けていった」ともいう。

ちょうど須賀がイタリアに渡ったころ、アメリカでユング心理学を学ぼうとしていたのが河合隼雄だった。先の須賀の言葉は、カウンセリングという出来事が生起する際の状況をめぐって河合が語った言葉と一致する。

カウンセリングとは療法家とクライアント（来談者）のあいだに意味的な次元において何か新しいものを生み出そうとする試みだが、それを作り出すのが療法家の仕事ではない。それはクライアントの心のなかに、クライアントによって生み出されなくてはならない。療法家の役割はそうした意味生成のはたらきを惹起《じやつき》させることにある。

「カウンセラーがその前に座っただけで、クライエントにすればそんなこと今までありもしなかったことが、心の底からでてくるわけです」と河合はいう（『カウンセリングの実際』岩波現代文庫）。カウンセリングという行為が、キリスト教の告解と密接な関係があることを考えれば、こうした行為が二人のあいだに起こるのは何ら不思議なことではない。

今すぐにでも湧きたちそうな叡知の泉が須賀のなかにあることを、マリはどこかで感じていた。それが姿を顕わし、須賀自身がその実相を見きわめるのを準備すること、それはマリが自分に課した仕事だったのだろう。マリに出会うことがなければ須賀の人生は大きく方向が変わっていただろう。彼女は得体の知れないものを前にした敗北感に打ちひしがれて日本に帰っていた可能性が高い。その邂逅の意味――さらにいえば自分に感じとれていない意味の余白があること――を須賀が、真に実感したのは最晩年である。それは絶筆となった未完の小説「アルザスの曲りくねった道」で表現を試みられるはずだった。

この小説の主人公は「Z」という修道女であるとその創作ノートには記されている。この表記もあってこれまで「Z」のモデルは、戦後、聖心女子学院でフランス語を教えたオディール・ゼラーであるとされてきた。それも一面の事実だろう。だが、「Z」のモデルとなったのは彼女だけではなかった。その内面を形作ろうとしたときの次のような記述がある。

Odile と Marie Noel（Zeller）を合体させる（「ノート『アルザスの曲りくねった道』」）

ここには「数年前、Vietnam から帰ったばかり」あるいは「Marie（la Vietnamienne）」といった記述もある。マリは有名なアラブ学者の家に生まれ、ヴェトナムが独立するまでは南部のダラットにある修道院にいたこともあった。この人物は前章でみたマリア・ボットーニに勝るとも劣らない影響を須賀に残している。

神父や修道女のほかにも現地で須賀の生活を支えた人々がいた。小野田はるのと知り合ったことも須賀のローマでの生活の助けとなった。二人は同じ年の生まれで、のちに親友になり、須賀は小野田が洗礼を受けるときの代母——霊的な後見人——も務めている。小野田はのちに小野田宇花の名前で日本でも知られる彫刻家になる。当時彼女は、現代イタリアを代表する彫刻家ペリクレ・ファッツィーニに弟子入りして創作に励んでいたのである。

イタリアへの留学が決まると須賀は、知人から現物を見てくるようにと一冊の写真集を渡される。そこにはファッツィーニの「少年とカモメ」が写っていた。関心を持った須賀は日本でファッツィーニを紹介する記事を読み、日本人の女性がこの彫刻家のもとで研鑽を積んでいることも知っていた。

ある日、須賀は何かに導かれるように、偶然、この彫刻家のアトリエにたどり着く。何の約束もしていなかった須賀を小野田は温かく迎え、ファッツィーニを紹介される。以後、須賀は三日にあげずこのアトリエを訪ねて、何気なく置かれている作品と向き合うようになる。

小野田との出会いをめぐって須賀は、「そのころ週に二、三度のわりあいで通っていた研究所の帰りだったのではないか」と述べ、記憶が定かではないと書いている。いつごろのことかは精確には分からない。しかし、こうした経緯が記されている「ファッツィーニのアトリエ」（『時のかけらたち』）と題する一文を読んでいると、奨学金を失い、新しい寮に入ったが、先がまったく見えない時期だったことは伝わってくる。

先に、ローマをめぐる須賀の筆はどこか熱が感じられないと書いた。そこに再び火をおこそうとしたとき、彼女は病を背負い、余命が限られていた。未完の小説を別にすれば、彼女がローマでの日々をめぐって筆を運び始めたのは最後の著作となった『ユルスナールの靴』においてである。そこで須賀は、ローマという街の存在が晩年まで自分の心の中で長く沈潜していた理由を、自ら解き明かそうとするかのようにこう語っている。

いつかはじぶんにぴったりと合うような、そんな道が開けるはずだ。（中略）その日が来るまでは待つ以外にない。そうじぶんにいいきかせて、ときには呼吸しつづけることだけをみずからに課していたローマでの二年間。いま思うと、私は勉強をしている、というじぶん自身へのアリバイをでっちあげるためだったような気もするのに、人づてに頼み込んで聴講生にしてもらった中世キリスト教神学の研究所に通うことで、どうにか恰好をつけようとしていた。週に二度、朝がくると、私はノートをかばんに入れ、寮を出てローマ市街を横切るバスに乗った。
（「皇帝のあとを追って」）

道はある。しかし、今の自分には見えない。進むことではなく、それが見えてくるまで待つことが仕事だったというのである。「ときには呼吸しつづけることだけ」とは、最初に入った寮での過酷な環境下での経験だけではないのだろう。この一文を読むとき、須賀が、小野田と出会い、ファッツィーニと知り合ったころのようにも思えてくる。心から信頼するマリ・ノエルの近くにいても、須賀はふと自分を見失うようなことがあった。

そうした日々を彼女は同じ本で「霊魂の闇」という言葉で表現している。だが、それが何であるかを考える場所に私たちはまだ来ていない。人生においてはしばしば闇は一点に凝縮した光の異名であることを彼女が知るまでには、いくつかの経験を経なくてはならなかったのである。

こうしたとき小野田との関係が須賀にとってどれほど重要だったかは想像を超える。実現しなかったが、彼女たちはアパートを借りて、いっしょに暮らす計画まで立てている。須賀は「ファッツィーニのアトリエ」で小野田の名前を出さず「O」として紹介しつつ、「かけがえのないともだちのひとりになった」と書いている。

アトリエでの日々は須賀にとって魂の慰藉のときとなっただけではない。芸術開眼の経験になった。同じ文章で須賀は中世の画家、ピエロ・デラ・フランチェスカの絵画をめぐる美の根本経験にもふれているが、そうしたことを準備したのも、このアトリエでの日々だった。なかでも須賀が愛したのはファッツィーニが二十三歳のときに制作した詩人ウンガレッティの像だった。この像を見たときの衝撃を彼女はこう記している。「重さと軽さが同居しているような、なんともふしぎな彫像だった」と述べたあと、こう続けている。


そのころファッツィーニを訪ねてきたのを見かけたことのある、傲岸で暗い老詩人には似ても似つかない、まるで詩が詩を考えているような、もしかしたら詩の痛みにじっと耐えているのかもしれないような、それでいて、詩を味わっているような、それはウンガレッティ像だった。


この一節を読むと、高田博厚が中原中也や萩原朔太郎の像を作ったのを想い出す。高田は、自分は詩人として知られる人物の外見を彫刻にしたいのではなく、詩人の魂の姿をそこに写しとりたいと語っていた。

さりげなく記されているが、須賀はウンガレッティの姿を見ている。ファッツィーニの作品は実際のウンガレッティよりもウンガレッティの実相に近いというのだろう。こうしたことはあり得る。むしろ、あり得ないのであれば芸術が存在する意味は希薄だろう。日常的な意識で見る肉眼では捉えられないものを彫像という様式によって浮かび上がらせようとすること、ファッツィーニのウンガレッティ像はそれに成功しているというのである。のちに須賀は詩人ウンガレッティをめぐって複数の文章を書くことになる。

この詩人のなかに須賀は自分の霊性に近い何かを見ている。次の一節は、この詩人をめぐる記述としても正鵠を射ているが、それだけでなく彼女自身の内面の出来事を活写しているようでもある。

禁欲的なサンボリスムの道を歩くには、自分があまりにも、しっかりと大地につながれていること、自己の根源——イタリア性——について、だれよりもよく理解していたのは、ウンガレッティ自身であった。形而上の世界にとじこもるためには、カトリシズムや家族、ともすれば平衡を失う感じやすい心など、棄てなければならない夾雑物を、彼はあまりにも持ちすぎていた。(「ジュゼッペ・ウンガレッティ」『イタリアの詩人たち』)

ここでの「形而上の世界」とは、ウンガレッティが影響を受けたマラルメをはじめとした象徴主義を指すのだが、それをそのまま修道生活に置き換えれば須賀自身の境涯を示す言葉になる。ローマで須賀は、中世神学を学んでいたが、その先に道があるのではない。近くにいた人のなかには修道生活を送っている者もいる。そこに行くにはあまりに自分は現実界に深くつながれている。「家族、ともすれば平衡を失う感じやすい心など、棄てなければならない夾雑物を」彼女もまた「持ちすぎていた」。しかし、その「夾雑物」こそ、作家須賀敦子の源泉になるのである。

バチカンにある日本大使館の参事官広瀬達夫、清子夫妻は、有形無形に須賀の生活を支えた。出会いは、金銭に困っていた須賀が、夫妻の子どものフランス語の家庭教師を頼まれたのが契機になった。神父が仲介したのかもしれない。のちに須賀は清子を「ママ」と呼ぶようになるほど親交を深める。

ある日、学生寮での交流があまりに深まって、周囲が騒いで勉強に集中できないと広瀬に話すと、空室になっていた大使公邸の一室を勉強のために使わせてもらえることになった。須賀は当時、中世神学の研究所に週二、三度通っていたが、それ以外の日は広瀬の家に勉強のために通うという生活になった。宿泊はしないが、広瀬一家から見てもほとんど家族といってよい間柄だった。

あるとき須賀は広瀬夫妻とローマにいた日本人神父と共にアッシジに行く。同行したのは濱尾文郎だった。この神父は一九五七年にローマで叙階したばかりだったが、後年、この人物は教皇に次ぐ立場である枢機卿になる。彼の兄は東宮侍従を務めた濱尾実で、濱尾神父も今の上皇が皇太子の時代にラテン語を講じたことがある。

ローマでは毎週日曜日、日本人のためのミサが行われていた。司式したのは濱尾神父なのだろう。ミサが終わると親に連れてこられた子どもたちと遊ぶのが須賀の役割で、そこはすでに「日曜学校のやうになってしまひ、浜尾神父さんと敦子が結局その係りみたいなこと」になっている、と須賀は母親への手紙に書いている（一九五九年五月十二日付）。

この時期に書かれた須賀の手紙には、濱尾の名前は、広瀬夫妻と共に散見できる。濱尾と須賀は交友を深めただけでなく、思想、霊性においても近いところにいた。

日本人のキリスト者として西洋に学ぶべきものは多い。しかし、それを模倣し、追従することを求められているのではない。霊性は文化と不可分に存在する。個々の文化を背景にした霊性の深化があってよいし、それがないところに信仰が根付くことはない。一九五九年の春、須賀は復活祭を控えた聖週間をローマで迎えた。このとき須賀は文化と霊性の問題をいっそうはっきり感じた。そのときのおもいを彼女は日本のカトリック系の雑誌（『聖心の使徒』）に向けたエッセイ（「ローマの聖週間」『須賀敦子全集　第8巻』）でこう述べている。

国にしたがって、祈りの姿勢が違うというのは、それぞれの国によって聖人の型があるのと同じように、教会の大きさ、豊かさを如実に物語っていて、いかにも美しいことです。私達にも、日本人でなければできない讃美のしかたがあるにちがいないのです。日本人だけにあたえられる愛しかたの秘密が……。

同質のおもいは濱尾にもあった。むしろ、こうした発言の背後に濱尾からの影響を見るべきなのかもしれない。濱尾はこの問題を生涯にわたって問いつづけ、それをローマ教皇庁の内側から変革しようとした。教会、文学それぞれの世界で時代を画するような仕事をすることになる二人が、この時期ローマにいて、交友を深めていた事実は注目してよい。それだけではない。このときローマではカトリック教会を大きく揺るがす出来事が起ころうとしていた。一つは、ローマ教皇の死と新しい教皇の選出。そして、その新教皇による第二バチカン公会議の招集である。

一九五八年十月九日、ローマ教皇ピウス十二世が逝去する。翌日に行われた葬列に須賀は参列し、柩が安置されたサン・ピエトロ寺院にも訪れている。次の教皇を決める選挙、コンクラーヴェが開催されたのは同月の二十五日だった。

選挙は世界から被選挙権をもつすべての枢機卿が招集され、そのなかから選ばれる。ある人物が三分の二の票を得るまで何度でも投票は続けられる。新教皇が選出されると民衆への告知として、白い煙が上げられるのだが、未決の場合は黒い煙になる。選挙は難航した。

決まったのは二十八日、まったく予想されていなかったイタリア人のアンジェロ・ジュゼッペ・ロンカッリが選出され、ローマ教皇ヨハネ二十三世になった。

高齢だったこともあって、この教皇によってあまり大きな変化はもたらされることはないだろうと周囲は思っていた。しかし、現実はその予想を覆すものとなった。就任した翌年、この教皇は近代カトリシズムのなかでもっとも大胆かつ革新的な出来事となる第二バチカン公会議の開始を公式に宣言する。この公会議によってカトリックは真に開かれた宗教になった。誤解を恐れずにいえば、キリスト者だけの宗教ではなく、人類の宗教への道を一歩踏み出した。「洗礼を受けていると否とにかかわらず、すべての人間はイエスに帰属する権利を持つ」とすらこの教皇は語った（『暗い時代の人々』阿部齊訳、ちくま学芸文庫）。

先の一節を引きながらこの人物の革新性を論じたのがハンナ・アーレント（一九〇六～一九七五）だった。彼女がユダヤ人であることは知られている。哲学者としてはハイデガー、ヤスパースに学び、その血脈を継承するだけでなく、現実世界とのかかわりを深化させ、その実効性を大きく広げた。

ナチス・ドイツの残虐性の根源にあるものは、凡庸なる悪だと指摘し、世界に論議を巻き起こしたことでも知られる。しかし、彼女の本領が発揮されるのは霊性の問題を語ったときであるように思われる。主著である『人間の条件』において労働と仕事の差異を論じながら、最後に彼女がたどりついたのは「真理が最後に人間に現われる受動性、完全な「見た目のではない真の」静けさ」、静謐なる時間の意味であり、それが人生において必須であるという境涯だった（志水速雄訳、ちくま学芸文庫)。

これまでシモーヌ・ヴェイユ、エーディト・シュタインといった、ユダヤ人でありながらキリスト教に接近した哲学者と須賀の関係を論じてきたが、その視座、あるいは霊性の態度において須賀ともっとも近いのはアーレントだと思われる。

先に見た本でアーレントは、知性のみの「思考」と「生きた経験」としてのそれを峻別し、「生きた経験としての思考は、これまでずっと、ただ少数者にのみ知られている経験であると考えられてきた。しかし、これはおそらくまちがいだろう」と述べ、知識人の知とは異なる、市井で生きる者たちに宿る叡知から目をそらさない。

さらに、アーレントは、カトー[小カトー、ローマ時代の哲人政治家]の言葉として、「なにもしないときこそ最も活動的であり、独りだけでいるときこそ、最も独りでない」、という一節を引いている。外見上は無為に見えるが本質的な意味においては「活動」していて、独りでいるのだが、そのときもっとも他者に開かれている。それは祈りの光景である。ここで再び引用しないが、須賀が、シエナのカタリナの生涯を語りつつ「霊魂の中に秘密の小部屋」をつくることの意味を語った一文を重ね合わせるだけで、その共鳴の姿は十分に感じ取ることができるだろう。

ヨハネ二十三世論のはじめにアーレントは、自分がこの人物に関心を持つことになったホテルの客室係の女性の発言を記している。「奥様」と彼女はアーレントにむかっていい、こう続けた。「この教皇はほんもののキリスト教徒です。どうしてそうなれたのでしょう?」(『暗い時代の人々』)。宗教者であることはむずかしい。しかし、キリストの弟子であることはさらに難しい。そしてそうした人物が教会を率いることはほとんど奇蹟に近い、というのである。さらにアーレントは、新しい教皇の霊性をめぐってこう記している。

一九五八年秋にかれの教皇としての職務が始まって以来、かれがみずから掲げた公約のゆえに、かれに注目したのは、単にカトリック教徒だけではなく全世界であった。それは第一に、つねに「自分自身に注目を集めるいかなることも避けるように……細心の注意」を払ったのち、「名誉と義務を誠実に受け容れること」であり、第二に、「ただちに……きわめて単純ではあるが、その効果は広範囲に及び、しかも未来に対して十分に責任の持てるような……ある種の計画を具体化できるようにすること」であった。しかし、かれ自身の証言によれば、「カトリック公会議、司教会議、教会法典の修正の諸計画」は、「あらかじめ考えられていたものではなく」、むしろ「こうした問題についてかれが……あらかじめ考えていたこととはまったく正反対」ですらあった。

公会議はそこに神のはたらきがあることを見きわめようとすることであり、人間である教皇の営為であるように行ってはならない。そして、そこから発せられる言葉は、平易であり、未来にむかって開かれていなくてはならない、というのである。世にある宗教はしばしばこの逆の道を行って人々を惑わせた。

さらにアーレントは公会議の実施はこの教皇の念願ではなく、むしろ、予想だにしていなかったことでもあったと書き添える。それは公会議を貫く霊性と教皇のそれが一致していない、というのではない。新しい教皇はそのような出来事の舵取りを自分がやれるとは思ってもみなかったというのである。

この公会議で問われ、そして改められる教会の問題はそのままコルシア書店において語られ、そして刷新が試みられたものだった。
フランス留学のときも同質の現象が須賀を取り巻いていたのはすでに見た。須賀がカトリックの改革運動に思想的に共鳴しただけでなく、同時代の、それも眼前の出来事として、また日本人という非ヨーロッパ系の人間としてそれを生きたことは彼女の生涯と霊性、その文学を考えるうえでも見過ごしてはならない。須賀はこの近代カトリック教会におけるもっとも大きな変革、激震の始まりをローマで目撃し、それが浸透していくさまをミラノでまざまざと経験することになる。
新教皇の誕生をローマで経験した須賀は、「愛しあうということ　教皇ヨハネ二十三世について」(『須賀敦子全集　第8巻』)と題する文章を書いて日本の雑誌に寄稿している。そこで彼女はこの教皇が世界に向けて語りかけつつあることの意味を次のように語っている。

たしかに、キリストの平和への呼びかけ、その愛に関する教えは変わらず、キリストの恩寵とたすけも依然として用意してありますが、人間は果たしてその教えを聞き、その恩寵を使い、その精神を実現するように努力しているでしょうか……ある詩人が言ったように、
キリストが百度、千度生まるるとも、
汝の心に生まれざれば、
何の益かあらん。
なるほど、問題は人間の心にあります。口先でキリストの名をとなえても、心にその愛がなければ、本当のキリスト信者ではありません。

まず、こころに神のすまいを準備し、その言葉に耳を傾けること、「霊魂の中に秘密の小部屋」

をつくり、そこで神の無音の声を聞こうとすること、ここからすべての改革が始まるというのである。

この公会議が宗教界のみならず、政治、経済、文化を巻き込むものであることを須賀は熟知している。そのうえでなお、個々の人間が個々の神との関係を結び直すことの意味を強調する。人は革命の名のもとにしばしば、個の存在の意味を見過ごしてきたことを須賀は忘れない。この点においても須賀とアーレントの精神は烈しいまでに共振している。

第十二章　ダヴィデ・マリア・トゥロルド

ローマ――精確にはそこにバチカン市国を宿しているローマ――は、カトリックの本山であり、教皇が暮らす場所である。キリスト信徒だけでなく、世界から多くの人々がこの場所を訪れている。教皇をひと目見ようとする者、バチカンの宝物を見ようと美術館を訪れる者、バチカン宮殿のシスティナ礼拝堂にあるミケランジェロの「天地創造」を目当てに来る者も少なくない。

どこを見てもキリスト教の繁栄の歴史が色濃く刻まれている。しかし、ある人々にとってその色彩はあまりに濃厚に感じられるのかもしれない。おそらく須賀もそうした人間のひとりだった。彼女の文章を読んでいても、いわゆる名所にふれる文章を見つけるのは難しい。それどころか、そうした場所とはそりが合わなかっただろうことを感じさせる文章が散見される。「ローマ便り」(『須賀敦子全集　第8巻』)は、教皇選挙、コンクラーヴェをめぐる一文で、旧跡としてのローマにふれたものではなかった。

若いころから須賀は、いわゆる名所に縁がない。シエナの聖カタリナの生家を訪れたときも、シャルトルの大聖堂への巡礼のときも、状況が合わず、なかに入れてもらえなかった。夫の死後訪れたヴェネツィアでも何かに導かれるように彼女が赴いたのは、サン・マルコ広場や美術館ではなく、差別によって虐げられた人たちが暮らした生活の跡だった。

一方、名所との関係は薄いが、何かがそこに生きているような場所を彼女は素通りすることができない。ローマに滞在しているときも、人々が向かう教会の方には向かわない。なぜか聖アンセルモ教会へと引き付けられる。「ローマの聖週間」で彼女は、その様子を次のように書いている。

今日の聖式はどの教会であずかるつもり？　というのが、聖週間に入ってからの私達の家の毎朝の食卓の話題です。そして私の答はきまって「聖アンセルモ」です。これを読んでくださる方たちのためには、もう少し違った教会に方々行くべきなのは、わかっているのですけれど。

「違った教会」は教皇がいる、あるいは訪れる教会を指す。この一節に須賀は、「いろいろと計画もしてみるのですけれども、結局、この典礼の美しい、比較的しずかな、アヴェンティーノの岡の上の教会に行くことになってしまうのです」と言葉を継いでいる。

アヴェンティーノを訪れたことがあるが、名所という場所とはほど遠い、しかし東洋人である私たちにもどこかなつかしさを感じさせる場所だ。静かに積み上がってきたローマの霊性には動かされるが、ローマという街にはほとんど関心がない、といわんばかりだ。

先にアメリカの修道司祭トマス・マートンの著作を須賀が翻訳したことにふれた。マートンが深く信頼を寄せたのが鈴木大拙で、おのずと須賀も大拙を読むようになった。大拙は膨大な著作を残したが、その精髄がつまっているのが、『仏教の大意』と題する昭和天皇、香淳皇后への御進講をまとめた著作である。

この本を須賀が読んだかどうかはあまり問題ではない。誤解を恐れずに言えば、大拙の偉大さは、多くの本を通じ、さまざまな局面から一つのことを言い続けたことにある。何を読んでも、読者の眼が確かであれば、その本質にふれ得る。読者に広く、本質にふれ得る窓を開いている、それが思想家としての大拙の特徴だといった方がよいのかもしれない。この本で大拙は、この世は二つの層からなる、一つは人間が五感で感じる「感性的世界」、そしてもう一つが「霊性的世界」であるという。その言葉は場をめぐる須賀の態度を想起させるのである。場所と須賀の関係を考えるとき、存在世界の多層性を説く大拙の言葉は重要な補助線になる。

霊性的世界というと世の人はそれを空想的な、非実在的な空間であると感じるかもしれない。しかし、それは「宗教的立場から見ますと、この霊性的世界ほど実在性をもったものはない」と述べ、こう続けている。

感性の世界だけにいる人間がそれに満足しないで、何となく物足らぬ、不安の気分に襲われがちであるのは、そのためです。何だか物でもなくしたような気がして、それの見つかるまではさまざまの形で悩みぬくのです。すなわち霊性的世界の真実性に対するあこがれが無意識に人間の心を動かすのです。(角川ソフィア文庫)

人はしばしば感性的世界を唯一つの「世界」だと思い込む。しかし実相は霊性的世界が感性的世界を包み込んでいる。前者を後者にいかに招き入れることができるかを考えなくてはならない、というのである。

「霊性」という言葉に違和感を覚える人は、大いなるものへの態度、大いなるものとの交わりの姿勢、くらいの意味で理解するとよいのかもしれない。同様に「霊的」という言葉も、大いなるものとともにある、という意味になる。霊的生活とは、人間を中心に据えた生活ではなく、「神」による、「神」と共にある生活を指す。

須賀は、霊性的世界をより確かに感じられる場所を愛した。そして喧騒が霊性的世界を覆い隠す場所を敬遠した。霊性的世界とは、教会のある地域を指すのではない。人間が暮らす場所である。教義や思想によって覆われたところではなく、日々の日常が隣人と共に大いなるものとのつながりのなかで営まれている場所を指す。

大拙が書いているように須賀は、「感性の世界」において「それに満足しないで、何となく物足らぬ、不安の気分に襲われ」、目に見えないが、たしかなもの、大拙がいう「霊性的世界」を求めてきた。「感性的世界」にいる須賀を描くだけでは、彼女自身と周辺の人間しか浮かび上がってこない。歴史も霊性も彼方からの呼びかけもそこには響き渡ることはないのである。

あまりに感性的な須賀がその実在を体現することがないように、あまりに霊性的な須賀の像もまた、人を虚像へと導いていく。感性と霊性のあわいにあるもの、そのあわいに生きる須賀を私たちは見つけなくてはならない。この二つの世界の共振と共鳴、あるいは相克のなかで須賀は生きようとしていた。私たちは場と人生の次元をめぐる問題に須賀がどう向き合って来たのか、その歴程を、最後の著作となった『ユルスナールの靴』で見ることになる。

当然ながら須賀は、教皇の姿を見ることよりも、その霊性を受容することに関心があった。「愛しあうということ」と題するヨハネ二十三世をめぐるエッセイで須賀は、「閉じるよりはひらこう」という一語に新教皇の霊性は収斂すると書いている。

『コルシア書店の仲間たち』で彼女は、この場所に宿った霊性にふれ、「せまいキリスト教の殻にとじこもらないで、人間のことばを話す『場』をつくろうというのが、コルシア・デイ・セルヴィ書店をはじめた人たちの理念だった」（「銀の夜」）と書く。この一節は先にも引いた。だが何度見ても容易には汲み尽くせない意味と実践の歴史がある。それを書くために須賀は、「せまいキリスト教」世界でのさまざまな苦難をへて、信仰、思想の差異を超えて存在する「人間」と深く交わり、それを凝視し、さらに「場」のはたらきとは何かを考え抜かなくてはならなかったのである。

霊性と人間と場、それは神と人間と時空と言い換えることもできる。その交わりの秘義を見極めること、そこに須賀の悲願があったといってもよい。

この教皇との関係にあるのも、単なる共振以上のものである。素朴な一致だが、このことはカトリック界に留まらず、世界の宗教界全体に革命をもたらしたヨハネ二十三世の試みとイタリアでの須賀の生活がいかに深く結びついていたかが分かる。須賀によれば教皇は自らの改革の精神を「アッジョルナメント」という言葉で表現した。「アッジョルナメント」とは「今日という時代に合わせる」という意味のイタリア語をもとにしている、そう書いたのは、晩年に着手された未完の小説「アルザスの曲りくねった道」においてだった。その影響は生涯を貫いたといってよい。

前章でハンナ・アーレントがヨハネ二十三世を描き出している一文を見た。そこには彼の秘められた熾烈なる精神を感じさせる言葉が記されている。

この人物は「静穏と平和を求めることが神の意志にいっそう合致するものと考えていた」とアーレントはその姿を描き出している（『暗い時代の人々』）。事実、アンジェロ・ジュゼッペ・ロンカッリと呼ばれていたころから彼は、温和な人で容易に怒ることをしなかった。だが、あるときだけ、この人物は感情の激発を自分自身に許していたとアーレントは述べている。

ナチス・ドイツがソ連と開戦したときのことだった。ドイツ大使フランツ・フォン・パーペンは、ロンカッリに接近し、教皇がドイツへの支持を明言するよう働きかけを依頼した。このときすでにロンカッリはローマ教皇庁にある影響力を有していた。

今日から考えると奇異な依頼に映るかもしれない。ナチスは、カトリック教会が自分たちを支持する可能性があると考えていた。当時、カトリック教会は十分な対応ができなかった。共産主義との関係が今日からは想像も出来ないほどの緊張を強いるものであったなど、さまざまな制約があったとしてもナチス・ドイツの虐殺をはっきりと否む発言をしてこなかった。しかし、ロンカッリは例外だった。この大使にむかって彼はこう言った、「それで私は、あなたの国の人々がドイツやポーランドで虐殺している数百万人のユダヤ人については何と言えばよいのですか」。

当時のナチスの勢力を考えたとき、この発言がほとんどいのちを賭して行われたものであることは想像に難くない。開かれた霊性を保持し、虐げられる者の隣人であろうとすること、それを須賀は、ヨハネ二十三世という指導者のもとで自らの内なる霊的規範としていった。このことをそのまま実践しようとしたのはコルシア書店での生活だった。

ローマからコルシア書店のあるミラノへの道程を見ていく前に、ローマで須賀が発見したある作家にふれておきたい。その人物はイタリア人ではない。川端康成である。一九五九年、須賀が両親に宛てた手紙には次のような記述がある。

川端康成の雪国がイタリア語で出たので讀んでいます。が、さても味気ない事です。ママ達は千羽鶴をほめてらっしゃいましたね。結局川端の美しさは、日本語の美しいところとあまり入り組んでいるので、外国語——殊にヨーロッパ語の論理の光に照らされると、泡のやうになってしまふのですね。（一九五九年十一月十日付）

味気ないのは『雪国』ではなく、イタリア語訳の方だが、この何気ない一言は、イタリア語訳の前に須賀が川端の作品を読んでいたことをうかがわせる。『千羽鶴』も川端の作品で母が愛読し、それを娘に薦めたことがあったのだろう。ここに記されている言葉は、イタリア語訳の『雪国』が成功していない、という批判に終わらない。言葉のはたらきを論理に封じ込めようとするとき、言葉の美はその姿を隠すという指摘は、須賀の強く光る批評眼を感じさせる。

このとき、須賀はのちに自分がこの作家の作品をイタリア語に翻訳することになろうとは想像もしていないだろう。およそ十年後の一九六九年六月に川端の『山の音』が須賀によるイタリア語訳となって刊行される。

翻訳は熟読と批評の果実である。この翻訳から須賀が得たものは大きい。それを彼女も実感していて、周囲にそれを伝えていた様子は「ガッティの背中」(『ミラノ　霧の風景』)にも描かれている。須賀敦子を理解しようとするとき、翻訳と執筆の結節点を見過ごしてはならない。そこに彼女は自作を編むのに勝るとも劣らない熱情を注いだ。それは翻訳であると同時にもう一つの彼女の「作品」なのである。

先にふれ、のちにもふれることになるだろうが、彼女は一九六八年に、ノーベル賞の授賞式に出席したあとローマに立ち寄った川端夫妻と会っている。面会の目的は『山の音』の翻訳許可を得るためだった。だが、そこで須賀は小説を書くように促される。川端との出会いがなかったら須賀が文章を書かなかった、などというつもりはないが、その邂逅の衝撃は彼女の人生を貫いた。ことに小説と随想の垣根を融通無礙《むげ》に行き交う、須賀による新しい「私小説」の様式の誕生において小説家川端康成との対話は決定的に重要な契機になっている。

須賀敦子の生涯は大きく三つの時期に分けることができる。私たちは今、第一期を終え、第二期のはじまりに立っている。それは一九五九年十一月、ローマを出て、ジェノアに旅するところから始まる。そして彼女が夫を喪い、ミラノをあとにし、一九七一年八月に帰国するところで区切りとなる。第三期は、帰国後、エマウス運動を経て、教育者、研究者、そして書き手となっていき、亡くなるまでを指す。彼女自身が自分の人生は三つの時期に分けられる、と述べているのではない。だが、誰の人生にも三つの「季節」があるかもしれない、とは書いている。

それは人間が、自らの「肉体」、「精神」、「たましい」の固有の役割とその限界を痛切に感じる時期でもある。肉体が、かつてのように動かなくなってきたとき、人は精神に目覚め、精神の限界を知ったとき、たましいの存在を深く感じとる、というのである。

海外に渡ることがまだ困難な時代に須賀は、二回にわたって長期間の留学、滞在を経験している。それればかりか、行く先々では予期せぬ出来事に巻き込まれた。周囲の反対を押し切ってやってきたフランスでは期待していたものを見つけることができず、ローマでは、あてがわれた寮の方針と相容れず、宿ばかりか「留学生」という立場までも手放さなくてはならなかったのはすでに見た。そうした遍歴を耐え抜くには意志の力もさることながら、肉体の充実がなくてはならない。その肉体の旅は今、静かに次の階層へと移行しようとしている。時が、彼女に、自己の心を見る「目」だけではなく、他者のこころ、他者の痛みを映しとる精神の「眼」をよりいっそう見開けと訴えているのである。

時は、さまざまなものを通じて語りかける。ローマを離れようとするとき、時の「口」となって彼女の前に現われたのが詩人であり、司祭、そしてダヴィデ神父である。

夫となったペッピーノを別にすれば、ダヴィデ・マリア・トゥロルドは須賀がイタリアで出会ったなかで、もっとも影響を受けた人物だった。この人物の存在を彼女が知ったのは、フランス留学から帰って、マリアが須賀のもとに送ってきた小冊子によってだった。後年須賀は、その機縁を次のように振り返っている。

そもそも、こんな書店がミラノにあるということ、そして、それをひきいるダヴィデ・マリア・トゥロルドが、修道司祭でありながら、詩人の登竜門といわれたヴィアレッジョ詩賞を獲得した人物だということを私が知ったのは、それ以前、まだ私が日本にいたころ、友人のマリア・ボットーニが送ってくれた本や雑誌を通してだった。書店が発行していた小冊子で読んだこの書店のありようが、純粋を重んじて頭脳的なつめたさをまぬがれない、フランスのカトリック左派にくらべて、ずっと人間的にみえて、私はつよくひかれた。イタリア留学のめどがついたとき、この人たちに会うことを、目標のひとつに決めたことはいうまでもない。(「銀の夜」『コルシア書店の仲間たち』)

フランス・カトリックの霊性に魅せられながらも、それを受容できなかった理由を「純粋を重んじて頭脳的なつめたさをまぬがれない」と端的に表現している。彼女は半生を通じて、この「つめたさ」と戦った。

「つめたさ」は、人が「神」との関係をあまりに強く「わたし」のなかで深めようとするときに生起する。人は「神」を「わたし」のなかだけでなく、「わたしたち」のなかに見つけなくてはならない、それがダヴィデの信仰だった。彼には次のような一節を含む「ただひとつの桃のかぐわいさえ」という詩がある。

たましいの　あまさを味わうのさえ
じぶんには　ゆるされてないと　こうおもう。
みなのものでない
よろこびは
けっして　もつまいと
そんないましめを
娶《めと》った　おまえ。（「『わたしには手がない』より」『須賀敦子全集　第7巻』須賀敦子訳）

「みなのもの」を求めよ。「わたし」だけのものを求めてはならない。「神」は人と人のあいだに自らを発見することを人間に求めている、というのである。

当時、ダヴィデは須賀にとって文字通りの意味で憧憬の人だった。彼女が抱いていた熱意は先にみた『コルシア書店の仲間たち』のような、後年の作品を読むだけでは十分に伝わってこない。必要以上に抑制をきかせた文章を書かねばならないほど、この人物が須賀の心を深く領していたのである。友になる以前、この神父は須賀にとって、現代に顕われた、ほとんど「英雄」といってよい存在だったのである。

「英雄」という言葉は、カトリックで用いるときと社会で通常用いられるときには少し意味が異なるかもしれない。世に言う「英雄」は、大きな功績を遺した者への讃辞だが、カトリックでは違う。

第三章で、若き須賀敦子がキェルケゴールに接したことを論じるときに、「キリスト教的な英雄的精神《ヒロイズム》」とは、「まったく自己自身になろうとすること」であり、単独者として「神の前にただひとりで立つ人間」となることだという言葉を引いた。それは神のはたらきをわが身に深く受け入れ、世に告げ知らせる者を指す。「英雄」が優れているのではない。英雄は万人のなかに見えざる「英雄」が生きているという厳粛なる事実を体現しているに過ぎない。

シャルル・ペギー、ジョルジュ・ベルナノス、サン＝テグジュペリなど彼女が「英雄」と呼ぶ作家たちといかに切実な交わりをもってきたかはこれまでに見てきた。彼らもまた、それぞれの場所で単独者として生きた。彼らの言葉、その実践の軌跡は、須賀にとって人生の同伴者であり羅針盤と呼ぶべき存在だった。だが、彼らは逝って、すでにいない。ダヴィデはその精神を引き継ぎ、同時代に生きている。その言葉にふれて、動かされない方がおかしい。

コルシア書店の人々と出会い、その仲間の一人として受け入れられてすぐに須賀はミラノに居を移したのではない。そこにはおよそ八ヶ月の歳月があった。

この間に須賀は公私それぞれに記憶すべきことを試みている。一つは、夫となるペッピーノとの恋愛とその深化。もう一つは冊子『どんぐりのたわごと』の発刊である。

ペッピーノと須賀は出会ってほどなく恋愛関係になり、数えきれないほどの手紙を互いに送り合い、須賀が本格的にミラノに移り住もうと決めたころには二人のなかで結婚の意思は固まっていた。関係はミラノで深まったのではない。ミラノが須賀を迎え入れるころに二人はすでに一つの人生を歩き始めようとしていたのである。

ローマという離れた場所——ローマとミラノの距離は五百キロを超える——にいながら須賀は、コルシア書店の霊性を日本に伝える役割を担いたいと感じるようになる。そのために作ったのが『どんぐりのたわごと』だった。

現物が今、手元に一部あるが、中は石版刷り縦十七センチ、横十二センチ、葉書よりも一回り大きな判型となっている。この冊子を数百作り、日本にいる知人、イタリアにいる日本人に配った。ここに何を収録するかをめぐってペッピーノは須賀を助けた。この第三号が、詩人ダヴィデ・マリア・トゥロルドを特集したものだった。

彼が生まれたのは一九一六年だから、須賀との間にはひとまわりほど年齢差がある。彼は北イタリアの極貧の家の九人目の子どもとして生まれた。二十歳で修道院に入る。ヴェネツィアで神学と哲学を修め、二十四歳になる年に司祭に叙階、その翌年から彼はサン・カルロ教会を拠点に『人間 *L'Uomo*』と題する機関誌を発行。「ファシズム、ついでナチ・ドイツ軍占領下の抵抗運動の一端として回覧された」と須賀は書いている。彼は反ファシズム運動パルチザンの現場でコルシア書店の同志と出会った。終戦後は「ノマデルフィア」という戦災孤児を救済する共同体に参加。その精神をより発展させたものとして試みられたのがコルシア書店だった。

貧困家庭出身の秀才で、敬虔な信仰者であり、実践家、それがダヴィデ・マリア・トゥロルドだった。詩が紹介される前に須賀は、日本ではほとんど知られていないダヴィデの肖像を描き出す。その冒頭で彼女は、彼が詩人であり、司祭であることの意味をこう記している。

> 「詩人であると共に」司祭であり修道者であるということは、かれのばあい、ふかい光にあふれた眼をもって、わたしたちのまん中を歩きつづけるということであって、その、じぶんにもわけのわからぬひかりゆえに、かれは、「ヒデリノトキハ　ナミダヲナガシ、サムサノナツハ　オロオロ　アルキ、ミンナニ　デクノボウトヨバレ」つづけるのです。（「まえがき——ダヴィデ・マリア・トゥロルド師の詩をお送りするにあたって」『須賀敦子全集　第7巻』）

薔薇は自分で発している香りを知らない、と中江藤樹という稀代の儒学者をめぐって内村鑑三が書いている。優れた人間はしばしば、人を魅了するものが自分から発せられていることに気が付かない。「じぶんにもわけのわからぬひかりゆえ」とはそうした美徳を指している。しかし、それだからこそ、その人を超えた何かがはたらきはじめる。彼は詩を書くとき、自分で何を書いているのかを知らない、というのである。

カタカナで記されている個所は、「デクノボウトヨバレ」とあることからも分かるように宮澤賢治の「雨ニモマケズ」の一節である。ダヴィデの詩を訳すとき須賀は、賢治のおもかげを重ねていた。むしろ、そこに賢治と響き合う何かを見つけられたことがダヴィデへの信頼をより深めたのだろう。

これまでも須賀と賢治のかかわりにふれてきた。のちに須賀は、ダヴィデだけでなく、幾人かのイタリア詩人の作品を翻訳するが、その基盤となる詩情の姿に、私たちは賢治の影響を見ることになる。貧しき者と共に生きるとき、芸術はその使命をもっとも豊かに果たすことができる。それを賢治は「農民芸術」と呼んだ。

曾《か》つてわれらの師父たちは乏しいながら可成《かなり》楽しく生きていた
そこには芸術も宗教もあった
いまわれらにはただ労働が　生存があるばかりである（『宮沢賢治万華鏡』天沢退二郎編、新潮文庫）

「農民芸術概論綱要」で賢治は書いている。生物として「生存」するための労働ではなく、美を、神をそこに招き入れることができるような場をつくる営みとしての労働を取り戻さなくてはならない。そのためにも人は「農民芸術」をよみがえらせる必要があると賢治は考えた。ここでの「農民」は、『新約聖書』でいう「貧しき者」の異名である。

「教会は、なにをおいてもまず、貧しいものの教会でなくてはならない――この確信にもえる司祭としてのかれは、あらゆる『貧しさ』の中に突進してゆきます」とダヴィデの姿を描いたあと須賀は、次のように続けた（「まえがき――ダヴィデ・マリア・トゥロルド師の詩をお送りするにあたって」）。

ゆえにかれの行くところ行くところ、まずしい人々はかれの周囲にひしめきあい、子供のように、かれの一挙一動を息もつかずにみまもるのです。司祭であるかれをとおして、母なる教会がかれらに、どんなこえで、どんなことばでかたりかけているかを、一言もききもらすまいとして。

「かれの行くところ」に人が集まる。そこに人は、消えかかりそうな内なる炎に静かな風を招き入れようとする。『どんぐりのたわごと』で須賀は、静謐な炎のような精神に貫かれたダヴィデによる長短十七編の作品を訳出していて、その一つに、この詩人の精神を象徴する「火のはしらよ」と題する詩がある。

ながい　寂寥《しじま》から　せめて
いのりの　ひとつも　たちのぼってくれたなら。

さびしい　曠野から　せめて　ためいきのひとつもが。
凍てついた夜に　せめて　ひとすじの
のぞみが　浸みこんでもくれたなら。
あたらしい郷《くに》の　おもいでの　ひとつもが。

火のはしらよ、おまえの
民にさきがけて　せめて
おまえが　あゆんでくれたなら。

しかし　すべては　約束を知らぬ土地。
石に　腰をおろして　われわれは
さいごの　もう　それきりのパンを
うばいあうのを　ただ　待っているだけ。（「『わが眼はかれを見奉らん』より」『須賀敦子全集第7巻』）

荒れ野からも人々を慰める力を呼び覚まそうとする姿は、ほとんど『新約聖書』に描かれる使徒や『旧約聖書』の預言者を思わせる。この詩人は――あるいは司祭は――おのれの苦しみを謳うのではない。自らを通じて現われ出ようとする、人々の悲痛を謳いあげる。言葉となった悲痛が炎となって立ち昇り、世にある人々をつなぎとめる。詩人はここで「ためいき」すら、たましいの炎となるのに十分だという。人生に迫りくる苦難と悲嘆からのがれられず、そこでもらされる「ためいき」は、「神」の前では祈りに変じるというのだろう。

「火のはしら」という言葉は『旧約聖書』の「出エジプト記」に由来する。それは神が信じる道を歩む者のためにもたらした導きの光だった。この詩もエジプトを脱し、新天地シナイ山へ向かうモーゼとその一群の姿を描き出している。しかし、詩となった言葉はそこに終わらない。「出エジプト記」にはこう記されている。

「主は彼らの前を行き、彼らが昼も夜も進むことができるよう、昼は雲の柱をもって彼らを導き、夜は火の柱をもって彼らを照らされた。昼は雲の柱、夜は火の柱が、民の前から離れなかった」（フランシスコ会聖書研究所訳注）

ここでの「火」は、万物を在らしめている超越者のはたらきの呼び名でもあるが、同時に人間の内なる火である。人は内なる火を与えられているからこそ、眼前にもたらされる火に「のぞみ」を見出すことができる。

そのとき詩人は「火」を媒介する者となる。人生の疲労のなかで、外に、内に「火」を見出せなくなった者たちに神の火は決して消えず、決して隠れてはいないことを告げ知らせようとする。人が見失いかけたものを顕現させること、それはダヴィデに託された使命だった。小冊子に収めた「まえがき」で須賀は、この詩人の立っている場所を次のように述べている。

かれのうたう世界は、「神が人となりたもうたゆえに、その故郷《ふるさと》と」なった大地であり、草であり、木であり、嵐であり、水であり、人間、かれじしんなのです。かれの詩を織りなしてゆくのは、新約の傷を身に負った人間であり、その傷ゆえに、あるときは自分の理解をこえたままでも愛しつづけねばならぬという、悲劇的な魂の道程なのです。

さらに彼女は「福音の単純さをもって、かれは、あらしのように愛を生き、愛をまきちらしてゆく」とさえダヴィデの姿を描き出す。「愛をまきちらす」こと以上のことを人はできない。ここに須賀は、聖者のおもかげすら見ている。

この「まえがき」も、数行の文章を折り重ねるように書かれていて、どんなに言葉を尽くしても感じているおもいを言葉にすることはできないという須賀の嘆息の表現になっている。そのおもいは、この一文の最後の言葉に収斂する。

「訳のいたらなさを重ねておわびしながらも、やはり、読んでくださいと強引におねがいするのです。美しいので、だまっていられなかったのです」

一九五八年十二月、クリスマスが近づいたころ須賀は、冊子を日本に送り続けてくれたマリアの紹介で、ローマの街はずれの教会で初めてダヴィデに出会う。彼女はダヴィデの大きなからだとその笑い声に驚く。「ギリシャの古典劇の英雄や神々を思わせる巨大な体格」と須賀は書いている(「銀の夜」『コルシア書店の仲間たち』)。紡がれた詩とはまた、別種の人を魅了する存在がそこにある。そのときの心境を須賀は、こう記している。

たった二十分ほどの会見だったように記憶するが、なにをどのように話したのか。彼は生まれてはじめて日本人と話をすることにとまどっていたし、私は私で、この「英雄」とことばを交わすことの晴れがましさに、声がかすれるほどだった。ただ、別れぎわに、私の連絡先をたずねられたときは、イタリアに来た目標のひとつが、叶えられるかもしれないと、目のまえが明るくなる思いだった。

この一節こそ、須賀がダヴィデとの関係をもっとも率直に、また、いきいきと描き出したものだ。ここで用いられている「英雄」の一語が、第三章で見たダヴィデを脱英雄化するかのような文章のそれとはまったく語感を異にしていることに説明は不要だろう。「声がかすれるほどだった」という感触はおそらくこの一文を書いた三十四年後の須賀にもありありと残っていたのではあるまいか。

第十三章　ミラノへの階梯《かいてい》

「恩寵はかくのごとくに」と題するダヴィデ・マリア・トゥロルド神父の詩がある。この詩に須賀は、特別なおもい入れがあるのだろう。若き日に『どんぐりのたわごと』で翻訳し、『コルシア書店の仲間たち』の作品中でも引いている。次の引用は前者である。訳の違いは微細なものともいえるが、ダヴィデに出会ったころ、須賀のなかで渦巻いていた熱情をより鮮明に感じとることができる。

ずっと　わたしは　待っていた。
ぬれたばかりの
アスファルトの　この
夏のかぐわいを。
たくさん　ねがったわけでない。
ただ　ほんのすこしの涼しさを官能にと。
奇蹟はやってきた。
ひびわれた　土くれの

石の呻きのかなたから。（「『わが眼はかれを見奉らん』より」）

ここでの「奇蹟」とは、戦争が終わったことを指している。「石の呻き」は戦争で亡くなった者たちの無音の声だろう。一九四五年四月二十五日、パルチザンはファシズム政権からミラノの街を奪還する。ダヴィデはその日の静かな、しかし、深みから湧き上がるような喜びをこの詩で謳った。彼は司祭でありながら、イタリアの反ファシズム運動であるパルチザンに身を投じた戦士だった。ダヴィデだけではない。その盟友でやはり神父だったカミッロ・デ・ピアッツもパルチザンの列に加わった。

コルシア書店の運動は、硬直化したカトリックの改革だっただけではない。それはパルチザンからつながる、「神」をのぞくあらゆるものの束縛からの自由を求める精神運動だったといってよい。時代においては圧政と闘い、霊性においては狭まろうとする信仰の門の番人となる。ダヴィデはその象徴的人物だった。

本章冒頭で引いたダヴィデの詩が『どんぐりのたわごと』に掲載されるのは一九六〇年だが、須賀がダヴィデの詩の翻訳を始めたのは、五八年暮れのローマでの面会からさほど時間を経ない時期だった。読み手のあてもないばかりか、発表の予定もない。自分でより深く味わうために翻訳したのかもしれない。

『コルシア書店の仲間たち』を書き進めるとき須賀が、おもいを鎮めなるべく平静を保つように心がけているのは、その筆致からも感じられる。だが、先に引いたダヴィデとの面会の一節は、それでもなお存在する感情のほとばしりが感じられる例外の一つである。

何度読んでも当時の、少し上気した須賀の面影がありありと思い浮かんでくる。ダヴィデを「英雄」と呼ぶのは、少しおおげさな表現に映るが、司祭でありつつパルチザンに加わって故郷と市民の守護者となり、のちに預言的な言葉すら詩につむいだダヴィデ――ことに詩人司祭である彼――は、須賀にとっては文字通りの意味での「英雄」だった。

　第三章で、須賀が、かつてダヴィデを「英雄」視していたが、それはある種の思い込みだったと述べている一節を引いた。過去の認識を客観視しようと、幾つかの理由を挙げて解析しているが、あまり成功していない。ダヴィデとの面会の一節の方がよほど真に迫ったものになっている。『コルシア書店の仲間たち』が須賀の代表作であることは論を俟《ま》たない。強いてその欠点を挙げるとすれば、ミラノ時代の生活を彼女が必要以上に客観的に語ろうとしていることかもしれない。

「あれから三十年、東京でこれを書いていると、書店の命運に一喜一憂した当時の空気が、まるで『ごっこ』のなかのとるにたりない出来事のように思えるのだけれど」とも書いているのだが、それが文字通りの意味だったら、この作品が生まれることはなかっただろう（「銀の夜」）。

　ある人はそれを「ごっこ」のようだというかもしれない。しかし、自分は十余年の歳月をその活動にささげた。その促しはどこから来たのか、その淵源と、かつて自分を照らしていた光のゆくえを、三十年は経過した今だからこそ、見極めたい、そう感じているのでなければ、彼女はあえてこの作品のためにペンを執る必要もなかったのである。自分の心を撃ちぬいた光はあまりに烈しく、その姿を改めて感じ直してみるには三十年の年月が不可欠だった、というのが彼女の本音だったろう。

　コルシア書店は、営利団体ではなかった。働いている人がそこだけの収入で生活していくことはできない。みな「自分の信念を生きるために、からだを張っていた」と須賀は書いている。そんな人生の盟友たちの境涯を、どうして本気で「ごっこ」だったというだろう。彼女の夫となるペッピーノの生活費も、ときには枯渇し、「母親のとぼしい年金に食い込んで彼女をあきれさせ」ることもあった。

　須賀とダヴィデが初めて会った一九五八年は、コルシア書店の歴史のなかでけっして忘れられることのない大きな出来事があった年だった。創設者であるダヴィデとカミッロが、ほとんど同時にミラノから「追放」されたのである。命令を出したのは教皇庁だった。年譜には、同様のことは以前にもあったようにも記されている。

　ともあれ、第二バチカン公会議が開かれる前夜である。夜明け前がもっとも暗いという言葉もあるように教会の締め付けも強まっていた。理由はいくつか噂された。ダヴィデはミラノの大聖堂で共産主義者の唱歌「インターナショナル」を歌って、人々を扇動したといわれ、カミッロは若者にマルクスとエンゲルスの『資本論』を読ませているというものだ。それが当時でも追放に値する行為だったかは分からない。しかし、コルシア書店が、それらに象徴される「危険」な運動の源泉だとみなされていたことは疑いない。指導的人物を切り離し、骨抜きにしようとしたのだった。のちに改めてふれるが、須賀はこの「骨」となるべくしてミラノへと向かうこととなる。

　ローマに暮らしていた須賀がミラノへ移住する道のりをながめることはそのまま、彼女とダヴィデの交わりの道程を確かめることだといってよい。ミラノ行きを決意するまでのあいだに彼女は、ダヴィデと三度会っている。ローマの次は、その翌年の一九五九年、夏休みを利用して彼女がロンドンに赴いたときだった。ダヴィデは追放の余波でロンドンに居を構えていた。

「この追放というのが、しかし、ミラノの市内には入れないけれど、ミラノの『城壁の外』ならどこにいてもいいという、はなはだ中世的なものだった」と須賀は書いている（「入口のそばの椅子」『コルシア書店の仲間たち』）。ロンドンでの面会はローマでのそれとはずいぶんと異なる印象を残すことになる。

ロンドンで会った二度目のダヴィデは、ローマでの彼の、ややおごそかな印象（会ったのが、夜だったからかもしれない）とは違って、不器用で、大ざっぱで、ブレーキのきかない大声の、どこかちぐはぐなロマンチストだった。なんどか会ううちに、私は、かねて彼から学ぶのを期待していた、現代神学や文学についての、系統だった知識をこの人にもとめるのはほとんど不可能だということがわかった。

ここで記されているのは幻滅ではない。むしろ、弁別だといった方がよいのかもしれない。詩人司祭ダヴィデ・マリア・トゥロルドと人間ダヴィデが須賀の心のなかでそれぞれの存在感を持つようになってくる。少し前までは「英雄」だと感じた人物を「あらゆる体系とは、無縁の人間だ」と感じるようになった、と須賀はいう。

人間ダヴィデは、欠点が少なくなかった。あるときの傍若無人《ぼうじやくぶじん》な様子を須賀は「おもちゃ箱を床にぶちまけるこどものよう」と書き、また大きなからだの彼を「ガラス屋に踏みこんだ象みたいだ」と、ダヴィデの友人が語ったことがあるとも書いている。詩人は孤独を生きなくてはならない。しかし、人間ダヴィデはときに孤独に耐えられない。

ペッピーノと結婚したあとのことだった。ある冬の晩、彼女たちは自宅に友人を招いて食事会を開いた。集いが終わって散会し、食器の片付けも終わり、そろそろ休もうかというとき、窓の外からかすかな声が聞こえるような気がした。最初は空耳かと思ったが次第にはっきりと聞こえてくる「ペッピーノォ、ペッピーノォ」という声に導かれ、窓を開けると戸外に大柄なダヴィデが立っていた。そのときの様子を須賀はこう記している。

疲れて、疲れて。入ってくるなり、そう彼は言った。今晩、泊めてくれないか。あっという間に、彼は台所まで侵入し、おなかがすいたという彼のために、私は残りものを探した。あんな寒い夜の、あんな時間に、どこを、どうほっつき歩いていたのだろう。大きな黒いノラ猫が迷いこんだようでおかしくもあった。夫も私も、どうして修道院にかえって寝ないのかとは、たずねそびれるようなものが、あの夜のダヴィデにはあった。

英雄と人間、須賀はダヴィデの両面を共によく知っている。ある人は、人間の側面を知ると英雄の「顔」を虚飾に過ぎないと語る。須賀の認識はまったく違う。彼女は英雄と人間が、同じ世界の別な層に存在しているのを知っている。そもそも司祭と人間は、そうした不可分な、しかし不可同の関係にある。

カトリックでは、ミサにおいてキリストのからだを象徴する種無しパンを聖別する。このとき、神父は人間としての人格を「失う」。そのときは神のはたらきの通路になる。司祭はミサを司るときに聖なる衣をまとう。だが、祭儀が終われば衣を脱ぎ、俗世に戻る。

司祭も人間だから性格はさまざまで、広く愛される人もいれば、必ずしもそうでない人もいる。しかし、ミサにおいては信徒が、神父の価値を弁別することはできない。教皇の手から渡されるパンにも、一日前に司祭になった者に渡されるそれにも等しく神のはたらきが存在する。このことを須賀は熟知している。

同様に、詩人は詩を書いているときに詩人なのであって、ペンを手放したときはすでに、詩人という見えない衣を脱いでいる。須賀にとって「英雄」だったのは、人々の心底にある、語られざる言葉を謳い上げる詩人であるダヴィデであり、神の道具となってはたらく司祭である彼である。

とはいえ、人間ダヴィデと「英雄」としての彼との異同に多少の混乱があるのは避けられなかった。「入口がどこにあるかわからない家のような彼」と須賀はダヴィデを評している。しかし、そうしたとらえがたい彼との関係を新たにしつつ、より確かなものにしたのは、やはり詩だった。「しばらくのあいだ、なかではいろいろと愉しそうなことがあるのに、入口がどこにあるかわからない家のような彼をまえにして、私はぼんやりしていたが、やがて、ダヴィデが、ロンドンの修道院の客間で、自作の未発表の詩の原稿をいっしょに読もうと提案してくれたのがひとつの突破口になった」と須賀は書いている。書かれた言葉と読まれる言葉が、まったく異なる地平を開くように、読まれる言葉と誦《よ》まれる言葉のあいだにも次元的差異がある。

文字で記された詩と声で語られる詩がまったく異なる意味を持つことは、吟遊詩人という書かない詩人が存在することからも明らかだろう。詩を、祈りに置き換えてみるとその差異はより一層はっきりするかもしれない。紙に記された祈りは停まっている。しかし、口に出して唱えられた祈りは天地を動かすことがある。先の一節に須賀は次の言葉を継いだ。

共にすごしたいくつかの午後の時間に、私は、迷路のようなヨーロッパの思考と感性を、彼の詩のなかに一語一語、たどることができて、ほんとうにすこしずつではあったが、求めていたものにひかりがあたる思いだった。詩のなかのことばを通して質問すると、茫漠とした答えのなかに、たしかな感触のある思考の「種」がひそんでいた。

ダヴィデの場合、詩の言葉はどんなに対話を深めても現われない。そのためにはどうしても彼の孤独のときが必要になる。

ここで須賀が描き出しているのは、彼自身もまた、内在する詩の言葉を自由に口にすることができないという詩人の宿命にほかならない。詩人とは詩を自由に用いることができる者の謂いではない。それは詩が顕現するためにわが身をささげることを宿命づけられた者の呼び名なのだろう。

このときの須賀にとってダヴィデの詩句の深層を感じることは、自分がなぜ、遠く離れた日本からはるばるヨーロッパまでやってこなくてはならなかったのかの、本当の理由を感じ分けることでもあったのだろう。

「ほんとうにすこしずつではあったが」との表現を看過するわけにはいかない。彼女は嵐のような人間ダヴィデの言動の奥に、深い静謐をたたえた詩の境域があることをゆっくりと見定めていったのである。

そうした試みは、彼女がイタリアを離れてもなお、心の深みで続いていたのだろう。ダヴィデから受け継いだ思考の「種」を開花させること、須賀にとってそれは、作家として文章を書く、重要な動機だった。

先に須賀が、かつてダヴィデを「英雄」と感じていたのは、あまりに自分が詩に関して無知だったからだと述べていたことにふれた。この言葉は、ダヴィデの詩に出会うことによって自分は本格的に詩と向き合い、それを人生の一部にしたという逆説的な発言にもなっている。須賀の文学から詩的世界が失われたとしたら、私たちは彼女の作品をこれほどの熱意をもって読むことはなかっただろう。

真摯な言葉は若き日の須賀にもある。しかし、イタリアから帰ってきてからの彼女の文章と決定的に異なるのは詩情の深まりだ。後年の彼女にとって書くとは、書き得ないものを表現しようとする試みになった。そこに詩情の参与を欠くことはできない。これまで須賀における宮澤賢治の影響をめぐって幾度か言及した。ダヴィデとの邂逅も、彼女と詩の関係をけっして離れることのないものにした。

刊行されたのは没後だったが、須賀には『イタリアの詩人たち』という優れた詩論であり詩人論でもある作品がある。書かれたのは一九七七年から七九年、帰国後の彼女が改めて文学的創作を試みた最初の作品でもあった。そこでエウジェニオ・モンターレを論じつつ記された次の言葉は、モンターレをめぐる詩論としても秀逸だが、須賀にとっての詩が、あるいは彼女に詩を教えたダヴィデにとっての詩が、どこからやってくるものかを語る言葉として読むことができる。

　この「モンターレの」詩には、かぎりなく密度の高い言葉の宇宙がある。存在の芯まで濡らしつくしてしまうような、冷たい山の空気のなかの、おどろくほど現実的、日常的な数々の「道具」の描写がおこなわれる。もちろん、すべては精密な心象風景であり、内面、さらに超自然の世界から送られてくる、かすかな、しかし鋭い信号音なのである。手紙は「こんなところから」発信される。(「エウジェニオ・モンターレ」『イタリアの詩人たち』)

詩的経験とは、言葉の宇宙の経験にほかならない。それは同時に「超自然の世界」からの「信号」を感受することにほかならない、と須賀は考えている。詩は、意識の深層にあるものの表現であると考えることもできるが、須賀はそれに同じない。言葉は人間の意識界とは別なところからやってくる。彼方の世界からの「信号」が響きわたる空白を準備すること、それが詩人の役割だというのだろう。それは詩人が背負わなくてはならない孤独という経験と別なものではない。
もう「英雄」とは呼ばない。しかしそれでもなお「中世キリスト教の神秘主義の伝統が、現代の語彙のなかで、ややバロック的にアレンジされた、彼の、とくに初期の作品には、いまなお捨てがたいものがあるのも事実である」（「銀の夜」）と須賀は語っていた。中世キリスト教神秘主義の伝統を今によみがえらせること、単に蘇生させるだけでなく、その果実を人々が分かち合えるような姿で示すこと、それがダヴィデの感じていた詩人としての重要な使命だった。
「道程」と題するダヴィデの詩を須賀が訳している。そこには「聖きこと《とうと》の悟り《さと》は　秘《ひめや》かにこそ得らるる」という聖ボナヴェントゥラ（一二二一頃～一二七四）の言葉が引かれ、次のような詩が記される。

主よ、あなたに話しているのです。もう何年もまえから
しなびた言葉を　次々と　播きあるく　私。
ありとあらゆる出来ごとを　少年のよろこびと嘆きに託し
あなたに話そうと　祭壇のもとに　駆けつけた　私。

静寂《しじま》が　ゆっくりと　言葉をほぐしていった。
まひるのやすらぎに　恍惚と　森に
松の実の皮むく　栗鼠に似て。わたしの想いは
聖人たちの頭上に　光の輪となり　舞い翔《かけ》り
また虹いろの　淡い玉となり

ゴシック迫持《アーチ》のくらがりに　ふと消える。
ひとつずつ、悲哀の雫となりはてては。

おお　不可能なる対話への期待よ。
おまえの　かたくとざされた　くちびるは、
わたしの祈を覆う墓石。あなたに、あなたに
はなしかけているのに。
主よ、こたえてくださらぬ――　どうしてなのですか。
あなたにだけ　ひらく　この秘密は
――闇に咲く月見草に似て――
いつまで　見込みない　独白《ひとりごと》に終るのでしょうか。（「『わが故郷なる教会』より」『須賀敦子全集　第7巻』）

詩人は「神」にむかって語りかける。どうにかして確かな応答を得ようとして言葉をつむぎ続ける。しかし、そこに光を見いだすことはできない。人は神をもとめて叫び続ける。するとあるとき、己れの声を響かせている静寂の存在に気が付く。「神」は言葉を語らないとき、沈黙をもって人間のあらゆる声を包み込む。

ここでダヴィデが描き出している静謐の世界を須賀はのちに「霊魂の闇」という言葉で表現し、最後の著作となった『ユルスナールの靴』の根本問題に据えた。次に引く彼女の一節と先のダヴィデの詩を呼応させるとき、そこに「種」が静かに育っていく様子を見ることができるだろう。

まず、たましいが神の愛のあたたかさに酔い痴れ、身も心も弾むにまかせて前進する第一段階、そしてふたたび、まばゆい神との結合に至って、忘我の恍惚に身をひたすのが第三段階である。しかし、このふたつのあいだには、神を求めるたましいが手さぐりの状態でしか歩けない第二段階が横たわっていて、歓喜への没入はその漆黒の闇を通り抜けたものだけに許される。ボナヴェントゥーラの説く闇は、私を恐れさせ、また焦がれさせた。将来を決めかね、川藻のように揺れつづけているじぶんのことがこんなに重荷なのは、すでにその闇に置かれているからのようでもあり、そこに至るまでの道で、ただ、道草をくっているだけのようにも思えた。
（「皇帝のあとを追って」）

『神にいたる魂の旅程』――『魂の神への道程』（長倉久子訳）と記されることもある――においてボナヴェントゥラは「神」の存在を認識し、生きるために人は三つの階梯を経なくてはならないと語った。須賀はここでその道程をまざまざと描き出している。

熾烈な熱情をもって「神」を求める第一の階梯、そして、聖なる沈黙のなかで揺れ動き、ときにからだをぶつけながら微かな手応えを頼りに生きる第二の階梯、そして「神」との合一を感じる第三の階梯がある。「闇」を経ずして人が第三の階梯にふれることは許されていない。

不自由を感じるとき人は、自己に内在している「自由」の存在を間接的に知る。醜いと感じる心の背後には美が躍動している。同質のことは闇と光にもいえる。信仰を生きるとは、光の道を歩くことでもあるだろう。だが、それは同時に闇をもたらし得るのも尽きることのない光であり、人は闇にあるとき、その霊性においてもっとも強く光を感じていることを彼女は自らの生涯をたどり直すことで確かめている。

「すでにその闇に置かれている」という一節も、人間が絶望の底にいるさまを示しているのではない。熾烈な熱情をもって「神」を求め、求道の旅が始まったことの確かな証しにほかならない。

しかし、須賀はまったく自信がない。山に登り始めたのではなく、麓《ふもと》をうろうろしているだけなのかもしれない。日が昇り、沈み、そしてふたたび昇る。日が沈むとき人は闇へと導かれる。闇のなかにいるとき、人はどこにいるのか分からない。しかし闇は、旅する者に訪れる。避けがたい闇は、発心という人間を超えるはたらきを希求する一歩が、たしかに踏み出された証しでもある。二度目の昇華は最初の地点に戻ることではない。それは存在の位相、鈴木大拙の言葉を借りれば「霊性的世界」をかいま見ることだったのである。

神がしばしば沈黙をもって語ることを須賀は、ボナヴェントゥラによって知る。最後の著作の核となる問題に付随して言及されていることからも明らかなように、この聖者の神秘神学は、須賀の霊性に多大な影響を与えている。

ボナヴェントゥラは、トマス・アクィナスと同時代の司祭であり神学者、そして神秘家でもあった。須賀がこよなく愛したアッシジの聖フランチェスコの血脈を継ぐ人物でもある。彼女がボナヴェントゥラの存在を知ったのはおそらくフランス留学のとき、集中的に神学を学んだときである。この聖者の面影を彼女は『ヴェネツィアの宿』で、苦しみの多かったフランス留学と好対照をなすように、トマス・アクィナスと共にいきいきと描き出している。

「霊魂の闇」を生きるとは、神の沈黙を経験することにほかならない。須賀はボナヴェントゥラによって聖なる沈黙の意味を知り、ダヴィデの詩を読むことでいっそう堅固なものとした。『どんぐりのたわごと』で彼女がダヴィデの詩を紹介するとき、先に引いた「道程」を最後に据えているのも、ボナヴェントゥラから脈々とつながる「闇」の彼方に出会う「神」という信仰体験の位相を彼女がいかに重んじていたかの表現にもなっている。

だが、このとき彼女はまだ、最大の「闇」を経験していない。彼女がそれを経験するのは一九六七年六月、夫ペッピーノの死によってである。

一九六〇年一月二日、須賀が三度目にダヴィデと会ったのはジェノアだった。イタリアに着いたとき彼女がこの街に降り立ったのは先に見た。須賀は今、同じ場所から新しい地平に飛び立とうとしている。

ローマからジェノアまでは電車で向かった。駅で彼女を出迎えたのはペッピーノとデジデリオ・ガッティだった。ガッティもコルシア書店のメンバーのひとりで、出版部門を担当していた。このときが須賀とペッピーノの初対面になる。

この日須賀は、ダヴィデに「招待」されるかたちでこの街に来ている。ツィア・テレーサの別荘で行われるコルシア書店の会議に参加するのが目的だった。「ツィア・テレーサ」はテレーサおばさま、というほどの意味で、人々は畏敬の念を込めてそう呼んでいた。須賀も作品中、彼女をテレーサと呼ぶことはない。つねに「ツィア・テレーサ」と書いている。

彼女はコルシア書店のパトロンで、遠慮なくダヴィデに忠言できる数少ない人間のひとりでもあった。世界的に名の知れたイタリアのタイヤメーカーであるピレッリの大株主でもあった。テレーサ・ピレッリが彼女の本当の名前だ。須賀に声をかけたのはダヴィデだが、実質的な招待主は彼女だった。コルシア書店の人々に会えるだけでなく、その機会がツィア・テレーサの助力で実現したことに「天にものぼる心地だった」（「入口のそばの椅子」）と須賀は書いている。

会議といっても議題があるわけでなく、イタリア全土、ことに北イタリア各地に散らばって活動している同志の近況を確認するのが主な話題だった。ひとりで出版社を営んでいるレンツォという人物が、さほど多くの読者を持たないであろう本を手にしながら書店を回って旅をしている。せめてミラノにいるときは寝る場所を確保してやらないと「あいつのからだがもたない。いますぐなんとかしないと、レンツォも本も、だめになる」(「銀の夜」)、そんな話が真剣に交わされた。

夕食の時間になるとダヴィデは皆の前で詩を朗読する。仲間からは忌憚のない意見が発せられる。それがダヴィデの詩の現場だった。

このときダヴィデが読んだ詩には、ロンドンで彼が須賀と一緒に読んだものもあった。それを聴いたとき、彼女はここにいるダヴィデの盟友の誰よりも先にその詩にふれていることを知る。新作の詩を共に読む、それはダヴィデにとっては無上の信頼の表現だった。須賀の内心に広がった喜びは想像するに余りある。

翌日の晩、ダヴィデは仲間にある提案をする。須賀がローマの住まいを引き払い、コルシア書店を拠点にして、ミラノで勉強を続けてはどうか、というものだった。ローマのような場所にいても本当の意味での勉強などできるわけがない、というのが彼の言い分だった。「仲間たち」はそれを異論なく受け入れた。

ミラノに居を構えることになるのは、その年の九月半ばからだが、それは同時に「熟れた果実が木を離れるように」ダヴィデがコルシア書店からゆっくりと距離を持つ時期と重なっていた。その様子を須賀は書店、ダヴィデの「どちらが意図したとか、望んだということではなくて、時間がそのように満ちたのだと思う」と続けて書いている。

新しい教皇が誕生し、霊性の常識も変わった。かつては教会から監視される対象だったダヴィデも、いつしかコルシア書店を象徴する人物ではなく、新しい教会のありようを語る「カリスマ的な宗教のデマゴーグとして世に迎えられるようになっていた」。

　当時のダヴィデの姿を須賀は「汎神論的な神学を、抒情的なことばの流れに乗せて聴衆をひきつける彼の説教は、いまやミラノだけでなく、国民的な名声を得つつあった」とも書いている。

　書店を真ん中に据えてみると、ダヴィデがいなくなった空白を埋めるようなかたちで須賀がミラノへと赴いたように映る。さらにいえば、その余白はあまりに大きく、須賀とペッピーノが一つの家庭を持つように時が促したかのようにさえ感じられる。

「コルシア書店の仲間」になったのを境に彼女の人生は質的な意味において大きな変化を遂げた。カトリック左派の精神とその伝統は、彼女の憧れではなくなった。彼女もまた、その歴史の一部になったのである。

第十四章　ある幼子の物語

ミラノ行きが決まってから、実際に居を移すまでの日々、須賀は、以後の生涯に決定的な影響を残すことになる、二つのことを育んでいた。

一つは、のちに伴侶となるペッピーノとの関係、もう一つは、ある物語を書き進めることである。一九六〇年の年初にジェノアで、コルシア書店の一員として正式に迎え入れられることが決まり、須賀は、大きな期待と、願いが実現したことへの当惑と、持続する驚きのようなものを感じていた。ローマにもどると、ほどなくしてペッピーノから手紙と本が送られてくる。彼女は同月の十五日、ペッピーノに、理性と熱情のこもった長文の手紙を送り返す。当時、須賀がペッピーノに宛てた書簡が残され、彼女の全集に収められている。手紙と本を「あんなに送っていただいて本当に胸がいっぱいになりました」と記された須賀の言葉からは、ほのかに無意識の恋情も感じられる（『須賀敦子全集　第8巻』岡本太郎訳、以下、書簡の引用は同様）。

この手紙で須賀は、コルシア書店の一員になることが、自らの人生にとって、そして当時のカトリック教会にとって、どのような意義をもっているのかを切々と語っている。畢竟、現代を生きるキリスト者としてもっとも重要な問題は、神学や哲学、あるいは典礼を学ぶところにあるのではなく、「精一杯生きること」にある。「決して何かを行なうことではなくて、生きることで、何よりもそうあるべきである」と収斂するように考えるようになった、というのである。

原文はもちろん、イタリア語で書かれている。日本語に翻訳すると、ここで須賀が語ろうとしていることがかえって分かりにくいかもしれない。彼女が重要だと考えたのは、何かをすること（doing）ではなく、その人間が存在することによって体現すること（being）だった。

これまでは、何をするべきかばかりを考え、彷徨《さまよ》い続けてきた。しかし、これからは、自分が「精一杯生き」得るところに身を置きたい。それが自分にとってはコルシア書店であることを、熱を込めて述べている。

コルシア書店は、これまで見てきたように、カトリック左派と呼ばれる、第二バチカン公会議を準備した霊性の革新運動のイタリアにおける拠点だった。司祭でありながら詩人で、活動だけを見るとマルクス主義者かと見紛うほどの革新性をもった人物に牽引されてきたのも先に見た。

確かに須賀は、コルシア書店の思想性にも深い共鳴を感じている。だがミラノに移り住む前、ペッピーノやほかの仲間たちと出会ってほどないときに彼女の胸に渦巻いていたのは、思想というよりももっと素朴な、だが、熾烈な思いだった。先に見たのと同じ手紙で須賀はペッピーノに自らの心境をこう書き送っている。

> 私は、こんなに小さくて、何の役にも立たないことはよくわかっていますが、わかっていても、乗り出さずにはいられませんでした。かまいません。さあ、これで、みなさんと知り合えた私の喜びの大きさをもう少しよくわかっていただけたかと思います。誰かしら、いいえ何人かの人たちがすばらしい人生を生きようとしていること、キリストに夢中なこと、を知ることができて。それで私には充分なのです。

フランスでは、神学や哲学には出会えた。だが、それをどんなに積み重ねても埋まらない何かがある。出会えていなかったのは、新しい思想や理念ではなく、「人」であることが、ようやく分かったというのである。

ここで、もう一つ、見過ごしてはならないのは、彼女がキリストを語る口ぶりだ。「キリストに夢中な」人の姿にふれられて、それだけで満たされている、と彼女はいう。須賀が、このように率直に——赤裸々にといった方がよいかもしれない——キリストとの関係を語るのは珍しい。「キリストに夢中」になる自分を「精一杯生きること」、それが自分の悲願だというのである。自らの熱い思いを語ったあと須賀は、意味が取りづらい一節を記して、この手紙を終えている。

このところいろいろなことを書いてみたくて、こうちゃんのさみしげなまなざしが目に浮かんでは、私が仕事を始めないことを、環境を整理しようと努力しなくなったことを非難するようになっているのです！

「こうちゃん」と呼ばれている人物は存在しない。しかし、須賀の心のなかに実在する。そのことを須賀は、ジェノアでペッピーノに話したのだろう。それを知らない者には、ほとんど隠語に等しい。

当時須賀は、「こうちゃん」と題するほとんど詩といってよい、一編の物語をつむぎ始めていた。先の手紙の一節は、一九六〇年、一月二日に彼女がジェノアに行ったとき、すでに「こうちゃん」の構想はあり、そのことを少なくともペッピーノには告げていたことを示している。また、この時期彼女は、コルシア書店の周辺で語られている生けるキリスト教思想を翻訳し、日本に伝えることのほかに、自作の物語によって、新しい霊性を人々と分かち合おうとしていたことが分かる。

この作品はのちに『どんぐりのたわごと』の第七号に掲載される。物語作家の火はすでにミラノに暮らす前から、彼女のなかで灯っていたのである。

先にもふれたが、この冊子は、ほとんど須賀の手製のもので、「掲載」といっても、この物語の存在を知っていたのは、彼女に近しい限られた人だけだった。はじめて公刊されたのは彼女の没後、一九九八年、河出書房新社から出た『文藝別冊　追悼特集　須賀敦子』においてである。「こうちゃん」は次の一節から始まる。

あなたは　こうちゃんに　あったことが　ありますか。
こうちゃんって　どこの子かって。そんなこと　だれひとりとして　しりません。
ただ　こうちゃんは　ある夏のあさ、しっとりと　露にぬれた草のうえを、ふとい鉄のくさりをひきずって　西から東へ　あるいて　行くのです。鉄のくさりのおもみで　こうちゃんのうしろには、たおれた草が　一直線に　つづいてゆきます。どこまでも、どこまでも。（『須賀敦子全集　第7巻』）

こうちゃんが何者かは、容易に言明することはできない。だが生身の人間ではないだろうことだけはこの一節からも分かる。

ここでの「鉄のくさり」は、人間を縛るもの、人間の自由を奪うものの象徴だろう。少し先を読むとほのかに感じられてくるのだが、「鉄のくさり」はどうも、もともとは、こうちゃんのものではないようなのだ。こうちゃんは、それをみんなの身代わりに背負うことを宿命とされている。それはキリスト教でいう「原罪」のようなものなのかもしれない。

最初、須賀はこの物語を日本語で書き、イタリア語に訳す。それをペッピーノに送り、助言を得たことが二人の関係が深化する契機になった。須賀が懇願し、ペッピーノが喜びのうちにそれを受けていることが、須賀の書簡からもはっきりと感じられる。

この作品が、ひとりの人に手紙を送るように書き進められたことは記憶しておいてよい。むしろ、そうした個的な言葉の発露でなければ、この作品は生まれなかったのかもしれない。先に見たのとは別な日に送られた須賀の書簡には「こうちゃん」をめぐって、二人の関係が深まっていく様子を感じさせる、次のような記述もある。


それから、私の、「こうちゃん」の原稿を一部、お渡ししなかったことが残念です。持っていっていたのですが、なぜか、最後の最後まで恥ずかしくて、迷っていて、とうとう間に合わなくなってしまいました。ごめんなさい。（一九六〇年二月九日付）

あるところまで「こうちゃん」の執筆が進んだとき、須賀はイタリア語に訳した草稿をもってミラノに行く。そこでペッピーノと打ち合わせをしつつ、物語を完成させようとしていた。コルシア書店で出版部門の責任者だったガッティが、「こうちゃん」を出版したいと須賀に申し出ていて、ダヴィデもそれを了承していたのである。

憧れの共同体で、自分が生んだ物語がイタリア語で出版される。このときの須賀の喜びは想像に余る。だが、同時に彼女は大きな不安を感じてもいた。

作品に自信を持てない。本当に出版する意義があるのか疑わしく感じられる、と彼女はペッピーノへの手紙に幾度も書き記している。だが、戸惑いを感じつつも、生まれてくる物語のためには、できる限りのことをしたいと思い、ペッピーノに助力を乞い続けるのだった。

二人の人間が、互いに相手を直接に大切にするよりも、互いが大切に思える何かを見つけることができれば、多くを語らずとも関係を深化させ得る。あいだにあるものに誠実をつくすとき、かえって相手に自分の心をそのまま伝えられるということがある。須賀とペッピーノの場合、「こうちゃん」が、また『どんぐりのたわごと』がそれだった。

あたかも物語は料理で、冊子は器だった。二人はそこで生まれた言葉を、誰よりも先に分かち合い、そこに情愛をつむいでいった。

わざわざミラノまで出向き、草稿を持参したにもかかわらず、ペッピーノに渡すことができなかったのは、おそらく次のような言葉が記されていたからだろう。

　ながいこと待ってた手紙が　やっとついたら、封をきるとき　ちょっと　よこをみてごらんなさい。いっしょうけんめいせのびして　いっしょに読もうとしている子が　こうちゃんです。――わかりもしないくせに――。

長く手紙を待っている、こんな素朴な言葉でも、ペッピーノとのあいだなら、愛を告白する言葉になることを須賀は、はっきりと分かっている。来るあてのない手紙を待って、家の郵便受けの扉を開ける彼女の姿が浮かび上がる。

事実、残されている手紙を見ると、この時期、ペッピーノと須賀は、じつに頻繁に手紙のやりとりをしている。松山巖が作成した年譜にも「毎日のように」と記されている。

たとえそれが厳密な意味での事実ではなかったとしても、この時期、二人が共に相手からくる手紙を忘れたことがなかっただろうということは、私たちが知り得る須賀の書簡からだけでも十分にうかがわれる。

愛が生まれるところにこうちゃんはいる。まるで、情愛に香りがあって、それをかぎつけるようにやってくる。ただ、こうちゃんは、人間が語る言葉を解さないようだ。こうちゃんと人間の対話は、沈黙のあいだに心と心で行われるらしい。

こうちゃん、けれど　たとえわたしが　ひとことも云うことばをしらないでも、あなたには
わかっているはずです。どれほど　わたしが　朝ごとに　あなたを待っているかを——。

こうちゃんは、心をじっと見ている。人間が語ろうとしても言葉にならないおもいに身を寄せている。こうちゃんは、人間が使う言葉ではなく、言葉を超えた真実の「コトバ」を全身で認識する。

哲学者の井筒俊彦は、人間が、言語からのみ意味を認識していない現実に着目し、言語としての「言葉」とは別に、世にある、さまざまなうごめく意味のありようを「コトバ」と書くことで表現しようとした。こうちゃんは、言葉を理解しない。しかし、コトバを深く感じる。こうちゃんはコトバの使者で、「こうちゃん」は、コトバの物語だといってもよい。

この作品には言葉の限界と、コトバの未知なる可能性を告げる次のような一節がある。


こうちゃん、灰いろの空から降ってくる粉雪のような、音たてて炉にもえる明るい火のよう

な、そんなすなおなことばを　もう　わたしたちは　わすれてしまったのでしょうか。

「すなおなことば」は、冬の空から粉雪が舞い落ちるように静かに訪れる。あるときは、冷え切った心を温め、闇に光をもたらす。言葉の届かないところでもコトバは、誰にも気づかれないうちにそっと寄り添ってくれる。言葉の届かない心の奥にもコトバはそっと火を灯す。

だが、語り手は、そうした温かく燃えるコトバを「わたしたちは　わすれてしまったのでしょうか」と、つぶやくようにいう。

この問いは、失望の表現ではないのだろう。こうちゃんが人間にもたらしてくれるものを暗示している。こうちゃんは人間に、未知なるものを与えるのではなく、人がそのうちに秘めていることを想い出させようとする。すでにあって、十分に想い出せていないことを光で照らしだそうとする。

「知る」、と人間が感じていることは、じつは想い出すこと、想起することである、とプラトンはいった。真の意味で「知る」とは、イデア界にある記憶とのつながりを回復することだと考えた。考えたというより、それがプラトンの実感で、こうちゃんが示そうとするのも同質のことだろう。

こうちゃんには大きな叡知が宿っているらしい。こうちゃんは、あるとき対話した哲学者を驚かせている。「こうちゃんという存在はおもしろい。俺は何時間にもわたって議論してみたが、ことごとく俺の意見に賛成しておった」と、ある哲学者はいう。

この人物は「むずかしいことばの　ぎっしりつまった本をかいた人」だった。哲学者もこうちゃんと言語を通じて語らったのではないのだろう。むしろ、沈黙のうちに、さらにいえば観想のうちに対話を重ねたのかもしれない。

ここまで読んでくると「こうちゃん」が、サン＝テグジュペリの『星の王子さま』を意識しながら書かれているのは容易に想像できる。「王子さま」は、哲学者ではないが、大きな本を書いた地理学者や実業家、王とも話をする。

この飛行機乗りでもあった作家の言葉を、須賀が羅針盤のようにして生きてきたことは先にふれた。しかし、彼女は、先人の模倣をしたかったのではない。この敬愛する作家の物語に触発されながらも、自己の経験に寄り添いながら、別種の、折口信夫の表現を借りれば「まれびと」の物語をつむごうとしているように感じられる。

「こうちゃん」で「哲学者」と記されている人物のモデルは、スコラ哲学の大成者で『神学大全』の著者としてキリスト教神学に不動の足跡を残したトマス・アクィナスのような人物だったかもしれない。トマスにとって、観想のうちに人間を超え出る存在と対話するのは日常的なことだった。

戦前の日本カトリック界を代表する思想家である吉満義彦は、天使と観想をめぐって、彼自身の実感を込めた言葉を残している。「天使を黙想したことのない人は形而上学者とは言えない」(「理性と道徳の将来に関する断章」『吉満義彦全集　第五巻』講談社)。人間が、真の意味での「哲学者」になろうと思うなら、神の使いである不可視な存在を沈黙のうちに認識していなければならないというのである。

ここで吉満が「黙想」と書いているのは「観想」と言い換えてもよい。そうするとこの哲学者と須賀のあいだに、それまで見えなかった橋が架かってくる。

二十世紀フランスで大神学者の哲学をよみがえらせようという気運が起こる。それをネオ・トミズム(新トマス主義)という。その牽引者だったジャック・マリタンという哲学者がいる。吉満義彦は、若き日、フランスに留学するのだが、そのとき彼の後見人のような役割を担い、かつ、哲学の師でもあったのがジャック・マリタンだった。彼が妻であるライサと共に出した『典礼と観想』

と題する著作があり、それを須賀が訳している。そこには「観想」とは何かをめぐってこう記されている。

ところで、観想とは、それ自体、一体、なにか。観想とは、心の奥深いところの静寂においてなされる、声なき祈りであり、神と一致することに直接結びついている。それは、魂が神にむかってのぼること、というよりは、魂が、神の方向に、神によってひきつけられること、とでも言えよう。

観想とは、人間があることを想うことではない、とマリタン夫妻はいう。観想では祈る言葉も鎮まり、祈りも「声なき祈り」にならなくてはならない。心には沈黙が広がり、神と一つになろうとする衝動を感じ、深化させること、それが「観想」だというのである。観想は、言葉を潜め、コトバを浮かびあがらせることだといってもよい。

この本でマリタン夫妻は、日常生活のなかに観想の時間を持つのではなく、観想のなかで日常を送るべきではないのか、という。観想が、もっとも高次の祈りであるなら、生活のなかに祈りを置くのではなく、祈りのなかに生活があるような日常を築きあげること、それがキリスト者の使命だというのである。

マリタン、吉満にも影響を与えた十九世紀カトリックの改革者で、二〇一九年に聖人となったジョン・ヘンリ・ニューマンという人物がいる。今日の日本では彼の名を出す人は少ないが、ヨーロッパで神学を学んだ人なら、この人の存在を知らないでいることはできない。それほど影響力を持った人物だった。須賀もこの人物の言葉に一度ならずふれているはずだ。吉満は、自身のエッセイ

（「実在するもの」）にニューマンの言葉を引く。
「天使はわれらの間にある（Angels are among us）これを看過して一切を自然法則をもって説かんとするは罪である」（『吉満義彦全集　第四巻』）。これは「こうちゃん」の世界が何であるかを照らし出してくれるようにも感じられる。世界は、人間が考えているような「自然」法則のみで成り立っているのではない。それは、神はもちろん、天使的存在を含み込んだ大いなる自然の摂理のうちにある、というのである。

さらに同じ一文で吉満は、「彼にとっては見えざる霊界こそ唯一の実在であり、見ゆる感覚的世界は過ぎゆく『影と写し』にすぎない」と述べ、ニューマンにとっては天使の世界こそが実在であって、人間界はその陰影にすぎないとすらいう。さらに吉満は、「ニューマンにとっては見えざる世界が彼の関心事であり彼の心を占領したので、そは彼の真の故郷であった」とも書いている。この現実と呼ぶ見える世界を生きながら、見えない世界へと帰っていくこと、それが人間の生の実相だとニューマンは信じた。

意識しないときにも「故郷」へのおもいは募る。世の中には、その見えざる「故郷」での日々を、ありありと記憶している人がいる。ニューマンもそのひとりに違いないが、十九世紀ロシアの詩人レールモントフもそうだった。彼の「天使」と題する詩には、次のような一節がある。

天使はいま生れんとする（詩人の）魂を腕に抱いて
　悲しみと涙の世界へ運んで行くところだった。
歌の言葉こそ忘れたが、幼児の魂は
　そのメロディーをまざまざと憶えていた。

ある天使は、この世に詩人として生まれてくることがあるという。詩人が詩を謳うとき、それはおのずから彼方の場所の「メロディー」となる。

この詩句を訳したのは先にふれた井筒俊彦である。彼は十九世紀ロシアの文学者たちを論じた『露西亜文学』でプーシキン、チュチェフ、ゴーゴリと同様にレールモントフに一章を割いて、詩人における天使性を、さらにいえば、詩人の魂にありありと感じられる天使のはたらきを論じた。そこには次のような現代の自然法則の常識をはるかに超え出るような言葉もある。

人がこの世に生れて来る時、その幼い魂は天使の腕に抱かれて天から地上へと下りて来る。悲愁と涙の世界への此の途次に、優しく天使が歌ってきかせてくれる素晴しい歌の節を、幸か不幸か記憶の底に留めて生れてしまう異常な運命の人があるのだ。（『露西亜文学』『井筒俊彦全集　第三巻』慶應義塾大学出版会）

これは、レールモントフの姿であると共に、こうちゃんの姿であり、その物語を書いた須賀敦子の内心の光景を描き出しているようにも感じられる。レールモントフは、内なる天使の記憶をまざまざと感じながら生きた。そしてそれを語るのが彼のこの世での宿命だった。彼が天使の歌を謳うのは自己の心を慰めるためだけではない。その言葉によって、万人の心にも天使が生きていることを想い出させるためだった。こうちゃんもまた、この詩人のように天界の歌を歌うことがある。

いつか　わたしは　霧のふかい冬のあさ、山の池にひとりでのぼってゆきました。蒼いみず

のおもてに　金いろに太陽のおどるのが　みたかったからです。
みぎわにしげった葦のなかの　くろく濡れた岩にひとりこしかけ、こうちゃんはしんとして、
たかく　ひくく　うたいつづけていました。（「こうちゃん」）

文字を用いないこうちゃんにとって、歌うことは、詩人が詩を謳うのと同義だった。次の一節を読むとき、異界の人であるこうちゃんの姿はよりいっそうはっきりと浮かび上がってくる。

太陽が　あかくもえて　しずんだあと、こおろぎのこえが、きのうはおととい より、きょうはきのうよりも　はっきりと　きこえるようになり、道をあるくと　ときどき　さあっと風が吹いて　かるい鈴かけの葉などが、からからと足もとに落ちてくるようになると、こうちゃんは　いつも、なにか　ずっとわすれていたことをおもいだしたような　きもちになるのです。

こうちゃんはいつも、何か大切なことを想い出そうとしている。それが彼にとって生きるということだった。彼方の世界からのコトバを受け取り、それを人間に伝えること、それがこうちゃんの役割だった。こうちゃんは、口で言葉を語らない。だが、あるとき、それは全身から放射されるように顕われ、近くにいる者に強くはたらきかける。こうちゃんの無音のコトバは、少し前まで真剣に死を考えていた男を救うことすらある。

「なにもかもひどくて　もう力もつきはて、ある夜、あの川べりの　大岩まで行った」。まずしいひとりの鉱夫がはなすのでした。「岩まで行ったら、小さな子供が　しゃがんで　泣いて

いて、とぎれとぎれの声が　こうきこえてきた。――どうすれば、どうすれば　いいんだろう」
「それをみて　おれは」とまずしい男はいいました。「なんでか知らぬが、やっぱり生きようとおもって　鉱山《やま》にもどった」

励ましではなく、悲しみが、悲しみを慰める。悲しみながら生きる者の姿が、悲しみに、また、悲しみに直面しつつある人生に意味を与える。こうちゃんの悲しむ姿が、耳には聞こえないコトバとなって男の胸に直接届く。体現するコトバ、あるいは存在というコトバ、それがこうちゃんにとっての本当の「ことば」だった。
先の鉱夫をめぐる一節を読むと、こうちゃんが「小さな子供」であることが分かる。だが、この子供は、哲学者と論議するほどの知恵をもっている。こうちゃんは幼い。人間にとって「幼い」ことは、未完成を意味する言葉だが、彼方の世界の常識は違う。

イエスは一人の幼子《おさなご》を弟子たちの真ん中に立たせ、その子を抱き寄せて仰せになった、「わたしの名の故に、このような幼子の一人を受け入れる者は、わたしを受け入れるのである。またわたしを受け入れる者は、わたしを受け入れるのではなく、わたしを遣わされた方を受け入れるのである」（「マルコによる福音書」『新約聖書』フランシスコ会聖書研究所訳注）

イエスは幼子を受け入れよ、という。ここでの「幼子」は何らかの意味で他者の手助けを必要としている者たちの異名だろう。さらに幼子を受け入れる者は、自分と自分を遣わした者をも受け入れることになる、という。こうちゃんは幼子であり、ときに天使的でありながら、どこか大いなるものを感じさせる。そうした存在の重層性は、こうちゃんだけでなく、すべての人間にあることを、こうちゃんは教えてくれようとしているのかもしれない。

先にこうちゃんが哲学者と語らい、相手を驚かせていたことにふれた。その原型と思われるような記述も『新約聖書』の「ルカによる福音書」にある。幼きイエスの物語である。

十二歳になった年、イエスは両親であるマリアとヨゼフと共に過越《すぎこし》の祭りを祝うためにエルサレムに行った。祭りが終わって帰路についたとき、両親はイエスのいないことに気が付く。一日かけて探したが見つからない。二人はふたたびエルサレムにもどった。そして、さらに「三日の後、両親は神殿の境内でイエスを見つけた」と記されている。

そのときイエスは「学者たちの間に座り、彼らの言葉を聞き、また彼らに質問して」いた。周辺にいて、イエスの言葉を聞いた者たちは皆、「その賢明な受け答えに驚嘆していた」というのである。

イエスは神の子であるとともに、神そのものである。また「イエス」とは、神が人の姿をして世に顕われた二度と起こることのない出来事である、とキリスト者は信じている。

神がイエスとして世に遣わされることをかつては「託身」といい、今は「受肉」という。「こうちゃん」という物語は、神がただ一度、人間となって世に顕われ、人間の言葉とコトバによって、神の存在とはたらきが遍在することを教えた「託身の奥義」をめぐる現代の神話なのかもしれない。

そのことはすでにペッピーノに送った最初の手紙で暗示されていた。須賀がパリに留学していたとき、記号論理学を学んでいるカトリックの信仰をもつ哲学者の友人がいた。この人物は、言語を研究していくうちに人間が神を定義する言葉が曖昧で、不正確であることに我慢できず、信仰を失いかけていた。その友人をめぐって、須賀はある女性の友人にこう話したことがあった。

　私はパリの彼がいっていたことを考えるたびに御託身の奥義の大いなる自由と勇気に感銘を受けずにいられないの。だって、もしもあの人に私たちの言葉がそれほど不正確で曖昧さに満ちたものに思えたのなら、いったい神にはどう思えたことかしら。何の論議もせずにご自分の子を私たちのところに送って、その子は（信じられないことに！）あらゆる秘密を知りながら人間になって私たちの言葉を話していたなんて、なんて不思議なことなのでしょう！（一九六〇年一月十五日付）

自分が理解したところでは、記号論理学者たちは、数式や特殊な記号を用いて人間の言葉を式に変換し、曖昧さを取り除こうとしているようだ、とも須賀は同じペッピーノ宛ての手紙に書いている。

人間が正確だと認識しているのは、ニューマンがいう「自然法則」の観点から見た見解でしかない。真の正しさはむしろ、曖昧さのなかにある。人間が、科学をはじめとした学問を武器に雄弁に語ろうとするところにではなく、むしろ、観想のなかに、沈黙のうちにこそ顕われる。

「こうちゃん」の語り手も、人間の言葉に翻弄されていた。こうちゃんが、あの哲学者と親しい対話を深めていることが理解できない。自分とこうちゃんとの関係が消えゆくような心地さえする。こうちゃんまでもが「あのむずかしいことばの世界」（「こうちゃん」）に行ってしまったのかと思うこともあった。「私は泣きだしそうなつらい気持で　つめたい夜のなかを　ひとりあるいてゆ」かねばならなかった、と語り手はいう。

とにかく歩き続けた。暮らしている町の境はとうに越え、「野のはての地平線が　うっすらと乳いろにあかるんで」きたとき、目の前を「こうちゃんのさびしい影が　ひとりあるいて」いくのに気が付く。

「こうちゃん」、そう呼びかけると、こうちゃんは胸に飛びこむように駆け寄ってきて、なきじゃくりながらこういった。

「だって　あんまり　じょうずにしゃべるんだもの。ぼくなにも云えなかったんだ」

迷い、戸惑い、人生への信頼を失いかけたとき、言葉を失ったとき、こうちゃんはそっとそこを埋めてくれる。悲しみ、苦しみ、嘆き、ときには独りで誰もいないところで呻くほかなにもすることのないようなとき、こうちゃんは、そっと寄り添ってくれる。祈る言葉すら無くなったときにこうちゃんはどこからかコトバとなってその姿を見せる。こうちゃんは、ときに自分よりも自分に近しい存在になることもある。

だが、言葉で世界を説明し尽くそうとするとき、自分のちからだけで生きていこうとして、心も自分の意思でいっぱいにするとき、こうちゃんの声が聞こえなくなる。物語では、先の一節に次の言葉が続けられている。


こうちゃん、それでも　わたしたちは　まだ　ちからを出して　地にひざまずき、あかるくもえる炎の小花をつまねばならぬのではないだろうかと、あの濡れた　霧のよあけ、泣きじゃくるあなたのあたたかさを身にかんじながら、私には、はっきりと　そう思えたのでした。

「ちから」を出し、「地にひざまず」く。それは胸に秘めた信仰のちからを目覚めさせることであり、どこまでも大いなるものの前で小さき者であることを示しているのだろう。「あかるくもえる炎の小花」とは、わが身にふりかかる人生の試練にほかならない。

　このとき、この物語が必要だったのは、未知の読み手たちであるよりもまず、須賀とペッピーノの二人だった。人は、今を、そして、与えられた生を愛おしむことにおいて限りがないことを、この物語は教えてくれる。

第十五章　言葉という共同体

詩人の永瀬清子の代表作の一つに『短章集』と題する著作がある。題名通りの本で、数行から長くても一ページほどの分量の文章をまとめたものだ。詩人の告白といった趣の作品で、彼女がなぜ詩を書くのかをめぐる言葉は、時に壮絶ですらある。須賀にもこれに似た作品で「古いハスのタネ」と題するものがある。

須賀はシモーヌ・ヴェイユの遺言のようになった『重力と恩寵』を思いながら書いたのかもしれない。須賀の場合もこの一文が「遺言」になった。

発表されたのは一九九六年一月で、年譜上では亡くなる二年ほど前ということになるが、そこで記されている主題は、人生の晩節になってなお、考え続けなくてはならなかった根本問題と呼ぶべきものになっている。

どこからかやってきた言葉が、作品へと昇華するのを待つことができない、待っていれば言葉か、自分がこの世から消えてしまうと感じたとき、須賀は「短章」にすることで、問いを後世の者たちに託したのかもしれない。この作品にはそれまでには見られなかったくらい直接的に、祈りと共同体をめぐる真摯な記述が頻出する。

共同体によって唱和されることがなくなったとき、祈りは、特定のリズムも韻も、その他の形式も必要としなくなるから、韻文を捨て、散文が主流を占めるようになる。散文は論理を離れるわけにはいかないから、人々はそのことに疲れはて、祈りの代用品として呪文を捜すことがあるかもしれない。

共同体の消失はそのまま、詩の喪失にほかならないと須賀はいう。集って同じ祈りを唱えることを止め、個々人が心の中で、それぞれの言葉を発する。しかし、それは詩文ではなく散文だという。人間は、詩がなくては生きていけないから、ときにその空白を呪文をもって埋めようとするかもしれない、というのである。

「呪」は今日では「のろう」とばかり読むが、この言葉がもともと意味していたのは祈りである。呪文とは、言葉によって天地を動かそうとする試みであって、人を呪うこととは限らない。このとき須賀は、若き日からからだに沁みついて離れない幾つかの言葉と、『古今和歌集』の仮名序にあるよく知られた一節を想い出していたかもしれない。

「花に鳴く鶯《うぐいす》、水に住むかわずの声を聞けば、生きとし生けるもの、いずれか歌をよまざりける」、人間だけでなく、万物が「歌」を詠んでいる。紀貫之はこう書いたあと、歌が「呪」の言葉であることを高らかに宣言する。

力をも入れずして天地《あめつち》を動かし、目に見えぬ鬼神をもあわれと思わせ、男女《おとこ》のなかをもやわらげ、猛《たけ》き武士《もののふ》の心をもなぐさむるは、歌なり。(佐伯梅友校注、岩波文庫)

ここで「鬼神」は、亡き者を指す。人間の力ではなく、言葉の「ちから」によって万物の「こころ」をふるわせること、それが歌だというのである。

「古いハスのタネ」とは、鈴木大拙の言葉を借りれば「日本的霊性」の異名だろう。あるいは東洋的霊性といったほうがよいかもしれない。蓮は、仏教における蓮の花とつながり、それは須賀が幼い頃、祖母に導かれるまま唱えていた真言宗の「おつとめ」にも還っていくものであるのかもしれない。

ここで問われているのは祈りのありようだけでなく、共同体をめぐる問題でもある。むしろ、真に祈りと呼ぶものの重要なはたらきは、個ではなく、共同体に属しているのではないかという思いが須賀にはある。

信仰が個人的であり、宗教は共同体的であるといいきって、私たちはほんとうになにも失わないのか。

須賀は、マルティン・ルターの宗教改革を想起しているのだろう。信仰は個人的な営みであり、宗教は霊性によってつながる共同体である、これはすでに近代を生きている私たちの常識になりつつある。

しかし、そもそも矛盾的存在である人間は正しさのなかだけでは生きていけない。祈りは「個」のものであるに違いない。人は真に「個」であるために共同体を必要とするのではないか、というのである。

『コルシア書店の仲間たち』は、祈りと共同体の物語だといってよい。「共同体」というところの作品にそぐわないような感覚をもつ読者もいるかもしれないが、この一語を鍵語としたのは須賀自身である。コルシア書店の誕生の物語である「銀の夜」（『コルシア書店の仲間たち』）はことにその傾向が強い。

この書店は、本屋であり出版社でもある書肆であることは先にも見た。それが始められて以来、あり続けるのは、何らかのかたちで「共同体」を樹立しなくてはならないという使命感にも似た気持ちだったという。

「書店の仲間たちは、たえず足並を乱しながらも、あたまのなかでは、つねにどこかで共同体を考えていた」と須賀は書いている。ここでの「共同体」は、ある空間に共に暮らすことでもあるが、それに限定されない。また、特定の党派であることでもない。それは、何かのはたらきによって人々がつながりを感じながら生きることだと考えてよい。

コルシア書店が、新しい共同体を模索し続けた運動体であることに気が付くと、ミラノ以降の彼女の生涯そのものが、共同体と不可分だった事実が忽然と浮かび上がってくる。

フランスに留学するあたりから、廃品回収をしながら貧しい人を助ける「エマウス」に須賀が強い関心を持っていたのは先に見た。ミラノから帰った須賀は、日本におけるエマウス運動の牽引者になる。また、須賀の作品を読んでいると、プロテスタントの牧師ロジェが始めた、宗派を超えた沈黙と祈りの共同体「テゼ」、ジャン・バニエが始めた知的障碍者の共同体「ラルシュ」といった名前がさりげなく、しかし役割をもって作品中に登場する。ここにはフランスで彼女がふれた労働司祭たちの存在を加えてもよい。

彼女にとって共同体とは、社会的生活と霊的生活――人間が人間を超えるものを感じながら敬虔であることを失わない生活――の分断から人々を守るものの異名でもあった。それは書くことにおいても変わらない。彼女にとって作品を産み出すことは亡き者たちとのつながりを取り戻そうとする営為にほかならなかった。

共同体という問題と須賀が決定的に結ばれたのは、哲学者エマニュエル・ムーニエを知ったことによってだった。

須賀はムーニエの名前は日本にいる頃から知っていた。だがその存在と真に出会ったのは二回目のヨーロッパ留学のときである。それは、一九五〇年代の終わり、彼女がまだダヴィデ神父に会う以前のことだった、と須賀は書いているが、事実は少し違う。一九六〇年三月、彼女がすでにダヴィデとは幾度か会い、コルシア書店で働くことも決まっていた時節の出来事だった。須賀は休暇をアッシジで過ごしているとき、ダニエルという同世代の女性と出会う。

人生の岐路にあるとき、須賀はしばしばアッシジを訪れる。ダニエルは哲学の論文を準備しながら、その合間に『エスプリ』という雑誌の編集を手伝っている、と話す。

『エスプリ』は、一九三二年にムーニエによって創刊された雑誌で、ヨーロッパ思想界で大きな力をもった。彼はこの雑誌で、宗教と思想、あるいはキリスト教とマルクス主義といったように二分された世界に統合を取り戻そうとした。

しかし、当初はその革新性から故国フランスでは容易に受け入れられず、近しい人々によっても拒まれた。彼の師であるジャック・シュヴァリエは憤激し、行動的キリスト教文学者といわれたフランソワ・モーリアックすら強く反対の意を表明し、パリ大司教はムーニエに報告書の提出を求めた。

だが、言葉を止めることはできない。風に国境がないようにここに刻まれた声は隣国へと広まっていく。創刊にあっては辛酸をなめたこの雑誌が、神父だったダヴィデ、カミッロに強い促しを与え、温雅なペッピーノを立ち上がらせ、須賀を招き入れるコルシア書店を生むことになる。

ダニエルと須賀が出会ったとき、すでにムーニエはこの世にいない。彼は一九五〇年に急死している。ムーニエは「キリスト教を基盤とした、しかも従来の修道院ではない生活共同体」を模索し、試みたが、うまくいかなかった。ダニエルは、共同体は難しい、「若いうちはいいけれど、年齢とともに、人間はそれぞれの可能性にしたがって、違ったふうに発展する。そこでかならず亀裂がはいる」とも語った。

それを聞いてもなお須賀は「それでも、やはり魅力はある」と食い下がる。ダニエルは「たとえば」と前置きしてこう語った。

「雑誌の編集という職場でなら、共同体というものが考えられるかもしれない」。それを聞いた須賀は、ほどなくそれを実践することになる。


ミラノの中心は大聖堂《カテドラル》である。カテドラルは司教座の異名で、どの場所に行っても、その地域を象徴する建造物になっている。だがそのなかでもミラノは特別だ。あの類をみないゴシック建築は、一度見たら忘れることはない。コルシア書店――精確にはコルシア・デイ・セルヴィ書店――は、大聖堂から歩いて数分ほどのところにあるが、須賀の作品を読んでいるともう少しひっそりとした場所にあるように感じられる。

二〇一五年の夏にはじめてその場所を訪れた。現在もその場所に書店はあるが、名称はサン・カルロ書店となっていた。母屋である教会がサン・カルロ教会というだけで特別な意味はない。この場所に須賀は十年ほど通い、その中心的な人物のひとりとして働いた。第一章で一部を引いたが、もう一度ここでその光景を仔細に確かめてみたい。人々が集まり始めるのは、仕事を終え、夕方の六時を過ぎたころだった。

そこには「作家、詩人、新聞記者、弁護士、大学や高校の教師、聖職者。そのなかには、カトリックの司祭も、フランコの圧政をのがれてミラノに亡命していたカタローニャの修道僧も、ワルド派のプロテスタント牧師も、ユダヤ教のラビ」の姿もあった。

この場所では職業という衣を脱ぎ、ひとりの「人格」になる。それは宗教の領域においても変わらない。

「フランコ」は、第二次世界大戦前後のスペインの独裁者、「ワルド派」は、ある時期、カトリックから異端とされた一派である。当時、ユダヤ教とカトリックは、今日のような対話をするような関係にはかならずしもなかった。だが、そうした隔たりはコルシア書店には存在しない。社会人ばかりではなく、若者も集まった。キリスト教系の書店であるにもかかわらず、「共産党員がキリスト教民主党」員を論破している姿も見られた。作品にあるように貧しい黒人の男性や泥棒癖のある男、あるいは精神を患う者も、人を愛することを忘れてさまようように生きている者たちもそこに集った。

書店はけっして広いとはいえない。しかし、集まった人にはそれでも居心地がよかった。この書店は、行場を見失った人たちの宿り木のような場所でもあった。「ごったまぜの交流の場」とも須賀は書いている。

コルシア書店の母胎となる活動は、一九四六年に始まっている。教会は貧しい者たちの場所でなくてはならない、それがダヴィデの動かない信念だった、と須賀はいう。ただ、ダヴィデがいう「貧しさ」は、可視、不可視の両面にわたるもので、それは霊と肉の両面の貧困を意味した。

戦争が終わり、政治的には平和が戻ってきても、魂の平和が得られたわけではない。争いで荒れ果てた土地に生き、希望を見失いそうな過酷な生活に耐え、荒廃した魂を背負った者たちは、人の眼から隠れたところに多くいた。「コルシア・デイ・セルヴィ書店は、そんな人たちの小さな灯台、ひとつの奇跡だったかもしれない」と彼女は書いている。

一九五〇年代の前半、「せまいキリスト教の殻」が破れる切掛けとなる第二バチカン公会議の準備は整いつつあった。それ以前の教会は、他の宗教に窓を大きく開くことはなかった。共産主義に対しては、あまりに速いその勢力の拡大への恐怖も重なって、一切の妥協を許さず、対話の意義すら認めていなかった。

信徒と教会の関係も良いとはいえない。教会は、信徒たちの教会への従順を促すために、「精神」の働きを制限してきた歴史がある。「『無智蒙昧な人民』としての信徒には盲目的な服従を強いてきた教会」と須賀も遺作で書いている（「未定稿『アルザスの曲りくねった道』」『須賀敦子全集　第8巻』）。

コルシア書店のおよそ二十年の歴史は、第二バチカン公会議前から公会議をはさみ、カトリックが開かれ始めている期間に紡がれた。

あまりに開放的な書店のあり方は、つねに危機にさらされていたといってよい。大司教座の近隣にあって、教会当局が黙認するはずがなかった。「近く教会の命令で閉鎖されるという噂におびやかされ、そのたびに友人たちは集会をひらいて、善後策を講じなければならなかった」（「銀の夜」）と須賀は書いている。

ここでは「友人たち」が主語になっていて、須賀はそれを傍目《はため》で見ていたようにも感じられるが、それは事実と異なる。須賀もその教会との対峙の第一線に居続けた。だが、一九七二年、コルシア書店はついにミラノ大司教区から政治的活動を中止するか、立ち退くかの決断をせまられる。

一九七〇年の秋ごろから、過激化した学生運動が泥沼にはまり、社会は不穏な状態がつづいた。そのなかでも若者たちの側に立ちつづけたコルシア・デイ・セルヴィ書店を教会当局がマークしはじめ、ある日突然、一方的な通告がとどいた。政治活動をいっさいあきらめるか、立ち退くか。どちらかを早急に選ぶように。集会に集会を重ね、はてしない議論がつづいて、仲間たちは、二十年の活動の場を去って、立ち退くことをえらんだ。(「ふつうの重荷」『コルシア書店の仲間たち』)

一九七〇年の秋ごろはまだミラノにいたが、立ち退きが決まったとき、須賀はもうこの街にはいない。一九七一年の八月末に帰国している。

書店は後日、場所を移し、「ヌオヴォ・コルシア」と名称を改めて再出発した。だが、一九九一年の九月には経営不振で人手に渡った。須賀は、この書店での日々をふりかえり、あの日々は結局「ごっこ」に過ぎなかったと書いた。

さらに人間の存在を前にして、直接的に何かを働きかけようと志す者は、まず「人それぞれ自分自身の孤独を確立」しなくてはならない、自分たちはそれができていなかった(「ダヴィデに——あとがきにかえて」『コルシア書店の仲間たち』)。孤独が確立されたとき、人生の幕は初めて開くのである。「孤独が、かつて私たちを恐れさせたような荒野でないことを知った」と彼女はその作品を閉じている。ここまでが私たちが須賀の作品から知り得るコルシア書店の歴史である。

自分たちは孤独を確立できなかったということが文字通りに彼女の実感であるなら、『コルシア書店の仲間たち』は生まれなかったかもしれない。ある人たち——コルシア書店に立ち退きを命じたような——にはそう映ったかもしれないが、その奥には幾人かの人間がその生涯を賭して行った、ほとんど祈りにも似た営みがあった、というのが彼女のおもいではなかったか。事実、伴侶であるペッピーノは、この運動にわが身をささげるようにしてその一生を終えるのである。

先にもふれたが「孤独」は、「孤立」の同義語ではない。むしろ対義語だといってよい。孤立が社会からの疎外であれば、「孤独」はひとりで人生という大きな問いの前に立つことをいうのだろう。

孤独を通じなければ経験できない人生の出来事がある、と須賀はいう。そのとおりに違いないのだが、彼女たちが試みたコルシア書店という運動は、孤立から人々を救い出し、孤独の道へ導くものだったのかもしれないのである。人は、共同体を感じたとき、孤立から解放され、孤独の道を歩き始める。

また、『コルシア書店の仲間たち』を書き上げることでかつての生活に区切りをつけることができたのなら、彼女は晩年に「古いハスのタネ」のような文章を書くこともなかっただろう。

コルシア書店の火は、ひとたび立ち消えた。須賀はそう感じるほかなかったかもしれない。しかし、私が見たサン・カルロ書店の様子は須賀の実感とはまったく異なるものだった。その書棚にはおそらく須賀が働いていたころに近しい書籍が並んでいた。『どんぐりのたわごと』で須賀が紹介したような「あたらしい神学」の提唱者——現代カトリック思想の改革者たち——の著作が一通り揃っていた。

店の一番よい場所にはダヴィデの著作、彼が自作の詩を朗読したCDも複数枚揃えられていた。そして、そこにはプロテスタントの牧師でヒトラーの暗殺計画に係わったとしてナチスに逮捕、処刑されたディートリヒ・ボンヘッファーの著作すらあった。この二十五年のあいだにイタリアで何があったのかは詳《つまび》らかにしない。しかし、精神というよりも霊性としてのコルシア書店、「コルシア的霊性」というべきものは確かによみがえっていた。

その霊性を大きく捉えると「カトリック左派」ということになる。ジャーナリストたちはそう呼ぶが、コルシア書店に集まった人々は、自嘲的に自分たちのことを表現するときでもない限り「カトリック左派」という言葉は使わなかった、と須賀はいう。

自らを「左派」と呼べばまた一つそこにセクトが生まれる。「左派」という言葉を拒むのは、思想的立場を求めて活動しているのではないという彼女たちの自負の表われだろう。

しかしここでは、須賀もそうしたように「左派」は「左派」という党派性を超えて行こうとする営みであることを踏まえつつ、「カトリック左派」という言葉を用いることにする。

右派が、カトリシズムの伝統をなるべく忠実に守っていこうとするのに対して、左派はそれを未知なる他者との交わりのなかで新たに産み出そうとする。須賀は、「カトリック左派」の歴史を次のように記している。その淵源は、十三世紀、教会に甚大な影響力をもったアッシジのフランチェスコにさかのぼるという。

カトリック左派の思想は、遠くは十三世紀、階級的な中世の教会制度に刷新をもたらしたアッシジのフランシスコなどに起源がもとめられるが、二十世紀におけるそれは、フランス革命以来、あらゆる社会制度の進展に背をむけて、かたくなに精神主義にとじこもろうとしたカトリック教会を、もういちど現代社会、あるいは現世にくみいれようとする運動として、第二次世界大戦後のフランスで最高潮に達した。（「銀の夜」）

霊的革命家であるアッシジのフランチェスコと須賀の関係はこれまでも見て来た。彼女にとってコルシア書店の活動に連なることは、フランチェスコの血脈を継ぐ行為だった。また私たちはここに第十三章で見た『魂の神への道程』を書いたフランチェスコの継承者ボナヴェントゥラとの出会いを思い出してもよい。

フランチェスコの霊性とは、清貧に内包されているちからによって、内なる世界と外の世界の関係を回復し、人々を霊肉両面の孤立から救い出そうとすることにほかならない。同質の思想はムーニエにもある。「人格とは外なるものを必要とする一つの内なるものである」（『人格主義』）とムーニエはいう。

さらに須賀は、カトリック左派誕生の背景には、霊性ではなく、理性の優位を説くことで始まったフランス革命以来、社会的な変動に背を向け、精神主義に偏重してきたカトリック教会の趨勢を「もういちど現代社会、あるいは現世にくみいれようとする」霊的な衝動がある、という。それは社会と教会を結びつけることだともいえるが、そこに留まらない。社会、教会という二者のあわいに、宗教を超えた新しい地平を見出そうとする営みでもある。その動きは第二次世界大戦後、まずフランスで、高くのろしをあげる。ここで先に引いた『コルシア書店の仲間たち』に記されている「カトリック左派」をめぐる一節を改めて読み直してみたい。

一九三〇年代に起こった、聖と俗の垣根をとりはらおうとする「あたらしい神学」が、多くの哲学者や神学者、そして、モリアックやベルナノスのような作家や、失意のキリストを描いて、宗教画に転機をもたらしたルオーなどを生んだが、一方、この神学を一種のイデオロギーとして社会的な運動にまで進展させたのが、エマニュエル・ムニエだった。彼が戦後、抵抗運動の経験をもとに説いた革命的共同体の思想は、一九五〇年代の初頭、パリ大学を中心に活躍したカトリック学生のあいだに、熱病のようにひろまっていった。教会の内部における、古来の修道院とは一線を画したあたらしい共同体の模索が、彼らを活動に駆りたてていた。(「銀の夜」)

ここで言及されている作家は、フランソワ・モーリアックとジョルジュ・ベルナノスだけだが、ここにはこれまで見てきたシャルル・ペギーやサン゠テグジュペリの名を加えていい。彼らもまた「カトリック左派」の霊性の体現者だった。モーリアックとベルナノスをめぐってはのちに改めてふれる。ただ、ここで須賀が二人の作家を、行動し、発言する文学者として言及していることが確認できればそれでよい。

この二人をめぐってしばしば発言をしたのが遠藤周作である。遠藤にとってモーリアックとベルナノスは、人間の心の底を凝視する、いわば無意識の作家だった。ここに須賀と遠藤の違いがある。

ここで須賀がもっとも力点をおいて強く論じているのが、哲学者エマニュエル・ムーニエ――須賀は「ムニエ」と書く――であることは論を俟たない。だが、これまで須賀とムーニエの関係をめぐって十分な論議がなされてきたとはいえない。この文章のほかに彼女がムーニエとの関係にふれるのは、晩年に書いたシモーヌ・ヴェイユをめぐるエッセイだけだったこともその理由の一つなのかもしれない。ただそこで彼女は、自分の本棚には今もムーニエの本があると書いている。

もう一つ、彼女とムーニエの関係を知る重要な手掛かりがある。それがイタリアの作家アントニオ・タブッキとの対話だ。須賀はタブッキの作品を複数翻訳している。その一つ『供述によるとペレイラは……』においてカトリック左派は、その重要な主題の一つだった。

自分はカトリックではないが、と断りつつタブッキは、モーリアックとベルナノスの名前を挙げ、彼らを良心の作家として信頼しているという。

さらに近頃読んだ印象深い本としてポール・リクールの『人格《ラ・ペルソンヌ》』をあげ、リクールがこの文章を『エスプリ』に連載していたとも語った。リクールはプロテスタントの哲学者だが、宗派を超えてムーニエを師と仰いでいたのである。

タブッキが、須賀とムーニエの関係をどこまで知っていたのか分からない。しかし、須賀にはこれらの名前だけで霊性の箱を開けるには十分な刺激だった。タブッキの言葉に導かれ、彼女は作品中では語らなかった自分とムーニエのことを語り始める。

「私のパリの学生時代には、人格主義について熱心に考えていました。多くの若者はムーニエがはじめた『エスプリ』のほうに目を凝らしていました」というのである（「魂の国境を越えて」『須賀敦子全集　別巻』）。

「人格主義」は、ムーニエが提唱した思想である。ペルソナリスムと呼ばれることもある。彼のいう「人格《ペルソナ》」とは、個性を表わすいわゆる「人格《キャラクター》」ではない。「ペルソナ」とは、神は三位一体、三つのペルソナというときの「ペルソナ」である。それは人間であることの根本条件を意味する。

人格は「到るところに現存し、しかも何処にも所与としては存在しない」（『人格主義』）とムーニエはいう。人格は人間によって造られたものでも、誰かに与えられるものでもない、とは誰もそれにふれ得ないこと、それが完全であることも指している。

キリスト教徒もマルクス主義者も、富める者も貧しい者も、フランス人もユダヤ人も、男も女も、老いも若きも、病める者も健やかな者も「人格／ペルソナ」を有し、それが完全であることにおいて一切の例外は存在しない。それがムーニエの基本理念だった。「人格／ペルソナ」を有していることにおいて万人は存在的に平等である。「人格」の尊厳は、あらゆる思想、信条、信仰に優先して貴ばれなくてはならないとこの哲学者は考えた。

また、「千枚の写真をつなぎ合わせたところで、それは歩き、考え、意欲する一人の人間を作り上げはしない」とも述べているように、ムーニエがいう「ペルソナ」は、人間が持つ複数の「顔」を統合するものでもある。男であり、父であり、労働者であり、キリスト教徒である、こうしてどれだけ多くの部分的な形容詞を重ねても明らかにされることのない何かがあることを私たちは知っている。その底を流れているはたらき、それが彼のいう「ペルソナ」である。

ムーニエの哲学はいわばカトリックの伝統の上に咲いた花である。しかし彼は、キリスト教的人格主義という表現を拒む。「いくつもの人格主義がある」。真に思想と呼ぶべきもの、宗教と呼ぶべきもののなかには、さまざまな姿をした「人格主義」が潜んでいる、ともいう。

ムーニエは、世に流布する哲学者という印象にはそぐわないほどに行動的だった。「実存が行動であるということ、より完全な実存はより完全な行動であり、しかもなお行動であるということ、これは現代思想の中心をなす直観の一つである」とムーニエはいう。

この人物の生涯と思想に関しては、高多彬臣《よしとみ》が書いた『エマニュエル・ムーニエ、生涯と思想──人格主義的・共同体的社会に向かって』（青弓社）に負うところが多い。日本では稀有なムーニエの研究書だが、その生涯と思想にわたっての高い水準の論考になっている。

第二次世界大戦中、ムーニエは、反ファシズムの運動、レジスタンスと共謀したとされ、リヨンで逮捕、投獄される。獄中でも抵抗の意志を表現するためにハンガーストライキを行う。十二日後に衰弱した彼は病院に移され、裁判を受け、釈放される、という体験をした。

人格主義は対話の哲学だといってよいほど、ムーニエは、人と人の交わりの意味を強調する。彼は思想の提唱者であり、もっとも忠実な実践者でもあった。共産主義者や無神論者、異教徒はもちろん、親ファシスト政権だったヴィシー政府とも対話を続けた。彼が代表作を書いたのは、こうした活動の末、健康を損ない、またファシストに追われ地方に潜みつつ、静養するほかなくなった時期である。

このような人物の生涯を考えるとき、私たちは文字を読む「目」とは別に、体現されたもう一つの「コトバ」を感じ取る「眼」を開かなくてはならない。

『エスプリ』は、近代カトリック左派の思想的象徴だった。その影響は時代を大きく揺るがす原動力になっていく。公会議を招集したヨハネ二十三世は、教皇に選ばれる前に、パリのバチカン大使だった時期があり、そのときにムーニエたちによって提唱された「『あたらしい共同体の神学』に出会ったことが、『刷新』容認の原動力だった」、と須賀は未完となった最後の小説で書いている（「未定稿『アルザスの曲りくねった道』」）。また、「『刷新』にいたる運動の、小さいけれどイタリアでは重要な拠点のひとつだった、ミラノの書店」と同じ作品で須賀が書いているのがコルシア書店である。

『コルシア書店の仲間たち』は、単なる須賀の回想録ではない。それは「現代社会のかかえる問題から決定的にとりのこされている教会を、どうやって今日のわたしたちが生きている時間に合わせるか」という革命的な問題に直面し、そこに突破口を開いた者たちの挑みの歴史物語でもある。

先のタブッキとの対話で須賀は、周囲は『エスプリ』の運動に注目していたが、自分はムーニエの思想と向き合っていたと語っていた。彼女がフランスに渡った一九五〇年代初頭、「社会学的」な傾向を帯びてきて、自分は次第にそこから離れてしまったというのである。人々は、何かに異議を唱えることに懸命で、ムーニエが試みた高次な意味における「統合」という営みの意味を見失いつつあったというのである。『コルシア書店の仲間たち』でもさりげなく、思想的な純粋性を重んじるフランスのカトリック左派の人たちは「頭脳的なつめたさをまぬがれない」(「銀の夜」)と、その在り方を批判的に語っている。

ミラノの人々は違った。ひたすら「あたらしい共同体」の実現を願い、具体的な行動を選択した「コルシア書店の仲間たち」は、「ずっと人間的にみえて、私はつよくひかれた」という。

コルシア書店に集い、それを牽引した者たちは、いわばムーニエを仲介者として出会った。教会が、真実の共同体として存在し得るのは、キリスト者の連帯というかたちではなく、あらゆるひとが「人格」によって結びつく場となったときである。ムーニエの影響を受けた須賀やその仲間たちがそう考えるのは自然なことだった。

ムーニエが『エスプリ』の刊行を活動の中心にすえたように、コルシア書店の運動も書店の名前そのままの『コルシア・デイ・セルヴィ』という小冊子を刊行する。彼らは、記号的な言語ではなく、生きられた言葉によって隣人となるべき者たちとの関係を回復しようとする。

それはムーニエの死によって、一たび熾火《おきび》のように小さくなった霊性の炎を、もう一度立ち昇らせようとする試みにほかならなかった。彼らは言葉を表現のために用いたのではなかった。言葉による共同体の樹立を試みたのである。本章冒頭で見た「古いハスのタネ」で須賀は、共同体の祈り、個の祈りのそれぞれの意味にも言及している。

祈りには、共同体の祈りと、個人がひそやかに神と対話する祈りとがある。
共同体の祈りが文学と分かちあったのは、どちらもが、言葉による表現であるという点だ。

だが、共同体にとどまるかぎり、祈りは、魂を暗闇にとじこめようとはしない。

個人の祈りは、神秘体験に至ろうとして恍惚の文法を探り、その点では詩に似ているが、究極には光があることを信じている。共同体の祈りも散文も、飛翔したい気持を抑えて、人間といっしょに地上にとどまろうとする。個の祈りの闇の深淵を、たぶん、古代人は知っていたのだろう。


「個の祈りの闇の深淵を、たぶん、古代人は知っていたのだろう」、この言葉は、ひそやかな戦慄をさそう。個人にとどまる限り祈りは、闇のなかをさまようほかない、そんな時節が人生にはある、というのである。

人間は個であり続けるかぎり、利己主義の呪縛から逃れることはできない。しかし、自己中心の境涯の隙間から、他者にむかって祈りを捧げ合うところに共同体が生まれるのかもしれない。そのために人は、自己の願いを神に届けようとするのとは別な、超越の声を聞くような、受身としての祈りを経験する必要がある。それは個という壁だけではなく、宗派の差異を超えたところで生起しなくてはならない。それがムーニエの、そしてその血脈を継いだ者たちの信念だった。

このとき、自己の願望充足を超えたところで行われる祈りを人は、愛と呼ぶことがある。ムーニエは他者と愛の関係をめぐって次のように書いている。


私は私が他者のために存在するその程度だけ存在するといっても過言ではない。そして究極においては、存在すること、それは愛することである。（『人格主義』）

須賀なら、存在すること、究極的にそれは祈ることである、と書いたかもしれない。

一九五〇年、ムーニエは過労のため心臓発作で亡くなる。四十四歳だった。

第十六章　エマニュエル・ムーニエと『エスプリ』

書き手はしばしば、深く親しんだ著者、著作をめぐって沈黙する。むしろ、関係が深ければ深いほど言及が限定的になることも少なくない。それらを語ることは必然的に、自らの生涯そのものを語ることへとつながるからだ。須賀とキリスト教、さらにいえばカトリシズムとの関係はその好例だろう。作家として立ったあとの須賀は、一日も思わなかった日がないだろうイエスをめぐって、ほとんど何も語っていない。このことも影響という現象の理を明示している。

影響を意識的に隠しているわけではない。沈黙は、その人の存在、あるいは言葉が、血肉化している結果だと考えた方がよいだろう。同質のことは、須賀とエマニュエル・ムーニエの間にもいえる。

『コルシア書店の仲間たち』を別にすれば、彼女がムーニエに直接言及した記述は数えるほどしかない。先の章で少しふれたが、「世界をよこにつなげる思想」（『本に読まれて』）と題するシモーヌ・ヴェイユをめぐるエッセイがある。その冒頭で須賀は、次のようにムーニエとのかかわりを語っている。

この夏、一九六〇年から七一年まで私がミラノで深くかかわっていたコルシア・デイ・セルヴィ書店の、創立当時の精神というのか、思想の系譜をしらべる必要があって、家の本棚をさがしたら、ヴェイユの著作と評伝などをふくむざっと二十五冊ほどの本が、エマニュエル・ムニエやシャルル・ペギーの著作と隣りあってならんでいて、その数の意外な多さに驚いた。（中略）ペギーやムニエへの傾倒度にくらべて、ヴェイユとは、もっとあっさりしたつきあいかたをしたように、じぶんでは思っていたからである。

書き手の書棚は、姿を変えた年譜だ。ここで須賀は、ヴェイユとの思っていた以上に濃厚なかかわりに驚いている。彼女は自分がどれほど深刻な影響をヴェイユから受けているかを認識していなかった。こうしたときも人は自分に流れ込んでいるものについて口を閉ざすことになる。

想像以上の冊数だったヴェイユの本には思いを新たにしたが、書架にムーニエの著作が多く並んでいるのは何ら不思議とは感じていない。この一文は、一九九二年、彼女の人生の晩節に発表されている。「傾倒」という表現からも感じとれるように、ムーニエの影響は須賀の後半生を貫くものだったのである。

先に須賀とサン＝テグジュペリとの関係にふれた。池澤夏樹との対談で語っているように彼女は、この作家の文章を前に何を書いても太刀打ちできない、と感じられるほどの衝撃と影響を受けた。だが、彼女がムーニエから継承したものも『人間の土地』や『星の王子さま』の作者からのそれに勝るとも劣らない。サン＝テグジュペリの言葉は「羅針盤」のようなものだった、と須賀は語っているが、ムーニエの哲学は彼女の精神的支柱のようなものだった。ことに、これから論じようとしているカトリック左派の精神を受容する経験において須賀は、ムーニエの霊性を胸に刻み、出発したといってよい。

須賀がムーニエをめぐって多くを語らなかったのは、彼女がこの人物から学んだのは単なる言説ではなく、実践によってはじめて確かめ得るものだったからかもしれない。ムーニエが、語ることよりも行動することを、文字を記すことよりも意見を異にする者と対話することを重んじたのはすでに見た。須賀もまた、自身の行為によって、先行者の問いに応えたいと願ったとしても何ら訝《いぶか》ることではないだろう。

行動が、言説を乗り越え、見えない「言葉」となったとき、その働きによって心と心はつながる。そう信じるのは、ムーニエの特性であるよりも、カトリックの伝統的な霊性である。人生の悲願をめぐって須賀にも、先人のそれにきわめて近しい実感があった。

ムーニエからの影響は文学や哲学の領域に留まらない。若き日のカトリック学生連盟への参加、フランスでのシャルトルへの巡礼、労働司祭への共感、そしてコルシア書店での活動、帰国後のエマウス運動への没入など、彼女はこれらのことを言葉を語り、書くことと別個の意味を感じながら実践していった。

この先人の生涯と須賀の生涯を折り重ねつつ、共時的に考えることは、彼女が連なった、カトリック左派という精神のリレーの始点と帰結点を同時に凝視することになる。また、それと同時にカトリック左派をめぐる、少なくとも日本では、ほとんど語られなかった霊性のドラマをも目撃するだろう。

一九〇五年、エマニュエル・ムーニエは、フランスの南東部にあるグルノーブルでカトリックの家庭に生まれた。活発だったこの少年は、二度事故に遭い、聴覚と視覚にハンディキャップを持ってしまう。ムーニエの研究者高多彬臣は、少年時代に背負ったこの「弱点」こそ、彼が社会的な弱者とつながる窓になった、と書いている。前章でもふれたが、ここでもムーニエに関する記述は高多の業績（『エマニュエル・ムーニエ、生涯と思想』）に負うところが大きい。

知性においても早熟だったこの若者は、ベルクソンの弟子ジャック・シュヴァリエに学んだ。シュヴァリエはパスカル研究で知られ、後年に師の言行録『ベルクソンとの対話』を著した人物である。また、あえて親ファシズム政権のヴィシー政府で国民教育相をつとめる実践家で、同時に敬虔なカトリックでもあった。

ユダヤ人ベルクソンを師としていることが端的に示しているようにシュヴァリエは、ファシズムにも反ユダヤ政策にも賛同しない。彼が、内閣にその名を連ねたのは自分以外の、ファシズムに近い人間がその役割を担い、圧政を行うのを阻むためでもあった。シュヴァリエは、若きムーニエに「神秘は理性を超越するのであって、理性と対立するのではない」と語ったという。神秘は理性を否定せず、むしろそれを完成させる、理性と対立する神秘、理性を拒む神秘は、神秘と呼ぶに値しない、というのである。これはシュヴァリエの確信でもあったのだろうが、中世のトマス・アクィナス以来、カトリシズムを流れる太い霊性の潮流でもある。

これまでも幾度か、須賀が、神秘と理性を対決させるのではなく、そこに真の融合を実現しようとする姿を見てきた。そこにもムーニエの痕跡を認めてよいのである。

後年、ムーニエはシュヴァリエからの発展的かつ、必然的な独立を経験することになる。だが、哲学者としての起点に立つとき、この人物を師としたことはムーニエの精神に決定的な痕跡を残している。

須賀は「精神」と「たましい」という言葉を使い分けている。前者は、理性と呼応するもので、人間の特性を決定するものだが、後者は存在そのものを司る。人間において理性、あるいは「精神」と「たましい」が有機的につながり合っている状態、「精神」と「たましい」の統合体、ムーニエはそれを「人格」と呼んだ。

だが、人格はときに、精神によって隠されることがある。精神は、宗教、思想、あるいは文化によってさまざまな色彩を帯びる。あるときは、その色があまりに濃く、その奥にある人格が失われたかのようにも映る。ムーニエが説く「人格主義」とは、人格をあらゆる社会的要素に先んじるものとして認識し、その絶対性を保持しようとする、人生への、あるいは世界への態度だった。

第二バチカン公会議以前のカトリック左派の運動とは、精神に対する人格の優位、あるいは眠れる人格の覚醒、または回復の営みだったといってよい。人格主義は、考え、語ることだけでは伝わらず、継承もされない。そこにはいつも実践が求められる。このことは当然、須賀の生涯を考えるときも重要な視座になる。

作家であったことは須賀の人生のきわめて重要な側面だが、すべてではない。彼女は、哲学や文学を軽んじたことはなかっただろうが、それらをいつも言葉で表現しようと思っていたわけではなかった。

あるとき彼女は、詩人が言葉を求めるように、行為することを求めた。須賀の人生には、ムーニエがそうだったように、言語である言葉では表現し得ないものが少なからず存在するのである。

大学生のムーニエはある日、司祭とグルノーブルにある、社会の底辺に置かれた地域へと足を運んだ。産業革命以後、飛躍的に進展した工業化のあおりを受け、多くの人々が職を失っており、貧困問題が深刻化していた。働く場がある者も低賃金と長時間労働を強いられ、明日の生活もままならないという毎日を送っていたのである。

このときムーニエは、強いられた貧を目の当たりにする。だが、彼にとっての「貧」は、単に経済的な問題に留まらなかった。彼はそこに同時に、「たましい」の貧しさも目撃したのだった。思うように生きられないことに苦しむだけでなく、愛する者の生活を守ることができない嘆きを強いられていたのである。

ロシア革命の後、マルクス・レーニン主義が、枯草に火を放ったように広がり、貧困は悪であるといった言説が世界を席巻するようになる。貧の惨状を目の当たりにすることによって人生の幕を開けたムーニエが、新しく勃興したこの社会思想を看過できるはずはなかった。

もしキリスト者でなければ、ムーニエはマルクス主義を代表する思想家になっていたかもしれない。だが、先に見たように彼は生まれながらのカトリックで、思想的な師も信仰を同じくする者だった。

マルクス・レーニン主義が勢いを増すなか、哲学者ガブリエル・マルセルに代表されるキリスト教実存主義の波が起き、彼はそれにも強く動かされる。マルセルは、キリスト教実存主義という呼称を好まなかったが、サルトルが考えた無神論的実存主義と区別するためにあえてここではその呼称を用いる。

サルトルがいう実存は、神無き世界で人間が個として世界と対峙しようとするものだが、マルセルの認識は違った。真の実存はむしろ、人が神の前に独り立つとき、実現されるものだった。マルセルは霊性における貧困も見過ごさない。

日常生活での貧と霊的生活における貧、この二つの「貧」が人々の「たましい」を食いつぶしている。この二者と闘うことをムーニエは己れの使命とした。それはコルシア書店の人々にもいえ、彼らが、無神論者、マルクス主義者に深い共感を示しつつ、あくまでもコルシア書店という霊的共同体を拠点にし続けたのは、二重の貧は同時的に変化、緩和されなくてはならないと考えたからだった。

それは須賀においても同じことがいえる。コルシア書店にいるときも、エマウス運動に携わっているときも、さらには作家であるときも、彼女が問題としたのは多層的な貧であり、そこに伴う多層的な悲痛だった。

ムーニエは若くして当時思想界に大きな影響力をもっていた哲学者ジャック・マリタンに認められ、自宅で開いていたサロンに出入りすることを許されていた。ムーニエはそこでマルセルやのちに第二バチカン公会議以後のカトリック教会に大きな影響を与えた哲学者ジャン・ギトン、あるいはロシアから亡命してきたニコライ・ベルジャーエフと親交をもつことになる。

のちにベルジャーエフは『自伝』で、ムーニエの活動が、いかに声にならない時代の要請に真摯に応じたものであったかを、深い情感をもった言葉によって語っている。ムーニエはさまざまな活動を展開したが、そのなかでもっとも重要なものの一つに雑誌『エスプリ』の発行がある。創刊は一九三二年十月で、第二次世界大戦をはさみ、一九五〇年に彼が亡くなった後もその影響は衰えなかった。雑誌は今日も刊行が続いている。

『エスプリ』は、人格主義の思想的展開の現場であるだけでなく、必要があれば、政府のみならず、教会すら批判する言葉が掲載された。その言葉は、しばしば本来であれば支持を表明するカトリックの思想家、作家たちからも批判されるほど苛烈なものだった。『エスプリ』は時代の良心だっただけではない。きわめて自覚的な批判者であり、警告者でもあった。あるとき、ムーニエは、『エスプリ』の読者に書簡で、自らの使命をめぐって、こう書き送った。

信者と非信者がお互いに一緒になって働くようにしむけること、キリスト教徒でない人たちに対して、キリスト教の実践が顔をしかめさせるようなものでないことを知らせて、よい交わりをもつこと、カトリック教徒あるいはキリスト教徒が自分たちの閉じられた壺の中に引きこもって生きることのないように働きかけること、これが単に私の望みであるだけでなく、私の天職の中軸なのです。

同質の言葉を『コルシア書店の仲間たち』、特に「銀の夜」の章で見つけるのはさほど難しくないだろう。須賀に流れ込んだムーニエの影響は甚大だった。単に大きかっただけではない。ムーニエの思想に出会うことで須賀は、社会と信仰、さらには哲学、宗教学を含む高次な意味での文学、この三者を一なるものとして生き抜く道を発見したのである。

だが、それが『エスプリ』的なものだったか否かは別の問題だ。哲学者ムーニエと運動体としての『エスプリ』に関心を持つのは、関係はあるが、同じことではない。マルクスとマルクス主義は、深い関係にあるが同じではない、との指摘はこれまでもなされてきた。

一九九七年十一月、最晩年に行われたアントニオ・タブッキとの対談「魂の国境を越えて」で須賀が、自分が関心のあったのはムーニエの哲学で、『エスプリ』運動ではなかったと語っていたのはすでに見た。理由はこの雑誌が「ひどく社会学的になった時期」があり、そこから離れていったという。須賀は、ムーニエの語ったことを知解するのではなく、それを自分の時代で行うことに関心がある、というのだろう。

この雑誌が、過度に「社会学的」傾向を帯びる以前、ムーニエが没してまださほど時が経っていない時期、須賀に勝るとも劣らない熱意と共にこの『エスプリ』と、またムーニエと向き合った日本人作家がいた。その人物がフランスに渡ったのは一九五〇年、ムーニエが亡くなった年である。

『エスプリ』にはまだムーニエの存在が、ありありと感じられた。また、ムーニエの早すぎる死を悼むかのように人々はこの哲学者の著作を手にしていた。フランス留学時代の日記に作家は、「〔ムーニエの〕人格主義、信仰の問題、まさしく賛成である。しかし、共同体の問題を、どう解決づけるか」と書き、さらに次のような言葉が続く。

人間を少なくとも非情の眼で、観察している内に、ぼくは〈人間〉自体は（敢えてブルジョア社会の人間とは言わぬ）、実に悲惨であり、かなしい存在である事が段々わかって来た。そうした無数の人間が解決なしに今日迄生きつづけた事、今日も、ぼくの見知らぬ国、見知らぬ街に、生きつつある事（今度の欧州旅行の、第一の収穫は先ず何よりそれであった）、明日もまた、生きるであろう事が、実に辛く悲しく思われる。夜、ぼくは眼ざめ、それを思って泣く事がある位だ。

この一節は、遠藤周作の『作家の日記　1950・6〜1952・4』（講談社文庫）にある。遠藤にもムーニエと人格主義との邂逅は、ある種の啓示的な出来事となった。遠藤は亡きムーニエの影をもとめて『エスプリ』を熱心に読み、読者としてだけでなく、理想を実現するためにその運動に主体的に参与していくのである。あるとき、遠藤は『エスプリ』を日本に輸入することを真剣に考え、日本の関係者に打診さえしている。日記に刻まれた遠藤とムーニエの関係を示す、幾つかの言葉を引いてみたい。その熱意は須賀に引けをとらないものだったことが分かる。

たしかに日記の前半は、モーリアックをめぐる熱い言葉にあふれている。しかし、一九五一年九月を越えたあたりから遠藤の関心は、ムーニエと『エスプリ』、さらには人格主義へと変わっていく。その態度はモーリアック、あるいはベルナノス、グレアム・グリーンといった文学者を論じるのに勝るとも劣らないほど強くまた、烈しい。

「ムーニエのカミュ論、感銘しつつよんだ」(1950.9.24)とあるように遠藤とムーニエの出会いは最初、文学的関心が接点になった。だが、それは次第に哲学的問題、さらには政治、社会的な問題へと広がっていく。

翌年になると「エマニュエル・ムーニエの『人格主義とは何か』を読み始む」(1951.10.15)、十七日には「読了」という記述がある。また、「エマニュエル・ムーニエ『キリスト教徒の挑戦』を読み始める」(同年10.30)、翌日に「読了」とあり、さらには「ムーニエの『二十世紀の小さな恐怖』をよみ始む」(11.8)、「今日は[ムーニエの]『キリスト教と進歩の概念』を読む」(11.9)とも記されていて、読み進める時間の流れを見るだけでも彼がいかにムーニエに惹かれているのかが分かる。

『エスプリ』となるとその熱はさらに高まる。誌名は、ほとんど日常的といってよい頻度で登場し、探すのが容易なくらいに熱をおびていく。遠藤は『エスプリ』の副編集長とも面会(1951.12.20)しているのである。さらに、ムーニエ亡きあと『エスプリ』を率いた哲学者ジャン・ラクロアが主宰していた「人格主義の会/『エスプリ』の会」にも参加するなど、読者に留まらない行動を起こす(1951.12.1/52.3.15)。

また遠藤は、ラクロアの人格主義に関する著作も読み、個人的にも交流を深め、留学生活の方針なども相談しているように、生活全般において人格主義と深い関係にあった(1952.2.27)。

先に、遠藤が『エスプリ』を日本に持ち込もうとしたことにふれたが、その際、遠藤は可能なところは自分で翻訳するつもりだった。日記には「我々東京『エスプリ』」という表現すらある(同年3.22）。同質のことを『どんぐりのたわごと』という媒体を通じて実行したのが須賀である。「我々東京『エスプリ』」の一員には、先にみた三雲夏生も含まれている。帰国後、三雲は人格主義研究を自己の中核的問題に据えるに至る。遠藤も、近くに人格主義を学問的に研究しようとした三雲がいなければ、『エスプリ』の翻訳を本気で考えることはなかっただろうが、三雲もまた、遠藤の熱意がなければムーニエに深入りすることはなかっただろう。『作家の日記』を見る限り遠藤が、三雲によって『エスプリ』を知った、とは記されていない。むしろ、遠藤のおもいに三雲が呑みこまれているように映る。それほどにムーニエとその思想への遠藤の共感は強靭だったといってよい。

先にふれたように須賀が、ムーニエをはじめとしたカトリック左派の存在を改めて認識するのは、三雲が帰国し、慶應義塾大学の人々を中心とした松本正夫の勉強会に参加したときである。三雲と遠藤の関係、さらに遠藤もある意味での「同窓」のキリスト者であったことを加味すると、間接的にとはいえ、須賀とカトリック左派の関係がつむがれるのに、遠藤の存在がある働きをもったことは否定できない。誤解を恐れずにいえば、須賀は遠藤の思想的「助力」を間接的に受け、フランスに渡ったとさえいえるように思う。

先に引いた「共同体の問題を、どう解決づけるか」という遠藤の問いが、そのまま須賀の生涯を貫く根本問題となったのも偶然ではない。須賀は、期せずして遠藤からバトンを受けとるようなかたちになった。精神のリレーはしばしば、当人同士の意識しないところで行われる。

須賀敦子と遠藤周作の作品は似ていない。そもそも二人の作品を見ても相手に積極的に言及した個所はない。須賀の場合、三浦雅士との対談（「『犬婿入り』」『須賀敦子全集　別巻』）で、遠藤の

「白い人」と「黄色い人」をめぐって、消極的な発言を残しているほか、作品中、遠藤にふれた個所を、私は見つけられていない。もし、あったとしても積極的に評価するものではなかったように思われる。

対談での発言とは次のようなものだった。須賀は多和田葉子の『犬婿入り』にふれ、「今までの日本で、こういうかたちで日本、ヨーロッパというものを小説にした人はないいんじゃないかと思いました」と述べ、こう続けた。

今までは、たとえば遠藤周作の「白い人」とか「黄色い人」という具合に、結局自分は異邦人なんだということを寂しく、叙情的に書くというのはありましたけど、この人は非常に抽象が上手で、それを意識の深層みたいなところに留めている。

存在を抽象化し、意識の深みにたゆたう何ものかを、詩的言語ですくいとること、それは多和田の特性だから、須賀と遠藤との関係を考えようとする今は、さほど関係がない。須賀は遠藤の作品に流れる感情の戦慄が、自分の眼にはあまりに叙情的過ぎ、そのことによって問題の本質に迫っていないように映る、というのだろう。

何を本質と考えるかは文学者の根本問題にふれることであり、それは優劣の問題の埒外にある。そうだとしても、この指摘は無視できない。二人が何を見、何を受け継いだのかを、この発言はおぼろげながら醸し出している。

先の須賀の発言に「意識の深層みたいなところ」という表現があった。これは多和田の作品を語った言葉だが、遠藤の文学においても核心的問題となるものである。おそらく須賀は、遠藤の作品を貫く深層意識の、強く、深いはたらきを感じている。そこに作家遠藤周作の秘密があることも分かっている。だが、遠藤の作品をそのまま是認することができない。

相違というよりも、「相異」と書いた方が須賀と遠藤の関係をより精確に表現できるようにも感じる。二人のあいだにある相異は、それぞれ作品を並列的に語るよりも、二人が共に、意中の人として語った作家を、それぞれがどのように読み、その問いをどう継承したかを確かめることで、よりはっきりと、そして創造的に差異を把捉できるように思われる。

カトリック左派の中核にいた人物として須賀が挙げていたジョルジュ・ベルナノスとフランソワ・モーリアックは、遠藤にとっても、もっとも重要な作家だった。この二人に須賀と遠藤が何を見たかをかいま見ることで私たちは、それぞれの文学への態度が著しく異なることを知る。別な言い方をすれば、ベルナノス、モーリアックの「遺言」を須賀と遠藤がどう読み解いたのか、という問題につながっていく。たとえば若き遠藤が書いた「フランソワ・モーリヤック」には次のような一節がある。

ぼくは貴方の作品から恩寵《おんちょう》の荘厳な光のかわりに、肉の失落・肉の孤独・肉の呻《うめ》きしか学ばなかった。おそらく此のノートでぼくは貴方の相貌《そうぼう》を歪《ゆが》めてしまったであろう。心にうかべ続けたものは、もはや救われた貴方ではなく、くるしげな唇と泪《なみだ》にぬれた眼とを持った貴方の顔であった。そのきざまれた暗い顔の背後にぼくは自分自身の穢《けが》れ、痛責、呪詛《じゅそ》を托してしまったであろう。だが仕方なかったのだ。（『異邦人の立場から』講談社文芸文庫）

霊と肉の相克を、心理の奥にある無意識のはたらきを、遠藤はこの作家から学んだというのである。遠藤にとってモーリアックは、『テレーズ・デスケルウ』の作者である。モーリアックはこの作品で、長い月日を費やし、夫に微量のヒ素を与え続け、結果的に殺人未遂の罪に問われることになった妻の心の闇を描きだした。

のちにこの作品をめぐって遠藤は、『私の愛した小説』という一書を残している。遠藤がフランスに留学したのは、モーリアックと『テレーズ・デスケルウ』が生まれる淵源に直接ふれるためでもあった。

若き日の批評作品「カトリック作家の問題」で遠藤は、ベルナノスの根本問題は、「神」のちからによって悪、さらには悪魔を白日のもとに曝すことだったという。遠藤は、アンドレ・ジッドの「悪魔の最大の特性は、人々に気づかれぬと言うことだ」との言葉を引きながら、そうした悪魔の業と闘うベルナノスの姿勢を次のように描き出している。

彼の小説から、我々は、悪魔が、人間のあらゆる心理を罠にしようと身構えていること、基督者の神にたいする信仰の中にさえも偽装してひそむ場合のあることを知りえるのです。と同時に、基督者が聖者にちかづこうとすればする程、悪魔の奸計《かんけい》と誘惑とが苛烈になることは、たとえばアルスの農村の聖者ビアンネー師をモデルにした『悪魔の陽の下に』をよめば、更に理解できるのです。

遠藤にとってベルナノスは『田舎司祭の日記』、そして何よりも『悪魔の陽の下に』の作者である。作品名からもうかがい知れるようにベルナノスは、日常生活だけでなく権力はもちろん、宗教のなかにさえも悪魔が潜むことを語り続けた。

それを小説というかたちでなく、論評――それは告発といった方が現実に近い――したのが『月下の大墓地』だった。ベルナノスはこの本でフランシスコ・フランコによって率いられた、スペインの親ファシズム政権の横暴、迫害を糾弾した。そのペンの剣先は、政府だけでなく、ファシズムを黙認したバチカン、すなわちローマ教皇庁へと向かう。この著作を刊行したあと、ベルナノスは、教会から疎まれ、故国フランスを後にし、ブラジルに移らねばならなかった。

だが、遠藤はこの作品にほとんど触れず、政治的発言者としてのモーリアック、あるいはベルナノスにほとんど言及しない。それと対照をなすように須賀にとってベルナノスは、稀代の小説家でもあるが、何といっても『月下の大墓地』の著者だった。

彼女が、モーリアックやベルナノスをめぐってもっとも明瞭な発言を残しているのは、小説やエッセイではなくアントニオ・タブッキの小説『供述によるとペレイラは……』の「訳者あとがき」である。須賀は、この小説が一九三八年、隣国のスペイン同様、親ファシズム政権となったポルトガルを舞台にしていることにふれつつ、こう記している。

自由をもとめるスペインの民衆と民主主義的なプロセスを、力で制しようとしたフランコ派の軍隊が起こした市民戦争（そして日中戦争）が始まったのが、その前年にあたる三七年であるのを考えるとき、なんとも血なまぐさい時代だったと（なにも知らなかった）、ペレイラでなくても、背中につめたいものが流れる思いだ。ちなみにフランコ軍を支持したドイツ軍の爆撃で、ゲルニカの村が壊滅したのも、おなじ三七年だ。

この蛮行を非難して立ちあがったフランスの知識人のなかに、作品中、しばしば〈カトリック作家〉として名が出ているジョルジュ・ベルナノス（一八八八―一九四八）と、フランソワ・モーリアック（一八八五―一九七〇）がいた。事実、ベルナノスは三八年に書いた『月下の大墓地』という弾劾文で、フランコ政府とこれを支持したスペインの（カトリック）教会、ひいてはヴァチカンをきびしく非難したあと、ブラジルに亡命を余儀なくされている。（『須賀敦子全集　第6巻』）

ここで須賀は、淡々と事実を述べているだけで、ベルナノスやモーリアックの言動をことさらには評価していないように映るかもしれない。だが、じっとその筆致を眺めていると須賀が、時代に大きな警鐘を鳴らした二人の作家たちと近似した場所に立とうとしているのが見えてくる。先の引用で「日中戦争」の文字があるのもそのためだろう。彼女はタブッキの小説を訳しながら、またベルナノスとモーリアックの作品を読み解きながら、自分の時代の、そして自国に起こったことの正体を見極めようとしているのである。

このタブッキの小説は、時代と闘い、時勢に抗うカトリック左派を主題としている。須賀は、「訳者あとがき」だけでなく、翻訳を通じて、カトリック左派の意味を世に訴えた。さらにいえば須賀は、翻訳という高次な批評において、自身とカトリック左派との関係を秘められた形で世に刻んだともいえる。

先に見たように遠藤は、この二人の作家の政治的発言にほとんどふれることはなかった。彼が二人に発見したのは、先に見たように深層意識の荒野を描き出した先駆者の像だった。しかし、須賀にとってこの二人の作家は、作家であると共に、必要ならば政府はもちろん、教会に対しても異議申し立てを行うことを厭わない勇者であり、肥大化した権力と闘う文学者だった。彼らは現実の政治と信仰世界はつねに、緊密なかつ緊張する関係にあり、信仰の名のもとに教会が現実社会をも支配することに警鐘を鳴らし続けた告発者だった。

たとえば、私の世代では――少し前の世代でも――遠藤のエッセイを読み、モーリアックやベルナノスの存在を知った、という人は少なくなかったのではないだろうか。

もちろん、例外はいるだろう。シモーヌ・ヴェイユを愛読する人にとってベルナノスは、書簡を通じた、政治問題をめぐるヴェイユの格好の対話の相手だった。モーリアックについては、彼のレジスタンスの指導者であり、のちのフランス大統領シャルル・ド・ゴールを論じた著作を愛読した者もいるだろう。それでもなお、戦後の日本では遠藤が語った雰囲気のなかで、先の二人の作家が理解される傾向が強かったことは否めない。

たしかに遠藤はモーリアックとベルナノスの政治的態度に積極的に言及しなかった。しかし、彼の『日記』は、フランス留学中の彼が、政治的問題に強い主体的関心を抱きながら接近していた事実を伝えている。

遠藤には社会的、政治的感性が足りなかった、という意見は、一度ならず耳にしたことがある。遠藤に先行するさまざまな世代において文学と政治は不可分な関係にあった。平野謙、あるいは椎名麟三、同窓の先輩でありことさら慕った批評家の山本健吉も、さらには原民喜すら、若き日には共産党に接近していた時期がある。こうした人物と比べても遠藤の文学には政治の薫りは、ほとんどしない。遠藤の年譜を開いても、それらしき記述に遭遇することは、ほとんどない。

これまで遠藤が、自らが主体となって『エスプリ』の輸入、すなわちカトリック左派の日本流入に積極的にかかわっていたことは十分に論じられてこなかった。「ぼく自身は政治の圏外にある」（1950.8.21、『作家の日記』）という発言が独り歩きし、遠藤と政治的問題はあまり語られないまま今日に至っているように思われる。

だが、少なくとも先に見た『日記』にある『エスプリ』をめぐる記述は、通説とはまったく異なる事実を伝えている。遠藤は政治的現象に鋭敏であろうとした。彼はむしろ、政治的文学者であろうとしていた。それればかりか、帰国後は、その領域で牽引者になろうとさえしていた。そうでなければ『エスプリ』の活動を日本で展開しようとは思わなかっただろう。

現実は思うようには進まなかった。遠藤が帰国したのは健康が著しく深刻な状態になったからだった。身体が動かせないという状況と、彼が政治的問題から距離をおいたのには密接なつながりがあったと考えるべきなのだろう。そうした遠藤の葛藤を証すように、先に引いたベルナノスをめぐる一節のあとに遠藤は、「註」としてムーニエの次の言葉を添えている。

二十世紀において。悪魔は別の形で基督者の純粋主義《ピュリタニスム》を利用している。即ち「内面の純粋」への執着のあまり外的世界に無関心となることである。外的世界、社会や階級の悪にたいし、冷淡でありただ自己の内部純粋にのみ、とどまることは基督者にとって躓《つまず》きである。(「カトリック作家の問題」『異邦人の立場から』)

この言葉は、須賀のベルナノス観に近似しているばかりか、それと強く共鳴する。のみならず、彼女はここで述べられている地点から出発しているといえるくらいだ。須賀が若き遠藤の作品を読んでいた、といいたいのではない。文学の歴史では、当人同士が意識しないところにおいてこそ使命の継承が行われることを示しておきたいだけだ。

内部世界の純粋を保持するために、外部世界、あるいは階級社会の問題――たとえば無神論者やマルクス主義者が糾弾する問題――から目を背けるのは「基督者にとって躓き」だというのである。

また、同じ作品の別な「註」にはこう記されている。

モーリヤック、ペギイ、ベルナノス等から、ムニエのようなカトリック思想家にいたるまで二十世紀のカトリック者は、このような、なまぬるい、偽善的なブルジョワ的信仰に烈しい抵抗をこころみます。一言でいえば、二十世紀カトリック文学者の仕事の一つは、カトリシスムをかかる腐敗、堕落したブルジョワジイの世界から更新しようとすることにあるのです。

この二つの文章が、若き須賀敦子のエッセイに刻まれていたとしても、何ら不思議ではない。ここに挙げた文学者の名はすべて『コルシア書店の仲間たち』に記されている。

さらに「二十世紀カトリック文学者の仕事の一つ」との一節は、「カトリック左派に連なる文学者の仕事の一つ」と書いた方が、より厳密になる。この時代——一九三〇年代後半から四〇年代——の文学者がすべて左派的だったわけでない。詩人ポール・クローデルのような例外もいる。カトリック左派が存在する以上、右派もいる。そのことは次の章でふれる。

おそらく須賀と遠藤は、直接言葉を交わしたことはない。あったとしても、対話と呼べるようなものではなかっただろう。年譜や作品の言葉だけを頼りに論述を進めていけば、二人は面会したこともないかのようにも映るが、少なくとも、一回は「会った」ことがある。しかし依然、言葉を交わしたことがあるかどうかは分からない。

一九八一年、遠藤は音楽家でプロテスタントの遠山一行らと「日本キリスト教芸術センター」という名のもとに勉強会を立ち上げた。宗派の違いを超えて、文学、音楽、彫刻など広い意味でのキリスト教芸術にたずさわる人々との語らいの場だった。場所はマンションの一室で、参加するのは少人数、各界の第一線で活躍する人物を講師に招き、話を聞き、感想を語り合う、という活動だった。

あるときそこに須賀が招かれた。この話を私はあるトークイベントで聞いた。活字になっていないので、誰から聞いたかはあえて言及しないが、このときのことを伝えてくれた人物は、須賀は言葉少なで、その場にいること自体が、あまり乗り気ではなかったように映った、と語った。

日本におけるカトリック、さらに作家である、という限定を勘案すると、世界は一気に狭くなる。このとき二人が意気投合するのであれば、須賀が一九七一年に帰国してから遠藤に会うまで十年もの歳月を要することはなかっただろう。二人の間には容易に越えることのできない見えない壁が存在している。

遠藤がどこまで須賀の作品を読んでいたかは分からない。須賀が最初の著作『ミラノ　霧の風景』を刊行したとき、遠藤は病身で『深い河』の構想を練っていたという状況から見ると、読んだ可能性はあまり高くないように映る。

一方、遠藤の代表作『沈黙』が刊行された一九六六年、須賀はミラノにいた。刊行され、すぐに手にしたかどうかは分からないが、遠藤の名は三雲からも聞いていただろうから読んだ可能性は低くないように感じられる。そして、先の日本キリスト教芸術センターでの姿が象徴するように彼女は必ずしも遠藤の作品に共感しなかったと、私には思われるのである。

『沈黙』は、江戸時代前期、島原の乱のあと、長崎の僻村で暮らすキリシタンとそれを弾圧する幕府の役人をめぐる物語だ。この小説の真の主人公は、どの登場人物でもなく、題名の通り、「沈黙」

という非言語の「言葉」によって語る「神」である。おそらく須賀もそのことは分かっている。だが、その「沈黙」にどう応えるかにおいて二人の態度は異なる。さらにいえば、神の「沈黙」を生きた人間の何を描き出すかという点において、二人の見解は容易に一致し得ないほど離れているようにも思える。

遠藤に『切支丹の里』と題する『沈黙』の舞台裏を語った著作がある。そこで彼は、殉教者のような「強者」だけでなく、棄教をした「弱者」の涙、弱者の痛みを描いてみたかったという。「弱者たちは政治家からも歴史家からも黙殺された。沈黙の灰のなかに埋められた。だが弱者たちもまた我々と同じ人間なのだ」と述べたあと、こう続けている。

彼等がそれまで自分の理想としていたものを、この世でもっとも善く、美しいと思っていたものを裏切った時、泪を流さなかったとどうして言えよう。後悔と恥とで身を震わせなかったとどうして言えよう。その悲しみや苦しみにたいして小説家である私は無関心ではいられなかった。彼等が転んだあとも、ひたすら歪んだ指をあわせ、言葉にならぬ祈りを唱えたとすれば、私の頰にも泪が流れるのである。私は彼等を沈黙の灰の底に、永久に消してしまいたくはなかった。彼等をふたたびその灰のなかから生きかえらせ、歩かせ、その声をきくことは――それは文学者だけができることであり、文学とはまた、そういうものだと言う気がしたのである。（中公文庫）

ここでいう「この世でもっとも善く、美しい」ものとは、イエスにほかならない。聖なる至高者を裏切らざるを得ない者の「悲しみや苦しみ」にかたちを与えることが、小説家の使命だと信じている、というのである。

だが、もし須賀が同じ時代の光景を描き出したなら、まったく違うものを書いたかもしれない。先に見たタブッキの『供述によるとペレイラは……』の「訳者あとがき」で須賀は、ベルナノスの名前に幾たびかふれ、この人物の『カルメル会修道女の対話』という戯曲を想い出したという。

原作はベルナノスと同時代のドイツの女性カトリック作家ゲルトルート・フォン・ル・フォールの小説『断頭台の最後の女』である。「幼いときに母親を亡くしたため、人一倍ものにおびえる性格にそだったブランシュという少女が修道女になり、フランス革命に遭遇する話だ」と書いたあと、須賀はこう言葉を継いだ。

他の修道女たちが革命軍に捕らえられたとき、ブランシュは恐ろしさのあまり、すべてを忘れて修道院を逃げ出す。だが、仲間の修道女たちが、聖歌をうたいながら断頭台の露と消えて行くとき、群がる群衆をかきわけて、消え入りそうな声で歌の最後のフレーズをうたって、仲間のあとを追う女がいた。それが、修道院では落第生と思われていたブランシュだった、

『沈黙』の読者は、ここでキチジローを想起するかもしれない。ブランシュはキチジローと同じようにひとたびは逃げた。しかし、何かに突き動かされるようにして戻っている。

先の一節に続けて須賀は、この作品の底を流れるのは、信仰は、意志の強弱の反映ではなく、しばしば人間の思惑をはるかに超えたところで生起する「神のめぐみ」だという。

信仰が意志の強さとは関係なく、神のめぐみによるものだ、という考えに沿って書かれた、い

ま考えるといかにも若者が好きそうな、それでいて意志だらけでつっぱっている若者には、ほんとうには理解できない作品である。

ここでの「若者」に須賀もまた、含まれているのは容易に想像できる。『沈黙』で遠藤が描き出したのは、芯に敬虔な魂を宿しながらも弱い人間として生きねばならなかった者とその心中をうごめく悲痛にほかならない。弱い人間が主人公であるところは『カルメル会修道女の対話』も変わらない。そこで須賀が強く打たれるのは、弱い者にももたらされる信仰という奇蹟だ。この世への神の介入を描き出そうとしている点では須賀と遠藤は、相反しないばかりか強く響き合う。だが、それぞれが進んだ道は、大きく異なるものだった。

しかし、容易に重なり合わないということは、必ずしも消極的なことではないだろう。二つの魂は、日本人の霊性的間隙《かんげき》を埋めるという営みにおいて、補い合う両極に存在しているのかもしれないのである。

同じものを違う方から求めたがゆえに交点がないだけで、二人の文学は重なるように一致するのではなく、差異のなかで強く響き合うのではないだろうか。

異なる音がつながる時、そこに旋律が生まれる。すれ違いは、何ものかによって準備された邂逅までの道程である可能性も否定できない。

須賀が遠藤と入れ替わるように渡仏しているのも、二人のあいだにある「すれ違い」を象徴するような出来事にも映る。遠藤が帰国した半年後の一九五三年七月、須賀は留学生として渡仏、そこで遠藤からバトンを渡されたようにムーニエと『エスプリ』との関係を深めていったのだった。

第十七章　内なるファシスト

一九七一年、須賀敦子がミラノを離れ、日本に帰国する年の日記が、彼女の全集に収められている。先がまだ、はっきりと見えていない時期、一月二十六日に彼女は突然、内なる「ナチ的な傾向」に言及する。このとき須賀は四十二歳になったばかりである。

三時すぎに寝たので、朝は十時半。何もできない。飛行場へ手紙を出しにゆく。Express《エクスプレス》その他を買う。大神さんに手紙。苑子ちゃんにも。自分の中のナチ的な傾向をいやす支えとなるのは、やはり十字架のキリストへの信仰か。社会の周辺にある人々、順応できない人々を社会に適応させるようにむけてゆくこと、その一時の隠れ場となるのがエンマウスの方向でなければならないと思う。（『須賀敦子全集　第７巻』）

作家のなかには、自分の日記がいつか読まれることがあるかもしれないと思いつつ、別種の作品のように書き進める人もいる。一読すれば明らかだが、須賀の場合はほとんどその可能性はない。彼女は自分を鼓舞し、あるときは思いを確かめるようにペンを走らせている。「ナチ的な傾向」、すなわち広義のファシズムに傾斜する心情を自分のなかに感じる、というのである。ここでの「ナチ的」とは、反ユダヤ主義ではない。彼女とユダヤ人とのあいだには容易に分かちがたい交わりがある。ユダヤの血を継ぐ詩人ウンベルト・サバ、そしてユダヤ人の強制居住区域だった「ゲット」は、彼女にとって未知なる死者との静謐な対話を行う特別な場所だった。その歴史は十五、六世紀にさかのぼる。あふれんばかりの悲しみと嘆きを記憶している街との機縁を須賀は『地図のない道』にこう記している。

私がゲットに惹かれるようになったのには他にも理由があった。その年、ローマで暮らしてみて、むかし学生時代には考えもおよばなかったこの都市の別の顔が私を深く惹きつけるようになっていたのだ。若かった私をあんなに魅惑した、そして、ローマをかがやかしい永遠の都と呼ばせることに成功した、いわば勝ち組の皇帝や教皇たちの歴史よりは、この街を影の部分で支えてきた、ローマの庶民といわれる負け組の人たち、とくに、いわれのない迫害をじっと耐えながら暗いゲットに生きてきたユダヤ人の歴史が、ひっそりと私に呼びかけているのに気づいたからかもしれない。(「その一　ゲットの広場」)

自分がゲットを見つけたのではない。今も精霊のように暮らしている死者たちが、無音の声で呼びかけてきたというのである。彼女とユダヤ人との関係に決定的な影響を与えたのは夫ペッピーノだった。彼女にとって虐げられた歴史を持つ者と新しい関係を結ぶことは、夫からの見えない遺言だったといってもよい。

ここでの「ナチ的な傾向」とは特定のイデオロギーによって他者との関係性を判断することだろう。ファシズムは、さまざまな姿をして現われる。それはかならずしも政治体制の姿をしているとも限らない。何であれ、一つのイデオロギーに人間を屈服させようとするもの、個々の人間の自由を著しく抑制し、イデオロギーに付き従うことを強く促し、その思想の実現のために働くことを「理想」として提唱するものは、ここでいう「ナチ的」なものたり得る。

その種子は、世に点在している。それがどんな毒気をもった「花」に育つかは人間にはしばしば判断がつかない。また、それは人が「花」に魅了されるように多くの人を引き込むちからを有する。

あらゆる思想、あるいは宗教は、一つ間違えばファシズムに堕する萌芽を有している。カトリックはそうした趨勢をもっとも強く内包している宗派だともいえる。そのことを彼女は熟知しているからこそ、先のような言葉を自分に向かって書かねばならなかった。

ときにファシズムは、暴力的な方法で異なる世界観を排斥し、ときにはある人々を殲滅《せんめつ》することも辞さないのは、先の大戦で私たちが経験した通りだ。事実、二十世紀の前半、カトリック教会はファシズムに対して十分な抵抗ができなかった。ある信者はファシストを支えるような言動さえした。

だが、それにははっきりとした形で抗すること、ここにカトリック左派の自覚が芽生えた。時代的には、一九三〇年代の後半にさかのぼる。その動きは、イタリアの前にすでにスペインで起こっていた。独裁政権の横暴を食い止めるために市民が立ち上がり、独裁政権と市民軍との戦いが始まるのである。スペイン内戦と呼ばれる、この出来事の様子を少し離れたポルトガルの新聞記者の目から描き出したのが、前章でふれた須賀が翻訳したアントニオ・タブッキの小説『供述によるとペレイラは……』である。

舞台は一九三八年である。当時のスペインは独裁者フランシスコ・フランコが台頭していた。フランコは、別の独裁政権であるナチス・ドイツのヒトラーと、イタリア・ファシスト党のムッソリーニの支援を得ていた。独裁者は市民から自由を奪い、隷従の習慣を植え付けることで自らの支配を実現する。隣国ポルトガルもスペインを支持し、ドイツ、イタリアからの恩恵を受けようとしていた。小説にはそのことを象徴するような一節がある。

そのつぎ目にとまったのは、広場の木と木のあいだに渡した大きな横断幕で、そこには大きな字で、フランシスコ・フランコ、ばんざい。そしてその下には、より小さい字で、スペイン出征のポルトガル軍、ばんざい、と書いてあった。

須賀にとってこの小説を翻訳することは、コルシア書店誕生の原点を確かめることにほかならなかった。それは夫ペッピーノの精神的淵源を確かめる営みでもあり、須賀がその存在を知る以前の彼、あるいは彼の友だったコルシア書店の仲間たちの姿をそこに見ることでもあった。

コルシア書店とファシズムには、容易に終わらない闘いの歴史がある。それはきわめて具体的かつ実践的な戦闘によってはじまり、コルシア書店におけるカトリック左派の実践に受け継がれた。彼らが世間から「左派」と呼ばれたのは、ダヴィデ神父が教会でマルクス主義の唱歌「インターナショナル」を歌うような左翼への親近性を示したからだけではない。かたちを変えたファシズムに対抗するものをつねに失わなかったからでもある。

この小説の背景には、これまで見て来た須賀敦子の精神的「英雄」たちの軌跡が随所に見え隠れする。

次に引くのは、主人公ペレイラが、アントニオ神父にむかって自分の「たましい」観ともいうべきものを語る場面だ。カトリック教会では「たましい」は一つだという。むしろ、「たましい」の至上性を強調する。

そうですね。哲学者で心理学者でもある、ふたりのフランスの学者が考えだした理論で、私たちには、たましいがひとつだけあるのではなくて、たましいの連合というのがあって、それが主導的エゴにみちびかれているというんです。そして、ときどき、この主導的エゴが変って、私たちは一定のノルマに達するのですが、このノルマは静的なものではなくて、つぎつぎに変化しつづけるのです。よくきけ、ペレイラ。アントニオ神父がいった。私はフランシスコ会の修道士で、むずかしいことはわからないのだが、どうやらあんたは異端になった様子じゃないか。人間のたましいは、ただひとつで、これを分割することはできない。神様にいただいたのだからな。もちろんです、ペレイラがこたえた。でも、たましいという言葉を、そのフランスの学者がいうように、人格といいかえれば、もはや異端説とはいえません。

ここで「たましい」あるいは「人格」と記されている言葉は「霊」に置き換えてよい。「霊」は人間の内なる神の座で、そこには唯一なる神がいる。それを分割することなど教会は認めない。それは形を変えた多神の容認になる。

だが、ペレイラは引き下がらない。「霊」は一つだが、そこにはいくつかの「人格」、すなわち「ペルソナ」が存在することはあり得るという。

ここでの「人格」をcharacterの意味で読むと何が述べられているのかが分からなくなる。それは「性格」ではなく、人を人たらしめているはたらきである。これまで見てきたように、「霊」を「人格」に置き換え、そこに人間存在の根底を定めたのはエマニュエル・ムーニエだった。

この一節にはムーニエの名前は記されていない。しかしその代わりに「人格」という鍵語が示され、ある人々にとっては、その存在がより普遍性を帯びた形で表現されている。その「ある人々」の典型が、須賀やコルシア書店の仲間たちである。

「人格」は、宗教、思想によってその存在が損なわれることがない。「人格」は個ではなく関係の中でもっとも豊かに開花し、その本性である愛のはたらきを世に放つ。それは必ずしも「キリスト教的」な愛の姿をしているとは限らず、無神論者であることを公言する者によって実現されることもある。

ポルトガル軍が出兵したのはフランコを支えるためだが、それはフランコ政権に抗して立ち上がった市民軍と戦うためでもあった。フランコが勢力を拡大し、独裁者の相貌を帯びてくると、どこからともなく抵抗ののろしがあがり、新たな人民戦線が形成される。参加したのはスペイン人だけではなかった。外国人もいた。

そのひとりに『一九八四年』『動物農場』で全体主義を批判したジョージ・オーウェルがいた。彼は、一九三六年にスペインのカタロニアに渡り、見えないちからに吸い込まれるように市民軍の一員になる。オーウェルは当時の経験を『カタロニア讃歌』としてまとめ、戦列に加わる決意をしたときのことをこう記す。

新聞記事でも書くつもりでスペインへやって来たのだが、到着するやほとんどその場で民兵組織に入隊してしまった。当時のあの雰囲気では、それしか考えられないように思われたからである。まだアナキストが、実質的にカタロニアを支配下においており、革命もなお高揚期にあった。当初からその場に居あわせた人びとには、十二月か一月に、早くも革命が終わりつつあるようにみえたことだろう。だがイギリスからまっすぐやってきたものにとって、バルセロナの様相は、驚くべき、圧倒的なものだった。労働者階級が権力を掌握する町にきたのは、ぼくにはこれがはじめてだった。(都築忠七訳、岩波文庫)

オーウェルは、まるで何かに導かれるように外国の人民戦争——彼のいう「革命」——の列に連なっていったのだった。

この一文からは、無政府主義者オーウェルが祖国では経験することのできなかった「革命」の現場にふれた興奮を、感じとることもできる。しかし、その先に進む代償はあまりに大きい。冷徹な知性の持ち主でもあった彼が、自分の行おうとしている選択が、文字通りの意味で命を賭すものとなることを理解していないのではない。

「革命の熱意にあふれてはいたが、戦争の意味については全くわかっていなかった」十代の若者もいた、と彼は書いている。少なくとも自分にはその自覚があったということだろう。

ここでの「革命」とは、ファシストから自由を奪い返し、誰にも服従を強制されない日常を樹立することを指す。それを実現するためならば、生命の危険にさらされることがあってもかまわない、そう自然に思われた、というのだろう。

スペインの内戦は三九年まで続き、フランコ政権が樹立された。この戦争は、国と国の戦いではない。祖国を同じくする者が、自由と支配をかけて戦った。当時、カトリック教会はフランコ政権の横暴を十分に制御できず、そこで行われた残虐行為を食い止めることはできなかった。

『新約聖書』の「ルカによる福音書」(フランシスコ会聖書研究所訳注)には学問の研鑽も十分でないイエスの弟子たちが公然と神をめぐって語る姿に、イエスに敵対するファリサイ派の人々がいらだちを抑えきれない場面が描かれている。彼らはイエスに「先生、あなたの弟子たちを叱《しか》りつけてください」と言う。するとイエスはこう答えた。「あなた方に言っておく。もし彼らが黙れば、石が叫ぶであろう」。

教会はイエスの一番弟子であるペトロの後継者であるローマ教皇を頂点にした霊的な共同体である。しかし、この巨大な「弟子」も、時にはその口を閉ざすことがある。そうしたとき、イエスがいったとおり「石が叫ぶ」。スペイン内戦のとき、叫ぶ石となったのがジョルジュ・ベルナノスだった。

この作家は『月下の大墓地』という作品を書いて、フランコ政権下で行われた不正義とそれを黙認した教会を批判した。糾弾といった方がよいのかもしれない。須賀にとって文字通りの意味で時代の良心だった。タブッキの小説にもベルナノスはいくつかの重要な場面で登場する。

スペインでなにが起きているか知らないんですか、給仕が訊いた。知らないよ、ペレイラがこたえた。えらいフランスの作家がスペインのフランコ派による抑圧を告発したらしいです、マヌエルがいった。それでヴァチカンで物議をかもしたというんです。なんていう作家だい？ペレイラがたずねた。さあ、マヌエルがいった。よく憶えていません、あなたならきっと知ってる作家ですよ、ベルナンとか、ベルナデットとか、そんな名です。（『供述によるとペレイラは……』）

ベルナノスは最初からフランコを批判していたわけではない。先にオーウェルの言葉を引いたが、フランコと対峙していた市民軍は、左翼の人々で、宗教の意味を重んじない人々だった。ベルナノスも、前章でも言及したモーリアックも同様に彼らを批判していた時期があるが、ある出来事を境に態度を変化させる。

当時の心境はベルナノスの死後『スペイン戦争日記』と名づけられた一連の文章に明らかだ。「スペインは死の支配のもとにある。抽象的なしるしなどもう充分ではなくなってさえいる」と記されたあと、こう続けられている。

スペインは飢えた獅子のように広大な墓地をさまよい、死体を掘りだし、そのうえに身をかがめ、そこからおのれにつきまとう秘密をかすめとろうとしているのだ。〔……〕すでにこの雰囲気はわたしのようなフランス人には耐えがたいものとなってきた。〔……〕いまやスペインは血の靄を胸いっぱいに吸いこんでいるのである。(『ジョルジュ・ベルナノス著作集4』伊藤晃・石川宏訳、春秋社)

この一節を読むだけでも『月下の大墓地』という書名の意味するところは明らかだろう。フランコは無辜《むこ》の人の命を奪い、自らの祖国の地を無数の亡骸《なきがら》でいっぱいにした。ベルナノスはフランコを批判しただけではない。先の小説の一節にあったようにそのペンの炎はそのまま教会にも向けられていた。

前章で引いた須賀の文章にあったように、この作品のために彼は祖国を追われなくてはならなかった。帰国したのはレジスタンスだったシャルル・ド・ゴールが大統領に就任したあとである。タブッキの作品には次のような言葉もある。

ベルナノスはどうなんです。あの人もカトリック作家です。スペインをほんとうに知っているのは、あの人だけだ。アントニオ神父がいった。三四年から去年までスペインにいたから、フランコ軍の大殺戮についてちゃんと書いている。彼を、ヴァチカンは我慢できない。あの人はスペインを知りつくしているからな。（『供述によるとペレイラは……』）

ここで描かれているベルナノスこそ、須賀敦子のベルナノスで、遠藤周作が紹介したこの作家像とは異なるところだった。告発する作家であり、「この世でのわたしの唯一のつつましい使命は、みんなが黙るとき話すことなのだ」と友への手紙に書く作家だった（「ビルジリオ・メロ・フランコ宛書簡」『ジョルジュ・ベルナノス著作集4』）。

『供述によるとペレイラは……』の「訳者あとがき」で須賀は、この小説を貫く主題をめぐって「いくら強い意志をもってしても、人間にはたいしたことはできない、でも、もし神が望むなら人間はときに思いがけなく崇高な行為をやってのけるという、ベルナノスの小説を支えたどこか中世的ではあるけれど、二十世紀前半から中期にかけて、カトリック左派といわれた人たちに大きな影響を与えた思想の、肉体化、人間化であり、現代化ともいえるだろう」という。

一人になることをベルナノスは須賀に教えた。真の意味で孤独になるとき、人間として独り立ちし、神のほか誰も自分の周りにいないとき、人間はそれまで感じたことのないような内なる勇気を発見するというのである。別なところからみれば群れとなった人間が生み出す愚行と残虐への警鐘だといえる。また、先の言葉に須賀はこう続けた。

また、この小説は、あらゆる集団が堕落し、失墜したのをこの五十年間に見てきた私たちにむかって、根本的に人間らしい生き方、そして死に方を、たとえ時流にさからってでも、追求すべきだと示唆しているようでもある。それは、再三、ペレイラがほのめかす、孤独＝個としての独立への誘いに他ならないし、その点からも、「私の同志は私だけです」というペレイラのことばは重い。

ベルナノスだけではない。須賀にとってはモーリアックもまた、行動する作家だった。世の中の多くの人はモーリアックを、ノーベル賞を受賞した時代を代表する小説家として認識しているかもしれない。それは事実で、何ら誤りはない。しかし、モーリアックにもそれに終わらない「ペルソナ」があった。

ある時期彼は、小説を書くペンを擱《お》き、ひたすら不正を糾弾するペンを持ち続けたほどだ。ピカソに「ゲルニカ」の題名で知られる大きな絵画がある。一九三七年、この街はフランコ政権を支えたドイツ軍の空爆によって壊滅的打撃を受けた。その理由なき暴力と殺戮を、破壊をベルナノスが『月下の大墓地』で告発したように、ピカソは絵画によって世界にむけて問いを発したのだった。モーリアックも沈黙してはいなかった。『供述によるとペレイラは……』にはそのときのことがこう記されている。

ゲルニカの爆撃のあと、それまではスペインでもっとももりっぱなキリスト教徒と思われていたバスクの神父らが、共和国派に組した。アントニオ神父は感動したように、もういちど洟をかんで、続けた。去年の春、フランスの著名な二人の作家、フランソワ・モーリアックとジャック・マリタンが、バスク人たちを擁護するマニフェストを発表した。えっ、モーリアックがですか？　ペレイラが叫んだ。だからぼくは、モーリアックになにか起こるといけないから、追悼文を準備するようにいったんだ。あれはりっぱな人物ですよ。

表面的にであったとしてもフランコ政権と教会は良好な関係にあることを示そうとしていた。共産主義という共通の「敵」がいたのである。だが、フランコ政権の空爆という形を変えた無差別の殺戮を前に、神父たちは無神論者たちの味方に付いた。

当時、この行為はほとんど「棄教」を意味するほどの出来事だった。もちろん、神父たちはキリスト教を「棄てた」のではない。同時代の教会を自分の霊性の故郷とすることができなくなったというのだ。それをモーリアックは支持したのである。

一九三九年、人民戦線はフランコ政権の前に敗北するのだが、政権の方の被害も甚大で、このとき以降、スペインは停滞期に入る。だが、それでもこの独裁者は、一九七五年に死亡するまで、間接的になることはあっても権力の座にあり続けた。

スペイン内戦の原因となった人物が権力の座にあるとき、須賀はヨーロッパに留学し、イタリアで暮らしていた。ベルナノスやモーリアックの行動は、彼女のなかでは歴史上の出来事ではなく、同時代の出来事だったことを見過ごしてはならないのだろう。

一九四三年、二十余年にわたって支配を続けたムッソリーニ政権が崩壊すると、ナチス・ドイツがイタリアへ「侵攻」してきた。独裁者ムッソリーニは、ナチス・ドイツに救出され、ファシスト政権復活を宣言するが、実質的なナチスのイタリア占領であることは市民には明らかだった。

ドイツによる占領が進む一方、イタリアの各所で市民が武器をもって立ち上がる。いつの日か彼らは「パルチザン」と呼ばれるようになっていった。「レジスタンス」は、フランスの反ナチス勢力を指す。

第二次世界大戦前はイタリアもファシスト政権で、それに抗する戦列に加わった人々を「パルチザン」といった。パルチザンはもともと「戦闘員」を指す言葉だが、「レジスタンス」同様、そこには単に戦う者という意味以上の、その列に連なった者への敬意が込められている。

それは単にイタリア市民とナチス・ドイツの戦いではなかった。自由を求める市民を弾圧し、その命を奪った者には多くのイタリア人ファシストがいた。軍部は、対抗する者は同胞のイタリア人であっても容赦なく銃を向け、市街地での銃殺刑が絶えなかった。ユダヤ人は捕らえられた。ファシスト政権に抵抗する者は無差別に捕らえられ、見せしめのように町の中心で何十、何百という人々が絞首刑に処せられた。『イタリア・パルティザン群像——ナチスと戦った抵抗者たち——』（現代書館）を書いた岡田全弘によると、約四十五万人の市民とパルチザンがこの抵抗運動に参加し、そのうち約五万五千人は銃弾に斃れ、あるいは処刑されたという。本論では、パルチザンに関する記述はこの本によるところが大きい。

スペインでもそうだったように、パルチザンの戦士になったのは男性だけではない。そこには女性もいた。聖職者も労働者も農民もいた。あらゆる職業、あらゆる階層、未成年の若者すら祖国を守るために立ち上がった。神父だったダヴィデも、カミッロも、のちに須賀敦子と結婚するペッピーノもその列に加わった。

『コルシア書店の仲間たち』にある次の一節などは強く抑制が利いた文章になっているが、この書店に集っている人々が、ある時期、自らの信じるもののためにわが身を賭した経験があることを如実に伝えている。

ピーノ・メルザゴラという書店の友人があった。ダヴィデとは抵抗運動時代からのつきあいで、大学都市のちかくの高等学校の教授だった。書店の仲間と夕食に出かけたりすると、ダヴィデとピーノは、肩をくんで、目をつぶって、「ちいさい花束」というルフランのあるパルチザンの唄を歌った。「あのころはすごかった」と、ふたりは抵抗運動を回想して、なつかしがった。あんな残忍な殺しあいの日々がどうして、と夫はわらって反論した。(「銀の夜」)

この作品を読むと、登場人物の弱さに人生の真実と良心の輝きを見る思いがするが、その背景となっている時代的事実の描写に注意を払って読みはじめるとまったく様相が変わってくる。出てくる人々の多くが、かつても今も、何かと闘い続けている者たちであることが分かる。

読者への配慮からだろうが須賀は作品中パルチザンという表現をほとんど用いず、彼女をコルシア書店へと導いたマリア・ボットーニを描くときも「レジスタンスの英雄」と書いている。しかし、そう書くときも彼女の脳裏にはベルナノスの著作に記されている光景が何度も浮かんだに違いない。

ミラノは、ドイツの「占領」がもっとも長く続いた街の一つだった。そこには悲劇的な出来事も多く存在した。ロレート広場は、ファシスト政権によるパルチザンの処刑が行われた場所であり、その九ヶ月後にはパルチザンによって捕らえられ、処刑されたムッソリーニの遺体がつるされた場所でもある。今日ではファッションの聖地として知られる街のさまざまなところに、この時代の戦いと悲劇の記憶が見えないかたちで残っている。

イタリアにもユダヤ人を投獄するための強制収容所があった。そこはトリエステである。須賀が、また彼女の夫がこよなく愛した詩人ウンベルト・サバの故郷である。そうした事実を踏まえつつ、ウンベルト・サバの次の詩を読むと、これまでと別種の実感がわくのではないだろうか。

死んでしまったものの、失われた痛みの、
ひそやかなふれあいの、言葉にならぬ
ため息の、
灰。(須賀敦子訳)

「灰」と題する詩で、須賀は『ミラノ　霧の風景』の「あとがき」に引用しているだけでこの作品に関する説明はほとんどない。先にふれた著作で岡田は、この詩を引きながら、ここでの「灰」は何を指すのだろうか、と安易な断定をさけるように、しかし、きわめて重要な指摘を残している。サバにとって詩をつむぐとは、言葉を奪われた者の「口」になることでもあった。言葉の器になること、それが悲願でなければ、先のような言葉がこの詩人の手からつむがれることはなかっただろう。

ダヴィデ神父の詩にはパルチザン時代のことをこう謳ったものもある。『コルシア書店の仲間たち』に収められた「銀の夜」で須賀は次の二行を引用している。

神を信じるものも、信じないものも、
みないっしょに戦った(須賀敦子訳)

パルチザンのなかにキリスト教徒も無神論者もいた。信仰や思想の差異は共に戦うことの妨げにならなかった。彼らは違いよりも大きくより確かな何かを感じながら戦った。ダヴィデの詩を引くことで須賀が読者に伝えようとしているのは、思想、宗教の差を超えて、人々が銃を取った、ということではないだろう。極限状態になったときかえって詳らかになるように、神を信じる、信じないということが、人間が「いっしょ」になる障壁にならないということだろう。先の詩句を引いたあと、彼女はさらに、ダヴィデの言葉を記す。

ずっとわたしは待っていた。
わずかに濡れた
アスファルトの、この
夏の匂いを。
たくさんねがったわけではない。
ただ、ほんのすこしの涼しさを五官にと。
奇跡はやってきた。
ひびわれた土くれの、
石の呻きのかなたから。（須賀敦子訳）

ここでの「石」は、沈黙する者、戦争で亡くなった者たちなのかもしれない。求めていたのはわずかな静寂と平安だったのだ、とこの詩人は謳う。平常時にはその存在を顧みることのない姿のない静けさと安堵こそ、「奇跡」にほかならないことを知るために、人間は何と大きな代償を払わねばならないのかというのである。

先にもふれたが戦争は終結し、政治的な平和が戻ってきても、魂の平和という問題は未解決のままだった。むしろ、戦争で荒れ果てた土地に、希望を見失いそうな生活に耐え、荒廃した魂を背負った人間が多くいたことを須賀はけっして見過ごさない。先のダヴィデの言葉のあとに「コルシア・デイ・セルヴィ書店は、そんな人たちの小さな灯台、ひとつの奇跡だったかもしれない」と彼女は書いている。

第十八章　ほんとうの土地

掲載の有無、執筆時期も不明な「わるいまほうつかいブクのはなし」という須賀敦子が書いた童話がある。すでに述べてきたのであまり詳しくはふれないが、その筆致に宮澤賢治の影響を強く感じさせる作品だ。たとえば次のような一節にもその痕跡を見ることができる。

「あゝあゝ太陽は、月は、星は、そして空はこんなにも美しい。木も草も水もそして人のこころも、こんなに美しくとうとい。あゝあゝ。だが、だれひとり、これをつくられたおかたにかんしゃもしなければ、太陽が、月が、星が、空が、また木が草が水が、そして人のこころがうつくしいとも、とうといともいうものがない。あゝあゝ」(『須賀敦子全集　第8巻』)

自然を讃えるだけでなく、それを造った何ものかを讃美することこそ、賢治が童話を書く動機だった。賢治は、自分の作品を読むことで人が、法華経の世界の存在を知り、そこに近づくことを願っていた。彼の願いは独創的な作家になることではなく、「法華文学」の使者になることだった。同質の思いは須賀にもあった。単に護教的な言葉に終わらず、書く自分に、またそれを読む人に静謐な観想を促すような言葉を彼女は生み出したいと思っていた。そうした願いの結晶が先章でふれた「こうちゃん」だ。

「こうちゃん」が『どんぐりのたわごと』に収められるのは、一九六〇年の十二月。イタリア語版もコルシア書店から刊行されている。彼女は母語だけでなく、外国語で物語を書くということにも小さな可能性を見出していた。

もし、須賀がもう少し長く生きていたら、彼女はイタリア語で小説を書く機会もあったかもしれない。『コルシア書店の仲間たち』をミラノの人々に向かって語り直すという可能性も否定できない。彼女のなかに知られざる「思想家」がいるように、十分に現われ出ることのなかった文学的可能性を、遺された言葉の片鱗から考えて行くのも続く者の仕事だろう。ともあれ、ミラノでの日々が始まると同時に、彼女のなかで「物語作家」も静かにその活動を始めていたことは注目してよい。「わるいまほうつかいブクのはなし」の精確な執筆時期は分からない。だがおそらく、「こうちゃん」のあと、そう遠くない時期に書かれたのではないかと思われる。

物語は、年老いて最期をむかえるブクの光景から始まる。ブクは宮殿にいて金色の寝台に横たわっている。周囲には若い魔法使いが集まり、迫りくる死を嘆き、涙を流している。しかし、ブクはこのなかで本当に心を痛めている者はいないことをはっきりと感じている。

まわりには、子分の若いまほうつかいたちがつめかけて、大きななみだの粒をぽろんぽろんながしながら泣きわめいていましたが、ブクはこのなかで誰ひとり、ほんとうにかなしがって泣いているもののないこともちゃんと知っていました。

人は、いつわりの涙を流すことができる。また、涙という、あるときは聖なるものの象徴になるものを群衆から追放されないための道具にする。須賀は、この物語を誰に読ませようとしていたのか。あまりに過酷な、しかし否定できない真実でもあるこのことを誰の胸に届けようとしていたのだろう。

「こうちゃん」もそうだが、須賀の作品を味わうには幾ばくかの生の痛みの経験が必要なのかもしれない。「わるいまほうつかいブクのはなし」も同じなのだろう。

だが、その一方で子どもは、大人が思っているよりも「大人」で、子どもには分からないと思うこともしっかり分かっている。須賀自身がそんな少女だった。

物語の場面は、最期の光景からブクの若き時代へと移る。ブクは、宮殿でつつがない生活を生涯送りたいと思い、悪い魔法使いのトクに弟子入りする。トクはブクに「心」を持ってはならないときつく言う。


「すべて人間にしろ、まほうつかいにしろ『心』さえなければ大してしんぱいはない。いくら頭がよくても、いくらきれいでも『心』さえもっていなかったら、さしてよいことをしでかすおそれはまずないとおもってよろしい」

物語は徹底的な逆説のなかで進行していく。よい頭を持てば、心などなくてもよい。そんな言葉に賛同する人がいないことは、須賀も分かっている。しかし、人は、気が付かないところで心の世界を離れ、頭の世界へと進み、そこで生き始める。優れた知性を褒め称えるのに躊躇はないが、美しい心を探すのにはさほど大きな労力を費やそうとはしない。読者は自分の今を振り返ってみると、童話の喩えだとばかりも思っていられなくなる。また、トクは「徳」、ブクは「福」の隠喩なのだろうか。前者は人間が考える道徳に従う者で、後者は神の浄福を希う者を意味しているのかもしれない。

あるときブクは「いげん第一」だと教えられ、手仕事と労働にたずさわってはならないと告げられる。「大工をしたり、工場で働いたりすることは、なによりもまほうつかいの精神生活にとってきけんだから」とトクは言う。「大工」という言葉の背景にイエスがいる。先に見た労働司祭への静かな敬意があるのは言うまでもない。もしかしたら労働のなかに哲学の閃光を見出そうとしたシモーヌ・ヴェイユも念頭にあったかもしれない。

「澄んだ目をした人間には気をつけること」と言われることもあった。澄んだ目をした人間は「じぶんのいのちをなげだして人をたすけるというような、とほうもなくばからしいことをやってのけたり」、日々、「ほんとうにうつくしいもののことなどかんがえてむだに生きたりしているものであるからだ」というのである。

魔法使いは「ほんとうにうつくしいもの」を嫌う。それは言葉を超えてやってきて、不可避的に「心」の扉を開く。「心」を持たないと誓う魔法使いにも「精神」はある。「心」を見失い、「精神」だけになった人間は、悪い魔法使いになる。

また、トクは、「じぶんのあたまでものを考えることをぜったいにさける」ようにとも厳命した。自分で考えるのではなく、「羽ぶりのよい政治家とか指導者」の言葉、あるいは、世に流布している金言を「そっくりそのまま借用して事をすませるという生き方」が推奨される。運がよければ、政治家から力添えを得ることもできるという。

反対のことを須賀は幼い頃から聞かされていた。「コノ本ハ深イケレド、コチラノ本ハ深クナイ。アサイ、デス。私が少女時代のすべてを過ごした学校の西洋人の修道女たちは、そういうふうに、いっていた」と須賀は書いている（「ファッツィーニのアトリエ」『時のかけらたち』）。「深イ」は讃辞で、「アサイ」はその逆だった。「深イカンガエヲモッ人ニナッテクダサイ。ことあるごとに、彼女たちはそうくりかえした」と彼女は言葉を継いでいる。

「深イ」とは何か、この問いはその後も彼女のもとを離れることはなかった。それは世にいう「真実」でもない。修道女たちがいう「真理」とも違う。この一語の正体がつかめないのはちょうど「洞窟の扉をあけるための呪文を知らない泥棒たちのように、たよりないことだった」と追憶する。

この文章を書いたときには「深イ」の意味が分かるようになっていた、というのではないだろう。ただ、彼女はこの一語に出会ったことで、「じぶんのあたまでものを考えること」の意味は少し体感できたというのである。

トクは「うそを愛せよ」とも言った。そして「わるいまほうつかいは、ほんとうの、ことを好きになったら二十四時間以内に死ななければならない」とブクに告げる。

この物語の鍵語は「ほんとうのこと」だ。この言葉は、この童話だけでなく、須賀敦子の文学を読み解くうえでも素通りできない、素朴な、しかしきわめて重要な一語になる。

「カムパネルラ、また僕たち二人きりになったねえ、どこまでもどこまでも一緒に行こう。僕はもうあのさそりのようにほんとうにみんなの幸《さいわい》のためならば僕のからだなんか百ぺん灼《や》いてもかまわない」（『新編　銀河鉄道の夜』新潮文庫）。賢治の「銀河鉄道の夜」にある一節をここに重ね合わせれば、それが影響というよりも深刻な、「心」の刻印と呼ぶべきものだったことが分かる。

あるとき、ブクは、冒頭に引いた天地自然を讃美する言葉を口にしながら歩いている小男にめぐりあう。男の言葉は、トクが教えてくれたことをすべて否むものだった。しかし、「ほんとうのこと」を語る声には、頭で覚えただけのことを融かしてしまうようなはたらきがあるらしい。ブクは、男が「ほんとうのことをうたっていたのではないだろうか。また、俺のうそっぱちの生きかたよりも、あの小男の生きかたの方がほんとうなのではないだろうか。そしてほんとうのことは、たとえ死んでも好きになったほうがよいのではないだろうか」と感じ始める。

だが、それが確信に変わるのには少し時間が必要だった。葛藤の日々が続いたことは、トクに出会ったときは「髪のくろい若者」だったブクが、亡くなるときは「少くとも九十歳」になっていたという言葉からうかがうことができる。

ブクは、病のために死に瀕しているのではなかった。先にも見たように「ほんとうのことが好きになった」ので死なねばならなかったのである。この物語は次の一節で終わる。

> ほんとうのことをすきになることは、学校でおそわったように、けっしておそろしいことでも、いやらしいことでもなく、ながい旅のあとで、お母さんの胸にかおをうづめて泣くときのように、ほんのりとあたたかいことだったのだと、しずかに思うのでした。

徹底的な逆説がこの物語の秩序であるなら、ブクは「死んだ」のではなく、「ほんとうのこと」を受け入れることで新生したのだろう。人は、この世に生まれるだけでなく、「ほんとうのこと」のはたらきによって、もう一度生まれ直さなくてはならない。その道を探すことが、生きるという旅であることを表現したかったように思われる。

一九六〇年十月、「こうちゃん」が完成に近づいている頃、須賀は、「あつかましいウサギ」と題するイタリア語で書かれた短い童話をコルシア書店の会報に寄せている。この物語の主題も「心」だった。さらにいえば「心」の真の主は誰かという問題だといってよい。見本市で四歳の子どもくらいの大きさをしたウサギのぬいぐるみを見た、と主人公が語り始めるところから、この物語は始まる。
そして、誰もこのウサギを買ったりしないようにと祈り続けている。なぜなら、このウサギは、とんでもなく「あつかましい」からだという。年齢も性別も定かではないこの人物は、「たとえばあつかましいウサギには、思いやりの心というのがどんなものだったか、思い出せません」と述べたあと、こう続ける。

思いやりの心というのは、いつでもあなたのことをわかってくれて、そっとあなたのそばにいてくれて、なにが起ころうともけっして動じたりしないものなのです。（『須賀敦子全集　第8巻』岡本太郎訳）

誰かを真に思いやる心は、言葉を介そうとせず、近くに寄り添おうとする。そして、相手を信じ、思いやりをさまたげるものが現われてもけっして動かされることがない、という。この物語の語り手にとって「あつかましい」とは沈黙の意味を見失い、あるいはそれを邪魔するものであるらしい。それは行為よりも発言を重んじるような価値観でもある。さらにこのウサギを近づけてはならない理由が語られる。

そう、なんといっても、ウサギたちはついうっかりしがちで、よっぽどしっかりしていないと次から次へと大事なことを忘れていってしまうのです。ところがあつかましいウサギときたら朝から晩までしゃべってはしゃべって、しゃべりっぱなしなのです。そればかりじゃありません。ウサギの声というのはおしゃべりをするようにはできていないおかげで、本当になんてわずらわしいんでしょう！　誰かが頭の上で一日じゅう鉄の棒でなべを叩いているよりひどいんです。

「ウサギ」はいつも、自分の話したいことを話している。話してばかりで聞くことを忘れている。この話をもしブクが聞いたら、ウサギのもう一つの名前は「精神」だといったかもしれない。人は年を重ねるにつれ、いつしか心の中に「あつかましいウサギ」を招き入れてしまう。「精神」の声は、「心」の声と合わさるとき、「ほんとうの」意味を語り始める。「精神」でいっぱいになりそうな胸のうちに「心」のはたらきをよみがえらせること、それが須賀がミラノでの日々で自らに強いた挑戦だったのである。

かつて私は須賀敦子の本と旅行ガイドを手に、ミラノの街を歩いたことがある。コルシア書店や大聖堂はもちろん、彼女の暮らしていた場所、仕事で行ったというセナート街にも行った。方向音痴なことも手伝って、目的地を見つけるにも一苦労だったが、幾ばくかでも彼女の足跡を感じることが出来た場所は、ガイドブックには載っていないところばかりだった。だが、たとえ、彼女が歩いた場所を詳細に再現した地図を作ったとしても、そこで彼女に出会うのは難しいだろう。

振り返ってみると、実際に自分の足で踏みしめているミラノよりも、ホテルに帰って彼女の言葉にふれながら感じるもう一つのミラノの方が、圧倒的に現実味があったのを覚えている。須賀の痕跡を確かめようとしてミラノに来たが、感じられるのは今のミラノで、六〇年代の燃え上がるような霊性の息吹を湛えた光景ではない。

大聖堂の内部に入り、ここでダヴィデが、共産主義の唱歌である「インターナショナル」を歌ったのかと想像をたくましくしたが無駄だった。失望にも似た気持ちでホテルに戻って彼女の作品を読む。ホテルの部屋から見える大聖堂よりも、彼女が作品中で描き出すそれの方がよほど親しく感じられた。

表面をなぞるような旅をすると、シエナの街に行き、聖カタリナの生家の近くまで行きながらどうしてもたどり着けなかったときの須賀の心持ちに似た何かを、私たちも経験することになるのだろう。「霊魂の中に秘密の小部屋をつくりなさい」そうカタリナは言った、と若い須賀自身が書いている（「シエナの聖女　聖カタリナ伝」）。その空間を自分の心に準備することさえできれば、時空の妨げを気にせず、人は必要とする何かに出会うのだろう。私たちが須賀と出会うのも同質の場所かもしれない。

確かに彼女はミラノに長く暮らした。しかし、それは私のような旅行者が一日で出会える表のミラノではない。裏というよりも奥にあるミラノだった。その場所に生きるとは、他者の目にはけっして映ることのない、不可視な街を心のなかに生み出すことかもしれない。

そもそも須賀のミラノはあまり広くない。しかし、それは深い。彼女は建物の姿を見ただけで数百年の時の壁を簡単に越える。本人にもそうした自覚があったのかもしれない。ミラノでの日々を振り返ってこう記している。

私のミラノは、たしかに狭かったけれども、そのなかのどの道も、だれか友人の思い出に、なにかの出来事の記憶に、しっかりと結びついている。通りの名を聞いただけで、だれかの笑い声を思いだしたり、だれかの泣きそうな顔が目に浮かんだりする。十一年暮らしたミラノで、とうとう一度もガイド・ブックを買わなかったのに気づいたのは、日本に帰って数年たってからだった。(「街」『コルシア書店の仲間たち』)

「狭い」場所を見つけることができなければ、どうやって掘ることができようか、そんな声すら聞こえてきそうだ。あるとき、彼女はひとりで遠出をする。帰り道、遠くからでも目に入ってくる大聖堂の尖塔を見たとき、「あ、ミラノだ。とっさにそう思ったのだったが、そのことで心がはずんだことに、私は小さな衝撃を受けた」とも彼女は書いている。

このとき彼女が感じたのは、異邦人として滞在しているミラノではなく、たしかに、暮らしている街としてのミラノだった。街が受け入れてくれたというのだろう。先の一節に彼女はこう続けている。

ふだんは日常の一部になりきっていて、これといった感慨も持たなかったミラノだったのが、朝の陽光に白くかがやく大聖堂の尖塔のイメージに触発されて、いいようもなくなつかしい、あれが自分の家のあるところだ、といった感情をよびさまし、ほとんど頬がほてるほどだった。日本が、東京が、自分のほんとうの土地だと思いこんでいたのに、大聖堂の尖塔を遠くに確認したことで、ミラノを恋しがっている自分への、それは、新鮮なおどろきでもあった。

「頬がほてるほどだった」という彼女は街の胸に抱かれるような心地さえしたかもしれない。滞在している人は、遠からずその場所から出て行く。しかし、暮らしている人間はそこに根を張る。そのためには「ほんとうの土地」を見つけなくてはならない。望む場所に行くことができるとしても、街がその人の存在を認めてくれるかどうかは別の問題だ。訪れただけではなかなか「ほんとうの土地」にはならない。自分という種子を「土地」が受け付けないのである。

ここでの「街」は、日ごろ接する隣人たちを指すだけでなく、かつてそこに生きた人々をも含む。その見えない住人たちの存在を感じたとき、人は、街との関係をつむぎ始めるのだろう。内なるミラノは、もちろん彼女の心のなかにある。だが、その名状し難いもう一つの「街」を言葉によって、この世界に出現させること、それが彼女にとっての「書く」という営みの本質だった。

「書く」ことの意味を、彼女に教えた作家の一人が、ナタリア・ギンズブルグ（一九一六〜一九九一）である。この作家との出会いは文字通りの意味で決定的だった。それはこれまで見てきたサン＝テグジュペリやベルナノス、あるいはムーニエ、ヴェイユといった人物から受け取ったものとも異質なものだった。

「書くという私にとって息をするのとおなじくらい大切なことを、作品を通して教えてくれた、かけがえのない師でもあった」と須賀はいう（「ふるえる手」『トリエステの坂道』）。ギンズブルグは「記憶を文章に変質させる」ときの「秘密のようなものを教えてくれた」とも述べている（「『ある家族の会話』新装版にあたって」『須賀敦子全集　第6巻』）。

「かけがえのない師」というような表現を須賀は、ほとんどしない。だが、この作家と彼女の結びつきはその禁を破らなければならなかったほどに深い。そればかりか「この人の作品に出会わなかったら、自分は一生、ものを書かなかったかも知れないということだけは、ほぼまちがいない」とも書いている。

出会いは夫のペッピーノがコルシア書店に届いたギンズブルグの『ある家族の会話』を家に持ち帰ったことだった。「表紙カヴァーにエゴン・シーレの絵がついた美しいエイナウディ社の本で」

（「ふるえる手」）とある。

同様の記述がほかの作品にもあるのを読むと、読む前からすでにある縁《えにし》を感じていたとでも言いたげに映る。ともあれ、その言葉に出会ってすぐに彼女は強くその作品世界に惹かれていく。

「ユダヤ人で著名な医学部教授の父親と、プルーストの好きな母親と、それぞれ個性のつよい五人の兄弟のいる幸福な家庭。そんな家族が、戦争のために、徐々に反ファシズム運動にまきこまれていき、著者自身、夫をナチの手によって惨殺されながらも、友人たちに助けられて戦後の自己再建にいたる」と須賀がこの物語のあらすじを書いている（「私のなかのナタリア・ギンズブルグ」『須賀敦子全集　第2巻』）。

内なるファシズムと須賀が闘い続けていたのは先にみた。だが、近似した主題の文学はほかにもある。『ある家族の会話』を読んで衝撃を受けたのは、題名にあるように「家族」を語るということだった。それは家族という個的な存在と、言葉というその本質においてもっとも卑近な存在が、普遍的主題たり得るかという問いへの挑戦だった。「いつひとりよがりな自伝に堕してもおかしくない危険な素材を用いながら、この手法のおかげで、作品にすこやかな客観性が確保されているのをみて、私はふかく心を動かされた」と須賀はいう。

この家族を襲った悲劇の歴史をギンズブルグは「言葉にまつわる思い出を軸に」展開していく。一つの風景から言葉をつむぎ始める作家は少なくない。それとの遭遇は出来事であり、事件と呼ぶ者もいる。風景には言語を超えたもう一つの「コトバ」が潜んでいて、人はそこに尽きることのない意味を感じる。

ギンズブルグにとって根源的な風景は「言葉」だった。彼女にとって人は、言葉として存在している。このことは、相手が生きているときよりも、亡き者となった際にいっそう強く感じられる。

ここでの「言葉」は、声や文字になるものばかりではない。内心の呟き、さらにいえば沈黙ですらある。人は沈黙を生むために言葉を発することもある。また、この作家は、未だ言葉になろうとしない、語られざるおもいにも言葉の肉体を付与し、この世に現わそうとする。

この作品は須賀に、「言葉」それ自体が主題たり得ることを教えた。このことは須賀の作品にも生きている。須賀の小説においても「言葉」は一つの風景だ。人は言葉のなかで生きている。

当時須賀は、これも夫の紹介で、日本文学をイタリア語に翻訳するという仕事を始めて間もない頃だった。母語の文学を外国語に翻訳する。それは母語の文学の熟読の経験でもあり、彼女が自分もまた「母国の言葉でものを書くことを夢み」るようになるのも自然なことだった（「ふるえる手」）。

ただ、気がかりだったのは、自分の周囲で交わされるのがイタリア語ばかりという環境のなかで、日本語の文体がその生命を育み、保ち続けることができるか、ということだった。『ある家族の会話』を読み、須賀が打たれたのはギンズブルグの文体だった。「文体でないような文体。小説じみた小説を書こうと長年の苦闘をかさねたあげく、じぶんの家族について語ろうとして、おもわず肩の力をぬいたときに、不意に成熟のときを迎えたかのような、一見自然体とみえる文体」、須賀は、ギンズブルグのそれをこう述べている（「私のなかのナタリア・ギンズブルグ」）。

多くの説明は不要だろうが、ここでのギンズブルグの文体を評した言葉はそのまま須賀にも当てはまる。むしろ、彼女は単なる模倣に陥らず、この先行者に深く学んだ。模倣に終わることは関係の終焉を意味することも、須賀にはよく分かっていた。

「好きな作家の文体を、自分にもっとも近いところに引きよせておいてから、それに守られるようにして自分の文体を練りあげる。いまこう書いてみると、ずいぶん月並みで、あたりまえなことのようなのに、そのときの私にとってはこのうえない発見だった」（「ふるえる手」）と須賀は書いている。

このとき須賀が、何を書くかだけでなく、文体を宿すことに大きな関心を抱いているのは注目してよい。主題があって、それを表現する言葉を知っていても作品は生まれない。それには主題と言葉とをつなぐ文体という不可視な実在を体得しなくてはならない。

イタリアから帰ったあと、須賀は、ギンズブルグの作品を三冊翻訳している。それは他者に読ませたいという動機からではなく、まず、自分が読むためだった。さらにいえば原文を「読んだ瞬間から私のなかで、すでに翻訳が出来上っているよう」に感じられたと「私のなかのナタリア・ギンズブルグ」で書いている。翻訳とはこの手応えが、ほんとうだったのかを確かめてみるという行為でもあった。須賀は、ギンズブルグの作品に魅せられただけでなく、「この作家の言語がなにか私自身のなかにある地下の水脈につながっているという印象がつよく」あったのである。

ここでの地下水脈とは、日本とイタリアという差異を超えたところに広がる場所へと人間を導くものだろう。ユング心理学では、個人的無意識の奥に、文化的無意識、その先に普遍的無意識が広がっているというが、この「水脈」は、文化的無意識の層を超えたところへとつながっている。その共感はそのまま、二人の世界認識のありようを示している。

彼女たちは場所をいつも時と人と出来事とともに記憶する。その様相は須賀がギンズブルグの『マンゾーニ家の人々』を翻訳しているときの実感によく表われている。この作品は、『コルシア書店の仲間たち』でも記されている十九世紀イタリアを代表する作家アレッサンドロ・マンゾーニの一族の物語である。マンゾーニは長くミラノに暮らした。

貧乏貴族の家に生まれた孤独な少女たち、制度としてしか意味をなさない結婚、夫に愛情をもとめてもがく若い妻、あまりにも形式的な宗教の戒律を守りきれない魂たちの苦悩、母親の生命を決定的にむしばみながら生まれてくる子供たち、あるいは閃光のような生の思い出を名残に夭逝してゆく赤子たち、著名人の父親に金銭を浪費することでしか反抗できない息子、栄光の頂点にありながら、突如、老いて力つきてゆく老人……。どの家族もそうであるように、そして、それが神話化された主人公を擁するだけになおさら、あまりにも不合理と思える悲劇に満ちたこの群像の生の軌跡をたどりながら、私はその背景に、彼らの生きた土地の匂いが色濃く漂っているのを感じた。（「さくらんぼと運河とブリアンツァ」『ミラノ　霧の風景』）

これはマンゾーニ家の群像であると同時に、生けるミラノの光景でもある。場所は人の姿と不可分なかたちで歴史の世界に存在する。真に場所のいのちを感じるとは、そこに生きた人の、すなわち亡き者たちの存在を感じることでもあった。先の一節に続けて須賀は、場所の「匂い」を感じるとき、同時にそこに生きた者たちの面影がよみがえってくるという。エッセイのタイトルにある「ブリアンツァ」とは、ミラノを逆三角形の頂点にして西はコモ湖で知られるコモと東はレッコへと広がる地域の名前である。ミラノに暮らす人々にはある種の畏敬の念を抱かせている場所でもある。

それは、ナヴィリオと呼ばれた、ミラノ大聖堂をとりかこむ運河が、この都市の社会階級の目にみえる隔壁であった時代のミラノの匂いであり、またこれらの人々のつましい暮しを経済的に支え、時には息のつまりそうな日々に、なにがしかの愉楽をもたらしてくれたブリアンツァの風光の匂いでもあった。それらのページを埋める遠い時間の出来事を自分の生きた時間にたえず重ねあわせながら私は訳していった。

「遠い時間の出来事を自分の生きた時間にたえず重ね」ること、それが土地と交わろうとする者に課せられるつとめになる。ミラノの街には「遠い時間」へと続く見えない扉がある。そこを開くのは、その人の「今」という鍵だというのだろう。須賀敦子の影をもとめ、およそ半世紀前の光景を懐古的に眺める者には、「遠い時間」は遠いままなのかもしれない。

あるときは、議員にもなったギンズブルグの生き方に疑問を感じたこともあった。マンゾーニも議員をつとめたことがある。ギンズブルグは自分を歴史の一部にしたいと願ったのかもしれない。しかし、そうした生き方は、須賀が知っているギンズブルグとは少し違っていた。須賀は、国家を後ろ盾にした立場から、社会的な事象に直接発言する彼女に違和を感じる。友人の修道士から聞いたと断りながら須賀は「宗教家にとってこわい誘惑のひとつは、社会にとってすぐに有益な人間になりたいとする欲望だと言っていたのを、私は思い出した」といい、このことは宗教の世界だけでなく、文学の世界にもいえるのではないかという。そしてこう言葉を継いだ。

やはり、翻訳者は著者に近づきすぎてはいけないのかもしれない。彼女には彼女の生き方があるのだし、私が訳していることとは、関係があるような、ないような、だ。しばらくは、ナタリア・ギンズブルグに、会わないほうがいいのかもしれない。(「私のなかのナタリア・ギンズブルグ」)

関係の距離を狭めすぎてはいけないのかもしれない、という自戒の言葉は、須賀とギンズブルグのあいだに交友関係があったことをうかがわせる。精確な頻度は分からない。だが須賀は少なくない回数、濃密な会話をギンズブルグと交わしている。翻訳書の原著者には原則的には会わないようにしていた、という須賀もギンズブルグとの面会の機会を退けることはできなかった。

「会わないほうがいいのかもしれない」と突き放すような言葉を書いてから八ヶ月後、須賀はふたたびギンズブルグに会っている。本当に「会わないほうがいい」と感じていたなら、断ることもできた。そのときのことを書いたのがこれまで幾度か引いた「ふるえる手」である。コーヒーを注ぐ彼女の手がふるえ、ソーサーにゆっくりとあふれた。このときすでにギンズブルグは病を背負っていた。須賀にも、大きな病を経験したが、今はもうすっかり元気だと語ったが、現実は違った。その面会の半年後、ギンズブルグは亡くなる。

訳書の「あとがき」を含めると、須賀がギンズブルグにふれた文章はけっして少なくない。そこには一見すると批判に映るような言葉もある。だが、その敬愛は深く、生涯を貫くものだったこともまた、作品からうかがえる。「かけがえのない師」という言葉に偽りはない。弟子だからこそ、見える師の欠点があり、弟子はそれを直視するが、それが「師」への畏怖にも似たおもいに変化を及ぼすことはないのである。

第十九章　悲しみの島

作家の内なる扉を開けるのは言葉だ。ただ、どの言葉が鍵なのかを作家自身が知っているとも限らない。書き手もまた、書きながらそれを確かめている。むしろ、そのために書いているといった方がよいのかもしれない。須賀敦子の場合、「島」は見過ごすことのできない、最重要の鍵語の一つだ。人生の岐路、あるいは危機にあったときのことを書くとき、須賀はこの言葉を用いる。コルシア書店も彼女にとっては、「島」の一つだった。

三十年とちょっとまえのことである。暗礁に乗り上げた船のように自分の進む方向がわからなくなって、留学先のローマで途方にくれていたとき、友人から伝え聞いたのが、何人かの仲間が集まって本屋をやっているという、当時の私には、島だ！　と思えるほどかがやかしく思えたミラノのコルシア書店についてだった。とるものもとりあえずという感じで二年いたローマをひきあげ、その書店についてもっと知りたい、できれば仲間に入れてもらおうと、あの北の都会の住人になったのは一九六〇年の初夏だった。(「その一　ゲットの広場」『地図のない道』)

「島だ！」と声をあげる者は、行くあてもなく彷徨っている。須賀は精神界の海原でほとんど漂流しかかっていた。ミラノに行けば「島」に出会えるかもしれないという友人——これまでも幾度かふれた、レジスタンスの「英雄」でもあったマリア・ボットーニだ——からの声掛けは、波間に見つけた小さな浮き輪のように感じられたのではなかったか。

コルシア書店はたしかに「島」だった。彼女は友人の言葉を信じ、幾つかの壁を乗り越えてミラノに定住するところまできた。しかし、この書店も、周辺の「島」へ行くための中継地であって目的地ではなかった。彼女が目指す「島」へ行くには、どうしても船に乗らなくてはならない。地上であれば、どうにか歩くこともできるのかもしれないが、精神の海では、人間のちからだけで泳ぎつづけることはできない。彼女は、時折、教会を見ると、そこに船を想起する。

「中世の設計者たちの意図によるものなのか、偶然の産物なのか、ゴシックの大聖堂を、とくに側面から眺めたときに、私は巨大な木造船を想像することがある」、と彼女は『コルシア書店の仲間たち』の「街」で書いている。ここで「ゴシックの大聖堂」と記されているのが、ミラノの大聖堂だ。

はじめて教会と船の類似を感じたのは、「イタリアとユーゴスラヴィアの国境に近い、アクイレイアというさびれた古都のバジリカを訪ねたときだった」と須賀はいう。その場所にあった古い教会はすでに聖堂としての役目を終え、観光客が観覧する場所になっていた。そこを訪れたときの感慨を彼女はこう記している。

内部のモザイクのひなびた美しさもさることながら、外に出て、まばらな松林のなかに建ったこの教会を側面から眺めたとき、私はおもわず、あ、船だ、と思った。それは、建物というよりは、帆を上げさえすれば、空中にぽっかり浮かんで、どこかわからない、私たちには計りしれない寄港地をめざして、飛びたっていきそうな船に似ていた。

「計りしれない寄港地」と書いているように須賀は、自分が途上にある旅には終わりがないことを知っている。それと共に、その道程は、人間のちからだけではどうしても進むことのできないものであることも認識している。

霊性の旅は、行きたいように行く、あるいは生きたいように生きることが求められるのではない。波間に時折、まぼろしのように出現する彼方からの促しに従うことが求められる。その促しは、ミラノに来るまでの彼女が経験していたようにしばしば人間を大きな試練へと導く。

彼女にとって教会は、この世という海を渡る船であり、宮澤賢治が「銀河鉄道の夜」で汽車に感じたような、隣人と自分をつなぐ何かであり、天空へと人間たちを導く何かでもある。教会を「船」だとする神学を学び、そう感じているのではない。それは、精神の海——より精確には霊性のそれ——を必死に泳ぐ者に与えられた聖なる幻視だった。

荘厳という言葉がそのまま合致するような、ミラノの巨大な聖堂に「船」を感じる人はそう多くないだろう。須賀も「海とはなんの関わりもないミラノの大聖堂にまで、船のイメージが込められているというのは、私の思いすごしかもしれない」と自分の直観を反省してみる。だが、どこからともなく訪れた「船」のイマージュを手放すことはできない。

アクイレイアの印象があまり強烈だったので、それにとらわれた、私ひとりの幻想だろうか。それとも、中世の教会にあった、現世を束の間の旅とみなす思想に、どこかでつながっているのだろうか。理由はなんであれ、大聖堂が船に似ていることに、私はなぐさめられた。帆を上げさえすれば、いつか、どこかに行ける可能性を秘めているようなのが、私を安心させた。

「現世を束の間の旅とみなす思想」は、ヨーロッパの中世にあるが、幼いころ、彼女を取り巻いていた仏教の教えにもある。むしろ、此岸と彼岸をつなぐのが「船」だというイマージュは、鈴木大拙の言葉を借りれば「日本的霊性」に連なるものなので、それがキリスト教と出会った須賀のなかで新しく開花したのかもしれない。

ミラノの大聖堂は、十余年にわたってその地に暮らした須賀をさまざまなかたちで支え、庇護したのだろう。しかし、それだからこそ、ミラノを離れることはいっそう重大な意味を持つ決断になったのである。須賀にとっての帰国は、夫が亡くなり、故国である日本に戻ったというだけの単純なものではけっしてない。事実、彼女が日本に戻るのは、夫の没後四年を数えたときだった。

これまで見てきたように、ミラノで暮らした期間は須賀の人生のなかで「海の季節」だといえるのかもしれない。この時期、彼女は夫と共に、あるいはミラノで出会った、さまざまな隣人たちと共に「船」に乗っていた。

しかし、一九六七年、ペッピーノが何かにさらわれるように病によって亡くなって以降、彼女は次第に「歩く」ことに意味を見出していく。今はまだそれを論じるところに来ていないが、ひとりになった須賀は、「大地の季節」と呼ぶべき人生の地平に出ていくのである。

ミラノに暮らし始めた翌年、須賀はペッピーノと結婚する。誤解を恐れずにいえば、彼女はこの男性に出会うためにミラノに来たといってもよい。須賀は、さまざまな人から影響を受けている。

賢治や中也、あるいはサン＝テグジュペリ、ベルナノス、ペギー、あるいはギンズブルグといった作家たち、ダヴィデやカミッロのような神父たちから受けた影響も無視できない。しかし、彼女がペッピーノから受け継いだものとは比べることができない。深さも重さも別次元のものだといってよい。

宗教的、文学的、あるいは思想的影響とも異なるかたちで、ペッピーノの言葉は須賀の「たましい」に直接植え付けられた。彼女にとって「書く」とは、その種子を芽吹かせることにほかならなかった。さらにいえば、彼女は「書く」ことで種子を花に変じ、それをペッピーノに贈ろうとしたようにさえ映る。

ダヴィデ神父がミラノを去ったあと、書店を支えたのがペッピーノである。彼がいなければ、この書店の活動が続くことはなかっただろうし、当然、須賀を引き寄せることもなかった。須賀はペッピーノ亡きあとのコルシア書店の姿にふれ、「ペッピーノの死によってルチアがうしなったのは、かけがえのない仕事の協力者だけでなかった」と述べ、次のように記している。ルチアとは、このとき、コルシア書店の切り盛りを任された女性である。

彼の残した空白の中で、ルチアは大学を卒業してまもなくこの書店で働きはじめて以来、ほとんど空気のようになじんできた、コルシア・デイ・セルヴィ書店の哲学とでもいうようなものについても、もういちど、自分なりに考えなおさなければならなかった。（「ふつうの重荷」『コルシア書店の仲間たち』）

ペッピーノとは、人間の姿をした「語られざる哲学」だったというのである。「もういちど、自分なりに考えなおさなければならなかった」のはルチアだけではない。須賀も同じだった。むしろ、影響が強かった分、「考えなおさなければならな」い必然性は、須賀の方が大きく、重くのしかかっていた。この一節のあとには次のような言葉が続く。

実際的なルチアには、もともと、書店を推進していく思想など、どこから持ってくればよいのか、さっぱり見当がつかなかった。「からだを使ってする仕事なら、なんでもする。でも、私から哲学は期待しないで。それはあなたたちにまかせるから」ルチアはよく、そういった。少々短絡的ではあったけれどペッピーノのあとには「思想のある人間」をもってこなければならない、というのが、散々考えぬいたあげくに彼女のたどりついた結論だった。

ここで須賀が、哲学と思想を微妙な意味の違いにおいて用いているのにも注目してよい。哲学は、人間によって生き、体現されるものであり、かつ言葉でも表現されるものだが、ここでの「思想」は、特定の言説であり、生きるということと必ずしも深いつながりをもたない想念を指している。須賀は、思想に流れそうになる自分をつねに戒め、生きることを自らに強いた。

語るべきこととは、単に考えたことではなく、生きてみたことである、というのは作家須賀敦子の不文律だったように思われる。それを須賀に教えたのがペッピーノだった。彼は優れた批評家であり、熾烈な信仰者だった。だが、言葉の人であるより、存在の人だった。言説によってではなく、体現することで自らの霊性と神学を語った。

ペッピーノが、存在の人だったことを物語る印象的な逸話がある。彼が亡くなってしばらくしたときのこと、須賀は、コルシア書店の近くにある菓子屋に立ち寄った。そこに一人の女性がいて、須賀にむかってペッピーノの妻ではないかと声をかけてくる。

コルシア書店はミラノの中心といってよい場所にある。ペッピーノを知る人は少なくなかった。須賀がだまってうなずくと、その女性の目は、「たちまち涙でいっぱいになった」と須賀は書いている。そして「まだお若かったのにあんなに急に亡くなるなんて」とその女性は言い、こう続けた。「いい方でした。私はほんとうによくしていただいた。一度あなたにお目にかかってそれを言いたかった」。そう顚末《てんまつ》を書いたあと、須賀は次のように言葉を継いでいる。


老女と言ってよい年頃のその女性の言葉はどういうことか悲しみにあふれていて、私には思いがけなかった。どこかで心のよりどころにしていた人をうしなった女のせつなさをふと感じて私はほとんどとまどった。どんな経歴のひとだろう。夫はどんなことで彼女の相談にのってあげたのだろう。なぜか波風の多い過去を思わせるような、なにか裏側に生きたひとの匂いのする彼女の染めた髪を見ながら、私は考えた。(「チェデルナのミラノ、私のミラノ」『ミラノ霧の風景』)

さまざまな不幸のため、人生の裏道を歩かなくてはならないことは、誰にでもある。そうしたとき人は、耐えがたい孤独を感じる。孤独というよりも孤立といった方がよいのかもしれない。ペッピーノは、この女性のように光が当たらない場所を歩く人にも寄り添うことができた。単に優しい性格なだけでは彼のように行動することはできない。いわば白昼の暗闇とでもいう場所を見通す「眼」を持っていなくてはならない。

労苦にあえぐ人は世にたくさんいる。しかし、私たちはしばしばそうした人々を捉えることができない。ペッピーノにそれができたのは、彼が「暗闇」に生まれ、育ったからである。

一九二五年、ペッピーノは鉄道員の息子として生まれた。「鉄道員」という一語は、彼にとって「はかり知れないなつかしさを運ぶものであると同時に、彼と母親と結核で夭逝した兄と妹と家の貧しさにつながる、なによりもおぞましい言葉であったと思う」と須賀は書いている（「鉄道員の家」『ミラノ　霧の風景』）。

「貧しさ」。須賀の結婚生活を考えるとき、この言葉を看過することができない。「鉄道員」と「貧しさ」は、一様ならざる意味において分かちがたい。それは、生活上の貧困を指すだけではない。「貧しい人々は、幸いである。／神の国はあなた方のものである」という霊性ともつながっていたのである（「ルカによる福音書」『新約聖書』フランシスコ会聖書研究所訳注）。

ここで「鉄道員」が湛えている意味の深みは、そのまま二人の生活とその霊性の奥行へとつながっていく。須賀にとってペッピーノと結婚するとは、「貧しさ」に居を定めるに等しかった。須賀はこの貧しさを忌諱《きき》したのではない。そこに抗いがたく惹きつけられたという。彼女は、鉄道員だったペッピーノの父親を知らない。この人物は、須賀とペッピーノが結婚する七年ほど前に亡くなっている。だが、家族は父親の生涯を色濃く記憶した家に暮らしている。その場所を訪れたときの印象を須賀はこう記している。

夫の実家に私が出入りするようになったのは、私がローマからミラノに移って結婚する十カ月ほどまえのことだったが、当時、なによりも私をとまどわせ、それと同時に、他人には知られたくない恥ずかしい秘密のように私を惹きつけたのは、このうす暗い部屋と、その中で暮らしている人たちの意識にのしかかり、いつ熄むとも知れない長雨のように彼らの人格そのものにまでじわじわと浸みわたりながら、あらゆる既成の解釈をかたくなに拒んでいるような、あの「貧しさ」だった。（「キッチンが変った日」『トリエステの坂道』）

「恥ずかしい秘密のように私を惹きつけた」とは、何かをのぞき見するようなことを指すのではない。ここで須賀が表現しようとしているのは本当の意味での敬虔だ。貧しさゆえに人生に対して敬虔にならざるを得ないこの一家の姿が須賀を捉えて離さない。この「貧しさ」の経験は、彼女の文学のみならず、その精神、「たましい」の核にふれる問題になっていく。一家の「貧しさ」は、単に経済的状況を意味するものではなかった。ペッピーノの家族は、肺結核で亡くなった人が少なくない。父、兄、妹、そして彼自身もそうだった。情愛を重ねれば重ねるほど早く別れなければならないとすら感じられたかもしれない。そうした家族の心情を、須賀はこう記している。

すこしずつ自分がその中に組みこまれていくにつれて、私は、彼らが抱えこんでいるその「貧しさ」が、単に金銭的な欠乏によってもたらされたものではなく、つぎつぎとこの家族を襲って、残された彼らから生への意欲まで奪ってしまった不幸に由来する、ほとんど破壊的といってよい精神状態ではないかと思うようになった。この人たちは、水の中で呼吸をとめるようにしてつぎの不幸までを生きのびている。そして、それが、この人たちにとって唯一の可能な現実なのかも知れなかった。

夫婦とは、外的な生活を共にするだけでなく、その内的な風景を分かち合うことでもある。「たしかにあの鉄道線路は、二人の生活のなかを、しっかりと横切っていた。結婚したのは、夫の父が死んですでに十年近かったのに、鉄道員の家族という現実はまだそのなかで確固として生きつづけていた。私自身にとってはおそらく、イタリア人と結婚したという事実よりも、ずっと身近に日常の生活を支配していたように思える」（「鉄道員の家」）とも須賀はいう。

ペッピーノと結婚するとは、この一家と共に「貧しさ」という名の「鉄道」に乗ることにほかならなかった。「鉄道線路」は、目的地まで人間を導く何かでありながら、簡単には抜け出すことのできない運命の道でもあった。

一家の光景は、言語を超えるもう一つの「言葉」として、彼女のなかでイタリアの原風景になっていく。「『貨物列車』とか、『操車場』というような言葉が、乏しい私のイタリア語の語彙のなかに、汽笛の音や煙の匂いといっしょに、原体験にも似た根をこまかく張っていった」と書いたあと、こう言葉を継いだ。

晩年の義父は信号手で、仕事場は官舎のまえの土手のうえの、それこそマッチ箱のように小さくて四角い信号所の建物だった。夜になると、こちらの窓から電灯の明りが見えたが、霧の深い夜には、直線距離で三十メートルと離れていないその明りが、ぼんやりとも見えなくなった。それどころか、窓のすぐそばのプラタナスの影さえ、牛乳のように白く澱んだ霧の中に消えてしまうのだった。そんなとき家族は、翌朝、父親が家に戻ってくるまで、事故を心配したという。食堂の壁にかかった、口髭をはやした、肩幅のひろい義父の写真よりも、私にとってはなぜかその信号所が、彼の生涯を象徴しているようにみえた。

ここが須賀敦子の「聖地」だ。この鉄道員一家をめぐる場所こそ、須賀敦子の霊性の源泉だった。

彼女は、ペッピーノと結婚することによってこの「貧しさ」の種子を共に育てようとする。「それぞれ抱えていた過去の悲しみをいっしょに担うことになれば、それまでどちらにとっても心細かった人生を変えられるはずだと私たちは信じようとして、ひたすら結婚に向って走った」（『ヴェネツィアの宿』）と彼女は書いている。

その一方で須賀は、ペッピーノは結婚を躊躇したこともあったと書いている。それは健康状態のためだった。彼は家族を襲った病から自分もまた自由でないことをはっきりと感じている。カトリックにおける結婚、ことに二人が結ばれた時期の結婚は、恋愛の結果という領域をはるかに超える意味をもっていた。愛し合い、共に暮らすだけではない。それは互いの過去もわがものとして生きることを含意していた。

ペッピーノは、須賀を愛する。それゆえに「貧しさ」を彼女に強いることを躊躇するのは自然なことだった。そして彼は、自分の寿命は、長命と呼ばれるものとは異なることをどこかで感じていたのかもしれない。

「私たち」と書いてあり、実際に結婚したのだから、結婚に前向きだったのは須賀だけでなく、ペッピーノも同じだと考えることもできる。しかし、彼の悲しみは、妻となる自分でさえ感じ得ないところにあることも、須賀は同時に感じていた。この一節のあとに彼女はこう記している。

ときによって、ペッピーノの負っている悲しみの深さが、私などの口をはさむ余地のないものだと思い知らされることもあった。なんでもなく見ていたはずの映画のなかの死の場面が横にいる彼の顔色を変えたときなど、超えることのできない深淵がふたりのあいだに横たわっているのを感じて、私はただ途方にくれた。どうすれば、彼の意識に棘のように刺さったこの不吉な記憶をとりのぞくことができるのか。

死の場面を見るとき、ペッピーノの顔色が変わる。このとき彼は確かに亡き家族のことを感じていたかもしれない。しかし、もっとも強く、また広く彼の心を領していたのは須賀の存在だったろう。ペッピーノにとって愛する人を守り切ることができないのではないかという怖れほど大きなものはなかっただろうと思われる。須賀は、死の恐怖という「棘」を取りたいと思う。

だが、彼の心にあったもっとも大きな「棘」は、須賀だったのではあるまいか。ただ、そう理解するとき、私たちは同時に、受難にあるときイエスの頭に置かれた茨《いばら》の冠が象徴するように、キリスト教における「棘」は、聖なる試練を意味することも忘れてはならない。

先の一節は『ヴェネツィアの宿』の「アスフォデロの野をわたって」と題する一文にある。「アスフォデロの野」とはホメロスの『オデュッセイア』に出てくる言葉で、「アスフォデロ」は忘却を象徴する植物らしいと須賀は書いている。だが、それよりも重要なのは、『オデュッセイア』における「アスフォデロの野」の場面が死者の国を背景としていることだ。須賀は、さまざまなところで夫の死にふれているが、この文章ほどに彼女が経験した悲痛を直接的に表現したものはない。その終わりには次のような一節もある。


その病名を知ったときから、私は夜も昼も、坂道をブレーキのきかない自転車で転げ降りていくような彼をどうやってせきとめるか、そのことしか考えなかった。

死に抗って、死の手から彼をひきはなそうとして疲れはてている私を残して、あの初夏の夜、もっと疲れはてた彼は、声もかけないでひとり行ってしまった。

この急激な病状の進行を見ると、病は、結核だけではなかったようにもとれる。気がつかないところで二人の生活を何かが蝕んでいた。『トリエステの坂道』でも須賀は、夫の死にふれるのだが、次に引く一節は、そのなかでも謎を含む言葉であるように思われる。しかし、「アスフォデロの野をわたって」にあった言葉を折り重ね、共振させるとき、秘められたおもいが何かを語り始めるようにも感じられる。

　ペッピーノが四十一歳で急死して何年か過ぎ、すこしずつ、正常にものが見えるようになってくると、私はムジェッロ街の自分たちの家がどうみても異様なほど荒れ果てているのに気づいた。しかもその荒廃は、私にとってすべての基準だった彼がいなくなってからのことではなくて、もしかしたら、私たちがいっしょに暮しはじめたときからすでに、ひそやかな毒のように内側から私たちを麻痺させ、私たちの生活を空洞化していたのではなかったか。そしてそれが、かつて彼の家族を襲った三人の死に発したものではないかという考えがあたまに浮かんだとき、私はなにかが理解できたように思い、寒々とした灰色の地平線に光が見えたような気がした。(「キッチンが変った日」)

「すべての基準だった」というのも大げさな表現ではないだろう。ペッピーノは、須賀にとって夫であり、無二の霊的な「兄妹」であり、また文学の、哲学の、そして神学の師であり、求道の生活における師でもあった。

　ここで須賀がいう「ひそやかな毒」や「空洞化」を字義通りにとると、少し文意が伝わりにくいかもしれない。須賀はここで、亡くなってみると夫との生活も中身の薄いものだったと述べているのではもちろんない。鍵語は「荒廃」である。そこには部屋が雑然としていることも加味されているのだろうが、ここで須賀が語ろうとしているのは、もう少し込み入った内容なのだろう。「貧しさ」のなかに生きる人は、生かされるままの日々を受け入れることに忙しくて、自分の思い通りに生きようとはしない。受容の生活が彼らの日常だった。それを先に敬虔と呼び、そこに須賀が強く惹かれたことにもふれた。

ここで須賀がいう「荒廃」とは、生かされるように生きるのではなく、生きたいと願うままに生きた日々への悔恨だったのではなかったか。

人は未来を見据えながら生きる。だが、誰も自分の未来を約束してはくれない。未だ到来していない現実をめぐって惑い、そして怖れる。ペッピーノと結婚してから須賀は、「日々を共有するよろこびが大きければ大きいほど、なにかそれが現実ではないように思え、自分は早晩彼を失うことになるのではないかという一見理由のない不安」に怯えていた。また、「つかまえどころのない真空のなかを落下するような気分に襲われたり」、「恐ろしいものが道の曲り角に隠れているのではないかという不安」から逃れることができなかったともいう（「アスフォデロの野をわたって」）。

根拠のない理由で苦しんでいたわけではない。苦しむに十分な理由はあった。事実、病魔は夫を奪い去った。しかし須賀は、「荒廃」の理由が分かったとき、曇天のような内心に「光」を見出したようだったという。「光」はどこからきたのか。

失うことへの怖れはそのまま自らの生と愛する者への情愛の顕われであることを、須賀はこのときはっきりと感じとったのではなかったか。また、その情愛は同時に、相手が死者の国に行ってもなお消えることがないことも、おそらく須賀は感じ取っている。

情愛が生命の水であるなら、人は荒野にあるとき、それをいっそう強く求めることになる。「荒廃」は、のちに須賀がいう「たましい」の暗夜と強く響き合う。人はそこで、平常時ではけっして見出せない何かを発見するのである。

長く暮らしていても、彼女にとってのミラノはいつまでも小さな場所だった。結婚すると二人は、ムジェッロ街の六番地にあるアパートに暮らし始める。「ムジェッロ街」という街の名前は、時折、彼女の作品に出てくる。そこは本拠地というだけでなく、異国からやって来た彼女をそっと守るような場所だった。

現地に行ったことがある。それは日本語でいういわゆるアパートではなく、古い、しかし、きちんと整備されたマンションである。二人は一階の通りに面した部屋に暮らしていた。路面電車の駅からも近く、管理人がいて、簡単になかに入ることもできない、そんな住まいだ。実際に訪れてみたが、経済基盤の不安定な二人が暮らすような場所ではない。友人が安価で貸してくれたのだった。

この都心の小さな本屋と、やがて結婚して住むことになったムジェッロ街六番の家を軸にして、私のミラノは、狭く、やや長く、臆病に広がっていった。パイの一切れみたいなこの小さな空間を、あっちへ行ったり、こっちへ行ったり、自分のミラノはそれだけしかなかったような気もするし、つきあっていた友人たちの家までが、だいたい、この区画にかぎられていたようにも思える。たまに、このパイの部分から外に出ると、空気までが薄いように感じられて、そそくさと、帰ってきたような。経済的に余裕がなかったせいなのだろうか。好奇心が足りなかったのだろうか。(「街」『コルシア書店の仲間たち』)

彼女はたしかにミラノに長く暮らしていた。しかし、そうした表現も彼女の実感とはほど遠く、須賀にとってのミラノは、ムジェッロ街の自宅を基点にしてコルシア書店にむかって鋭角に広がる空間だった。その外に出ると空気が薄く感じられたというのも、あながち誇張ともいえない。ここで語られている、狭く、小さな、しかし、どこまでも深い場所、それが須賀にとってのミラノだった。

ミラノだけではない。イタリアという国が彼女にとってはそうした「生きた」場所だった。アッシジ、あるいはトリエステを語る須賀の声を聞こうとする者は、ガイドブックを手放し「地図のない道」を行く覚悟をしなくてはならない。

あれほど長くイタリアに暮らしながら、須賀がヴェネツィアをはじめて訪れたのは夫の没後だった。女友だちが行かないかと声をかけてくれた。このときのことを振り返って須賀は「ヴェネツィアは、なによりもまず私をなぐさめてくれる島だった」といい、こう続けた。

島に渡る、というだけで、私は個人的な不幸にみまわれた大陸からはなれて、ちょうどあたらしい段落をたてて気持をあらためるときのように、それ以前のどろどろから解放され、洗いきよめられた。（「ヴェネツィアの悲しみ」『時のかけらたち』）

人は、誰しも人生に幾度か「島」を見るのだろう。それは苦しみに意味を告げるものであり、またそれは、「洗いきよめられた」と須賀が書くように、悲しみが浄福へと変じていく合図なのかもしれない。

先に、「島」へは船で向かわねばならないと書いた。イタリア時代、須賀にとっては教会が船だった。そして、教会を生んだ民衆の信仰がそれを動かしていた。だが、夫の死後、彼女のなかで「教会」のあり方が変わってくる。一九七一年七月十二日の日記に、彼女はこう記している。

この前来たときは聖母さま、まだフランスにいたころ、学生で本当に何もわからなかった、わかっていなかった。あれからいろいろなことが、全くいろいろなことがあって、聖母さま、今ここに立っています。ペッピーノに会って、ペッピーノが死んで、おばあちゃんが死んで、パパが死にました。パパは苦しんで死にました。私は一人で生きています。
やはりこれは私を育ててくれた cathédrale の一つだと思った。(『須賀敦子全集　第7巻』)

このとき須賀は、シャルトルを訪れている。一九五四年、シャルル・ペギーを記念して行われた巡礼で訪れた場所である。ペギーがそうしたように須賀もまた、ここで聖母マリアの声を聞いた。「聖母さま」と呼びかけているように、須賀の場合、日記を書くとは、備忘録を書き記すことであるよりも、書くことを通じた天界にむけての呼びかけだったのだろう。

先に須賀と聖母マリアとのかかわりに言及したときに、この日記の一部を引いた。だが、ここで考えてみたいのは、須賀にとっての cathédrale の意味だ。

かつて須賀は、中世の木造の教会を見て木造の船を思い、石造りのミラノの大聖堂を見ても「船」だと感じていた。だが、愛する者たちの死を経験した須賀は、自分が感じている悲しみこそが、見えない「船」だったことに気がつく。

建造物としての教会が「船」だったのではない。そこに記憶された無数の民衆の悲しみこそが

「船」だった。信仰は、そうした不可視な船によって運ばれ、自分のところまでやってきたことに眼を開かれる。須賀が、日本に帰国したのは、この日記が書かれた翌月、一九七一年八月の末だった。

第二十章　ゲットとウンベルト・サバ

コルシア書店の仲間の一人にマッテオという男性がいる。この男性がいなければ須賀の生涯は、私たちが知っているものとずいぶん違っていたかもしれない。誤解を恐れずにいえば、夫を喪って、生きる気力を失いかけていた須賀を悲しみの底からすくい上げ、彼女をふたたび生の現場へと引き戻したのがマッテオだった。

「前年に夫が死んで、私はまだ足をひきずるような感覚で暮らしていた」と須賀は当時の心境を書いている（「ヴェネツィアの悲しみ」『時のかけらたち』）。マッテオは、一九六七年に夫と死別し、心身ともに身動きができなくなっている須賀の様子をだまって見ていられなかったのだろう。

ある日、須賀にルチッラという女性を紹介する。彼女はアフリカ中央部のチャドでのボランティア活動を終え、ミラノに戻ったばかりだった。ヴェネツィア生まれの彼女は翌日、故郷に戻るという。いっしょに来ないかという呼びかけに須賀は応じる。ヴェネツィアに格別のおもいがあったのではない。ミラノを離れる口実があればよかった。イタリアに長く暮らしていながら須賀は、夫と死別するまでヴェネツィアを訪れることはなかった。

ヴェネツィアには、まだ行ったことがなかった。でも、興味が湧いたのでもなかった。ミラノを離れるのなら、どこだってよかった。誘いにすがるようにして、私は早朝のミラノ駅から彼女と列車に乗りこんだ。

誰かが須賀をミラノに引きとめたのではない。夫の死を受け入れきれない彼女が、夫と生きた土地から離れようとしないのである。だが、それでもどうにか生きて行かなくてはならない、というもう一人の彼女は、何かを引きはがすようにミラノから離れる機会をうかがっている。分裂しているのではない。両方とも本当の須賀の心情なのである。同じ出来事を須賀は『地図のない道』でも書いている。ただ、描き方がまったく違う。ルチッラがヴェネツィア生まれだと聞くと、自分は行ったことがない、そういって須賀が「目をかがやかせ」たとあるが、事実は「ヴェネツィアの悲しみ」に近いのだろう。この作品には「死にそうだった私」という一節も記されている。この言葉はそのまま受け取らなくてはならない。夫の死からしばらくの間、彼女は大きな危機にあった。私たちは、作家須賀敦子の存在を知り得なかった可能性も十分にあったのである。

この壁を打ち破ったのがマッテオだ。彼はユダヤ人として生まれたが、キリスト者になった人物だった。ペッピーノの生前、彼は、須賀をヴェネツィアに誘った女性とは別のルチッラという、やはりユダヤの血を受け継ぎながら、キリスト者となった女性と結婚する。経済的な観点からいえば、二人は貧しかった。新婚旅行に出かけるにも余裕がない。このときの二人の選択を須賀は、深い共感をもって次のように描き出している。

やがてふたりは結婚したが、お金がないので新婚旅行はちょうどそのころミラノで開通したばかりの地下鉄に、都心のドゥオモ駅からサン・シーロの終点まで乗るんだといって、みなを笑わせた。笑われたふたりは、しかし、まったく本気で、書店のとなりのサン・カルロ教会で式をあげたあと、小さな花束を手に、めずらしくスーツなど着こんだルチッラと、慣れないネクタイを不器用にむすんだマッテオがしゃんと直立して、ではこれから行ってきます、と書店の入口のところで宣言すると、みなの胸がちょっとあつくなった。(「その一　ゲットの広場」『地図のない道』)

コルシア書店とは何であったかを体現している一節のようで、一読して以来、念頭を去らない。金銭という量的なものから可能な限り離れた場所で、質的な自分たちの固有の幸福を探究し、それを現出させようとする態度に心打たれるのは、須賀をはじめとした仲間たちばかりではないだろう。

新しい夫婦のあいだにはほどなく新しいいのちが宿った。男の子で、夫妻はその子を連れてコルシア書店にやってくる。二人は、ユダヤ人だが、見た目は「他のイタリア人とまったくかわらない」。しかし、子どもは違った。「彼のところでユダヤの血が爆発したみたいで、家族の人たちも友人たちもそのことをよろこび、感動して笑った」。

須賀は、この子どもを抱かせてもらう。そのとき彼女を思わぬ歴史的心情ともいうべきものが訪れる。「おなじ血のこんな顔をした子供たちが、なにもいえないまま殺されていった歴史の重みが、私の腕の中で泣いているような気がした」。この心情の淵源を須賀は、ヴェネツィアの街で見出すことになる。

人生という海を旅する者にとって「島」は、休息地であると共に岐路でもある。須賀敦子にとってヴェネツィアは、慰藉をもたらした「島」であり、その後の彼女の行く末に大きな暗示を与えた場所でもあった。

前章の終わりに引いた一文に「洗いきよめられた」とあったのも偽らざる実感だったのだろう。「思い出したくない記憶から私を護ってくれた」とも書いている。

場所に呼ばれる、そう表現したくなるような旅は、誰もが生涯のうちに経験するのではないだろうか。明瞭な意思に決定された旅ではなく、自己を超えた不可避な力によって強く牽引されるのである。須賀の場合、そうした出来事が一度ならずあったことはすでに見た。だが、そのことに彼女がどれだけ自覚的だったかは分からない。彼女にとって書くとは、その無自覚なまま歩いてきた道の意味を、改めて感じ直すことだったようにも思われる。意味発見の衝動が、作家須賀敦子を生んだのではなかったか。

「ヴェネツィアの悲しみ」が書かれたのは一九九六年、夫の死からおよそ三十年後であることもそのことを物語っている。事実、この旅に出たとき須賀は、書きつつ、旅の意味を省察できるほどのちからが残っていない。須賀は初めてこの街を訪れた印象をこう記している。

　ヴェネツィアが「島」だとかねがね聞いていたはずなのに、実際に行ってみると「島」は見えなくて、すみずみまで「町」のふりをしている、その虚構性に私はまた呆然として一日をすごしたような気がする。だが、それと同時に、マッテオに紹介されたというだけで、ついこのあいだまでは一面識もなかった人の善意にもたれ、まるでおなかをすかせた棄て犬みたいに、彼女の靴のヒールが石畳に跳ねかえる音について歩いている自分に、あらためて夫の死を意識していた。（「その二　橋」『地図のない道』）

ここで善意を施してくれた「一面識もなかった人」と記されているのはルチッラだ。マッテオ夫妻がそうだったようにルチッラもユダヤ人だったと思われる。ルチッラが、ヴェネツィアに来た理由は、親族にあるものを届けるためだった。ルチッラは、あるところまで来ると、ここで待っていてほしいと言い残してある通りの奥に消えて行った。そこがユダヤ人居住区である「ゲット」だった。ghettoと書くから「ゲットー」と表記するのが正しいのかもしれないが、須賀は「ゲット」と書いているのでここではそれを踏襲する。

須賀はまだ、このときはゲットに足を踏み入れていない。だが、表面しかなぞらないような旅人にはそもそも無縁の場所だ。須賀は自分の意思などまったくないまま、知らないうちに筆舌に尽くし難い悲しみの時空の入口まで案内されていたのである。

しかし、この事実に気がついたのは、のちに繰り返しこの街を訪れるようになってからだった。こうしたとき人は、記憶の奥から忘れていた言葉を思い出す。

おばさんに会う、といって彼女が私を待たせたのは、いま考えると、グリエの橋と呼ばれる、ゲットの入口にちかい、ヴァポレットの停留所の名にもなっている橋のきわだった。彼女がはいっていいって、ながいこと出てこなかった「おばさんの店」が、その橋のすぐまえにある食料品屋であることを私は二、三日まえ、ゲットを訪れたときに確認したばかりだった。彼女が憶えていないほど小さいころに亡くなったという、漆黒の髪のルチッラの両親は、もしかしたらゲットの人たちではなかったか。(「ヴェネツィアの悲しみ」)

「二、三日まえ」と文中にあるのはもちろん、ルチッラと初めてヴェネツィアを訪れたときのことではない。後年――『地図のない道』の記述が正しければ一九九三年の秋――この街と深く交わるようになってからのことである。

一九六八年の旅は日帰りということに作中はなっている。年譜によると実際は二泊三日だったらしい。ミラノ―ヴェネツィア間は、けっして近くはないが、その日のうちに帰れないほどの距離でもない。須賀の旅を再現するつもりでもなかったのだが、日帰り旅行をしたことがある。

初めてヴェネツィアを訪れたとき彼女は右も左も分からない。だが、このときすでに須賀は由来を知らない街並みからでも容易に癒せない悲しみの香りを感じていた。ユダヤの血を引く人々の多くは、誰もが悲痛な歴史を背負いながら生きている。日ごろは何もないような素振りをしていても、その心の底には民族の悲しみと呼ぶべき何かが横たわっている。コルシア書店はそうした人々との交わりの場でもあった。

ペッピーノは、自分が虐げられた生い立ちを経験していることもあるのだろう、ユダヤ人に対する親近のおもいを隠さなかった。ある種の贖罪《しょくざい》のような心情だったのかもしれない。それほどキリスト教社会のユダヤ人への差別のはたらきは強く、抗いがたいものだった。そうした情感と世界観は当然、夫婦生活のなかで須賀の心にも深く浸透していく。「ヴェネツィアの悲しみ」で須賀は、ゲットが生まれなくてはならなかった歴史的背景を端的に記している。

暗くて狭い通路だけで外の世界とつながっている、そこだけは陽のあたらない島のなかの影の部分のようなゲット。「夜どおしぶつぶつとつぶやきつづけてその小うるささがかぎりなくイエス・キリスト様のお気に障る」という理由のために、この区画にユダヤ人たちが移されたのは、やはり十六世紀のことだった。そしてゲットをはじめて訪れた日、なによりも私を打ちのめしたのは、広場に面した小さな老人ホームの横に建てられた、死者をとむらう記念碑だった。

大きな白い石には、ナチの強制収容所で、殺される理由のわからないまま目を大きくひらいて死んでいったヴェネツィアのユダヤ人たちの名が刻まれている。

この一節を読めば、その前に引いた「ルチッラの両親は、もしかしたらゲットの人たちではなかったか」との言葉の意味もうかがい知れるだろう。ミラノからの電車のなかでルチッラは須賀に「わたしを事実上ひきとって、そだててくれたS夫人」のことをときおり話した。作品には書いていないが、須賀は、強制収容所で亡くなった人々のなかにルチッラの両親の名前を見つけていたのかもしれない。

何度かヴェネツィアを訪れるうちに須賀は、この街の語られざる悲傷というべきものに出会っていく。ゲットだけでなく、不治の病を背負った人々を収容した場所にも須賀は強い共振を感じる。ゲットは、ヴェネツィア以外の場所にもある。『地図のない道』の「その一」が、「ゲットの広場」と題されるように、ある意味では、彼女のゲットをめぐる随想であり、同時に疎外された者たちの心情を描き出した高次の小説だといってよい。

場所《トポス》に記憶された言葉にならない情感を引き受けるのは詩人の仕事である。死者の声に言葉をもって応えるのである。ここで詳論しないが、近代日本の詩人で、トポスの声をもっとも鋭敏に聞き分けた詩人が茨木のり子だった。茨木は須賀よりも三歳上だが、文字通りの同時代人だといってよい。詩集『見えない配達夫』の「はじめての町」は、ゲットを前にした須賀の精神と著しいまでに共振する。次の一節を見るだけで、二人の間には深い霊性の響き合いがあることがわかるだろう。

わたしはすぐに見つけてしまう

その町のほくろを
その町の秘密を
その町の悲鳴を（『茨木のり子集　言の葉　1』ちくま文庫）

これまでにも、こうした仕事を続けた人物として、ウンベルト・サバの作品に幾度か言及してきた。ヴェネツィアを訪れた翌年、須賀はサバの故郷でもあるトリエステを訪れている。「夫が死んで二年目の夏、私はトリエステを訪れる機会をもった。生前、ついにいっしょに行けなかったその町に、日本からの客を案内して行くことになったのだった」と『ミラノ　霧の風景』の「きらめく海のトリエステ」には記されている。

サン＝テグジュペリやベルナノスが、彼女の「英雄」だったのに対し、サバは真の意味で愛した詩人だった。尊敬とも敬愛というのとも違う、もっと身近な、しかし、いつもその言葉に畏怖を感じずにはいられない人物だった。「その大きな物体のようなからだに、とてつもない『なにものか』がつまっている、という感じなのである」と須賀は、サバの姿を描き出している。

これらの言葉は、作家としての最初の著作『ミラノ　霧の風景』にある。ここで須賀は、「きらめく海のトリエステ」と題するサバをめぐる一章を書いている。彼女はサバを愛し、その作品をめぐる評論を書き、また、訳詩集――刊行は彼女の没後だが――を出し得るほどの作品を翻訳していた。だが、愛惜という点において、「きらめく海のトリエステ」は、ほかの作品にはない響きを携えている。

何よりもこの詩人は、彼女にとっては夫と共に愛した人物であり、夫との関係を強く結びつけるものだった。サバを論じることは須賀にとって、夫との間に生まれながら、未だ十分に開花していない、意味の種子を育むことにほかならなかった。サバを論じ、そこに言葉の花を咲かせ、それを亡き夫に捧げる、そうした趣きが、「きらめく海のトリエステ」には流れている。

ウンベルト・サバは、現代イタリアを代表する詩人のひとりだ。一八八三年に、ユダヤの血を継ぎ、トリエステに生まれた。第二次世界大戦の間、数年間、この街を離れなくてはならないこともあったが、そのほかの歳月を彼は生地で暮らした。一九五七年に亡くなっている。サバは、空間的にはトリエステから離れることはほとんどなかったが、その精神はつねに時空を超えた旅をしていた。彼もまた、つねに「島」を探している人間だった。

若いころ、わたしはダルマツィアの
岸辺をわたりあるいた。餌をねらう鳥が
たまさか止まるだけの岩礁は、ぬめる
海草におおわれ、波間に見えかくれ、
太陽にかがやいた。エメラルドのように
うつくしく。潮が満ち、夜が岩を隠すと、
風下の帆船たちは、沖あいに出た。夜の
仕掛けた罠にかからぬように。今日、
わたしの王国はあのノー・マンズ・ランド。
港はだれか他人のために灯りをともし、
わたしはひとり沖に出る。まだ逸る精神と、
人生へのいたましい愛に、流され。（須賀敦子訳）

これはサバの詩集『地中海』に収められた「ユリシーズ」と題する作品だ。この詩集が世に送りだされたのは一九四六年、サバは六十三歳である。サバもこの詩を愛した。須賀は、「原文で読むとこの詩は、ゆるやかなリズムと音声にささえられて、深いところに音楽的なひろがりをもつ、うつくしい作品である。サバ自身、この作品には自信があったようで、とくに、"Nella mia giovinezza ho navigato"『若いころ、わたしは海をわたった』という冒頭の十一音節行は、彼自身の注釈によると、音声、形式ともに『完璧』なのだそうである」と言葉を添えている。

この作品にふれ、須賀は「若いころ、ダルマツィアの沿岸をわたりあるいたというのは、いうまでもなくメタファーだ」と書いている。だが、ここでの「メタファー」を比喩と読みかえてはならないのだろう。それは事実を超えた「真実」だと考えてよい。先の詩のあとに須賀は、事実的世界の奥にある、詩人にとっての真実界とも呼ぶべき時空の光景を活写する。

若い日の詩人の漂泊への思いを、太陽にきらめく地中海を背景に、ホメロスの英雄に託していて、読者をつよく誘う。やがて五十に手のとどく詩人は、少年時代をふりむくほどに老いを感じはじめているが、詩魂はいっときも休ませてくれない。

「島」を求めなくてはならないのは、人生の漂流を経験しているからだ。それが人にあるいはその家族に起因する場合もあるのだが、サバの場合は、その「血」に由来するものでもあった。「サバの父親は、いいかげんでダンディーなイタリア人の若者、母親はトリエステのゲット出身のユダヤ人だった。スラヴ系の乳母に育てられたが、その女性が彼の幼年期には母親がわりだったらしい」

と須賀は書いている。

ユダヤ人と母国の問題は、『旧約聖書』の時代にさかのぼる。第二次世界大戦後、イスラエルが建国され、聖地エルサレムをめぐって、衝突が収まらないことに象徴されるようにユダヤ人は、長く「故郷」を追われた民族だった。「ゲットー」をめぐっては先にみた。彼らはそこに望んで暮らしたのではなかった。差別偏見、あるいは職業の制限によってそこで生きて行くほかなかった。

サバの心のなかにはこうした悲しみの歴史が、見えない文字で刻まれている。この詩人が、生きることによってその不可視な記述を想起し、世に広がるさまざまな悲しみを謳ったことはこれまでにもふれてきた。

先にも記したが、ペッピーノはユダヤ人に民族や霊性の異同を超えた、名状し難い親近感と情愛を示していた。その理由を、「おそらくは、聖書にある彼らの流浪の運命に共感してのことだったに違いない。また、第二次世界大戦中、反ナチスの抵抗運動にたずさわってユダヤ人をかくまった世代の、それはひとつの生のあかしだったのかもしれない」と述べている。さらに須賀は、夫とユダヤ人たちのあいだには、深い相互の信頼があったと続ける。


政治に関してはまったく音痴な彼だったが、友人のなかにどうかしてユダヤ人をわるく言う人がいると、ねばりづよく反論をのべていた。彼が死んで二日目だったかに、何度目かの中東戦争が勃発して、イスラエルがゴラン高原を占拠した。海をへだてたところで血なまぐさい戦争がはじまったので、イタリア人には傍観できない事態だった。ペッピーノが生きていたらどんなに悲しんだだろう、と友人たちが言った。また、その数ヵ月後、彼の死をとむらうためにといって、イスラエルのどこだったかの丘に、オリーヴの若木を一本植えましたと、彼と親しかったユダヤ教のラビから手紙をもらった。サバがユダヤ人だったことも、だから、夫にとっては、この詩人をなつかしむ大切な理由のひとつだったかもしれない。

ここに描かれていることがコルシア書店を象徴している。虐げられた者と共に生きていこうとすること、そして共に生きた者から高次の愛を受容し得たこと、ここに「コルシア精神」あるいは「コルシア的霊性」と呼びたくなるような何かをありありと感じる。

サバと須賀とペッピーノをつなぐ糸は、隠された悲しみばかりではなかった。そこには「書店」という太い糸があるのを見過ごしてはならない。須賀とペッピーノが書物を愛したことは容易に想像できるだろう。二人が出会って、最初に生まれたのが『どんぐりのたわごと』という小さな「書物」だったことも、そのことを象徴している。

コルシア書店は、本を販売するだけでなく、出版も行っていた。二〇一八年は、須賀の没後二十年に当たる年で、各所で催しが企画されたが、そのなかの一つにイタリア文化会館での須賀の所持品の展示があった。そこにはコルシア書店が「版元」となって出版されたカトリック左派の著述家たちの本が何冊か展示されていた。

二人にとっては本を届けることが本当の意味での生業だった。それはサバの境遇にあまりにも似ていた。須賀は、書店主としてのサバの姿をこう記している。

第一次世界大戦まではオーストリアの支配下にあったトリエステで、商業学校かなにかをあまり勉強に力をいれるでもなしに卒業して、その辺をうろうろしながら、少しずつ本屋の仕事をおぼえ、やがて自分の本屋を持った。それは稀覯本なども扱う古書店で、サバは商売でずいぶん儲けた時期もあったらしく、そのあたりに彼のユダヤの血が感じられるのだが、若いころのサバの詩集は、多く自分の書店からの自費出版として世におくられた。

サバの書店のように、コルシア書店には「ずいぶん儲けた時期」などはなかった。しかし「書店」という場所と分かちがたい関係がある事実は変わらない。サバも須賀夫妻も、本と共にでなければ、生きられない者たちなのである。

幼いころから亡くなるまで、須賀のかたわらから本がなくなることはなかった。帰国後、廃品回収をし、貧しい人々の生活を支えるというエマウス運動に没頭していたときでもそれは変わらない。イタリアに渡り、コルシア書店で働く以前は本を読み、書店に関係するようになってからは翻訳に従事し、ときに本を売った。帰国後、彼女は研究者となり、再び本を読み、そして、あるときから自ら本を書くようになった。信仰を抜きにした須賀敦子を語っても、蟬の抜け殻を見るようなものだが、本との関係を無視した言説も同質の幻影をもたらすだろう。信仰と書物、ここに流れる雄《ゆう》渾《こん》な歴史が須賀敦子の土壌だった。

自分の本は、自分で作って、自分で売る。それが彼、彼女らの原点だった。こうした常識は、当然ながらその文学にも強く影響する。書き手は書いたら終わりではない。書物という器に入った言葉を届けるところまでが自分の仕事だということになる。さらに須賀は、サバと夫との共通点をめぐってこう記している。

サバが書店主だったこと、彼が騒音と隙間風が大きらいだったこと、そして詩人であったことから、私のなかでは、ともするとサバと夫のイメージが重なりあった。しかもその錯覚を、夜、よくその詩を声をだして読んでくれた夫は、よろこんで受入れているようなふしがあった。サバもペッピーノも、物理的に隙間風が嫌いだったに違いないが、やはりその奥にある、「風」の一語に含意されているものを考えたくなる。キリスト教でもユダヤ教でも「風」は、神のはたらきを意味する。『新約聖書』の言語である古代ギリシア語で「プネウマ」、『旧約聖書』のヘブライ語では「ルーアハ」という。

先にペッピーノの家族が次々と病に倒れたことにふれた。「風」はときに愛する者を奪っていく。第二次世界大戦中のナチス・ドイツによるユダヤ人の迫害を想起するまでもなく、ユダヤ人だったサバの周囲にはいつも「風」の不条理があっただろう。

「トリエステには冬、ボーラという北風が吹く。夫はその風のことを、なぜかなつかしそうに話した」と須賀は続けている。人は「風」の真意を知ることはできない。ただ、それはときに人間の感情を顧みないかのようにはたらく。情感においては受け入れがたいが、心の奥にあるところでは「風」への敬虔の念は動かない。

「瞬間風速何十メートルというような突風が海から吹きあげてくるので、坂道には手すりがついていて、風の日は、吹きとばされないように、それにつかまって歩くのだという。『きみなんか、ひとたまりもない。吹っとばされるよ』と夫はおかしそうに言った」と須賀は先の一節につなげている。

ここに記されているのは単なる思い出ではない。「風」の一語が、ある種の隠語となった悲しみの告白だ。「吹きとばされないように」、手すりにつかまり、二人で人生を歩き抜きたかった。「風」に乗って姿を消したのは、自分ではなく、あなただったじゃないかと、行くあてもないような嘆きの涙がこの一節の背後にはあるように思えてならない。

サバは、ほとんど風を謳わない、と須賀は書いている。しかし彼女は、サバの詩は、ときに小さな詩句にも「風」が吹き荒れているという。

トリエステのうつくしさにはとげがある。
たとえば、花をささげるには、あまり
ごつい手の、未熟で貪欲な、
碧い目の少年みたいな。（須賀敦子訳）

この詩は「トリエステ」と題する。教科書にも載っているよく知られた作品だとも書いている。ここで「トリエステ」と記されているのは、サバ本人だと須賀はいう。そして「少年」もまた。

この詩人は、愛する人には「花」をささげたい。しかし、「サバの愛は不毛な棘を秘めていたので、花をささげるわけにはいかな」い。

「トリエステ」は、地名でありながら同時にサバであり、サバは同時に少年でもある。現実界では、まったく無内容なこうした意味構造も詩的世界ではむしろ自然に感じられる。次の詩にある「トリエステ」もまた、サバ自身の存在を折り重ねて読むことができるのだろう。

多くの悲しみがあり、
空と町並のうつくしいトリエステには
「山の通り」という坂道がある。

……坂の片側には、忘れられた
墓地がある。葬式の絶えてない墓地。
……ユダヤ人たちの
昔からの墓地。ぼくの想いにとっては
とてもたいせつな、その墓地……（須賀敦子訳）

亡き者たちは、墓地になどいない。それは生者たちの内なる聖堂にいる。ここで「墓地」は死者を埋葬する場所であるよりも、死者と出会う場所なのだろう。そうでなければ「昔からの墓地。ぼくの想いにとっては／とてもたいせつな、その墓地……」という一節の奥にあるものが現じてこない。

「サバのうたったユダヤ人墓地は、いまではユダヤ教会になっているそうである。一七〇〇年代まで、この道は『絞首台通り』とも呼ばれて、処刑場があったという。ユダヤ人は、そんな哀しい場所に自分たちの墓地を与えられていたのだった」と須賀は先の詩句に言葉を添えている。

トリエステへの旅は須賀の内面では、亡き夫と共に亡きサバに「会い」に行くためのものだったが、事象的には異なる側面もあった。日本から来た人々と共に現代イタリアを代表する彫刻家マルチェッロ・マスケリーニに会うためだった。

言葉を交わすうちにマスケリーニが、サバとも親交があったことがわかる。須賀は、この彫刻家から詩人のことを聞き出そうとする。だが、マスケリーニは須賀が望むようには話さない。そればかりか、彼の「口調には、きみたち他国のものにサバの詩などわかるはずがないという、かたくなな思いこみ、ほとんど侮りのような響きがあった」と須賀は書いている。

イタリア語を、それもトリエステの言葉を母語としない者にサバの詩を理解できるはずがないというのである。マスケリーニとの面会の場所には、ほかにも人がいた。彼らから発せられるのも「トリエステの名誉としてのサバであり、一方では、彼らの親しい友人としての日常のなかのサバであった」。自分たちは、サバと同じ国、同じ土地に生まれ、ある者はサバの肉声を聞き、サバの姿を見たことを誇らしげに語る。こうした言葉を全身で受けた須賀は「そのどちらもが、私をいらだたせた」と述べ、こう続けた。

私と夫が、貧しい暮しのなかで、宝石かなんぞのように、ページのうえに追い求め、築きあげていったサバの詩は、その夜、マスケリーニのうつくしいリヴィング・ルームには、まったく不在だった。こっちのサバがほんとうのサバだ。寝床に入ってからも、私は自分に向ってそう言いつづけた。

「ほんとうのサバ」に出会いたければ詩集を繙《ひもと》けばよい。そして、その「たましい」から発せられた言葉を「たましい」で受ければそれでよい。貧しい生活のなかで夫と共に二人で読み継いだサバは、須賀にとって手には持ち得ない「宝石」だった。むしろ、二人の生活において読書は、詩集という大きな原石の塊から、自分たちにとってかけがえのない意味の宝石を見つけ出すことにほかならなかったというのだろう。

この詩人が深く愛おしんだのは「あたりまえの」毎日であり、「あたりまえの人々」だった。むしろ、彼が否むのは、「あたりまえの」人間であることから遊離して、自分たちをどこか特別な人間だと思い込もうとする人々だった。

第二十章　ゲットとウンベルト・サバ

……じぶんの
そとに出て、みなの
人生を生きたいという、
あたりまえの日の
あたりまえの人々と、
おなじになりたいという、
のぞみ。
……この町はずれの
新道で、ためいきみたいに
はかないのぞみが、ぼくを
捉えた。

……あそこでぼくは
はじめて、あまい虚しい
のぞみに襲われた。
暖かい、みなの人生のなかに、
じぶんの人生を入りこませ、
あたりまえの日の、
あたりまえの人々

と、おなじになりたいという
のぞみ、に。（須賀敦子訳）

やっと見つけた職を辞め、イタリアに渡り、留学生としての立場を手放し、放浪者のようにミラノにまで来たのは、「あたりまえの人々」のなかで「あたりまえの」信仰を育むためだった。そして、そこで「あたりまえの」言葉を生き、「あたりまえの」文学を育むことが彼女の悲願だった。先の詩をめぐって須賀は次のように記している。

サバは、詩に、お、い、て、「パンや葡萄酒のように」、真摯かつ本質的でありたいという希求あるいは決意をまるで持病のように担いつづけて、それを一生つらぬいた詩人である。ここで「詩において」という箇所に傍点をふったことについて念を押したい。サバにとって、それは倫理的または人生論上の決意ではなく、あくまでも「あたりまえの詩」への決意だったと解釈したい。

「パンや葡萄酒のように」とは、キリスト教のミサ、あるいは聖餐式《せいさんしき》で用いられるキリストの「からだ」と「血」の象徴であり、それは同時に神の臨在とその不断のはたらきを意味する。サバは、大いなるものの存在を狭義において宗教学的に、神学的に表現したかったのではない。さらにいえば世にいう「文学的」という姿をとることも彼は良しとしなかった。どこまでも「あたりまえの」言葉で語ること、そこに自分の信じる詩人の使命がある、というのである。

この姿勢はそのままペッピーノに、そして須賀に強く流れ込んでいる。彼女は「私」のサバと出会うことに躊躇しなかったが、この詩人の翻訳者となったとき、読者のひとりひとりが、各々の「私」のサバに出会うことを希ったのである。

第二十一章　川端康成と虚構の詩学

二〇一五年の夏、私はミラノから日帰りで、ヴェネツィアを訪れたことがある。その日の内に帰るには少し距離があるのだが、「ヴェネツィアの悲しみ」（『時のかけらたち』）に須賀の初めての訪問をめぐって「たった一日の旅を通じて」と記されていることもあって、宿泊せずに戻ることにした。

ミラノのときと同様、ここでも旅行ガイドはまったく役に立たない。須賀の本をたよりに歩く。すると、人気《ひとけ》のないところへとおのずと行くことになる。彼女を惹きつけたのはこの島が、水上都市であることでも、黄金色に彩られた文化模様でもなかった。

闇に光るものを見つける、ほとんど異能といってよい力を有していることが、その歩いた道を辿ってみるとよくわかる。何かに導かれるように、多くの人が通り過ぎる、見過ごされたままの、いわば、見えない涙の扉を開け、世を深みから照らす一条の光を見出すのである。

ヴェネツィアは須賀にとって悲しみの街だった。のちに須賀は「ヴェネツィアの悲しみ」にその心情をつづった。この「島」の「暗い部分にすこしずつ惹かれるようになっていった」のである。

夫を喪った悲しみを彼女は言葉にできないでいた。友がいなかったのではない。語れば誰かに悲しみを強いることになる。それが彼女にとっては新しい悲しみになってしまう。また、言葉を尽くしてみても自分のおもいを表現できないと感じてもいたのだろう。

「暗い部分」と述べられているのは、テレビに映し出されるような、表の街の奥に潜んでいる、いわば「地下」の街としてのヴェネツィアにほかならない。「夢でないヴェネツィア。まるでアリジゴクに墜ちた小さな昆虫のように私はヴェネツィアの悲しみに捉えられ、それに寄り添った」と続けている。

水の上に造られた街に地下などない。しかし、その分、この街の片隅には、忘れられた場所としての「地下」が存在する。虐げられた人、何かの出来事をきっかけにして社会からはみ出た人は、「地下」で暮らすほかなくなる。その人の肉体は、人の目でも判別できるところに存在しているのだが、その精神は、ドストエフスキーが『地下室の手記』で描き出したように「地下」としかいいようのない場所に追いやられる。

だが、「地下」で暮らす人には、外界を認識するのとは別に、人の心を観じるもう一つの「眼」が開かれてくる。耐えがたい悲しみがそれを開く。

「最初それを意識したのは、これまでにもどこかで触れたことのあるジュデッカ運河の河岸を歩いていたときのこと、『不治の病者たちの』という二十世紀の私たちにはあまりにもむごたらしく聞こえる形容句が河岸の名として表示されているのが目にとまったときではなかったか」と須賀はいう。もちろん、須賀が歩いている場所に療養所があるのではない。「いまは美しい庭園にかこまれてひっそりとしたその区画の名が、私の注意をひいた」とも書いている。

かつてこの場所には、「十六世紀の後半、なんどめかにこの島を襲ったペストの患者たちを収容するために、そのあとは性病にかかった娼婦らを閉じこめておくために建てられた病院が」存在した。伝染病の治療法が確立されていない時代、さらなる広まりを防ぐためには罹患《りかん》した人を隔離するほか方法がなかった。

ここに運ばれた人が、かつての暮らしに戻ることは、ほとんどない。この場所は、治療のための場所ではなく、最期を迎えるための場所だった。ここで何が起こっていたのか、暮らしていた人々の悲痛は歴史に残っていない。「だが、私が、そこで生涯を終えた人たちの悲しみのなかにすこしでも分け入ることができたとすれば」と断って、須賀はこう言葉を継ぐ。


それは、ある十二月の夜、ゆるやかに流れるジュデッカ運河をへだてた真向いに、皓々と人工の照明をほどこされて闇を背に勝ちほこっていた、あの石の虚構を極限にまで押しすすめたような、レデントーレ教会のファサードに気づいたときだったかもしれない。


運河を隔てた、この「病院」の真向かいには、レデントーレ教会と呼ばれる聖堂がある。それが夜間になるとライトアップされるのである。須賀は、数百年を経て、河岸からこの教会のファサード、すなわち教会の正面部分を見たとき、そこに消えることのない、また、終わることのない沈黙の祈りというべきものを感じる。

また、同時にここで須賀が耳にしているのは、声をあげずに亡くなっていった者たちの悲傷に彩られた呟きである。だがその声は同時に、この声を聞き得る者の心にもまた、悲しみが宿っていることを告げる。おまえは慰藉と癒しをもとめてよいのだと静かに語りかけるのである。

文字によって詩がつむがれ、それはときに祈念の域に達することがあるように、建築もまた、姿というもう一つの「コトバ」によって、言葉にならない祈りを人に、また、天に届けようとすることがある。先の一節のあと須賀はこの教会の建築家アンドレーア・パッラーディオ（一五〇八～一五八〇）の心を映しとるように、この聖堂に込められた悲願のような想いを語り始める。

これを設計した建築家パラディオは、もしかしたら、完璧なかたち以外に、人間の悲しみをいやすものは存在しないと信じていたのではなかったか。しかし、同時に、完璧な世界、すなわち、当時パラディオもふくめたこの島の知識人たちにもてはやされたユートピアの思想さえ、虚構を守ってくれるはずの石を海底でひそかに浸蝕しつづける水のちからには、いつか敗退する運命にあるという意識が、どこかで彼らを脅かしていたからではなかったか。


多くの、そして深甚な悲しみは、ときに言葉という器では受けとめきることができない。そのためには「完璧なかたち」という無言のコトバが必要になる。文学においては、言語が意味の器であるように、建築においては「かたち」がその役割を果たす。それが、聖堂がこの世になくてはならない理由だと須賀はいう。

建築が芸術の一形態であることは論を俟たない。しかし、現代人はそこに込められた繊細な思想、理念、あるいは祈禱を十分に感じ取れていない。あるいは建築が語るコトバを理解する感覚が開けていないのかもしれない。

哲学者の九鬼周造が、その主著『「いき」の構造』で、建築に秘められた心情をめぐって論を展開している。ある深みに達した情感は、建築という表現によって語られることがあることをポール・ヴァレリーの『ユーパリノスあるいは建築家』にふれながら、こう記している。

メガラ生れの建築家ユーパリノスは次のようにいっている。「ヘルメスのために私が建てた小さい神殿、直ぐそこの、あの神殿が私にとって何であるかを知ってはいまい。路《みち》ゆく者は優美な御堂を見るだけだ――わずかのものだ、四つの柱、きわめて単純な様式――だが私は私の一生のうちの明るい一日の思出をそこに込めた。おお、甘い変身《メタモルフオーズ》よ。誰も知る人はないが、このきゃしゃな神殿は、私が嬉しくも愛した一人のコリントの乙女《おとめ》の数学的形像だ。この神殿は彼女独自の釣合を忠実に現わしているのだ」。（岩波文庫）

一つの言葉に万感のおもいを込めることができるように、人は、数理に、あるいはその果てに生まれる形象に、言明しがたい情念を注ぎ込むことができるというのである。

さまざまな文化には、建築というコトバによって語られた歴史がある。だが、ユーパリノスもいうように、それらは容易に読み解かれない。

世に歴史的と呼ばれる建造物のなかには権力者の威厳を示すものや、ある宗教的教義の立体的な表現となっているものもある。だが、ここで須賀の心を震わせたのは、また、九鬼やヴァレリーを動かしたのは、そうした公の思想の表現としての建築ではなかった。先の一節のあとに九鬼は、こう記している。

芸術的衝動は無意識的に働く場合も多い。しかしかかる無意識的創造も体験の客観化にほかならない。すなわち個人的または社会的体験が、無意識的に、しかし自由に形成原理を選択して、自己表現を芸術として完了したのである。自然形式においても同様である。身振《みぶり》その他の自然形式はしばしば無意識のうちに創造される。

「無意識的」とここで述べられているのは、言葉によってそれを捉えることのできない場所で、と言い換えることもできるのかもしれない。それが芸術の現場だ。

芸術は、沈黙のうちに享受されたとき、生命を帯びる。むしろ、語り得ないものを感じるところに芸術の意味がある。文学も例外ではない。文学とは、無意識的にはたらいた芸術的衝動を文字に還元することではない。文字によって文字たり得ないものを伝えようとすることにほかならない。

個人の、あるいはある人々に共通した心の深みにたゆたうおもいが、建築という姿に結実することがある、と九鬼はいう。このとき建築家に託された役割は、言葉の世界における詩人の使命に近い。表現する言葉を持たない市井の人の心中にあるおもいを引きうけるという神聖なる責務がそこにある。

先に引いたレデントーレ教会をめぐる一節に「虚構を守ってくれるはずの石」という言葉があった。別な言い方をすれば、教会を形造る石は、ある「虚構」を宿すことができるというのだろう。たとえ、現実の波がいつの日か、その石を浸食することがあったとしても、それまでは石が「虚構」の存在を守り続ける、というのである。

「虚構」は、須賀敦子の文学を読み解く隠れた鍵語の一つだ。霧、靴、匂い、石などといった明らかなものとは異なるのだが、それは作家須賀敦子の誕生に密接に関係している。この一語には、書き手として生きようと決意した彼女の心情が秘められている。

「パラディオのファサードが、いちどきにそういった［虚構を遠ざける］ことどもから私を解放してくれたといえば、それは誇張だろう。でも、その夜、それまで理解できなかったことに、光が射したのはたしかだ」（「ヴェネツィアの悲しみ」）と須賀はいう。

聖堂が扉となって須賀は、場所も時代も隔てたところで悲しみの仲間たちと呼ぶべき者たちと出会っている。ここでの「虚構」に人間が暮らすことはできない。しかし、その存在なしには生き続けることもまたできない何ものかである。そう書いた後、須賀は、不治の病という十字架を背負った者たちの生涯が放つ「光」によって見たものをめぐって語るのだった。

すなわち、不治の病者の河岸と対岸のレデントーレ教会にはさまれて、私は、じぶんにとっての不治の病を乗りこえるには、あれほど怖れてずっと遠くに置いていた、形態の虚構という手法のちからを借りるしかないことに気づき、同時に、そのことが、いつまでも私の不治の病でありつづけることとの予感に気づいたのではなかったか。

耐えがたい病を背負った人たちの光に照らされて須賀は、自分の内面にもまた「じぶんにとっての不治の病」、「私の不治の病」がはっきりと刻印されているのに気がつく。伴侶を喪ったという出来事は、「不治の病」となって自分のなかにその痕跡を残している。そのことがはっきり分かった彼女は、その悲傷をもう完治させようとはしない。むしろ、それと共に生きて行くほかないという目覚めにも似た実感が静かに、しかし、確かに彼女を貫いている。

先に引いた一節を字義通りに読む。読者はある種の困惑を感じるかもしれない。彼女は「虚構」を遠ざけなくてはならないと語っているのか、「虚構」こそが杖となって倒れそうな自分を支えてくれていると語ろうとしているのかが、一見すると判別しづらい。だが、これも須賀の内面の矛盾と混沌の如実な表現なのだろう。むしろ、人の心はつねにそうした論理を超えた秩序によって貫かれていて、彼女はそれをありのままに語ったといった方がよいのかもしれない。

「そういったことどもから私を解放してくれた」と述べられているのは、夫が生きていたときのような生活を続けようとする状態から脱却することにほかならない。彼女はそこから脱け出したのではないと述べつつ、ある重大な発見がそこに随伴していることを隠さない。

このとき彼女に「虚構」から真の意味において抜け出すには「虚構という手法のちから」を借りるほかないという自覚が芽生える。「虚構という手法のちから」それは文学のちから、ことに「小説」という「手法のちから」にほかならない。

須賀敦子の文学が、没後二十二年を経てもなお、そのちからを失わないのは、彼女が優れた文章家だったからだけではない。彼女の歩かなければならなかった道が、必然的に独自の、そしてそれが結果的に新しい形式の誕生へと結実していったからである。

須賀に優れたエッセイがあることに異論はない。しかし、『ミラノ　霧の風景』『コルシア書店の仲間たち』『ヴェネツィアの宿』といった主著は、いわゆるエッセイ集ではない。これらは皆、高次な意味における小説だ。それも従来の私小説とは一線を画す、新しい意味と可能性を蔵した私小説なのである。「虚構」が、事実を真実の経験に昇華する。この働きを須賀がどれほど切望したか、彼女の作品を、狭義における「エッセイ」として読むだけでは感じにくいように思われる。

志賀直哉に代表される近代日本の私小説家たちは、あるときから書くための生活を自分に強い、そこにはある種の演技者めいた日常が展開された。そこにあるのは真の日常ではなく、文学的な日常であり、不自然な虚飾すらある。そうした文学のありかたを強く批判したのは中村光夫だった。だが、須賀はそうした演技からは離れたところにいる。彼女は今の自分を小説のかたちで書くことはなかった。彼女はいつも過去の世界から意味を掬いあげるように言葉をつむいだ。

彼女にとって小説を書くとは、ある種の発掘に似ていた。見過ごしてきた人生の大事を歴史のなかからよみがえらせることにほかならなかった。十六世紀に不治の病を生きた人々も、さまざまな戦争を生き抜いてきたユダヤ人たちも、あるいはアッシジの聖者も彼女にとっては、共時的世界では「同時代人」だったのである。
また彼女は、共時的に精神的故郷というべき場所を見出していった。故郷が、生まれた場所を意味するのであれば、アッシジ、ミラノ、ペルージャ、そしてヴェネツィアは、須賀の生涯を考えるとき、精神的新生を遂げた重要な場所（トポス）になる。なかでもヴェネツィアは、特別な役割をもつ場所だった。大げさな表現に映るかもしれないが、ヴェネツィアを訪れることがなければ須賀は作家にはならなかっただろうとさえ思われる。
当初は何も期待せずにこの街に出かけた須賀だったが、帰るころには、遠からずまた、この場所を訪れようと心に決めていたのではないだろうか。ルチッラとの訪問のあと須賀は、幾度かヴェネツィアを訪れるようになる。一九九三年、帰国して二十余年を経たあと、ふたたびヴェネツィアを訪れ、かつてルチッラと歩いたところを訪れる。このとき、かつてのヴェネツィア行きを確かに振り返るようにこう書いている。

いつ死ぬかもしれないといわれてそだった黒い目のルチッラが、死にそうだった私に生きるちからを注ぎこもうとしていた。

私たちはこの言葉を字義通りに受け取ってよい。ここで述べられているのは彼女の真実である。人生の同伴者を喪うとき、残された者もまた、別種の生命の危機を経験する。だが、先の言葉が彼女の口から洩れるまで、二十余年の歳月が必要であるように、危機にある者は、自らが生の断崖にいることを知らない。

ヴェネツィアで胚胎した「虚構」の種子が芽吹くには、少しだけ時間が必要だった。そこで決定的な影響を与えたのが川端康成の存在であり、彼の小説だった。

一九六八年十二月、ヴェネツィアから帰った翌月、須賀は川端康成に会っている。ノーベル賞の授賞式のあと、川端康成夫妻がローマに立ち寄ったとき、その郊外にある森に囲まれたレストランで食事を共にしたのである。在伊日本大使館の職員の計らいでこの面会が実現した。須賀が川端の『山の音』をイタリア語に翻訳する、その許可を得るというのが表向きの理由だった。

夫の生前から須賀は、日本文学をイタリア語に翻訳していた。その仕事は、ボンピアーニ社から刊行された『日本現代文学選』に結実する。夏目漱石、森鷗外、樋口一葉、泉鏡花、芥川龍之介、谷崎潤一郎、志賀直哉、太宰治、三島由紀夫、石川淳、中島敦などの作品を翻訳している。『ミラノ　霧の風景』では六四年の刊行となっているが、年譜では六五年九月に刊行が始まったと記されている。須賀はこの仕事に四年の歳月を費やすことになる。

この仕事を機に、翻訳者「リッカ敦子」の名前はイタリア文学界にも知られるようになる。彼女の翻訳を読んで文学の道に進もうと決意した作家がいる、という話を須賀も控えめに書いているが、私も別の場所で同様のことを耳にしたことがある。翻訳者としての須賀の業績は、作家としてのそれに劣らない重要なものであるのはもちろん、翻訳という持続的な濃密な読書経験を経て、彼女が書き手になったことも見過ごしてはならないだろう。須賀は、確かに新しい領域を切り拓いた。しかし、それが先人の格闘を十分に受け継いだのちだったことも記憶されてよい。

『山の音』を翻訳するという仕事は、こうした業績の上にある。当時のことをめぐって須賀は『ミラノ　霧の風景』で次のように書いている。文中に出てくる「ボナチーナ君」とは、ボンピアーニ社の編集者である。厳密にいえば須賀の担当であり、『日本現代文学選』の企画者だったセルジヨ・モランドのアシスタント・エディターだった人物である。

ボナチーナ君が最後に私の翻訳の面倒を見てくれたのは、川端康成の『山の音』だったから、六八年か九年にかけてのことである。それは、翻訳の仕事をはじめたときから私の訳に一応目を通してくれていた夫が六七年に死んで、すっかり自信をなくしているときだった。翻訳の依頼を受けたとき、私は作品の一部を訳して、ボナチーナ君に、このままでも読むに堪えるものかどうか判断してくれるように頼んだ。これが駄目なら、私のそれまでの仕事はすべて、夫あってのことだったのだと（そのことについては、今日も疑わないが）、背水の陣のつもりで、そう頼んだのであった。数日後、ボナチーナ君から電話があって、例の羞らったような、一語一語かみしめるような口調で、「だいじょうぶ、あれでいけます」という言葉を聞いたとき、自分にとってほんとうの意味でのキャリアがはじまった、と私は思った。（「セルジョ・モランドの友人たち」）

『山の音』の刊行は一九六九年である。この引用に記されている出来事はその前年のことなのだろう。彼女の翻訳が当初、夫の多大な支えのもと実現したことは先の一節からもうかがえる。もちろん、力量は時を追うごとに変化していったのだろうが、彼女はそのことに気がつかない。『山の音』の翻訳は、新たな出発を遂げようとしている須賀の試金石となる仕事だった。そして彼女はそれを成し遂げた。

この作品のあとにも須賀は、一九七一年に帰国するまでのあいだに谷崎潤一郎の『猫と庄造と二人のをんな』をはじめとした作品集や、安部公房の『砂の女』を翻訳している。これらの仕事の端緒となったのが『山の音』の成功だった。

初対面だったにもかかわらず、須賀と川端の対話は何かに導かれるように静かに展開していった。須賀は、食事が終わっても、席を離れるのは惜しいと感じる。ノーベル賞の授賞式が行われたスウェーデンの気候やイタリアにおける日本文学の受容をめぐって言葉を交わしているうちに、話は前年に亡くなった夫のことに及んだ。須賀はふと、「あまり急なことだったものですから」という（「小説のはじまるところ」『本に読まれて』）。

先にもふれたがペッピーノは、伴侶であるとともに文学の、あるいは霊性の導き手だった。彼の死は、空が暗転し、道が閉ざされるような出来事だった。先の言葉に須賀は、「あのことも聞いておいてほしかった、このこともいっておきたかったと、そんなふうにばかりいまも思って」と続けた。

すると、黙って聞いていた川端が、「あの大きな目で一瞬」、須賀をにらむように見つめたあと、「視線をそらせ、まるで周囲の森にむかっていいきかせるように」こう語った。「それが小説なんだ。そこから小説がはじまるんです」。

言葉は印象的だったが須賀はまだ、川端が言ったことの真意を捉えきれていない。むしろ、伴侶を喪った自分の気持ちも知らないで、「小説の虫みたいなことをいう人」だと思うだけだった。だが、このときから、川端の言葉が須賀の心を離れない。『山の音』を翻訳しながらもつねにそれが須賀に付きまとった。

同じエッセイで須賀は、「やがてすこしずつ自分でものを書くようになって、あの言葉のなかには川端文学の秘密が隠されていたことに気」がつく。「それが小説なんだ。そこから小説がはじまるんです」というときの「それ」とは何を意味し、「そこから」が、川端にとってどこからかを知ることはそのまま、彼の文学の秘密にふれることになる、というのである。

このエッセイで須賀は、川端が若き日に書いた「葬式の名人」と題する小説にふれ、この「主人公の述懐は、そのまま、虚構＝死者の世界を、現実＝生者の世界に先行させる川端詩学の出発点ということができる」という。多くの人は、現実世界における事実に生活の根拠を据えている。しかし、川端は違う。彼にとってより確かなものは、記憶の世界と死の彼方にある冥界にあるというのである。また、『山の音』をめぐっても、「記憶と死が、ここでも現実の世界に優先させられていることに注意したい。まさに『小説のはじまり』なのである」と書いている。

ここでは詳論しないが、川端は、若き日から神秘に魅せられ、その世界と深く交わった人物だった。早くに家族を喪った川端は、今東光と交友を結び、彼の家族にもまるでその一員のように厚遇される。川端はその恩を生涯忘れることがなかった。東光の父、武平は、日本郵船で船長を務めた人物だったが、あるときからインドの神秘家クリシュナムルティの教え――神智学という――に目覚め、仕事を辞め、その日本支部を開いた。川端は、武平から多大な影響を受けている。その痕跡は小説「抒情歌」に顕著に見ることができる。この作品は、人は死を経ても、生きなければならないことが切実な声で語られる言葉から始まる。

死人にものいいかけるとは、なんという悲しい人間の習わしでありましょう。
けれども、人間は死後の世界にまで、生前の世界の人間の姿で生きていなければならないということは、もっと悲しい人間の習わしと、私には思われてなりません。（『水晶幻想・禽獣』講談社文芸文庫）

生者は死者に呼びかけずにはいられない。それは、終わることのない悲しみの業には違いないが、人は、死を経たあとも生者のときのおもいを抱えたまま「生きていなければならない」。このことにも別種の悲しみがある、というのである。同質の世界観は『山の音』にも生きている。

死者たちの国を無視した世界をどんなに烈しい言葉で描いてみても、そこに文学は生まれない。生者を描くとは死者と共にある生者を描こうとすることにほかならないというのが川端の原点、「小説のはじまるところ」だったのである。

愛する者が死んだという事実の彼方に、真実をかいま見たいのなら「小説」を書くとよい、川端は、当時はまだ翻訳者だった須賀にむかって穏やかな促しを送る。川端が須賀に送った言葉は、川端が数えきれない悲しみの果てにたどり着いた文学上の告白のようなものだった。

『十六歳の日記』で述べられているように川端は、幼いころから幾つもの死に寄り添い、葬儀に立ち会わなくてはならなかった。死と別れが川端の文学の原点であり、彼にとって文学とは、悲痛と苦しみのなかに生きる意味を探し出そうとすることと同義だった。

先にふれた「葬式の名人」の一節を須賀が引用している。引用はときにその人の言葉よりもその人の心情を映し出すことがある。

生前私に縁遠い人の葬式であればあるだけ、私は自分の記憶と連れ立って墓場に行き、記憶に対《むか》って合掌しながら焼香するような気持になる。(『伊豆の踊子・骨拾い』講談社文芸文庫)

この言葉には少し補足がいるかもしれない。この小説の主人公は「記憶しているだけでも人間の臨終を五六度は見ている。末期の水の最初の一筆で死人の唇を潤おしたのも三四度覚えている」というくらい、人の死を近くに経験している。葬儀に出るのもじつに頻繁で「二十二歳の夏休み、三十日足らずの間に私は三度葬式に参列した」との記述もある。

この人物はいつの間にか、誰の葬式でも心のなかでは、自分の大切な人をおもうという習性を身に付けていった。そうすることが、見ず知らずの人に敬虔な心持ちを捧げられるただ一つの道だと信じている。生者が死者に送ることができるのは、悲しむふりをすることではなく、いのちをめぐる敬虔な心情であり、彼は、個の記憶を窓にしつつ、それを超えたものにつながろうとするのである。

同質のことを須賀は、ヴェネツィアで「不治の病者の河岸」に佇んだときに経験したのではなかったか。それはゲットにあったユダヤ人虐殺の歴史を告げるモニュメントの前に立ったとき、彼女によみがえってきた「記憶」でもある。自分の悲しみを深化させることしか他とつながる道はなく、他とのつながりによってしか自分の悲しみは深化しないことを須賀は、ヴェネツィアへの旅と川端の言葉によって知ったのである。

川端の代表作『雪国』をめぐる須賀敦子の理解も注目してよい。「ふたつの世界をつなげる『雪国』のトンネルが、現実からの離反（あるいは『死』）の象徴であると同時に、小説の始まる時点であることに、あのとき、私は思い到らなかった」（「小説のはじまるところ」）というのである。

ここで須賀が述べているように、川端にとって『雪国』における「トンネル」は、この世である顕界と死者の国である冥界をつなぐものにほかならなかった。読者のなかには、越後湯沢に駒子が暮らした場所を探した者もいたが、川端の実感はまったく異なるところにあった。須賀はそのことを看取している。のちに川端は批評家の奥野健男に、この小説には生者は描かれていないと語っている。この世のいのちが、彼方の世界に還って行こうとする本性を描き出すこと、ここに川端の、また、須賀敦子の文学の原点がある。

先に見た「抒情歌」には、文学とは屹立した個によって行われる営みではなく、連綿たる精神の、あるいは霊性の衝動に貫かれた、個でありながら、個を超えたところで行われる営みであることを示す言葉がある。

おかしいといえば、私が今夜あなたにものいいかける言葉もおかしなことだらけのようですけれど、でも考えてみますと、私は幾千年もの間に幾千万の、また幾億の人間が夢みたり願ったりいたしましたことばかりを言っているのでありまして、私はちょうど人間の涙の一粒のような象徴抒情詩として、この世に生れた女かと思われます。（『水晶幻想・禽獣』）

「人間の涙の一粒のような象徴抒情詩として、この世に生れた女」、須賀はこうした言葉を自分で書くことはない。しかし、川端によって描き出されたこの女性の姿と須賀の生涯が著しく共振する。川端の言葉がそうであったようにヴェネツィアは、須賀にとって街の姿をした守護者だった。しかし、人はいつかその包み込む手を離れて、現実に帰らねばならない。『ミラノ　霧の風景』には、この街が旅立ちを促したかのような言葉が記されている。

まぼろしの時間は、しかし、いつか現実への回帰を余儀なくされる。途方もない夢を現実と交換して生きてしまったヴェネツィアが、ふと、忍びよる滅亡の運命の重みを感じて、正気の溜息をもらすことがある。いつか、ホテルの枕もとで私が耳にした、あのひそやかな水音は、そんな瞬間のヴェネツィアの呟きだったような気もする。(「舞台のうえのヴェネツィア」)

一九七一年八月、須賀は日本に帰国する。『山の音』の翻訳を終えたころから静かに動き始めた彼女は、二年弱の間に日本での新しい職を得るためにさまざまな知人にも援助を乞うた。

また、この間に彼女は二つの大きな出来事を経験する。一つは、エマウス運動との再会、そして父の死である。

第二十二章　二度の帰国

本格的に日本に戻ってくることになったのは一九七一年の八月だが、その前年の三月十五日に須賀は一時帰国して、二ヶ月ほど日本に滞在している。父豊治郎が危篤になったのである。六七年に手術をした癌が悪化、父親は、須賀の帰りを待つようにして翌日亡くなった。六十四歳だった。「翌日の早朝に父は死んだ。あなたを待っておいでになって、と父を最後まで看とってくれたひとがいって、戦後すぐにイギリスで出版された、古ぼけた表紙の地図帳を手わたしてくれた。これを最後まで、見ておいでしたのよ。あいつが帰ってきたら、ヨーロッパの話をするんだとおっしゃって」と『ヴェネツィアの宿』の「オリエント・エクスプレス」には記されている。

のちにふれるが、「父を最後まで看とってくれたひと」とは、いわゆる知人ではない。父親の愛人である。須賀が大学に進学して、実家を離れたころから、父母の仲があやしくなっていた。

両親の不和という問題は、須賀の生涯に甚大な影響を及ぼしている。だが、彼女はそのことを『ヴェネツィアの宿』（一九九三）まで書くことはなかった。むしろ、このことを書くために須賀はペンを執ったようにも思われる。別の言い方をすれば執筆に四十余年の歳月が必要なほどその影響は深かったともいえる。

『コルシア書店の仲間たち』がダヴィデの生と死を通奏低音のようにしながら進展していくように、

『ヴェネツィアの宿』では父豊治郎がその役割を担っている。『ミラノ　霧の風景』と『トリエステの坂道』ではペッピーノがその位置にあり、最後の著作となった『ユルスナールの靴』では須賀自身の生涯がその役割を担うことになっていった。

その様子はまるで『神曲』におけるダンテのようだ。作品中、ダンテは天界をさまざまな死者に導かれながら歩く。須賀はダンテの『神曲』を愛し——その翻訳が遺稿として刊行されたが、彼女にとって言葉をつむぐとは、亡き者に導かれながら歩く精神の、あるいは「たましい」の旅にほかならなかった。

『神曲』のような形而上的な意味においてだけでなく、人生はしばしば旅にたとえられる。須賀の人生は、外的にも内的にも烈しい旅の連続だった。それは父親ゆずりだったのかもしれない。最期のときまで地図を手にしたように豊治郎もヨーロッパへの強い共感を抱いていた。はじめての留学のとき、家族は必ずしもよい顔をしないなかで、一人賛意を表明したのが豊治郎だった。そればかりか彼はヨーロッパで何を見るべきかまで仔細に指示をしている。

難関と思っていた父のほうが私のフランス行きに思いがけなく賛成してくれて、台風が過ぎたばかりの七月の朝、私は神戸港から欧州航路の船に乗った。そのころ父と母は、どうにか形だけは夫婦らしくやっていたけれど、気持は離れたままで、とくに母にとっては、平然とふたつの家を往き来する父はうとましくて、その鬱屈した思いが、母の健康をむしばんでいた。
二年後にパリから私が帰国したとき、父は家が明るくなったと言ってよろこび、毎日、会社から帰ってくると、私にヨーロッパの話をさせては、それを自分が行ったころと比べて、そうか、なにもかも戦争で変ったのだな、と溜息をついたり、そうだろう、ヨーロッパはそんなところなんだ、と大声であいづちを打ったりした。（「旅のむこう」）

娘の留学は彼にとって、自分が果たしえなかったことの実現でもあった。留学のときだけではない。ペッピーノが亡くなり、娘が日本にいられるようになっても彼は意見を変えなかった。須賀が日本に残ろうとしたのは、癌を患っている父の看護をするためだった。しかし、その申し出を聞くと父は言下にそれを断る。


私がこうしているあいだにもひとり死に向っている父に、いましてあげられることは、これだけしかないのだ。夫が死んでふた月後の夏に、母の危篤で帰国したとき、父はすでに一回目の胃の手術を受けたあとだった。母の病状が一応、落着いたあと、父の看護をするために日本にとどまるべきかどうか迷う私に、父はきっぱりいった。おれのために、いまさら、おまえの選んだ生き方を曲げるな。ミラノへ帰れ。（「オリエント・エクスプレス」）


次に須賀が父の顔を見たのは、先に引いた臨終のときである。父の葬儀は、カトリック夙川教会で、父も知っていたヴァラード神父によって執り行われた。彼は日本におけるエマウス運動の牽引者となる人物である。

エマウス運動と須賀の出会いをめぐってはすでにふれた。この人物が須賀の近くにいたことは、この運動との関係において決定的、かつほとんど運命的といってよい影響を与えている。

ロベール・ヴァラードは、カトリックの神父でパリ外国宣教会に属していた。この修道会は、ときに熾烈なまでに勇敢な聖職者を輩出する。ヴァラードは、一九五〇年代のはじめから、当時神戸にあったスラムに足しげく通い、そこにいる人々の救済のために活動を始める。一九五六年、彼は神戸市生田区に暁光会を立ち上げ、共同生活を基軸にした運動を始める。

須賀がヴァラード神父の存在を知ったのは、聖心女子大学を卒業した翌年（一九五二）である。このとき彼女は自分の未来の道を探しあぐねていた。彼女は神父に運動に参加したいと胸のうちを明かすが、「女の子はいらない、文学をやりなさい」といって断られる（「年譜」）。そういった神父は、二十年後にこの女性が日本におけるもう一つのエマウスの灯火になることなど想像もできなかっただろう。

女性には無理だ、と神父が無下に断ったのにも理由がある。現場は力仕事の連続だからだ。「廃品」には、一人では持ち上げることのできない家具もある。当時のエマウスの現場の状況は、一九七三年に発表された須賀の「エマウス・ワーク・キャンプ」と題する一文に詳しい。

「労働と共同生活を通して、生活に困っている人たちをたすけよう」というのが、私たちのモットーの一つであるが、エマウス・ワーク・キャンプの大切な要素の一つは、共同生活、文字どおり寝食を共にして労働にはげむことにある。食事も設備も労働時間も、大体、暁光会のクズ屋さんたちのそれに準ずることになっている。

エマウスは、貧民救済の運動であるだけではない。さまざまな意味において「貧しい人」との共生社会を創出しようという試みだった。この運動はエマニュエル・ムーニエが考えた「共同体」の実践にほかならない。それは社会的な新しい共同体であると共に霊性的なそれでもある。

修道院がそうであるようにエマウスも共同生活を基軸にして行われる。「いま、これを書いている小さな事務室のとなりの台所では、数人の若い人たちが賑やかに、しかし真剣に、廃品回収用のビラを準備している。明日、それを持って、清瀬市東部の団地の、四百軒近い住宅を一軒一軒まわって歩くのだ」とも書いている。

だが、実際に始めてみると、暁光会のやり方をそのまま行っていくのには困難もあった。「女の子はいらない、文学をやりなさい」とヴァラード神父が思わず口走ったように、神父によって率いられた共同体は男性主導だった。だが、須賀は次第にそのやり方とは別な選択があるのではないかと感じ始める。先の文章の二年後に書かれた「エマウスの家での試行錯誤」(『須賀敦子全集　第2巻』)で須賀は、何もかもを男女が平等にやるのではなく、それぞれの特性を生かしていく。そうした不文律ができて行く過程をいきいきと描き出している。

重い家具や冷蔵庫を運ぶときはどうしても男性の力がいる。だが、共同生活での調理などを男性だけで行うとどうしても残りものをうまく使えず経費がかさんでくる。「男だからこの仕事はだめとか、女だからこうでなければならないというような既成概念(その他のあらゆる既成概念もふくめて)にとらわれるのを避けるため、〝専門家をつくらない〟という原則ができあがった」。

さらに須賀は、自分のいう「専門家」を「仕事が、それをする人間を喰ってしまった結果、仕事の顔しか持たない半人間」であるという。仕事だけができる人間になってはならない。仕事がより人間を生かしていく契機になって行かなくてはならない、というのである。

「効率をよくするためには、人間的な、全人格的なものの見方、考え方が平気でふみにじられてしまう現代社会のやり方からみると、実にいらだたしい感じを与えるかもしれない。しかし、結論をいそぐことは、いつも間違っている」とも須賀は述べている。ここでの「人格」は、ムーニエのいう「人格《ペルソナ》」にほかならない。働くことは、その人のなかに潜んでいる人間であることの証しを開花させる行為でなくてはならない、というのである。
エマウス運動に従事しているとき須賀には、フランスで見た労働司祭の姿や労働をめぐるヴェイユの言葉が随伴していたのだろう。それはすでに意識されないほどに身体化していたのかもしれない。もうひとり、エマウスをめぐる須賀の姿をみるとき、想起されるのがハンナ・アーレントだ。アーレントは『人間の条件』で、仕事と労働を区別しながら、労働の優位を説いた。

生命の祝福は、全体として、労働に固有のものであって、仕事の中にはけっして見いだされないものである。たしかに仕事を完成したあとにも救いと喜びが訪れる。しかし、その時間はどうしても短い。だから、これを、労働がもたらす生命の祝福と混同してはならない。

同質の言葉が須賀によって書かれたとしても驚かない。一九七七年に書かれた「福祉という柵」と題する一文がある。そこで須賀は、自分が考える労働と社会の原型をめぐって次のように述べている。

もたつきながら自分達の苦しみを見つめ、それに腹を立て、それに泣かされながらも試行錯誤をつづけていく社会、より自己充足的でない施設を目指していきたい。そうでないと、人類が人類として、生き残れないと思うからだ。政治も勿論、福祉政策を、そのような方向にもっていくべきだと思うし、それ以前に、私たち一人一人が、毎日の生活のひたすらな能率主義を、自分よりゆっくり歩いて行く人と歩調をあわせるために、少しずつ崩していく以外、私たちが、もう少しゆっくり歩こうとすること以外、どうにもならぬのではないか。(『須賀敦子全集　第

2巻』）

「もたつきながら自分達の苦しみを見つめ、それに腹を立て、それに泣かされながらも試行錯誤をつづけていく社会」、安心して人がもがき、苦しみ、ときに悲しみ、嘆くことのできる社会をつくること、それがコルシア書店、エマウス運動を経験した須賀の帰結だった。生産性によって価値を測る社会ではなく、存在の一個性において認識され、重んじられる社会、世に同じ苦しみ、同じ悲しみはなく、どれもが固有の意味と、高次な意味における価値を有する。それが須賀敦子の人間観だった。

一九六八年、大病を経験した翌年、豊治郎は後に自身の葬儀を司式することになるヴァラード神父から洗礼を受けている。高等専門学校生で須賀が洗礼を受けたとき、彼女の家族にキリスト者はいなかった。しかし、父が亡くなるころにはキリスト者ではない者がいなかった。このことは須賀が語った、というよりは体現した信仰のありようが、ある強度をもつものだったことを物語っている。

豊治郎が、決定的に家を離れたのは一九六七年、胃癌の手術を受けたことが契機になった。この年は、須賀の人生にとって見過ごすことのできない一年である。一月に父が手術、六月には夫が亡くなり、八月半ばには母が危篤になり、九月には祖母が亡くなっている。須賀がヴァラード神父と再会したのもこの年のことだった。

家族の問題とエマウスとの関係は須賀の人生のなかで、一度ならず共時的に起こっている。近しい人との関係で試練に直面し、出口が見いだせなくなるとき、須賀の前に労働という道が開かれるのである。

彼女が父親にもう一つ、帰る家があることを知ったのは一九四九年、彼女が二十歳になる年のことだった。東京で暮らしていた須賀は、大学の休暇に合わせ帰省する。実家に戻ったのは休暇のためもあるが、父母が共に体調を崩していたからでもあった。「からだの不調を訴えていた父が、なんの前触れもなしに家を出てしまったと母から聞いたのは、十一月のはじめ大学の休暇に帰省した日の夜だった」(「夜半のうた声」)と『ヴェネツィアの宿』には記されている。

少し話が複雑なのだが、じつは、母親からこの事実を告げられる以前に、須賀は愛人の女性と会っていた。同じ年の四月である。だが、作品ではこの期間が描き出されていない。父親の愛人の存在を母親に言えない期間が半年以上もあった。しかし、それは母親も同じだった。須賀は、その女性に会ったというより、入院していた父親をたずねたとき、傍らに女性がいたのである。

そのことを伝えると病床にいた母親は、「やっぱりそうだったのねえ」といって淋しげに笑う。「どうもあの人はうそをついてると感じてはいたんだけれど、信じたくなかったのよね」と続けた。母親の名前は万寿という。須賀は、「細いきれいな母の手を見ていると、私は、やはりぜんぶ話してしまおうと思った」と書きつつ、こう続けている。


「ママ」私がひくい声で呼びかけると、母は顔をあげてこっちを見た。

「ママ、女の人がいた」

「え?」

「ふだん着すがたの女の人がパパといっしょに歩いていて、パパのこと親しそうにあなたって呼んでた。付添いさんていうんじゃない」

母の目が暗さでいっぱいになって、そのまま私をじっと見つめていたが、またうつむいて、手をさすりはじめた。斜めの西日が廊下の突き当りの窓から射しこんでくる時間だった。

夫に愛人がいることは、うすうす感じていたが、それを認めると現実になってしまう。万寿は、事実を意識で感じていながら、それを心の現実にはしない、という日々を生きていた。しかし、その幻想を娘の言葉が打ち破る。

心を統御できなくなった万寿は、突然、夜中にもかかわらず、小さな声で歌を歌い始めた。聞こえてくるのは、歌というには歌詞が不明瞭な、「細い声のメロディーだけ」で、それを耳にしていると「こわくなった」と須賀はいう。「こうしてうたっているうちに、ひょいとわけがわからなくなったらどうしよう」、そんな思いが彼女の胸を貫く。須賀はこう続けている。

「ママ」と呼んでみた。「なにうたってるの」

返事はなくて、母はうたいつづけた。まくらに顔をぴったりとつけて、私は声がやむのを待った。手が汗ばんでいるのがわかった。

むすめのころ、わたしは歌が上手だったのよ、母はよくそう言って自慢した。でも、私たちが生まれた芦屋の家の記憶のなかには、母が歌をうたっている光景はない。

芦屋の家には母の歌声はないのだが、東京で暮らした麻布の家では違った。姑からも離れ、家族だけで暮らす生活では、万寿は折にふれ歌を歌った。彼女に歌を教えたのは豊治郎だった。ヨーロッパを愛する夫は妻に横文字の歌を教えた。妻は、意味も考えずそれを愛しんだ。万寿にとって、それは夫からの目には見えない贈り物だったからだろう。まるで、部屋でひとり箱から「宝石」を取り出してみるような行為だったのかもしれない。歌うことは自分からの夫への愛を確かめる行為でもあっただろうし、また、夫から注がれた情愛を確かめることでもあったのではなかったか。

娘たちの子育てが一段落するころから、豊治郎と万寿のあいだがぎくしゃくし始める。特別な原因があったのではない。むしろ、要因は、北国の夜に雪が降り積もるように折り重なっていった。須賀の実家が企業を営み、それを実質的に切り盛りしていたのが祖母だったことはすでにふれた。豊治郎は、経営者としては遅咲きだった。彼はオリエント急行——パリからトルコのイスタンブールまで行く寝台列車——を愛した。須賀は西洋から東洋へと通じる列車になぞらえて父親の生涯を語るのだった。

オリエント・エクスプレスには、だから、自分が若いときそれに乗って、朝から夜にむかって、また夜から朝へと、駅から駅へ、国から国へと旅をつづけた時間と空間への深い思いがこめられていて、その記憶が、跡取りの男子というだけのことで祖父ゆずりの会社の経営に不本意ながら参加させられ、戦争で軍部に協力を強いられたり、戦後の混乱時に彼がかわいがった何人かの優秀な人材が会社を離れていったりした大波のいくつかを、乗り越え乗り越えするうちにようやく仕事に自信をもつようになった父の晩年を、どこかで支えていたに違いない。オリエント・エクスプレス。なんという夢にあふれた名だろう。(「オリエント・エクスプレス」)

『ヴェネツィアの宿』の最終章が「オリエント・エクスプレス」である。この章をめぐってはのちにふれる。しかし、ここでの「オリエント」は須賀には単なる東洋ではなく、彼方の国を意味するものであったことは言及しておきたい。須賀にとって父は、理想を追い求め、それに接近しながらもわが身に引き寄せることができずに苦しんでいる、人生の探究者に映った。

年齢を重ね、力量が定まるまでの間、豊治郎はさまざまな重圧のなかで生活をしなくてはならなかった。意志はあるのだが、現実がついていかない。彼は少しずつ、現実生活から離れていくようになる。豊治郎は妻に、自分の弱いところを見せたくなかったのかもしれない。もちろん、妻は夫の弱いところを支え、共に生きて行きたいと思っている。だが、豊治郎のプライドがそれを許さない。

結婚を強く望んだのは豊治郎だった。万寿は自分が三歳年上なこともあって結婚には乗り気ではなかった。父親に愛人がいることを万寿に語ったあの日、彼女は「どうしても結婚しようって、あんまり熱心に頼むから、結婚してしまったのが、まちがいだったのよ」と幾度も言った、と須賀は書いている。

愛人の存在を告げた日、万寿は娘と目を合わせないように天井に向かって——それは天上に向かってでもあったのだろう——こう言った。

あの人は、がんらいわがままなのよ。エゴイストなのよ、母は言った。自分がいったんこうしようと思ったら、だれがなんといっても、ぜったいにいうことを聞かない。結婚がそうだったでしょう。双方の親類中が反対だったのに、強情いってんばりで押し切って。結局、いやな目を見るのは、わたしだけなのよ。おばあちゃんに気ばかりつかって、いいことなにもなかったわ。（「夜半のうた声」）

母親の前ではなるべく一人前の男でいようとする。だが、格好良くいたいと思ったのは妻の前でも同じだった。矛盾しているように見えるが、彼は、彼の美学に従って妻を愛そうとし、家を出たのではなかったか。

もちろん、それは愚者の決断だろう。しかし、人はしばしばそうした道を選ぶ。少なくとも須賀が描く両親の姿からは、関係の破たんではなく、豊治郎の逃避のように映る。妻から逃げたというよりも、勝手に決めた理想の自分という虚像から逃れたい、さらに豊治郎が脱出したいと思ったのは、母からでもあったことは容易に想像できる。

須賀は両親共に愛されたという実感があった。だが、その両親が互いに愛し合っていたわけではないことを、このとき初めて知らされる。それは須賀にとって考えたこともない分裂だった。そして、彼女が直面した愛の危機でもあった。

「父が家を出たことで、しかも愛人と暮らそうとしていると知ってから、それまでの、のほほんとした学生生活の風景がまるで裏返しになった」と須賀はいう。愛の発見はその人の人生を根底から変えるちからを持つ。だが、その喪失は、人生を深みから揺るがすことになる。先の言葉に須賀はこう続けた。

一週間、講義に出なかっただけなのに、寄宿舎に帰ると外国に来たような気がして、ついこのあいだまで、どうやってラテン語の授業をさぼろうとか、おねがいだから西洋史のノートを貸してとか、くだらないことを言いあって、仲がよかったり、喧嘩したりしていた友人たちが、ひどくのんびりしてみえて、自分とは別の人種に思えた。もっと本を読みたい、本みたいな生き方をしたいと、そればかり考えてきたのが、なにもかも泡のように消えてしまって、家族のことだけを考えなければならないという重圧に潰されそうだった。だれに話せばわかってもらえるのか。寄宿舎も授業も荒野になった。

この一節を読むと、須賀は大学の友人にも家庭のことは語っていなかったことが分かる。当時のカトリック教会において離婚は、現代よりもずっと大きな問題だった。それは神の前での約束を破ることになる、とされた。今は、かつてのような厳しさはないが、ある時期まで離婚を経験した人は、教会に近づけない雰囲気があった。

こうしたことも関係していたのかもしれない。家庭の問題は、それ以後の学生時代を通じた、解き難い問題となっていく。彼女を包み込んだ影は、卒業写真にも影響していると須賀はいう。

ずっとあとになってからも、私の卒業写真を見るたびに、おしゃれな母はくやしそうにつぶやいた。こんな粗末な着物を着せてしまって。もっといいものを買えないことはなかったのに、パパがいなくなったすぐあとだったから、気が転倒してたのよ。

原因は着物にあったわけではない。言うまでもなく理由は、両親の不仲だった。母親は自分と夫とのことが、娘にとってどれだけ大きな不安の種になっているのか十分には気がつけていない。それだけの余裕がない、というべきなのだろう。むしろ須賀自身は、このときの着物に満足していた。「自分にとっては初めての蠟纈《ろうけつ》染めの着物だったし、それを友人たちの総しぼりやら友禅の振袖と比べるなど考えもおよばなかったから、けっこうよろこんで着ていた」のである。しかし、「写真の私はひどく暗い顔をしている」。さらに「もう一枚の、キャップ・アンド・ガウンをつけたクラス写真では、まるで死期を告げられた病人みたいだ」とも須賀は書いている。

聖心女子大学の卒業アルバムは『門』という名前だった。そこにはそれぞれの写真とどんな人物だったかが端的な文章で記されている。この大学が、修道会の方針もあってアメリカの教育文化を積極的に取り入れていることは先にふれた。アルバムの紹介文も英語で記されている。

For Spiritual Bouquets and programmes, Atsuko was always our refuge. Wherever she is, merry laughter will be heard. Her smile is a revelation of her childlike heart,

誰が書いたのかは分からない。おそらく同級生が自分以外の人の紹介を書いたように思われる。Spiritual Bouquetsとは霊的花束と訳されることもあるが、カトリック教会でもちいられるいわば「祈りの花束」のことで、人々は、「物」ではなく、祈念を贈るという伝統的なならわしである。Spiritual programmesは、それに連なる霊性を深めていく霊的な生活を指す。そうしたある種の厳粛さを求められるとき、須賀の存在は、周囲の拠り所（refuge）となるものだった。彼女がいるところにはいつも微笑があった。彼女の微笑は、まるで「幼子のこころ」の現われのようでもあった、というのである。

学生時代、周囲にいた人のなかには彼女の異変に気がついていた人もいるかもしれない。だが、多くの人の目に須賀は、以前とかわらず、快活な姿をした、活力に満ちた女性に映った。同質のことは作家となった須賀においても起こっていたのではないだろうか。誰にも人には見せない姿はある。だが、それをどれほど覆い隠せるかには違いがあるだろう。その点において須賀は特異な能力をもっていたのかもしれない。それは須賀の本性というべきものだったのだろう。いたずらに強がる。そうした態度は、他者だけでなく、ついに自分をも偽ることになる。自分で自分を偽らないためにも須賀は、作品を生まねばならなかったのではないだろうか。彼女は、自分を最初の読者にするつもりでペンを執り、幾人かの亡き者を読み手としながら書き進めていったように思われる。

一九七〇年三月、「父上からのおことづけですが」といい、ローマに来ているという豊治郎の「会社の人と名のる会ったことのない人物」から須賀に電話があった。父親の病状がよくないことは弟からも聞いていて、須賀もほどなく帰国することになっていた。二年前に患った癌が進行し、余命がきわめて限られているという状態だったのである。電話をしてきた人物は須賀に奇妙な言付けをする。豊治郎が、土産物を希望しているという。それは「かつて自分がそれに乗って旅をした、ワゴン・リ社の客車の模型と、オリエント・エクスプレスのコーヒー・カップ」だった。

模型は玩具店ですぐに見つかった。だが、コーヒーカップの入手方法が分からない。当てもなく店を探しても見つかる可能性は高くない。友人に相談するとそれならばいっそ、オリエント・エクスプレスが発着するミラノ中央駅に行けばよい、ということになった。

駅に着く。須賀の行動は大胆だった。彼女は恰幅のよい車掌長にむかって「少々、おかしなお願いがあるんですけど」と話しかける。すると、初めて会ったにもかかわらず、この人物は「なんでしょう、マダム」「なんなりと、マダム、おっしゃるとおりにいたしましょう」と応えた（「オリエント・エクスプレス」）。

須賀は、父親が若き日にこの列車に乗って旅をしたこと、そのときの経験は今も彼のなかで生きていること、現在の病の状況がきわめて深刻であることを告げる。すると車掌長は、「わかりました。ちょっと、お待ちいただけますか」と言い残して、車内に入って行った。

ほどなく彼は「白いリネンのナプキンにくるんだ包みを」手にして戻ってくる。須賀はかすれる声で謝意を伝え、代金はどうしたらよいかと尋ねると、車掌長は「包みを開いて、白地にブルーの模様がはいったデミ・タスのコーヒー茶碗と敷皿を見せ」ながら何事もないかのようにこう言った。「こんなで、よろしいのですか。私からもご病気のお父様によろしくとお伝えください」

カップと模型を手に空港から父が入院している都心の病院へ直行する。病室に入ると父は、わずかに首を動かす。「パパ、帰ってきました」と、須賀が耳もとでささやくと彼は、ほとんどため息かと思われるような小声でこう言った。「それで、オリエント・エクスプレス……は？」。

亡くなろうとしているときまで、旅のことを思っていたのも事実だが、父親にとって旅は娘の夢とほとんど同義だったことを思うと、最後の一言は、彼の須賀への情愛の深みを感じさせるものでもあるのだろう。


パリからシンプロン峠を越え、ミラノ、ヴェネツィア、トリエステと、奔放な時間のなかを駆けぬけ、都市のさざめきからさざめきへ、若い彼を運んでくれた青い列車が、父には忘れられない。私は飛行機の中からずっと手にかかえてきたワゴン・リ社の青い寝台車の模型と白いコーヒー・カップを、病人をおどろかせないように気づかいながら、そっと、ベッドのわきのテーブルに置いた。それを横目で見るようにして、父の意識は遠のいていった。

「パリからシンプロン峠を越え、ミラノ、ヴェネツィア、トリエステ」、ここに記された場所は、これまで見て来たように須賀が人生を変えられた場所ばかりだ。『ヴェネツィアの宿』は、少し遅れた父親への留学の「報告書」のようなものだったのかもしれない。

父親が亡くなり、ミラノから帰国することは決めたが、その後、何をするかは簡単には定まらなかった。友人はいっしょに職を探してくれ、須賀もさまざまな可能性を検討したが、道は思わぬ方向へと開かれていった。須賀はいわゆる定職につかず、エマウス運動に没頭するのである。道が開かれた、というのは状況を精確に表現していないのかもしれない。それは名状しがたい何かに導かれているようでもあった。

日本へ帰る前の月、須賀はエマウス国際ワークキャンプに参加する。このとき須賀を案内したのはヴァラード神父だった。

「一九七一年に日本から初めて、この学生たちを中心としたキャンプに参加した私たち三人のエマウス・メンバーは、楽しく、しかも真剣に働く若い人たちの仕事ぶりにすっかり魅せられ、いつかは是非これを日本でも行ないたいと思った」と須賀は書いている（「エマウス・ワーク・キャンプ」）。

エマウスは、彗星がやってくるように須賀の心を射貫いた。このワークキャンプに参加していなかったら、彼女の人生は大きく変化していたに違いない。

日本エマウスの本拠地になったのは、修道院から寄贈された建物だった。親友だった高木重子だけでなく、彼女の周囲には修道女になった人も少なくない。かつて修道院だった場所で始められた新しい運動は、須賀にとってこれまでにない求道の試みだった。彼女は人の役に立ちたかっただけではない。その先で、神の面影をかいま見ようとしたのである。

一九七五年に辞任するまで須賀は、エマウスの責任者を務めた。須賀は、この運動に従事しつつ、研究者としてのキャリアを積み上げていた。いくつもの非常勤講師の仕事を経験しつつ、常勤職についたのは、一九七九年の四月である。須賀は上智大学の常勤講師になる。そこで須賀は、英語で近代日本文学を講義するという仕事に複数年従事したのち、助教授になったのは八二年、教授になるのは八九年である。作家としての最初の著作『ミラノ　霧の風景』が刊行されたのは、その翌年、九〇年の十二月だった。

第二十三章　ダンテを読む日々

須賀敦子をめぐって書かれた文章は少なくない。彼女を直接知る人、あるいは面識はないが、作品から衝撃を受けた人がそれぞれ言葉を残している。そのなかで『須賀敦子全集』に寄せられた松山巖の解説は特異の位置を占めるもののように思われる。

研究が進めば、今日では知られていない事実も明らかになるかもしれない。だが、松山の須賀の文学、思想、さらには信仰にも肉迫しようとする態度は、これから須賀敦子を読む者にも起点となるものだと思われる。

執筆の時期が、須賀の逝去から、さほど長く時間が経過していないこともあり、深い悲しみがそのままこの作家の秘密を読み解こうとする熱意に変貌していて、そこから発せられる熱は、今もなお、読む者の心を打つ。松山は、須賀がもっとも信頼した書き手だったのではなかったか。そうしたことも解説を特別なものにしている。

もう一つ、須賀敦子論と呼ぶべき作品ではないが、看過することができないのが、鈴木敏恵が書いた「哀しみは、あのころの喜び」と題する一文だ。鈴木は文字通りの意味で作家須賀敦子を発掘した人物だったといってよい。鈴木と出会うことがなければ須賀は、優れた研究者、翻訳者として知られることはあったとしても、創作家の芽が自分の心に育ち始めているのに気がつかなかったかもしれない。

出会いは、ある会議で須賀がイタリア語を日本語に訳す現場に立ち会ったことだった。当時鈴木は、タイプライターで知られたイタリア企業オリベッティ社に勤務し、その広報誌『SPAZIO』の編集にたずさわっていた。会議もオリベッティの社内でのものだった。一九七三年か四年のことだった、と鈴木は書いている（『文藝別冊　追悼特集　須賀敦子』）。

この頃からリッカ敦子の存在は、日本文学をイタリア語に訳した「才媛」として、すでに名が知られていたという。会議で須賀が操るイタリア語はもちろん、その日本語の美しさに鈴木は打たれる。仕事を依頼したいと思っているが、なかなか機会がやってこない。一九七六年、『SPAZIO』がミケランジェロの生誕五百年を記念する特集を組むことになった。このとき鈴木は須賀にミケランジェロの詩と書簡の翻訳を依頼する。

それまでもオリベッティの通訳やビジネス文書の翻訳の仕事を請け負うことはあったが、須賀にとって本来の意味で「書く」案件はなかった。この書簡の翻訳がイタリアから帰った須賀にとって初めての「翻訳」の仕事になった。

ここで手応えを感じた鈴木は須賀に「イタリアの詩人たち」の連載を依頼する。なぜか、須賀の生前は、この連載が本になることはなかった。

そのあと、さらなる転機を準備する仕事が二人に舞い込む。ナタリア・ギンズブルグの『ある家族の会話』の翻訳である。今となっては須賀の訳業のなかでも代表的なものの一つに数えられるが、世に出るまでには、幾つかの山を越えなくてはならなかった。

まず、須賀は、この翻訳の連載を七九年から八四年までの五年間にわたって続けた。そして、訳書刊行の際も、初版二千部の半数をオリベッティが買い取る、ということで実現した。オリベッティは自社が主催する催しのとき、記念品として、この本を配った。

この訳書の文章を読み、鈴木は須賀が、「書ける人」であることを確信する。「あなたは自分ののが書けると思う。この翻訳が終わったらエッセイ書いてみない？」と鈴木がいうと、須賀は、「ほんと？　あなたがそういうなら書けるかもね」と応じたという。

連載のタイトルは「別の目のイタリア」に決まった。これがのちの『ミラノ　霧の風景』である。このあと、須賀は同じ雑誌に「別の目のイタリア　PARTⅡ」の連載を始める。その第一回「淡い郷愁のトリエステ」――単行本では「トリエステの坂道」に改題――の草稿を手にしたとき、鈴木は思わずこう言った。

「もうこれはエッセイというより小説だわよ」。既存のジャンル分けには収まらない何かだというのである。いっぽう須賀は同じ文章を、別な人に読んでもらったとき「これは何だ」――随筆なのか小説なのか――と言われ、しょげていた。「エッセイが小説に近付いてはいけないのか。これは大きな見解の相違だった」と鈴木は書いている。

鈴木は、書き手としての須賀を発見しただけではない。小説家としての須賀を、彼女自身よりも早く見出していたのである。鈴木の眼は正しい。今も須賀の作品を「エッセイ」だと語る人もいるが、当人はすでに最初の本を脱稿した辺りから、いわゆるエッセイと小説のあわいにある、名状しがたい場所に自分が立っていることを自覚していたのである。このとき、須賀は、「それが小説なんだ。そこから小説がはじまるんです」という川端から投げかけられた言葉を思い出していたのではなかったか。

二〇一六年、『須賀敦子の手紙』と題する本が刊行された。題名のとおり、須賀がある友人へ送った書簡集だ。「おすまさん」と須賀が呼ぶ画家スマ・コーン（大橋須磨子）、そしてその伴侶であり、日本文学研究者であるジョエル・コーン、この夫妻に宛てて須賀が二十余年にわたって送ったものだ。

私は刊行を知り、待ちわびて書店で本を買った。須賀の肉筆を写真にしてあり、あたかも手紙を手にしているように読み進められ、見事というほかない編集になっている。だが、あまりに現実味を帯びている分、本当に私信を読んでよいものなのかという、ある種のうしろめたさも覚えた。

他人に見せるつもりもなく書いたものを、読者であるということだけで読んでよいのかと、答えの出ようのない問いの周辺を旋回していた。本を買い、すぐに読むことはできず、しばらく書架の見えるところに置いておく。しかし、何が書いてあるのかが気になって仕方がない。

読んでみると、内実の濃いものだった。また、作品では言及されていない幾つかの重要な事実もあった。その一つは、彼女が作品ではほとんど語らなかったアメリカへの親近感の吐露だ。一九八三年九月十五日付の書簡で須賀はこう記している。

　ほんとうにCambridgeの、またU.S.［アメリカ］の経験は私にとって重要でした。帰ってから、あなたたちへの感謝と共に、アメリカへのなつかしさが、心に湧きあがってきます。

先に須賀敦子とアメリカでカトリック労働運動を牽引したドロシー・デイとの接近にふれたが、そうした共振の可能性が、須賀自身にも認識されていたという事実が確認できたのは大きい。

若き日、彼女の精神と霊性を陶冶《とうや》したのは、アメリカのカトリシズムだった。聖心女子大学という学び舎がその典型であり、カトリックの司祭で思想家だったトマス・マートンから彼女が受けた影響は無視できない形で須賀のなかに生きていることもすでにみた。さらに須賀の最初の「訳書」が、アメリカの作家ウィラ・キャザーの『大司教に死来る』だったことも見過ごしてはならない。

　二〇一八年八月、この訳業が刊行された。だが、「訳書」と括弧に入れなくてはならない理由もある。この草稿はもともと大学の卒業論文として試みられたもので、学生だった彼女はこれが刊行されるとは思っていなかっただろう。しかし、この訳に付された序文を読むと、彼女の意思ははっきりとしていて、この作品が、見過ごすことのできない問いになることを強く望んでいるのが分かる。

　この小説の舞台は、アメリカのニューメキシコ、ネイティブ・アメリカンが多く暮らす地域である。ここにカトリックの宣教師が訪れ、自らの信仰の宣教を試みるという物語だ。それを訳してみて、「結果として得たものは、その貧困、幼稚さに対する不満のみであった」と述べ、須賀はこう続けた。

> 一つには、カトリック思想なるものの、我が国に於ける歴史の浅いこと、よって来《きた》るカトリック的語彙の貧困は、この大きな原因といえよう。（『須賀敦子の本棚2　大司教に死来る』河出書房新社）

　ここにあるのは、単なる不満の表出ではない。自分は、わずかかもしれないが、この翻訳を通じて、日本におけるカトリシズムの言語的／思想的貧困から脱出する契機を生み出してみたいというのである。さらに須賀はこう書き記している。

しかし、いつまでも小さな殻にとじこもっていないで、広い文学界をのぞいてみてはどうだろうか。私の始めての試みが、このカトリック文学界隈に、たとえ小さくても何らかの貢献となれば幸である。

「カトリック文学」という言葉を用いているが、同じ文章の少し先では「私は、キャザーの作品に、カトリック小説などという、けちくさい称号を奉りたくない。またカトリック小説というものを、そんな小さなジャンルに入れたくもない」と述べている。須賀敦子の読者であれば、この一節にふれ、『コルシア書店の仲間たち』で須賀が、同志たちの信念を語ったときの「せまいキリスト教の殻にとじこもらないで、人間のことばを話す『場』をつくろうというのが、コルシア・デイ・セルヴィ書店をはじめた人たちの理念だった」という一節を想い出すのではないだろうか(「銀の夜」)。小さな、あるいはせまい「殻」を打ち破って、本当の意味での「普遍《カトリック》」にたどり着こうとすること、それは若き日からすでに須賀敦子の根本信条だったのである。

この小説にはラトゥールという神父と司教が、ヤシントというネイティブ・アメリカンと人間を超えるものの存在をめぐって会話を交わす場面がある。

二人の友は、夜が周囲に迫る頃、各々の考えをいつくしみつつ、すわっていた。星にちりばめられた群青《ぐんじょう》の夜、天穹に、さびしい丘《メサ》の嵩が切りこまれていた。司教は、ヤシントの思想や信仰について、めったに尋ねはしなかった。それは礼儀正しくないと考えていたし、また、無駄だとも思っていたのだ。欧州文明の記憶をインディアンの頭脳にうちこむ術《すべ》はなく、彼とても、ヤシントの背後には、長い伝統、どの国語をもってしても訳し切れぬ経験談があることを、信じてやまなかった。

宣教とは、すでに出来上がったものを強いることではなく、先行する文化との対話のなかで、時間をかけて開花させていくものではないかという問いがここにある。それは日本という地においてキリスト教に――より精確にはキリストに――出会った須賀にとっても主体的な、また、実存的な問題だった。

若き須賀はアメリカから来たキリスト教をそのまま受け入れようとしたのではなかった。フランスに渡り、イタリアで暮らし、発見しようとしたのも、そのまま「輸入」できるようなキリスト教思想ではない。生涯をかけてそれと対峙し得るような何かだった。日本という土地に根づくものへと新生させ得る何ものかとの邂逅を切望していたのである。

それは遠藤周作が試みたようにキリスト教に「母なるもの」を見出し、日本的霊性との接点を見出す、という道ではなかった。遠藤は『沈黙』で禁教と棄教の相克を描き出したが、もし、須賀が歴史小説を書くことがあったら、棄教者の姿ではなく殉教者のそれを描き出したかもしれない。須賀が探究したのは内なる聖性の発露だった。文化や人種によって左右されることのない聖性の遍在を、イエスの言葉と共に見つけようとすること、それが須賀にとっての信仰だった。この問題はそのまま遺作となった「アルザスの曲りくねった道」へと受け継がれていく。

『大司教に死来る』を読むと、大学生だったにもかかわらず、すでに須賀の文体が、萌芽のかたちではあるものの、形成され始めているのに驚く。また、彼女にとって翻訳が、姿を変えた告白となり得たことを、このときからはっきりと感じられていたことも行間から読みとれる。

「若い頃ジョセフは、一人籠って、孤独な祈りの生活を送りたいと思っていた。が、事実は、人間の交際なしに長いこと幸福でいられなかったのだ」。この一節は、そのまま須賀を語る言葉だといってよい。他者によって記された、自分の根源を照らす言葉に出会ったとき、須賀のなかで翻訳者という、「創作」者が目覚めたのではなかったか。

優れた翻訳は必然的に「創作」になる。日本語に訳されたアメリカ文学は、日本文学の歴史における果実でもある。日本文学をイタリア語に訳した須賀の仕事が、現代イタリア文学に確かな痕跡を残しているように、近代日本は、幾つかのそうした創造的な翻訳によって文学という場を豊かにしてきた。翻訳とは、異文化の言語を翻訳することで、日本文化にはなかった、しかし、そこに伏在している言葉を発見していく道程でもある。

次に引くのは内村鑑三が、自身の著作『代表的日本人』がドイツ語に訳されたときに寄稿した「後記」である。語られていることは須賀の心中にあったものとそう遠くないように感じられる。

私は、自分がはだかの自然人として、この世に生を享《う》けたものでないことを神に感謝します。母の胎内に宿る以前に、私は数多くの影響を受けて形成されていたのでした。神の選びの業《わざ》は、わが国民のうちに二千年以上も昔から働いていたのであり、ついに私も、主イエスキリストの僕《しもべ》として選ばれることになったのであります。私は、宗教とはなにかをキリスト教の宣教師より学んだのではありませんでした。その前に日蓮、法然、蓮如など、敬虔にして尊敬すべき人々が、私の先祖と私とに、宗教の真髄を教えていてくれたのであります。（中略）その人々により、召されてナザレの神の人の足元にひれふす前の私が、形作られていたのであります。一人の人間が、ましてや一国民が、一日にして回心させられるものなどと考えてはいけません。真の意味での回心とは、何世紀をも要する事業なのです。（鈴木範久訳、岩波文庫）

内なる聖性を発見したとき、それは内村がいう「回心」のときである。だが、それを内村は世紀をまたぐ事業であるという。『大司教に死来る』の序文にあった須賀の言葉も内村と同じ時間軸で見なくてはならないのだろう。事実、私たちは、若き須賀の訳した文章を、世紀を隔てた今、目にしているのである。

須賀を理解しようとするとき、彼女の生涯を詳細に調べるだけでは足りない。むしろ、それは彼女が生きたもののごく一部なのかもしれない。『大司教に死来る』を須賀は、アメリカという異国の歴史を描いたものとして読んでいない。カトリックという、自らも連なる、もうひとつの「見えない国」のそれとして認識している。遠藤が長崎に哀愁を感じるように須賀は、十九世紀中ごろにアメリカに宣教にきたフランス人の司祭たちに自らの先行者の面影を見ているのである。

もう一つ、書簡に記されている、未見の事実が須賀の「恋」だ。夫を喪ったあとの彼女にも、自身が恋と呼ぶような交わりがあった。

私の恋は？行きつ戻りつ。私はとてもおばあさんになってしまって、もうダメと思う日と、いやァまだまだと思う日とがあります。（一九七七年三月十日付、『須賀敦子の手紙』）

この手紙から二ヶ月後の便りには「もう私の恋は終りました。その人をみてもなんでもなくなってしまった。これでイチ上り。一寸淋しいきもちだけどしずかで明るいかんじも戻ってきました。今はふうふう言って本読んだりしています」と記されている。

須賀は再婚することはなかった。この恋は、恋のまま終わった。読者は、書物をどのように読んでもよい。だが、願わくは、こうした一節を読み、彼女の相手が誰だったのかを探りあてようとすることがないように、と思わずにはいられない。手紙を読むというある種の「禁」を犯した者にも、それゆえの道義が求められる、と私は思う。

この書簡が送られていた頃、須賀は、上智大学と慶應義塾大学外国語学校で非常勤講師を務めていた。彼女が大学の教員になったのは、生活のためでもあったのだろうが、こうした姿を見ていると、教えるという営みがいつからか、彼女の重要な天性となっていったことが分かる。

若き日に彼女が東京の学校で英語を教えていた時期があるのはすでに見た。だが、このときの須賀は、単に教えるにとどまらず、何か重要なものを伝えることの意味を熟知しているように映る。

夫のペッピーノは伴侶であると共に、彼女の良き教師でもあった。彼は霊性における先導者であり、文学上のこの上ない対話者でもあった。師のもっとも大きな役割は、続く者の心に種を蒔くことではない。すでにあるものを開花させることである。ペッピーノはそれを見事に成し遂げた。須賀の作品はすべてその応答だといってもよい。それを彼女は若い世代に向けて行おうとしたのではなかったか。

一九八一年、須賀が上智大学の常勤講師となって二年後の年の秋、彼女は、ダンテの『神曲』を読みたいという若者に出会う。男性は大学三年生で、イタリア語すら学んだことがなかった。

この男性は、学部の先輩と読み始める。『神曲』は、中世のイタリア語で書かれている。それを原書で読もうというのは無謀というに近い。当時は中世イタリア語を解説する書物もなかった。大学のラテン語を専門にしている教員に尋ねれば道が開けるかもしれないと思う。研究室を訪れ、事情を説明すると、教員は、いい人を紹介するから、ここで待っているようにと言い、部屋を出て行った。ほどなく一人の女性をともなって帰ってくると「この方に訊いてみなさい」と言った。この女性が須賀だった。

先にふれたように、当時の須賀は、上智大学のほかにも慶應義塾大学で外国語学校の講師を務め、さらに同大学の国際センターの事務職に就いていた。須賀を紹介したのはラテン文学の研究者である藤井昇である。学生が、今日、日本におけるダンテ研究の第一人者である藤谷道夫である。

慶應義塾大学の学内では、研究者としての須賀の実力は知る人ぞ知るところだったのだろう。先にふれた書簡でもダンテを読んだことにふれられている。「去年から今年にかけてやったことと言えばラテン語が大分進んだのとそれからダンテの神曲 The Divine Comedy をつぶさに読む仕事です。これは Italian の tutor についてやっていて、大変だけれど楽しいです」（一九七八年六月二十七日付）。

この出会いを機に、藤谷と須賀はダンテの『神曲』の講読会を始める。かつては「生徒」だった須賀が、tutor（個人教授）の立場になる。最初は三人だったが、時間が経過するにつれ、少しずつ増えて行った。当初は場所も上智大学のロビーだったが、須賀の研究室になっていった。

当時のことを藤谷は複数のエッセイに書いている。どれも畏敬と感謝にあふれた一文で、須賀をめぐって書かれた文章のなかでも特異な位置を占める。無名な須賀と、短くない期間を近しい関係のなかで過ごし、文字通りの意味においてダンテ研究の衣鉢を継いだのである。作家須賀敦子の後継者はいないし、存在もし得ない。しかし、藤谷のなかには西洋古典文学研究者としての須賀の血脈は確かに生きている。

須賀は、この講読会から何の見返りも求めなかった、と藤谷は書いている（「須賀敦子先生の講読会」『文藝別冊　追悼特集　須賀敦子』）。親子ほどの年齢差があったが、藤谷と須賀は同志として馬が合った。須賀は日本における従来のイタリア文学研究の在り方に大きな疑義と憤りがあった。

須賀は、藤谷を本当の意味での研究者に育て上げようとする。講読会は、断続的にだが、五年間、藤谷がイタリアに留学するまで続けられた（「須賀敦子の知られざる側面」『文藝別冊　須賀敦子の本棚』）。

自習用のノートに須賀は『神曲』和訳の草稿を残していた。文字通りの草稿で、彼女はそれを出版するなど思ってもいなかった。それを今、私たちは藤谷との「共訳」という形で読むことができる。その訳書に添えられた序で藤谷は、ミラノから帰国したあと四十代のころの訳業だと書いている。藤谷は訳を補正するにあたって明らかな誤りを手直ししながら、なるべく須賀の文体を崩さないように留意しつつ訳文を推敲した。「地獄篇」第二歌は次のように始まる。

日は暮れようとしていた。鳶《とび》いろの空気が
地上の生きものたちを、そのつらい営みから
解放するころ、私だけはただひとり、
苦しみと憐憫との戦いに
臨もうとしていたのを
誤ることない記憶のままに話してみよう。
おおムーサたちよ、おお高き詩才よ、今こそわれを助け給え。
おお、わが見しことを書きとめてきた記憶よ、
ここに、汝の貴き力を見せよ。（『須賀敦子の本棚1　神曲』河出書房新社）

誰の『神曲』訳とも違う、あきらかに須賀の文体だ。ここにも藤谷の補正が施されているのだろ

うが、それは須賀の言葉を強めることはあっても弱化させることはないだろう。この部分を引用したのは、ダンテの詩的な旅が、本格的に始まろうとする象徴的な場面であるからだけでなく、作家須賀敦子の生涯を照らしだしているようでもあるからだ。彼女もまた愛する者を喪ったあと「私だけはただひとり、／苦しみと憐憫との戦い」の日々を生きたのである。

当時を振りかえって藤谷は、須賀の中世イタリア語の知識とダンテの認識がきわめて高度だったことを強調する。ノートに記録された言葉には拙い部分は多々ある。しかし、藤谷に読解を教えるときの須賀は、ノートにペンを走らせていたときとは別人のようにダンテの世界に、また中世イタリア語に通暁していたという。

さまざまなところで須賀は、ダンテに言及している。『神曲』は、イタリア文学の土壌ともいえる古典である以上、それは必然ともいえるのだが、彼女にとってこの作品が一層重要な意味をもったのは、死者の世界を描き出しているからでもあったのではないか。

全集に収められなかった「ダンテの人ごみ」（『文藝別冊　須賀敦子の本棚』）という須賀のエッセイがある。そこで彼女は『神曲』の「地獄篇」で描き出される人々の姿にふれ、「地獄だから恐ろしいはずなのに、私にはなぜか彼らがなつかしい」と書いている。

また、「地下鉄の駅の長いエスカレーターを登っていて、反対側のエスカレーターから一段のすきもないように通勤の人たちが降りてくるのを見ていて、ふとダンテ［の『神曲』］の魂たちを考えてしまう」ともいう。

この言葉は、単に生者の世界も死者の国の光景と似ているのではないかというおもいが語られているのではないだろう。日ごろ、生者は、世界を自分たちのものだと信じて疑わないが、そこには奥行きがあり、秩序はそのもう一つの世界を包み込んではたらいている、というのだろう。

須賀の文学において「死者」は重要かつ本質的な意味を持つ。それは彼女が感じていた世界の多層性そのものだった。生者とは死者と共にある存在であり、眼前の生者と交わることは同時に、その人物と共にある不可視な死者との関係を構築することになる。それが須賀の世界観だった。

ミラノから帰った須賀の人生は、労働に始まり、研究へと進み、創作へと成熟していった。からだ全部を動かすことから、書くという手仕事への変遷だといってもよい。労働の日々はすでに見た。だが、私たちは彼女が労働しながら研究の道を並行して進んでいたことを見過ごしてはならない。

一九八一年四月、彼女は、論文「ウンガレッティの詩法の研究」を慶應義塾大学に提出、博士号を取得している。藤谷との講読会が始まったのは同じ年の秋である。大きな肩の荷を下ろしたという状況も、講読会の実現と無関係ではなかっただろう。

須賀が、ウンガレッティに強い関心をもつだけでなく、この詩人の姿をみたことがあるのにも先にふれた。霊性において正統なる異端者というべきこの詩人は、自分の道を探そうとする須賀の先行者であり、対話者だった。論文には、この詩人の精神の劇をめぐって次のような一節が記されている。

> 生に背を向けて、ひたすら逃げ切ることによって自ら「永劫」の扉をあけようとするマラルメにくらべて、ウンガレッティは本能的に生を探しもとめる。（『文藝別冊　追悼特集　須賀敦子』）

これはウンガレッティとマラルメの差異を的確に表現した文章でもあるが、須賀がウンガレッティに魅せられた理由が記されたものでもあるのだろう。須賀は、マラルメのような美の探求を理解しないのではない。しかし、彼女の人生が、彼女にそれを許さなかった。キャザーの小説の一節にもあったように「人間の交際なしに長いこと幸福でいられな」い人間だった。

論文の執筆には大きな労力を費やしたようで、当時、須賀は鈴木敏恵に弱音を吐くこともあったらしい。苦労して論文を書いてもそれに見合った結果がついてくるとは限らないと思った、と鈴木は書いているが、提出した翌年に須賀は、上智大学の助教授に就任している。

この頃から須賀の活躍の場は、大きく変化してくる。上智大学だけでなく、慶應義塾大学、聖心女子大学、そして東京大学でも教鞭をとるようになる。さらには、八四年からはナポリ東洋大学の日本文学の講師を務めるなどして、活動の場をふたたび海外にまで広げることになる。

先にも見たが翌八五年には須賀にとって大きな転機となる出来事が生起する。自作の執筆である。『SPAZIO』に掲載ののち、一九九〇年十二月に『ミラノ　霧の風景』が刊行されてから、文筆家須賀敦子の名前が知られるにはさほど時間を要しなかった。一ヶ月後には当時、文藝春秋にいた湯川豊が書下ろしを依頼するために大学の研究室を訪れている。これが『コルシア書店の仲間たち』となる。同年の九月には『ミラノ　霧の風景』が女流文学賞を受賞、翌月には講談社エッセイ賞を受賞している。

九二年一月には、河出書房新社の編集者木村由美子が雑誌連載の依頼のために須賀を訪れる。この依頼が『ユルスナールの靴』になっていく。同年の四月には『コルシア書店の仲間たち』の刊行、また「古い地図帳」の連載を『文學界』九月号で始めている。この作品が、九三年に改題され『ヴェネツィアの宿』になる。生前、彼女が刊行した著作は五冊ある。そこに彼女の訳業を加え、年次的に見ると、その激務ぶりがうかがわれるだろう。

【一九八五年】

十二月　ナタリア・ギンズブルグ『ある家族の会話』（白水社）を翻訳・刊行。［『SPAZIO』連載七九年十二月〜八四年九月］

【一九八八年】

九月　ナタリア・ギンズブルグ『マンゾーニ家の人々』（白水社）を翻訳・刊行。

【一九九〇年】

十二月『ミラノ　霧の風景』（白水社）を刊行。［『SPAZIO』連載八五年十一月〜八九年十二月　書下ろしを四編加えて］

【一九九一年】

一月　ナタリア・ギンズブルグ『モンテ・フェルモの丘の家』（筑摩書房）を翻訳・刊行。

アントニオ・タブッキ『インド夜想曲』（白水社）を翻訳・刊行。

九月　アントニオ・タブッキ『遠い水平線』（白水社）を翻訳・刊行。

【一九九二年】

四月『コルシア書店の仲間たち』（文藝春秋）を刊行。［書下ろし］

【一九九三年】
十月　『ヴェネツィアの宿』（文藝春秋）を刊行。［『文學界』連載九二年九月号〜九三年八月号］

【一九九五年】
六月　アントニオ・タブッキ『島とクジラと女をめぐる断片』（青土社）を翻訳・刊行。
八月　アントニオ・タブッキ『逆さまゲーム』（白水社）を翻訳・刊行。
九月　『トリエステの坂道』（みすず書房）を刊行。［『SPAZIO』連載九〇年十二月〜九五年六月　『ジャパンアベニュー』九二年五・六月号　書下ろしを一編加えて］

【一九九六年】
十月　『ユルスナールの靴』（河出書房新社）を刊行。［『文藝』連載九四年十一月〜九六年五月］
十一月　アントニオ・タブッキ『供述によるとペレイラは……』（白水社）を翻訳・刊行。

【一九九七年】
十一月　イタロ・カルヴィーノ『なぜ古典を読むのか』（みすず書房）を翻訳・刊行。

【一九九八年】
三月二十日　逝去

自著としては『ユルスナールの靴』が最後になった。一年半にわたる連載を続けながら、彼女はどこかで死が迫っているのを感じていたのかもしれない。意識ではそれを認識しまいとしても、執筆という無意識がかかわらなければ実現しない仕事の現場では、あるとき、それがけっして見過ごすことのできないかたちで立ち現われてくる。

「たえず私のなかにあった目に見えない読者のところに、いまはこれを本にしてお送りする時間が来てしまったようにも思える。私、ではなくて、『本』が決めた時間が――」（「あとがきのように」『ユルスナールの靴』）。この頃は、書くことが生きることと同義だった須賀の場合、ここでの「本」は、人生と置き換えてもよいだろう。いつ「本」を世に送るのかも今は、自分で決めることを許されていない、そうどこかで須賀は感じていたのではなかったか。

年譜によれば、彼女が自らの病を知ったのは、おそらく一九九六年十一月中ごろ、『ユルスナールの靴』が刊行された翌月である。その前月くらいから須賀は、遺作となった「アルザスの曲りくねった道」に着手している。

翌年の一月に国立国際医療センターに入院、がん治療のため化学療法、すなわち、抗がん剤治療を受ける。同年の六月に退院。朝日新聞の書評委員の会合などに出席するが、九月には体調を崩し、再入院、このときからアントニオ・タブッキとの対談のために外出することはあっても、自宅に戻ることはなかった。九八年三月二十日、午前四時三十分、帰天する。

最初の自著の刊行を起点にして、須賀が作家として活動した期間は七年ほどでしかない。須賀の作品を改めて読み始めた頃、この事実を知ったときの驚きは今でも覚えている。時間の短さとその痕跡の深さが容易には一致しないのである。

質的なことは別にして、訳書九冊、自著五冊、そこに大学教員としての仕事、生前にはまとめられることのなかった複数の連載、書評委員をはじめとした外部での職務を考えると、肉体がこの労働に耐えられなかったとしても当然のように思われる。

多くの人が須賀と共に仕事をしたいと願った。編集者だけでなく、記者、あるいは研究者、作家などそうした経験をした人たちに会ったが、皆、口ぐちに須賀の魅力を語り、彼女と交わりを得た自分の人生に誇りを感じているようでもあった。だが、そんななか、須賀さんはそうした人々によって病を強いられた、と語った人もいた。その人物は、須賀さんは殺された、とさえ言った。

だが、須賀には須賀の違った実感があったようにも思われる。書くことが与えられていなかったら、自分はここまで生き続けることはできなかったかもしれない、そんな須賀のつぶやきも聞こえてくる。

第二十四章　見えない靴、見えない道

生前、須賀は五冊しか自著を出していない。最後の一冊になったのが『ユルスナールの靴』だった。この本の「あとがき」――須賀はあえて「あとがきのように」と書いている――にある一節を読むたびに、同書を世に送り出そうとする彼女が、どこかで自らに迫りくる死を感じていたように思われてならない。

二年半にわたって書きつづけたこの文章がいま本になろうとしているのを、私はもうすこし手もとにおいて書き足りないところを埋め、あるいは文章を練り、理解の浅い部分を深めたい気持でいっぱいだ。でも、書くあいだ、たえず私のなかにあった目に見えない読者のところに、いまはこれを本にしてお送りする時間が来てしまったようにも思える。私、ではなくて、「本」が決めた時間が――。

「『本』が決めた時間」があるなら、本は、紙とインクでできた無機物ではなく、人間とは異なる様相ではあっても「生ける」ものであることになる。少なくとも須賀はそう感じている。

先の一節は、執筆における須賀の態度を示すものとしても注目してよい。彼女にとって「書く」

とは自分のものにすることであるよりもむしろ、言葉を世に送り出すこと、おもいを手放すことだった。

「主題」という言葉ではとうてい言い表わすことのできない、本を書かねばならなかった真の理由も、彼女自身の作意のなかにあるのでなく、どこからともなくやってきて、季節がめぐるように彼女の手を離れていく、というのである。「あとがきのように」との名称からも、自分のなかでは終わったという実感のない本の「あとがき」を書くわけにはいかない、という吐露を感じとることができる。

この一文の終わり近くで須賀は、この本は、これまで長くかかわってきたヨーロッパとヨーロッパ人をめぐる「報告書」のようなものでもあるが、同時に「究極的には、作品を愉しみ、著者に興味をもつという、きわめて単純な発想がこの本を書かせたにすぎない、とも思う」という。

この本はヨーロッパ社会に関する報告でも、ユルスナールという稀代の書き手をめぐる論考でもない。この著作はむしろ、それまで須賀が書かなかった、あるいは十分に書き得なかった「たましい」の根本問題にふれようとした試みの書だ。奇妙に聞こえるかもしれないが、書き手はしばしば自分が何を書いたか十分に認識しないまま、筆を擱く。須賀もその一人だ。むしろ、そうあり得たことが彼女を稀代の書き手たらしめている。彼女が「本」を書くのではない。むしろ、主体は本、言葉、問いの方にある。

この本で須賀が一度ならず語るのは、「たましい」のありようである。より精確には「たましいの季節」の実相だ。

次に引く文章にある「ゼノン」は、ユルスナールの小説の主人公、彼女は『黒の過程』において、外的世界に季節があるように、人間の「たましい」の世界にも季節の移り変わりがあることを、そしてキリスト教とその異端の相克を描き出した。
誰の人生にも歩かなくてはならない三つの時代がある。それを須賀は肉体の時代、精神のそれ、そして「たましいの季節」であるという。

精神、肉体、たましいというユルスナールがランボーの『地獄の季節』から受けつぎ、彼女が「黄金のトリロジー」と名づけた三つの要素は、登場人物だけでなく、『黒の過程』の構成そのものをも支えている。第一部の「街道」では、ゼノンの遍歴の時代が語られ、教会にむかっての苦々しい批判が低音で流される。それはまた同時に、ゼノンの精神の働きが若葉に萌えたつ五月の樹木のように、もっともめざましかった肉体の時代でもあった。第二部ではブリュージュに帰った彼は、修道院長の庇護をうけ、医師として慕われるのだが、旅をつづける自由はもうない。旅の自由は失ったが、ゼノンは、人々に必要とされるようになったじぶんを発見し、知らぬまに迎えていた、〈たましいの季節〉に驚かずにいられない。(「死んだ子供の肖像」『ユルスナールの靴』)

この一節は、さまざまな意味領域に私たちを導く、作家須賀敦子の秘密にふれる糸口となる。「トリロジー」はもともと、父と子と聖霊が三つのペルソナを持ちながらも一なるものである、という三位一体を指す術語である。ペルソナはもともと「仮面」を示す言葉だが、ここで「三つのペルソナ」というときは、単に三つの側面がある、というだけでなく、まったく様相のことなる三つのものが同時に存在する、という神秘を意味する。ユルスナールはその公理は、肉体、精神、「たましい」においても適合するというのである。

肉体の時代は同時に若さの時代でもある。精神の力不足を肉体が補う。だが、年を重ねると、自分のためだけでなく、共に生きる他者との生活のために肉体のみならず、精神の力をより強く発揮せねばならなくなる。そうしているうちに老いの季節を迎え、その人固有の「たましい」の問いにひとり静かに直面することになる。他者に助力を仰ぐことはできる。しかし、根源的な意味においては「ひとり」で、自分とは何かという問いに向き合わなくてはならない。肉体、精神、「たましい」の時節は、階梯的に存在しているともいえるが、三位一体のように一つの場所の深まりであるともいえる。

ここで須賀がランボーに言及しているのも興味深い。近代の異端にはいくつかの源流があるが、『地獄の季節』の作者であるランボーもそのひとりだというのだろう。この異端者によって信仰世界に導かれた人は複数いる。よく知られている人物としては——須賀との相性は著しくよくないが——詩人のポール・クローデルがいる。また、クローデルに強く影響を受けつつ、キリスト者になったジャック・リヴィエールもランボー論を書き、この本は、今も読み継がれている。『地獄の季節』でランボーは、天国に対する憧れを語るのに忙しく、「地獄」の存在を忘れた人間に警鐘を鳴らした。ランボーには先駆者がいる。その人物を須賀は深く愛した。ダンテだ。『神曲』が「地獄篇」から始まる事実を見るだけでも明らかなように、ダンテは世の流れとは正反対の道を行った。

ランボーとダンテ、二人に共通するのは、時代とその文化を代表する詩人だったという点だけではない。彼らは共に正統なる異端者だった。古い教えに忠実であろうとするために時代の常識に抗わなくてはならなかったのである。須賀はユルスナールに、ダンテ、ランボーの血脈に連なる者の姿を見る。

「ユルスナールにとって、ゼノンが（［ジョルダーノ・］ブルーノとおなじ意味で）精神の領域、あるいは知の領域における求道者＝異端者であるなら、ひとつの宗教を棄てても、真正の教会とその深みを求めるシモンは、たましいの領域にかかわる求道者＝異端者といえるだろう」と須賀はいう。

ジョルダーノ・ブルーノはルネサンス期に地動説を唱え、異端者として断罪されたドミニコ会の修道士だ。正統なる異端者とでもいうべきこの人物を、須賀は人生の羅針盤のように考えていた。彼は火刑に処せられるとき、真理を前にして慄《おのの》いているのはお前たちのほうではないのか、と言い放ったといわれている。彼は、分離していた精神と「たましい」をつなごうとしたに過ぎない。しかし、「たましい」の国にいると自称する者たちはそれを許さなかった。ブルーノの言葉は、現代も古くなってはいない。

「ひとつの宗教を棄てても、真正の教会とその深みを求める」——この一節を書くとき、彼女の脇をひと筋の汗が流れ落ちたに違いない。真の「教会」を求めるために人は、ときに世に「宗教」の名で呼ばれるものから離れなくてはならない、というのである。ここで述べられているのは須賀の姿そのものにほかならない。晩年に限らない。彼女は真のキリスト者であるために、教会と緊張関係にあることを厭わなかった。彼女の霊性はそうした仲間たちのあいだで育まれたといってよい。

こうした姿を思うとき、彼女が、無教会を唱えた内村鑑三を読むことがあったら、と思われてならない。組織としての教会、司祭職、儀式を必須とはせず、ただ、神の前にひとり立つことの意味を説いた内村の霊性は、さまざまな点において須賀と共鳴する。ここでは詳論しないが、亡き人、死者たちと共にある「教会」という認識において二人の関係はいっそう深く交わる。

『ユルスナールの靴』は、異端の書だ。彼女が信じるイエスは、時代の異端者たれと教えるという異端者の信仰告白と呼ぶべき一書だ。先に引いた一節のあとに須賀はこう続けている。

（求道がないところに異端がないのは当然かもしれないが、精神の働きのないところにも異端は育ちえないという事実を、私たちはあまりにもなおざりにしてきたのではなかったか。異端は、管理者が生産するものではなくて、精神の労働者が生みだすものだから。精神の、あるいは知の領域を、私たちがどれだけないがしろにしてきたか、ゼノンの物語はとりわけ考えさせる）

ブルーノの処刑に象徴されるように教会は「精神」と「たましい」を明確に二分してきた。前者は人間の世界に、後者は神の国に属すると説かれてきた。だが、須賀はこうした二分法に疑義を唱える。「たましい」を認めない者によって「たましい」の問題が問われ、深化されることがあるのではないか。むしろ、「精神」こそ、「たましい」の闇を照らしだすことがあることを強調する。

ここで探究されている問いにおいても内村は須賀の先駆者だった。内村は、無神論者を公言してはばからない幸徳秋水への信頼を隠さなかった。幸徳の代表作の一つ『帝国主義』に内村は序文を寄せ、幸徳を世に紹介することに栄誉を覚えるという。

内村は、近代日本における非戦論の提唱者として知られるが、彼に先だって非戦論を提唱したのが幸徳だった。内村は、須賀がいう「たましい」の世界からこの世を見、戦争という残虐な行為に異論を唱えなくてはならないはずのキリスト教徒が、日本だけでなく、世界において戦争を推進していることに烈しく失望する。「たましい」を説きながら、「たましい」を守護しない者に対する憤りを隠さない。

非戦論は倫理の問題ではない。それはもっとも高次な意味における「愛」の問題だ。そこではいのちへの、歴史への、未来への、あるいは人間に限らない、存在世界そのものへの「愛」の態度が問われる。内村が非戦論を説くのは、イエスが愛を説いたからだ。「ヨハネによる福音書」にある、イエスの掟を守ろうとしたからにほかならない。

わたしがあなた方を愛したように、
あなた方が互いに愛し合うこと、
これがわたしの掟《おきて》である。（『新約聖書』フランシスコ会聖書研究所訳注）

キリスト教は、この一節に収斂されるといってもよい。イエスは自分が弟子たちを愛したように自分を愛せとは言わない。自分が愛したように互いを愛せと言う。ユルスナールと須賀が、烈しく出会うのは、いわば「愛」の地平だ。須賀は、愛の異端者と呼ぶべきユルスナールの姿を描き出す。

私は、この作品について父親が遺した「透徹したテクスト」というコメントを大切にしたい。limpide 透徹した、ということばで、同性愛をテーマとする作品が形容されたことは、単に文体についての評ではないはずだ。ユルスナール自身、あるインタヴューで、晩年につぎのように語っている。「わたしは、こういった愛のかたちを書くことによって、低俗に形骸化されたフランスふうの恋愛のレトリックから作品を解放し、純化された愛を描きたかった」

さらに、それはジッドが書きつづけ、クローデルやリヴィエールやガブリエル・マルセルなど、カトリック勢力の非難を一身にひきうけることになった、いわば〈異端〉のテーマでもあった。(「一九二九年」『ユルスナールの靴』)

護教的な人々に抗うように説かれた「純化された愛」を復活させること、ランボー、ダンテもまた、このことを己れの使命だと感じていた。それは「愛」を宗教という囲いから救い出すことだといってもよい。

ユルスナールは、無神論者ではないが、キリスト教徒でもない。むしろ、現代のキリスト教会のあり方に強い疑義を表明していた。それは彼女が同性愛者であり、同性愛に対して強硬な姿勢を取りつづけた当時の教会の姿勢とも深く関係している。この本のなかで須賀が若き日に、隠れるようにしてジッドを読んだことを描いているのも同様のことと関係している。

性と罪のかかわりは今日の教会を二分するような重要な問題だが、須賀は二十年ほど前すでに、指摘するだけでなく、倫理規範と信仰を、ある意味では峻別し、同性愛は従来の教会が説いてきたような罪ではないばかりか、虐げられた彼、彼女たちが見たもののなかに現代の闇を照らし得る光を見出そうとする。そうした善悪の彼岸を見定めようとする態度は、宗教的というよりも霊性的だといってよい。

同性愛をめぐる差別と断罪は今、それが「人間の掟」だったことを暴かれつつある。イエスはつねに「人間の掟」の糾弾者であり、「神の掟」とは何かを告白する者として登場する。たとえば、「マルコによる福音書」にある次の個所などはその典型だ。

そこで、ファリサイ派の人々と律法学者たちはイエスに尋ねた、「どうしてあなたの弟子は昔の人の言い伝えどおりに振る舞わず、汚れた手で食事をするのか」。イエスは仰せになった、

「イザヤはいみじくもあなた方偽善者について預言した。それはこう書き記している。

『この民は口先でわたしを敬うが、
その心はわたしから遠く離れている。

彼らはわたしを拝むが、むなしいことである。

彼らの教える教えは人間の造った戒めであるから』。

あなた方は神の掟《おきて》をなおざりにし、人間の言い伝えを固く守っている」。またイエスは仰せになった、「あなた方は自分たちの言い伝えを大切にするあまり、よくも神の掟をないがしろにしたものだ。(『新約聖書』フランシスコ会聖書研究所訳注)

作家との出会いが決定的となる機縁は、愛すべき一作によって成就することもあるが、それは一節、ときには一語によって起こることもある。ユルスナールと須賀の場合、それは「愛」によって惹起された。だが、それにも増して強く彼女を惹きつけたのが「霊魂の闇」という、ある世界では伝統的といってよい言葉だった。それはユルスナールの代表作『ハドリアヌス帝の回想』の「覚え書」のページを目で追っているときに起こった。

霊魂の闇。それは、前夜、食事をいつもよりはやく済ませ、ホテルの部屋で読んでいた『ハドリアヌス帝の回想』の「覚え書」のなかで出会ったユルスナールのことばだった。それまでになんどか書きはじめては破棄し、忘れられずにまた書いてみるが先には進めずにまた破り棄て、厖大な資料ばかりがたまっていった『ハドリアヌス帝の回想』が、一九四九年、ついに彼女の中で明確なかたちをとりはじめるまでの、孤独で苦難に満ちた歳月であったにはちがいない。それにしてもユルスナールがこの表現を用いているのは、予期しなかっただけ、大きな驚きだった。（「皇帝のあとを追って」『ユルスナールの靴』）

ここで須賀がいう「霊魂の闇」は、中世キリスト教を代表する神学者にして神秘家であるボナヴェントゥラに由来し、十六世紀の神秘家、十字架のヨハネによって受け継がれ、この一語が示す時空は、キリスト教神学に不動の位置を占めるようになる。ボナヴェントゥラはトマス・アクィナスと同時代人であるだけでなく、二人は熾烈な議論を交わした盟友でもあった。彼は主著である『魂の神への道程』において、人間の魂がどのような過程を経て神的世界に至るかを論じた。その途中、人はつねに明るい道を歩くのではない。ときに「闇」に覆われた場所を通り過ぎなくてはならない。その道行きを「霊魂の闇」という。

まず、たましいが神の愛のあたたかさに酔い痴れ、身も心も弾むにまかせて前進する第一段階、そしてふたたび、まばゆい神との結合に至って、忘我の恍惚に身をひたすのが第三段階である。しかし、このふたつのあいだには、神を求めるたましいが手さぐりの状態でしか歩けない第二段階が横たわっていて、歓喜への没入はその漆黒の闇を通り抜けたものだけに許される。ボナヴェントゥーラの説く闇は、私を恐れさせ、また焦がれさせた。将来を決めかね、川藻のように揺れつづけているじぶんのことがこんなに重荷なのは、すでにその闇に置かれているからのようでもあり、そこに至るまでの道で、ただ、道草をくっているだけのようにも思えた。

「ボナヴェントゥーラの説く闇は、私を恐れさせ、また焦がれさせた」と須賀はいう。道を求めるとは「闇」を探しあてることにほかならない。「闇」こそが真の「光り」の到来を約束する。人が目にしているのが光であるとすれば、ボナヴェントゥラが説くのは闇に裏打ちされた「光り」と呼ぶべきものだ。神の国を見るとは、光ではなく「光り」によって世界を観ることにほかならない。光ではなく、「光り」によって照らされた世界の実相、それがユルスナールの真の主題だったというのである。

「闇」は、さまざまな状況で迫りくる。その一つとして須賀が描き出すのは、言葉が奪われた世界だ。フランス人作家ユルスナールは、秘書であり、伴侶でもあった女性と共にアメリカで生活したことがあった。その日々もまた、ある種の「闇」の時間だったのではないかと須賀はいう。

語彙の選択、構文のたしかさ、文章の品位と思考の強靭さ。それらで読者を魅了することが、ユルスナールにとっては、たましいの底からたえず湧き出る歓びであり、それがなくては生きた心地のしないほど強い欲求だったにちがいない。それらを受けとめてくれないアメリカの土壌は、彼女にとって、吹く笛にだれも踊らない荒野だった。たとえ、フランス語を理解するグレースがそばにいたとしても、だ。ユルスナールは、dépaysement の一語でこの時代の孤独を表現しているが、これこそは彼女の歩いた「霊魂の闇」の時間ではなかったか。ちなみに、手もとの辞書には、dépaysement = 異郷で暮らすことの居心地の悪さ、とある。

自己をたえず言語で表現しようとすることがそのまま生きる証左でもある作家にとって、自国語を話す機会もなく、またこれを聞くことができない空間に生きることが、二重の孤独を意味するのは容易に理解できる。

多くの説明は不要だろう。この一節を書きつつ須賀は、フランス留学時代から始まり、一たび帰国し、ふたたびローマに渡り、留学生という立場を失い遭難者が大海に浮かぶ木片を手にするようにコルシア書店の人々にすがりつつ生きた日々を、想起しなかったはずがない。のちに書店の人々は彼女の「仲間」になった。しかし、それでもなお、「荒野」が消えることはない。人はそのとき「孤独」であることを強いられる。

孤立していたのではない。須賀は仲間たちに疎外されたのでもなかった。だが、ヨーロッパの文化に根を下ろすことはできず、「川藻のように」たゆたうほかない。「孤独」であるとき、人は、自己と向き合うことになる。さらにはその奥に自己と世界をあらしめているはたらきと対峙することになる。求めずして、「道」の領域に引き込まれるのである。この「道」を歩いた軌跡、それをユルスナールを相手に語る、その果実が『ユルスナールの靴』だった。

『ユルスナールの靴』は今も新しい。視座において、言説において、そして何よりもエッセイ、批評、小説、詩、さらには翻訳という領域までを架橋し、そのどれにも収まらない文学の新しい様式を生み出した点において新しい。今もなお、その試みにおいて、この作品に伍するものを私は知らない。それは須賀敦子という書き手のすべてが凝縮されているともいえる。

長く須賀はエッセイストだと思われてきた。上智大学で須賀に学んだ青柳祐美子が須賀を追悼する文章で、ある人が須賀の作品をめぐって「でも須賀さんは、エッセイしかお書きになっていないでしょう」と語ったと述べている（「『声をみつけるのよ』」『文藝別冊　追悼特集　須賀敦子』）。「でも」とは、たしかに須賀は評判になっている。しかし、文学研究も創作もしなかった。自分の思い出を書いただけだというのだろう。同質の発言が他所でもあったことは容易に想像できる。筆者も耳にしたことがある。

世は、人を従来ある呼称に限定したがる。だが、真に表現者というべき存在はその壁を自由に超える。それは優れた料理人が、やってきた素材に合わせ、既存の枠組みを超えた料理を作るのに似ている。須賀は、『ユルスナールの靴』で実験的な試みをしたいと願ったのではないだろう。自身の内的光景を可能な限りありありと表わしたいと願ったのではなかったか。彼女は、生けるおもいを生ける文学として世に送り出したかっただけだ。

『ユルスナールの靴』という書名は、この作品を書き始めるとき、すでに須賀のなかで根を張っていたように思われる。むしろ、どこからかこの題名がやってきたとき、作品に命がやどったとすらいえるようにも感じる。

ここでの「靴」は、人生という荒野を歩かねばならない足を保護する履物であるだけではない。それは内界を旅する者の同伴者でもある「見えない靴」を指してもいる。

「きっちり足に合った靴さえあれば、じぶんはどこまでも歩いていけるはずだ。そう心のどこかで思いつづけ、完璧な靴に出会わなかった不幸をかこちながら、私はこれまで生きてきたような気がする」こんな一節からこの作品は始まる。須賀はここに次のように言葉を継いだ。


行きたいところ、行くべきところぜんぶにじぶんが行っていないのは、あるいは行くのをあきらめたのは、すべて、じぶんの足にぴったりな靴をもたなかったせいなのだ、と。(「プロローグ」『ユルスナールの靴』)

「行きたいところ」だけでなく「行くべきところ」と記されているのを見過ごしてはならない。須賀はいつも自分の希望と内面から湧き起こる、抗しがたい促しの狭間で、いかに「歩く」かを逡巡してきた。立ち止まっていたのではない。先に見たドロシー・デイのように歩きながら、どう歩くかを考えたのだった。

この作品は単なるユルスナール論ではない。一つの論としてもこの作家の正統なる異端というべき姿を如実に示した秀作だが、そんな評価は不要だと言わんばかりに彼女の言葉は論考としての暗黙の掟を打ち破ってくる。彼女が熱を込めて語るのは、ユルスナールという作家以前に、自身の「靴」をめぐる想い出だった。

戦後三年目に、私が旧制の専門学校を出て女子大に入った年、父が靴を買ってくれた。銀座の裏通りを、上京した父とふたりで歩いていて見つけたのだった。なんの変哲もない、光沢のある黒い革の、紐で結ぶ式、てらいのない中ヒールで、オーストラリア製ということだった。試しにはいてみると、くるぶしの下がきゅっと締まって気持がよかった。この靴があれば、どこまでも歩いていける、そう思うと顔がほてった。いつになったら、日本人にこういう靴が造れるようになるかなあ。そういいながら、父はその靴を包ませてくれた。その晩、私は関西にいる母に電話をかけた。パパに靴を買ってもらったの。

ここで「女子大」と記されているのは聖心女子大学で、須賀はその一期生だった。カトリックの霊性に貫かれたこの学校の学生は、当時、全寮制で今日からは想像がつかないほど厳格な日常生活を送っていた。カトリックの霊性を基盤にした学びと祈りと共同生活、今日から見れば在俗の修道院といっても過言ではない生活がそこにはあった。

そうした事実を見過ごしてしまえば、先の一節は愛する父への愛惜の念の表出に過ぎない。父親は娘に美しい、しかし、丈夫な靴を買ってやりたかったのだろうが、それを受け止めた娘の実感は少し違った。これまで歩いてきた道とは姿の違う、もう一つの道に足を踏み入れなくてはならない人生からの合図を感じている。その実感は先に続く一節がより鮮明に伝えてくれる。父から買ってもらった靴を須賀は、外で履く機会がないまま、失くしてしまうのだった。

その靴は、しかし、それをはいて外出する機会のないまま、私の目のまえから姿を消してしまった。ある日、授業のあと、空襲で焼けてまだ仮普請だった寄宿舎の部屋に戻ると、靴を入れた箱ごと、戸棚から消えていたのだった。あらゆるところを探したが、どろぼうがもっていったのか、だれかが冗談半分に隠したのを私が騒いだのでいまさら出せなくなったのか、数週間たっても靴はとうとう出てこなかった。いたずらだったのか、どろぼうが入ったのか、そんなことの詮議は私にとって、もともとどっちでもよかった。靴が失くなったからというよりは、靴に、じぶんのほうが見はなされたみたいな気がして、そのことがなさけなかった。へんなふうに靴が戸棚から消えた記憶だけが、小さな傷になって私のなかに残った。

なぜ、消えたのかの理由はさほど重要ではない。物資が十分になかった時代、外国製の靴に羨望の念を抱くのは泥棒ばかりではなかっただろう。先の一文が記されたのは六十五歳のときで、靴を買ってもらってから四十六年の歳月が流れている。それだけの月日が経過してもなお、癒えることのない傷、その姿を見定めること、それが『ユルスナールの靴』を書かねばならない、真の動機だったように思われてならない。

ユルスナールは須賀が長く親しんできた作家というわけではなかった。「この人の作品に出会わなかったら、自分は一生、ものを書かなかったかも知れない」と述べたナタリア・ギンズブルグとのような関係がそこにあったのではない（『ある家族の会話』新装版にあたって」）。むしろ、打ち消し難い親近感を覚えながらもその作品に手が伸びない、そうした溝のようなものを須賀はこの作家に感じていた。

だれの周囲にも、たぶん、名は以前から耳にしていても、じっさいには読む機会にめぐりあうことなく、歳月がすぎるといった作家や作品はたくさんあるだろう。そのあいだも、その人の名や作品について
の文章を読んだり、それらが話に出たりするたびに、じっさいの作品を読んでみたい衝動はうごめいても、そこに到らないまま時間はすぎる。じぶんと本のあいだが、どうしても埋まらないのだ。

マルグリット・ユルスナールという作家は、私にとって、まさにそういう人物のひとりだった。さらに打ち明けていうと、マルグリットが花の名であること、そして、ユルスナールと日本語で発音するとき、これも「揺れる《ユレル》」とか「揺する《ユスル》」とか私のなかでは奇妙に樹木や花につながる音であることも、私を彼女へと誘いつづける重要な要素だった。（「フランドルの海」『ユルスナールの靴』）

「マルグリット」は、英語になるとマーガレットになる。和名は木春菊、名前からは想像できなくても、おそらくは多くの人が一度は見たことのある、多くは白い花をつけるキク科の可憐な小さな

植物だ。これまでも花の匂いに鋭敏に反応する須賀の姿にふれてきたが、花、あるいは植物は彼女の作品を読み解く重要な鍵になる。

これまでも須賀がアッシジの地とこの土地とゆかりが深い聖人フランチェスコに強く惹かれる姿を見てきた。フランチェスコは自然を愛する聖者だった。伝説では、この聖者は鳥や花々にも語りかけたという。須賀は、ギンズブルグの作品に打たれ、カトリック左派の血脈に強く共振する現実感覚を持ちながら、同時に自然との交わりのなかに神を――宗教をではない――讃美する道を模索する者でもあった。

この作品が『文藝』に連載される以前、須賀は松山巖に電話をかけ、論じる主題をユルスナールか、ジョルジュ・サンドのどちらにするかを尋ねたという。須賀の没後、池内紀との対談（「記憶が言葉を見つけた時」『文藝別冊　追悼特集　須賀敦子』）で松山はこう語っている。

ユルスナールかジョルジュ・サンドか、どっちか書きたい、どっちがいいか、と訊くんです。ぼくは、「ジョルジュ・サンドもユルスナールも、ぼくはそれほど知らないけれども、ユルスナールの文章が硬質な感じがするから、須賀さんに合うんじゃないですか」といった記憶があるんです。どっちにしても異端者ですよね。ある意味で。

松山の助言どおり作品はマルグリット・ユルスナールをめぐって書かれることになった。もしこのとき、松山がジョルジュ・サンドがよいと答えていたらどのような作品が書かれていたのか。一見すると直接的には関係のないユルスナールとサンドを前に須賀が何を感じていたのかは一考に値する。それは、遺作となった「アルザスの曲りくねった道」にもつながる問いを秘めている。

サンドをめぐって須賀が書いた文章は彼女の書簡集への書評があるほか、まとまった作品はない。だが、これはユルスナールも同じで、『ユルスナールの靴』が残されたから須賀がこの作家を静かに愛読していた事実を私たちが知ることになっただけで、彼女の『全集』を繙いてもそれを裏付けるような事実に出会うわけではない。サンドの名は小説家としても知られているが、その言葉の軌跡を考えるとき、フローベールとの往復書簡が想起される者も少なくないだろう。あるとき、フローベールはこの年上の女性作家にこう書き送った。

私が神秘な存在ですって、懐しい師、とんでもないことです！　私は吐気をもよおすほど、平俗な男です。時々自分の皮を被っている俗物《ブルジョワ》にはつくづく厭気がさすことさえある位です。
（『ジョルジュ・サンドへの書簡』中村光夫訳、創元社）

ここでいう「神秘」とは、言語を超えたところで行われる大いなるものとの交わりというほどの意味だろう。サンドがこの一語をある讃辞として用いるのはフローベールの往信からも感じられる。フローベールは深層意識のうごめきを描き出した『ボヴァリー夫人』の作者であると同時に、虐げられた者のうちにも超越者が潜むという神秘を描き出した「聖ジュリアン伝」の作者でもある。

サンドの言葉は、リアリズムを追究した作家というフローベールに付されたレッテルの奥に潜む姿をじつによく言い当てている。だが、同時にその事実は、サンド自身もまた、神秘を豊かに感じ得る者だったことを如実に示している。ある人を神秘家と呼び得るのは、やはり神秘家だけだからである。フローベールに隠れた神秘家の姿を発見したのはサンドだけではなかった。ユルスナールもその一人だった。須賀もまた、その現場から目を離さない。

二七年、ユルスナールは、そのころ調べていたフロベールの書簡集にこんな文章を見つけて深く感動する。

「神々はもはや無く、キリストは未だ出現せず、人間がひとりで立っていた、またとない時間が、キケロからマルクス・アウレリウスまで、存在した」

これを読んで彼女は考える。その時代には人間が「ひとりで立っていたから、すべてに繋がっていた」と。ハドリアヌス帝は、この時代を負うものとして、描かれなければならない。

(「皇帝のあとを追って」『ユルスナールの靴』)

「ひとりで立っていたから、すべてに繋がってい」られる、それを実現する者こそ、名無き神にほかならないことは、フローベールもユルスナールも須賀も分かっている。名無き神を探さなくてはならないのは、今を生きる私たちの問題でもある。

他者と真につながるために、人は「ひとり」にならなくてはならない。須賀の言葉でいえば「孤独」を受け入れなくてはならない。『ユルスナールの靴』は、「孤独」の深まりの先に、時空を超えた共時的共同体と呼ぶべきものを発見しようとする挑みでもあったのである。

第二十五章　トランクと書かれなかった言葉

『ユルスナールの靴』には、さまざまなかたちで須賀敦子の生涯が、凝縮というよりも緊密な姿で描き出されている。そして、ある一語が、秘められた告白を読み解く鍵になる。そのためなのだろう。この作品には、小説、エッセイ、批評のどれにも類しない、新しいかたちが必要だった。

この作品は彼女の詩的自伝といってもよい。ここでいう「詩的」とは、文字では直接書き記すことのできないものを言葉の余白によって語ろうとすることにほかならない。

「靴」が鍵語であることはすでに述べた。それがいわゆる履物では終わらないことにもふれた。「プロローグ」には大切なことを小さなメモに書き記し、そっと手渡しするように「靴」をめぐって、こんな一節が書き記されている。次に引く文章にある「靴」は、シスターが履いていた黒い靴のことだ。

「あれこそが靴だ、というような、本質的でどこか高貴さのただようその靴に私はあこがれた」。若き須賀は、靴にシスターという仕事の本質を見ている。その靴は、もちろん、質素な、そして丈夫な靴だ。須賀は、単にそれを身につけたいと思っただけではない。それを身につける職に就きたいと願ったというのである。「あの靴が一生はけるなら、結婚なんてしないで、シスターになってもいい。そう思うほど、私は彼女たちの靴にあこがれ、こころを惹かれた」と須賀は続けて書いている。

私たちの日常生活でもそうであるように、遠回りの表現を必要とするときほど、現実の出来事は熾烈だ。あるとき修道女になるか否かの選択に心を砕いたとは書かない。彼女は靴に憧れたと書く。信仰者であるだけでなく、求道者であり続けること、それが須賀敦子の生涯だった。

晩年、同時代の教会のあり方に対して批判的な言葉を語ったと伝えられているが、むしろ、彼女は現代の教会に対して全面的な賛意を示したことなどなかった。コルシア書店は、教会に対する非難ではなく、つねに代替策を提示し続ける創造的批判者であろうとした。そうした態度は須賀の生涯を貫くものだったといってよい。

若き日、彼女が友人にすすめられて『狭き門』を手にしたことは先に見た。だが、このとき須賀はジッドの作品世界に入ることができずにいた。だが、それから「数えきれないほどの時が経っ」たとき、その扉を開く「鍵が、精神性、ということばではないかと思いつ」く。そして、それと同時にミラノの大聖堂が「しんそこからじぶんを納得させなかった理由について、考えていた」という(「一九二九年」『ユルスナールの靴』)。

ミラノは須賀にとって、文字通り第二の故郷といってよいはずだ、作品を読んでいてそう感じる人は少なくないだろう。だが、須賀のミラノは、大聖堂を中心とした観光地の顔をもつ場所ではなく、どこまでも夫や仲間と暮らした場所だった。そこには生活があった。そしてかけがえのない出会いと耐えがたい別れがあった。

須賀が、ミラノを初めて訪れたのは、一九六〇年二月の初めである。須賀のヨーロッパでの日々は深い違和感から始まっていたことは記憶しておいてよい。そして晩節になって須賀は、この問題にふたたび向き合うのである。向き合わざるを得なかったというべきなのかもしれない。

須賀は「記憶のなかのカテドラルを追うようにして、精神性、ということばが胸に浮かんだ。精神と肉体というときの、精神だ」とも書いている。肉体と精神が存在することに異論はないだろう。どちらに優位性を認めるかはその人によって異なるとしても、「精神」がない、ということにはならない。

ここで須賀がいう「精神」は、文化に直結する。文化とは「精神」の表現だといった方がよいのかもしれない。須賀はミラノの大聖堂にはノートルダムのように「精神」による裏打ちがないという。だが、第三章でもふれたようにそういう彼女はノートルダムやシャルトルに憧憬を抱いた時期があったが、それと共に生きることはできなかった。

ミラノに行く少し前、一九五〇年代の終わり、ローマにいたとき、須賀はマリ・ノエルという友人ともこの問題をめぐって論議を交わした。このとき須賀は、自分がイタリアに来た理由をこう語った。「私は、『精神』ではなく、もっと総括的な『たましい』があると信じてイタリアに来た」。身体と精神、そしてその両者を包むものとしての「たましい」、これらを一なるものとして体感する、それが須賀敦子の悲願だった。

だが、イタリアに渡ったばかりの須賀は、「精神」と「たましい」がどこかで対抗するものだと感じている。合理か神秘かという二者択一であると思いがちだった。当時は「精神が、知性による判断の錬磨でありその持続であることに」気がついていなかった。また、「『たましい』に至るためには『精神』を排除してはなにもならない、ということにも」と続けている。

「たましい」を求める者にとって「精神」は、否むべきものではなく、深く交わるべきものであり、それればかりか「たましい」の地平へと向かうためには「精神」の門をくぐらねばならない、というのである。「たましい」を真に求めたゆえの「精神」との交わり、あるいは「たましい」らしきものからの訣別の体現者として須賀の前に現われたのがマルグリット・ユルスナールだった。

この作家と須賀の出会いはミラノ時代にさかのぼる。この作品が書かれる二十年ほど前、コルシア書店の仲間のひとりガッティとの会話で、この作家の存在を知った。当時は、自分がのちにこの作家をめぐって一書を世に送り出すことになるとは考えてもいない。須賀は、自分とこの作家との奇縁を書きながら確かめていった。

作品も終わりに近づいたとき、ユルスナールが晩年を過ごしたアメリカのメイン州の小さな島におもいを馳せながら須賀は、「しっかりと準備された苗床の土のように、私のなかで耕され、肥料をほどこされていたような気がする」と書いている(「小さな白い家」『ユルスナールの靴』)。『ユルスナールの靴』、というよりも、「最後の著作」は、ユルスナールではなく、ジョルジュ・サンドをめぐる作品になる可能性があったのはすでに見た。だが、ここまで書き進めた須賀は、ユルスナール以外にはなかったことを確信している。

連載が始まってしばらくした一九九五年七月三十一日、須賀は、親しくしていた編集者と共にその小さな島――マウント・デザート島――に出向き、ユルスナールの墓所にも行っている。

ユルスナールは同性愛者で、秘書でもあり、人生の同伴者でもあったグレース・フリックと二人、グレースが一九七九年に亡くなるまで暮らした。グレースは一九五八年にがんを患う。それ以後、ユルスナールは作家であり、同時に愛する人の介護者だった。それまで勤務していた大学も辞め、二人の生活を深めていく道を行った。介護のために「家を離れられない不満をかこちながらも、他方では、グレースに必要とされる自分を発見して驚いたことがあったにちがいない」と須賀はいう(「死んだ子供の肖像」『ユルスナールの靴』)。

須賀がユルスナールに惹かれた理由の一つには、多くの、ではなく、ひとりの人間を愛することの意味をユルスナールが熟知し、そこから言葉をつむいでいることもあっただろう。墓所もそれを象徴するような姿をしていた。

墓所はなかなか見つからなかった。それは「墓地のはずれの、もうすぐそこが入り江だという場所で、ちょっとした築山のような高みに、彼女が生前に植えさせたという木の茂みのなかにあった。隠れるようにして、遠いアメリカでグレースとふたりで暮らした、そのおなじムードを、ふたりは死んだあとも守りつづけているようだった」（「小さな白い家」）。

「覚えきれないほどなんども飛行機を乗りかえ、最後には車を借りて、私たちはマウント・デザートに着いた」と記されているのだが、人が容易には来られない場所で病を背負った伴侶と共に生きる道を選んだユルスナールの心持ちを考えると、そこにもある種の修道的な生活があったのではないかという思いを強くする。その姿はどこか、須賀の親友だった高木重子が生涯を捧げたカルメル会や、須賀が敬愛したトマス・マートンが属していた、社会との接点を極力持たないで修道院内での観想と労働に生涯をささげる厳律シトー会の人々を思わせる。

ユルスナールはグレースが亡くなってから八年ほど生きた。彼女の墓碑銘には自作『黒の過程』の主人公ゼノンの言葉が記されてあった。墓碑銘も墓石もユルスナールが生前に選んだものだった。


　　人のこころを生ぜんたいの大きさにひろげ給うおん者に、うけいれられんことを

訳者は須賀である。ここで須賀が「おん者」と訳した言葉はCelui、そして存在を表わす動詞であるEstの頭文字が共に大文字で記されていたことに彼女は、ある安堵を覚える。イギリスの作家キャサリン・マンスフィールドがポール・ヴァレリーを「神なき神秘家」と呼び、ヴァレリーもこ

の言葉を好んで用いたと清水徹が書いているが、この言葉はそのままユルスナールにも当てはまる。ここでの「神」は、人間が造った宗派的宗教の語る「神」であって、ユルスナールやヴァレリーが超越的存在を信じていないわけではない。ただ、「神」という名があまりにその実像と異なっていると感じていただけだ。

ユルスナールが亡くなったのは一九八七年、須賀が、のちに『ミラノ　霧の風景』となる作品を書き始めたのは一九八五年である。作家同士として二人が出会うことは可能性としても低かった。しかし、『ユルスナールの靴』を手にするとき、私たちは須賀にとってユルスナールが同時代人であることを見過ごしてはならないのだろう。この点もジョルジュ・サンドとは状況が大きく異なる。対話者がユルスナールでなくてはならなかったのは、「精神性」をめぐる問題だけではない。もっと日常生活に密着したところでも須賀とユルスナールの接点があった。その一つが父親との関係だった。須賀の父親へのおもいは、『ヴェネツィアの宿』で記されているよりもずっと深いところにたゆたっていたのである。須賀は、「トランク」をめぐる出来事にふれながら、父親との思い出を語り始める。

父親は、トランクとスーツケースを峻別していた。トランクは、西洋風長持ちのことで、簡単に手で持ち上げられるものばかりではない。しかし、スーツケースは簡単に持ち運びできることを主目的として造られている、というのが父親の持論だった。事実、須賀の祖母の家には父親がヨーロッパ旅行の際に用いた「私［須賀］と妹がすっぽり入ってしまうくらい大きい」、「まるで生きものみたいに存在感のあるトランクがしまわれていた」（「皇帝のあとを追って」『ユルスナールの靴』）。

何気ない思い出話だと通り過ぎることもできるが、「靴」に聖職の象徴を感じとる人物の言葉であることを考えると、「トランク」という言葉の前でもふと立ち止まりたくなる。須賀は、この言葉に宮澤賢治の童話「革トランク」を想い出したこともあったかもしれない。トランクは旅のときに使う。だが、それはときに空間的な旅行だけでなく、時間的なそれにも用いられることがある。トランクに収められた荷物と共に、懐かしく、また、未知なる時間が人間のもとに運ばれてくることがある。

家族で交わした古い手紙や家にあった古文書類、さらには彼女が幼いころに使っていた銀食器などでいっぱいになったトランクが、ある日、ユルスナールのもとに届いた。ユルスナールは名家の出身だった。食器は幼い頃の記憶を一気によみがえらせただけでなく、その歴史は、今も静かに息づいていることを食器たちが教えてくれた。「マルグリットを有頂天にした」と須賀は書いている。

このトランクからは、幼き日の思い出だけでなく、若き日に書いた草稿、そしてのちに『ハドリアヌス帝の回想』の執筆につながる資料が出てくるのだが、ここではそれにはふれない。須賀は、ユルスナールと食器から、ミラノで出会ったある友人と食器にまつわる話へと移行する。「どっしりと重い銀製の、少し先がまがってしまったフォークや、肉を切るときにいつも力が入るあたりが摩滅したナイフを、大事に使っていたミラノの友人がいた」と書き、こう続けている。

夕食に来てちょうだい、と招かれて、がらんとした都心の大きな邸に行くと、彼女はよろこんで、ちょっと大げさだけど、ごめんなさい、といいわけをしながら、趣味のいい、細工をほどこした銀の燭台にキャンドルをともした。離婚後の一時期、神経を病んでいたその友人は、病院から両親の死後ずっと閉めてあった古い家に戻ってきて、これらの古い銀器を手にしたとき、思ったという。これがあれば、もういちどやりなおせる。

運命に強いられた孤独を生きねばならなかった点において須賀は、この友人と同じ境涯にあった。人ができないことを、ときに「もの」が助けてくれる。これは単なる比喩とばかりもいえない。先に父親のトランクを見て須賀は「生きものみたい」だと書いたのを見た。

ユルスナールは、ローザンヌのあるホテルに荷物を置き放しにしていた。彼女を知る人によると彼女は旅先に荷物を置いたままにする、ある種の癖のようなものがあった。場所はそのホテルでなくてはならなかった。彼女の父親がそこを定宿にしていたからである。

物を置くことでその場所とのつながりのようなものを生む。どこか古代の風習のような趣は彼女のなかに生きている古き異教——ここでは非キリスト教的という意味に過ぎない——のなごりのようで興味深い。そうした感性のありようを須賀は「古いハスのタネ」に起因するといったことがある。

文学と宗教は、ふたつの離れた世界だ、と私は小声でいってみる。でも、もしかしたら私という泥のなかには、信仰が、古いハスのタネのようにひそんでいるかもしれない。

ここで須賀が書いている「信仰」は、世に流布している意味とは少し異なる。彼女は教会に行かなくなったことはあっても、「信仰」から離れたことなどなかった。それは遺作となった「アルザスの曲りくねった道」が完成していたらより明らかになっていただろう。彼女がいう「信仰」は「修道」と読み替えてよい。

Zという一九八八年に七九歳で生涯を終えた、ひとりのフランス人修道女の、伝記を断片的につづりながら、彼女の歩いた道を、日本人の「わたし」がたずねるかたちで、書く。「なんとなく」修道女になる道をえらんだZが、読書をはじめとするさまざまな経験を経て、宗教にめざめてゆく話。

「アルザスの曲りくねった道」の創作ノートにある一節である。この「Z」という修道女のモデルとなったのはオディール・ゼラーという修道女であることは、松山巖の『須賀敦子全集　第8巻』の解説「すべてが恩寵なら、あらゆる時代は、恩寵の時なのです」に記されている。ゼラーはたしかに有力なモデルだった。しかし、唯一のではない。

自分を含め、さまざまな人の精神を融合させ、新しい人格を生み出すこと、そこに須賀が、この作品を従来の私小説とは異なる「物語」として書かねばならない理由があった。

このノートには「カトリック」あるいは「カトリシズム」という言葉が幾度となく記されている。「第一次世界大戦から、第二次世界大戦にかけて、さらにその後のカトリックについて」とあるように、この作品で須賀は、日本とフランス——アルザスはフランスとドイツのあいだにあって、代わる代わる両国の領土となった場所——の交わりを描きつつ、近代カトリック精神史の一局面を描き出そうとした。

没後に『全集』が刊行され、須賀とカトリックの関係は文献上からも明らかになった。しかし、彼女の生前は状況が違った。これまで見てきた通り、須賀は二十世紀中盤、激動するカトリックの世界のありようをなまなましく目撃してきた人物だった。

フランス、ローマ、ミラノで彼女はカトリックという霊性が、他の宗教、他の霊性に開かれていく動きを見ただけでなく、それをつくりだす側のひとりでもあった。そのことの重大さを須賀は晩年になって気がついたのかもしれない。

キリスト教の歴史を見ると、新しい時代を切り拓くことになる人物が、その時代において異端者として断罪されないまでも、異端視されることは少なくない。時代の権力を持つ者の常識に疑義を唱えるのだから、ある意味では自然な成り行きだともいえる。人間が宗教を用いることはできる。しかし、宗教に人間は収まらない。さらにいえば時代と文化に制限された宗教は、ときに人間の自由を制限する。『黒の過程』に登場するゼノンもそうした人物の一人だった。私たちはここで前章で引いたユルスナールがランボーに依拠しながら語った「身体」「精神」「たましい」の「黄金のトリロジー」を再び想起してよい。

「身体」、「精神」、「たましい」、それらが人間を構成している。身体は、精神とたましいの器である。先に見たように須賀が——あるいはユルスナールが——考える「たましい」は精神と同じではない。「精神」を司るのは人間だが、「たましい」の主は人間ではない。人間を超えた者、ユルスナールがいう「おん者 Celui」、キリスト者たちが「神」と呼ぶ者にほかならない。

「たましい」と須賀はひらがなで書く。「魂」と書いたのでは表わしきれないものがある、そう彼女が感じているのは明らかだが、その理由をめぐって直接言及された言葉はない。「魂」ではなく「たましい」とひらがなで書いた人物に河合隼雄がいる。心、無意識などという言葉では表現できない、存在を感じることはできるが、確かめることのできないものを河合は「たましい」と呼んだ。「たましいはもちろん実体概念ではない。それは時間、空間によって定位できない。しかし人間はたましいの作用、あるいは、はたらきは体験する」と河合はいう（『宗教と科学の接点』岩波書店）。これは須賀敦子の感じていた「たましい」にかなり近い。「たましい」は「はたらき」として実在する、というのである。さらに河合は「たましい」と宗教の関係にふれ、次のようにも述べている。

たましいとユングが呼んだものと、どのように接触してゆくかということを、人間はいろいろと考え出し、それを宗教という形で伝えてきた。宗教はそれぞれ特定の宗派をもち、それぞれがたましいにいかに接するか、それをどのように考えるか、などの点について厳格な理論や方法を有してきた。

ここで述べられていることを、鈴木大拙なら迷わず「霊性」と呼んだだろう。須賀も同じ語を用いてもよかった。だが、それが何かを語るのに一書を要するような言葉を用いるのにためらいがあったことは、彼女の文体からも容易に想像がつく。だが、霊性という表現をもっとも積極的に用いたのは、ほかならないキリスト教、それもカトリックだった。そこには、彼女が若き日にウィラ・キャザーの『大司教に死来る』を訳したときにもふれねばならなかったようにカトリック思想が受容されにくい背景がある。

先にあった「トリロジー trilogy」という言葉でも須賀は、「たましい」に似て、微妙なずれをそこにあえて生じさせている。「身体」、「精神」、「たましい」の関係構造はキリスト教における父と子と聖霊を想起させる。「身体」、「精神」、「たましい」という三つのものが人間という存在において「一なるもの」として存在していることを、超越者の三位一体、すなわち「トリニティ Trinity」と書いてもよかった。だが、そこを須賀はあえてキリスト教の言葉を使わずに論を進めている。

神学あるいは哲学――プラトンの魂の三分説をはじめ――においても「三」は、数量を示す記号以上の意味を持つ。それは世を貫く公理と呼ぶべきものにつながるかのようでもある。ユルスナールの小説では主人公の人生の「時代」もまた、「身体」、「精神」、「たましい」という三つの段階を経て深まって行くように描かれている、というのである。

人生に三つの「時代」があるという着想をどこから得たのか、ここではランボー以外には詳細に語られていない。だが、ユルスナールも須賀も、ここに記されていることをおよそ八百年前に語り、キリスト教会を大きく揺るがせた人物がいたことを知っていたはずである。

ダンテの『神曲』の「天国篇」第十二歌で聖ボナヴェントゥラは、自分を含む十二の光となった魂にふれ、ダンテにこう告げる。「そしてわたしの傍《かたわら》では、預言の霊を賦与されたカラブリア出身の修道院長、ジオヴァッキーノが輝く」（寿岳文章訳、集英社文庫）。ジオヴァッキーノはイタリア語でヨアキムを指す。彼とゆかりの深い地名をその名に添えて「フィオーレのヨアキム」あるいは「カラブリアの修道院長」と称されることもある。

聖ボナヴェントゥラは、須賀が愛読した『魂の神への道程』の著者、中世のキリスト教に甚大なというべき影響を与えた神学者であり司祭だった。須賀は『ユルスナールの靴』だけでなく『ヴェネツィアの宿』でも聖ボナヴェントゥラに言及していた。「闇」は人を迷わせるものではなく、かえって強く神を求める契機になる、という認識は、須賀の生涯を貫くものとなっている。ヨアキムはボナヴェントゥラの先駆者である、というのがダンテの見解であることも先の一節が物語っている。そしてダンテがヨアキムの「預言」の力を認めていたこともまた、確認できる。

キリスト教は預言を認めない、というと驚く人もいるかもしれないが、洗礼者ヨハネを最後に預言者の時代は終わったと考えるのがキリスト教の基本的な立場である。イエスは預言を完成する者でもある。ここにキリスト教とイスラームが衝突する火種もある。新しい預言者ムハンマドの存在を認めることができない。

だが、ダンテの言葉にもあるように、キリスト教の歴史でも預言的現象が消えることはなかった。そして、ヨアキムはまさにその典型のような人物だった。

生年は一一三五年頃とされているが確かなことは分からない。ヨアキムは、イタリア半島の先端カラブリアのチェーリコで公証人の息子として生まれた。年を重ね、シシリアの宮廷に仕えて、ビザンツに使節として派遣されたとき、転機が訪れた。彼はローマ時代から続く西方教会とは異なる霊性を生きる東方教会を知り、聖地を巡礼した後、一一七一年頃、修道士になることを決め、コラッツォの修道院に入った。ほどなくしてコラッツォの修道院長に任ぜられたが、一一八八年頃にはここを離れ、人里離れたカラブリアのシーラ高原の山にこもり、数年後に「フィオーレ」と呼ぶ修道院を創設、一二〇二年にシーラ高原の「サン・マルティーノ・ディ・ジョーヴェ」に没した。

一一八三年のことだった、とヨアキムの研究者バーナード・マッギンは書いている（『フィオーレのヨアキム——西欧思想と黙示的終末論』宮本陽子訳、平凡社）。ヨアキムはある「啓示」を受ける。

時代は、三つの段階を経るように変貌してゆく。『旧約聖書』の「父」の時代、イエスが生まれ、教会が生まれ、育っていく「子」の時代、そして教会が刷新され、新たな霊性の秩序が生まれる「聖霊」の時代がやってくる、というのである。

三つの時代というと私たちは仏教の末法思想を想起しがちだが、ヨアキムが説く聖霊の時代は、終末の時代ではない。むしろ、解放の時代である。この時代では、教会もヒエラルキー、聖職、在野を問わず、「霊なる人びと」が新しき「修道士」として生きられるようになる、とヨアキムはいう。

彼のいう「修道士」となるには既婚、未婚どちらでも構わない。聖職者であるか否かも問題ではない。問われているのは聖霊を反映する「霊」の姿だけだった。さらに彼は、救済は現世において実現する、とも語った。しかし、従来の教会の見解では真実の平安は来世にあり、教会こそ、その道につながっているただ一つの経路だというのが動かない教義だった。

教皇、枢機卿、司教、司祭、そして信徒という、ヒエラルキーによって支えられた組織とその役割を否認されたのである。ルネサンス期に起こる宗教改革のみならず、二十世紀の第二バチカン公会議すら先取りする思想が当時の教会に認められるわけがなかった。ヨアキムは、時代を同じくした三人の教皇に接し、それぞれから「啓示」された言葉を書物にまとめるように促された。また、時の権力者リチャード獅子心王にも面会を許され、重んじられた。だが、その死後は教会に退けられた。

ヨーロッパに渡るたび、須賀はある期間、孤独を深く経験しなくてはならない生活を送った。そのときは神学の研究に没頭した。ヨーロッパで本格的に神学を学んで、ヨアキムを素通りすることはない。これまでも須賀とアッシジ、さらには聖フランチェスコの交わりに言及してきたが、時代に埋もれそうだったヨアキムをよみがえらせたのは、ある種の苛烈な霊性を生きるフランシスコ派の人々だった。須賀がこの人物とその思想を知らなかったとは考えにくい。

また須賀は、その作品にもある種の符牒になるような言葉を記してもいる。没後に刊行された『時のかけらたち』に収められた「リヴィアの夢――パンテオン」と題する一文には「カラブリア」に関する記述がある。

リヴィアとつれだって彼女の故郷である、カラブリアのアマンテアに行った夢をみたのは、三月のはじめのまだ寒いころだった。

本格的にカトリック神学を学んだ者にとって「カラブリア」の名前はいつもヨアキムと結びついている。それは「アッシジ」の地がフランチェスコを、「シエナ」がカタリナを想起させるのに似ている。さらに「リヴィアの夢」を繙く者は、彼女がこの旧友のことを思い出したのは、ユルスナール論のためにハドリアヌスに関することを調べているときだった事実にも驚きを覚えるかもしれない。

先にふれたように『ユルスナールの靴』がジョルジュ・サンドをめぐる作品になる可能性があった。ヨアキムは、サンドとも浅からぬ関係がある。『スピリディオン』でサンドが描き出すのは復興するヨアキム主義だった。

作品名にもなったスピリディオンは、登場人物の名で、彼はカトリック教会の刷新を願い、新たに修道院を創設した司祭であり、修道院長だった。この主人公の境遇はそのままヨアキムの生涯を想起させる。スピリディオンは亡くなるとき、霊的遺言ともいうべき文書を自分の棺に収めさせる。それは彼自身の言葉であるとフィオーレのヨアキム自らが記した書物だった。それがヨアキム本人のものであることが分かったとき、ひとりの神父はこう語った。

そう、亜麻布をまとった人と呼ばれた方だ。霊感を受けた方、預言者と見なされていた方、十三世紀初頭に新しい〈福音書〉による救世主と見られた方だ！　これらの文字を見ていると何とも言えない深い感動で、魂の底まで揺り動かされるような気がする。おお真理の探究者よ、わしはたびたび自分の歩む道にあなたの足跡を認めたような気がした！（大野一道訳、藤原書店）

ヨアキムの著作を「新しい〈福音書〉」と呼び、彼を救世主と呼ぶ。これは比喩であったとしても、当時の教会では許され得ない言動だったろう。それを承知でサンドは作品を描いている。三つの「時代」をユルスナールの作品に見出す須賀にとっては、この作家もまた、「聖霊の時代」に生きる「霊なる人びと」のひとりとして映っている。

『コルシア書店の仲間たち』に描かれているのはこうした理想に邁進した者たちの軌跡だ。聖職者と平信徒の間には上下の関係はなく、それぞれの立場における、それぞれの役割があることが描き出されている。彼らにとっては、新しい地平を切り開こうとする同志が、同じ神を信じているか否かも問題ではなかっただろう。そこには時代の困難に寄り添うように忠実に生きる、敬虔な霊的「修道士」たちの姿が静かに、しかし、たしかに浮かび上がってくるのである。

書くことは、「精神」という地層を超えて、「たましい」の層にあるものにふれようとすることだ。『ユルスナールの靴』を読んでいるとしきりにそうした思いを強くする。思ったことを書くのではない。書くことで「思い」の奥にある「念い《おも》」と呼ぶべきものを確かめようとしているようでもある。

努力すれば「思い」は文字にすることができる。しかし、「念い」はけっして言葉にはならない。真に祈りと呼ぶべきものにたゆたう「念い」は、言葉という器に入るには大きすぎる。だから、人は祈念という言葉を生んだのかもしれない。

『ユルスナールの靴』の「皇帝のあとを追って」には、ユルスナールの代表作『ハドリアヌス帝の回想』に記されている言葉が引かれている。これはハドリアヌスの言葉であるが、その生涯を記そうとしたユルスナールの、さらには彼女を最後の対話者として選んだ須賀敦子の「念い」でもある。

「ここに書いたことはすべて、書かなかったことによって歪曲されているのを、忘れてはいけない。この覚え書は、欠落の周辺を掘り起しているにすぎないのだから。あの困難の日々、わたしがなにをしていたか、あのころ考えたこと、仕事、身をこがす不安、よろこびについて、あるいは外部の出来事から受けた深い影響、現実という試金石にかけられたじぶんにふりかかる終わることない試練などについても、わたしはまったく触れていない。たとえば病気について、またそれと必然的に繋がる、人には話さない経験についても、その間ずっと絶えなかった愛の存在と追求についても、わたしは沈黙をまもっている」（須賀敦子訳）

最後に、第一章でも見たこのような言葉を引用し、重要なことは言葉にならないと書かねばならないところに帰着する。言語で表わし得る事実に重きを置く人々から見れば、須賀の文学は徒労に映るのかもしれない。だが、文学者の悲願とは、言葉を尽くし、語り得ないものにふれることにあるようにも思われる。

二度目の入院で、今度は出られないかもしれないと須賀敦子は周囲に洩らすようになっていた。ある日、彼女はがん治療をしていた病院を抜け出して、教会へ行った。そこで彼女は神父にこう話した。「私にはもう時間がないけれど、私はこれから宗教と文学について書きたかった。それに比べれば、いままでのものはゴミみたい」。同様の言葉を須賀は松山にも直接語っている。

「いままでのものはゴミみたい」との言葉を書いたのは、作家須賀敦子を発掘した編集者鈴木敏恵である（「哀しみは、あのころの喜び」『文藝別冊　追悼特集　須賀敦子』）。鈴木はそのことにふれていないが、この言葉には「歴史」がある。
一二七三年十二月六日、この日をさかいにトマス・アクィナスは、『神学大全』の著述を止めた。それまでは苛烈なといってよい情熱を注いでいた。あまりに急な変化に驚愕した僚友レギナルドゥスは、しきりに続行をすすめたが、彼は一向に動こうとしない。「私はもうできない」、トマスはそう答えるばかりだった。
しかし、レギナルドゥスは諦めきれない。懇願を続けると、トマスはこう言った。

兄弟よ、私はもうできない。たいへんなものを見てしまった。それに較べれば、これまでやってきた仕事はわらくずのように思われる。私は自分の仕事をおえて、ただ終わりの日を待つばかりだ（「聖トマス・アクィナスと『神学大全』」『世界の名著　続5』山田晶訳、中央公論社）

三ヶ月後、トマスは帰天した。山田晶は中世哲学研究、トマス研究の泰斗である。「いままでのものはゴミみたい」と語るとき、それがトマスの言葉に由来することを須賀はもちろん知っている。須賀もまた何か「たいへんなもの」を見たに違いない。しかし、それを遺作やそのノートの中に探すのは適切ではないようにも感じる。「書いたことはすべて、書かなかったことによって歪曲されているのを、忘れてはいけない」という警句はここでも生きている。彼女は、たしかに書くべき主題には出会ったのだろう。だが、それは言葉では書き記すことのできない何かだったのかもしれないのである。『ユルスナールの靴』は次の一節で終わる。

もうすこし老いて、いよいよ足が弱ったら、いったいどんな靴をはけばよいのだろう。私もこのごろはそんなことを考えるようになった。老人がはく靴の伝統は、まだこの国にはない。その年齢になってもまだ、靴をあつらえるだけの仕事ができるようだったら、私も、ユルスナールみたいに横でぱちんととめる、小学生みたいな、やわらかい革の靴をはきたい。（「小さな白い家」）

このときすでに、彼女にとっての「靴」は、この世界で身につけるものではなくなっていたように思えてならない。夫をはじめとした仲間のいる霧の彼方へと歩みを進めるためのものへと変じていたのではなかったか。「やわらかい革の靴」、それは「やわらかいたましい」といってもよいのかもしれない。

一九九六年十月に『ユルスナールの靴』が刊行され、ほどなく検査でがんが発見される。翌年の一月に入院、この年は入退院と抗がん剤の化学療法を繰り返す日々が続いた。十一月にアントニオ・タブッキとの対談を二回行ったのが、最後の「仕事」になった。一九九八年三月二十日、逝去。「風の吹き荒れた日」だったと、年譜には記されている。

あとがき

　今、新型コロナウイルスの蔓延による緊急事態宣言下で、この一文を書いている。コロナ禍がなければ、この本を総仕上げする心持ちでイタリアに行くつもりだった。須賀敦子がもっとも愛したアッシジを、母とともに訪れたいと思っていた。

　アッシジにはこれまでも何度か足を運んだ。だが、不思議な場所で、行くたびに初めて来たような気持ちにさせられる。最近では二〇一九年の初夏、私は本書の連載と単行本双方の担当編集者とともに隣町のペルージャ、ミラノ、ローマ、そしてトリエステとアッシジを訪れた。

　旅は充実していた。新しい発見もいくつかあったが、今作の表現にそれを強く反映しなくてはならない、という種類の経験ではなかった。むしろ、言葉を通じてかいま見ていた須賀敦子のイタリアと現地とのあいだには根本的な差異はないということを確かめるために行ったようにも感じた。ただ、アッシジの印象は違った。この場所とはもう少し深くつながらねばならないという、抗しがたい気持ちに包まれた。

「あまり期待をしながら来てはいけない」。どこからか、そんな声がしたのを今でもはっきりと思い出せる。

　期待に胸をふくらませるとき、私たちは自分の期待通りに世の中を眺めようとする。思っていたのとは違う、さらなるものとの邂逅を見過ごしてしまうことがある。

須賀敦子はミラノに長く暮らした。ミラノは彼女にとって第二の故郷といってもよい場所だった。だが、もしも、精神の、さらにいえば霊性の故郷と呼ぶべき場所があるとしたら、須賀の場合は、ミラノでもローマでもなく、アッシジなのである。事実、須賀は、ほとんど聖地と呼んでよいこの場所を、事あるごとに訪れている。

苦しいとき、道に迷ったとき、自分を見失いそうになるとき、彼女は迷わずアッシジに赴いた。そこでおよそ八百年前に亡くなったアッシジのフランチェスコ――須賀にとっては聖フランチェスコ――と無言の対話を繰り返した。一九五七年に書かれた「アッシジでのこと」と題する一文には、この地を初めて訪れたときのことにふれ、次のように記されている。


アッシジを、ウムブリアをおおう澄みきった青い空。汗をかいて歩く四キロの道のり、オリーヴの銀灰色の細かい葉にきらめく春の陽光。

汽車を降りた私は、まず、これらの夢、日本からもってきたこの大切な夢を捨てなければならなかった。はじめてのアッシジは、春のつめたい雨の中で私を待っていたのだ。すべてを、やさしい灰色につつんで――。（『須賀敦子全集　第8巻』）

アッシジだけでなく、聖カタリナの故郷のシエナでも、シャルトルへの巡礼でも彼女は、期待を裏切られるような経験をする。なかなか目的地にたどり着けないのである。

だが、あとになって見ると、行けなかったからこそ、その土地との交わりが深くなっていることに気が付く。それは、強く引きこまれながらも、読み終えることのできなかった本に似ているのかもしれない。

この本を仕上げたら、須賀敦子の作品との長い付き合いも一段落かと思っていたのだが、アッシジ行きがなくなり、準備していた「終わり」が遠くなってみると、こうして評伝を書くことによって、やっと須賀敦子論を書く準備が整ったようにも感じている。作品論に限らない、須賀敦子にやどった哲学的問題を論じることもできるかもしれない。

アッシジのサン・フランチェスコ聖堂から四キロほど離れた場所にサンタ・マリア・デリ・アンジェリというロマネスク風の教会がある。だが、ここを訪れる人の多くは、この教会のなかにあるポルチウンクラ Portiuncula と呼ばれる、四世紀に建てられた小さな聖堂を目当てにしている。その聖堂は、フランチェスコが、もっとも愛した場所の一つだともいわれている。

一九三七年、シモーヌ・ヴェイユがこの場所を訪れている。そのときのことを彼女は『神を待ちのぞむ』で「生まれてはじめて、私よりより強い何物かが、私をひざまずかせた」（田辺保・杉山毅訳、勁草書房）と書いている。ヴェイユと須賀のつながりをめぐっては本文でふれたから繰り返さない。だが、二人がアッシジとフランチェスコに何を見たのか、あるいは、アッシジという場所が二人をどこへ導いたのかには、別稿をもって論じるべき問いが潜んでいる。

どんな本であれ、書き手はその誕生に至る道程の、ある役割を担うに過ぎない。どこからか訪れた無数の言葉が、一冊にまとまった姿をして読者に届くまでにはいくつもの「手」が必要になる。

さらにいえば幾重もの「愛」と呼びたくなるもののはたらきがなくてはならない。編集者、校正・校閲者、装幀家はもちろん、原料、製本、流通に携わる方まで含めると膨大なエネルギーの結集が本として結実する。

この場を借りて、いつも力を貸してくれる「仲間」たちに感謝をささげたい。ことに羽喰涼子さんには深謝の念に堪えない。雑誌連載から単行本になるまで、誠心誠意を注いでくれた。アッシジをはじめとした旅には、本来であれば編集に携わってくれるはずだった小島睦美さんも同行し、美しい写真をたくさん残してくれた。彼女にも心からの感謝を贈りたい。それらを使って、須賀敦子の精神を視覚的にもより明瞭に感じられる本をいつか作ってみたいと思っている。

そのほかにも、詳細な年譜を編んだ松山巖氏のように、須賀敦子を論じる上で先んじた仕事を残した方々、あるいは、須賀との思い出を語ってくれた末盛千枝子さんにも大きな謝意を伝えなくてはならない。

この本で試みたかったのは、誰も見たことのない須賀敦子の姿を描くことではない。むしろ、誰の目にも明らかだから、改めて語られることのなかった彼女の一側面を描き出したに過ぎない。

須賀敦子は、彼女のいう「霧」の彼方で「生きて」いる。少なくとも彼女自身は死者の存在を信じていた。つたない作品だが、内村鑑三の言葉を借りれば、彼女の「高尚なる勇ましい生涯」(『後世への最大遺物・デンマルク国の話』岩波文庫)に、敬意とともにこの本をささげたい。

二〇二〇年四月二十一日

若松　英輔

人名索引

あ 行

か 行

さ 行

た 行

な 行

は 行

ま 行

や 行

ら 行

初出
「すばる」
2016年11月号～2017年９月号
2017年11月号～2018年10月号
2018年12月号～2019年１月号
単行本化にあたり、加筆・修正を行いました。

本書の引用文中には、今日では不適切とされる表現が
使用されている箇所がありますが、
当時の時代状況に鑑み、原文通りとしました。

写真
Getty Images

装幀
間村俊一

若松英輔（わかまつ・えいすけ）
批評家、随筆家。1968年新潟県生まれ。慶應義塾大学文学部仏文科卒業。2007年「越知保夫とその時代――求道の文学」で第14回三田文学新人賞を受賞。16年『叡知の詩学　小林秀雄と井筒俊彦』で第2回西脇順三郎学術賞を受賞。18年『詩集　見えない涙』で第33回詩歌文学館賞を受賞。同年『小林秀雄　美しい花』で第16回角川財団学芸賞、19年に第16回蓮如賞を受賞。他の著書に『井筒俊彦――叡知の哲学』『霊性の哲学』『イエス伝』『詩集　愛について』などがある。

霧《きり》の彼方《かなた》　須賀敦子《すがあつこ》
2020年６月30日　第１刷発行
2020年10月６日　第３刷発行

著　者　若松英輔《わかまつえいすけ》
発行者　徳永 真
発行所　株式会社集英社
東京都千代田区一ツ橋2-5-10　〒101-8050
電話　03（3230）6100［編集部］
03（3230）6080［読者係］
03（3230）6393［販売部］書店専用

印刷所　大日本印刷株式会社
製本所　ナショナル製本協同組合

ISBN978-4-08-771671-9 C0095
定価はカバーに表示してあります。